Le secret d'une lady

KAT MARTIN

Le secret d'une lady

BestSellers

Titre original : THE HANDMAIDEN'S NECKLACE

Traduction française de MARIE-JOSE LAMORLETTE

Photos de couverture

Femme : © MICHAEL TREVILLON/TREVILLON IMAGES
Londres : © ROYALTY FREE DIVISION/MASTERFILE

Réalisation graphique couverture : V. ROCH

83/85, boulevard Vincent-Auriol, 75646 PARIS CEDEX 13.

Tél : 01 42 16 63 63

Service Lectrices — Tél. : 01 45 82 47 47

www.harlequin.fr

ISBN 978-2-2802-1502-2 — ISSN 1248-511X

A mon mari, Larry,
Le héros de ma vraie vie.

1

Londres, Angleterre
Juin 1806

— C'est une honte, voilà ce que c'est.

Cornelia Thorne, lady Brookfield, se tenait vers le milieu de la salle de bal.

— Regarde-le donc danser… avec l'air de s'ennuyer mortellement. Lui, un duc. Et elle, petite chose, elle a l'air complètement terrifiée par son cavalier.

La duchesse de Sheffield, Miriam Saunders, leva son lorgnon pour regarder son fils Rafael, duc de Sheffield. Miriam et sa sœur Cornelia assistaient à un bal de bienfaisance avec Rafael et sa fiancée, lady Mary Rose Montague. La soirée, au bénéfice de la Société des Veuves et Orphelins de Londres, était donnée dans la splendide salle de bal de l'hôtel Chesterfield.

— Cette jeune fille est tout à fait charmante, en vérité, déclara la duchesse. Si blonde et si menue… Elle est juste un peu timide, c'est tout.

Contrairement à son fils le duc, qui était grand et brun avec des yeux encore plus bleus que les siens. Rafe était un homme mince et athlétique, incroyablement beau, dont la présence puissante semblait éclipser la jeune femme qu'il avait choisie pour être sa future épouse.

— Je te l'accorde, elle est jolie. Enfin, d'une façon plutôt effacée, dit Cornelia. En tout cas, il pourrait manifester un peu plus d'entrain.

— Rafael fait son devoir, finalement. Il était grand temps qu'il se marie. Peut-être ne sont-ils pas aussi bien assortis que je l'eusse aimé, mais sa fiancée est jeune et forte, et elle lui donnera des fils robustes.

Et cependant, comme sa sœur l'avait dit, Miriam ne pouvait ignorer l'expression terne et ennuyée du très beau visage de son fils.

— Rafael était toujours si fringant, reprit Cornelia d'un ton un peu nostalgique. Tu ne te rappelles pas comment il était avant ? Si plein de fougue, si passionné par la vie, à l'époque. Maintenant… eh bien, il est toujours tellement réservé. Le jeune homme vibrant qu'il était me manque.

— Les gens changent, Cornelia. Rafe a appris durement où peut mener ce genre d'émotions.

Cornelia fit la grimace.

— Tu parles du scandale.

Mince, les cheveux gris, elle avait près de six ans de plus que la duchesse.

— Comment peut-on oublier Danielle ? Elle, c'était une femme qui était l'égale de Rafael. Quel dommage qu'elle se soit révélée une telle déception.

La duchesse jeta un coup d'œil réprobateur à sa sœur. Elle ne voulait plus entendre parler de Danielle Duval, l'ancienne fiancée de Rafe. Ni du terrible scandale qu'ils avaient essuyé à cause d'elle.

La danse s'acheva et les couples commencèrent à quitter la piste.

— Chut, fit Miriam. Rafe et Mary Rose viennent par ici.

La jeune fille mesurait presque un pied de moins que le duc. Blonde aux yeux bleus, le teint clair, elle était l'incarnation parfaite de la féminité anglaise. Elle était aussi la fille d'un comte, nantie d'une dot très confortable. Miriam pria que son fils trouve au moins un certain bonheur avec elle.

Rafe s'inclina poliment, avec solennité.

— Bonsoir, mère. Tante Cornelia.

Miriam sourit.

— Vous êtes tous les deux splendides, ce soir.

C'était vrai. Rafe avec des culottes gris tourterelle et une redingote bleu foncé qui faisait ressortir l'azur de ses yeux, Mary Rose dans une robe de soie blanche ornée de délicates roses roses.

— Merci, Votre Grâce, dit la jeune fille en faisant une révérence très convenable.

Miriam fronça les sourcils. Est-ce que sa main tremblait, posée sur la manche de Rafe ? Juste ciel, cette enfant serait bientôt duchesse. Miriam espéra ardemment qu'elle réussirait à acquérir un peu de caractère et de fermeté au fil des mois.

— Aimeriez-vous danser, Mère ? demanda poliment Rafe.

— Plus tard, peut-être.

— Tante Cornelia ?

Mais Cornelia fixait la porte d'entrée, l'esprit à mille lieues de là. Miriam suivit son regard, comme Rafael et sa fiancée.

— Quand on parle du loup..., murmura lady Brookfield.

Les yeux de Miriam s'élargirent et son cœur s'emballa,

battant follement. Elle reconnut la petite femme corpulente qui pénétrait dans la salle, Flora Chamberlain, la comtesse douairière Wycombe. Et elle reconnut aussi la grande femme mince et rousse qui était sa nièce.

Danielle Duval avait vécu à la campagne ces cinq dernières années. Après le scandale, elle avait été bannie, obligée de quitter la ville dans la honte. Son père étant mort et sa mère l'ayant déshéritée à cause de ce qu'elle avait fait, elle s'était installée chez sa tante, Flora Duval Chamberlain. Jusqu'à ce soir, elle était restée en retrait à Wycombe Park.

Que venait-elle faire à Londres ? Qu'est-ce qui lui avait pris de venir dans un endroit où elle n'était si manifestement pas la bienvenue ?

La bouche de Miriam se pinça en une ligne hostile. A quelques pas d'elle, l'expression de son fils passa de l'incrédulité à la colère, ce qui accentua la fossette de son menton.

Un muscle se crispa dans la mâchoire de Rafe, mais il ne dit pas un mot.

— Qui est-ce ? demanda Mary Rose.

Rafe l'ignora. Son regard restait rivé sur l'élégante créature qui pénétrait dans la salle de bal derrière sa tante.

— Rafael… ?

Mary Rose leva les yeux vers lui avec une expression soucieuse.

— Qu'y a-t-il ?

Le regard de Rafe ne vacilla pas. Quelque chose étincela dans ses prunelles d'un bleu intense, un éclat brûlant et farouche que personne n'y avait plus vu depuis cinq ans.

La colère tendait sa peau sur ses pommettes. Il inspira pour se calmer et lutta pour se dominer.

Baissant les yeux sur sa fiancée, il parvint à sourire.

— Rien qui doive vous inquiéter, ma douce. Rien du tout.

Il prit sa main gantée et la reposa sur sa manche.

— Je crois qu'on joue un rondelet. Allons-nous danser ?

Il entraîna la jeune fille sans attendre sa réponse.

Il en serait toujours ainsi, songea Miriam. Rafe commandant, Mary Rose obéissant comme une bonne petite fille.

La duchesse se tourna de nouveau vers Danielle Duval, l'observant qui avançait derrière sa tante potelée aux cheveux d'argent, la tête haute, ignorant les murmures et les regards, marchant avec la grâce de la duchesse qu'elle aurait dû être.

Grâce au ciel, elle avait révélé sa vraie nature avant que Rafael ne l'épouse.

Avant qu'il ne tombe encore plus amoureux d'elle.

Miriam Saunders reporta les yeux sur la menue Mary Rose, pensa à l'épouse docile qu'elle ferait, en rien comparable à Danielle Duval, et se sentit soudain reconnaissante.

Des candélabres en cristal brillaient du haut du somptueux plafond incrusté, jetant un doux éclat sur le parquet ciré de la magnifique salle de bal. D'énormes vases de roses jaunes et de chrysanthèmes blancs étaient posés sur des colonnes le long du mur. L'élite londonienne emplissait la pièce, dansant sur la musique d'un orchestre de dix musiciens en livrée bleu pâle, les membres de l'aristocratie assistant au gala de soutien à la Société des Veuves et Orphelins de Londres.

Au bord de la piste de danse, Cord Easton, comte de Brant, et Ethan Sharpe, marquis de Belford, se tenaient près de leurs épouses, Victoria et Grace, et observaient les couples qui évoluaient à côté d'eux.

— Vous voyez ce que je vois ? demanda Cord d'une voix traînante, son regard passant des danseurs aux deux femmes qui se déplaçaient au fond de la salle. Je jure que mes yeux doivent me tromper.

Cord était un homme grand, solidement bâti, aux cheveux châtain foncé et aux yeux d'un brun doré. Ethan et lui étaient les meilleurs amis de Rafe.

— Que regardez-vous aussi intensément ?

Sa femme, Victoria, suivit son regard.

— Danielle Duval, répondit Ethan, surpris. Je ne puis croire qu'elle ait eu l'audace de venir ici.

Ethan était aussi grand que le duc, mince, aux épaules larges, avec des cheveux noirs et des yeux bleu pâle.

— Eh bien, elle est superbe...

Grace Sharpe contempla avec admiration la grande et mince jeune femme rousse.

— Pas étonnant que Rafe soit tombé amoureux d'elle.

— Mary Rose est belle aussi, fit remarquer Victoria.

— Oui, bien sûr. Mais il y a quelque chose chez miss Duval... Vous ne voyez pas ?

— Elle a quelque chose, en effet, grommela Cord. C'est une petite traîtresse avec un cœur de serpent et pas un brin de conscience. La moitié de Londres sait ce qu'elle a fait à Rafe. Elle n'est pas la bienvenue ici, je peux vous le dire.

Son regard trouva le duc, qui se concentrait sur sa petite cavalière blonde avec un intérêt qu'il ne lui montrait pas auparavant.

— Rafe a dû la voir. Bonté divine, pourquoi a-t-il fallu que Danielle revienne à Londres ?

— Que va faire Rafe, à votre avis ? demanda Victoria.

— L'ignorer. Il ne s'abaissera pas à son niveau. Il se contrôle trop bien pour cela.

Danielle Duval gardait les yeux fixés droit devant elle et continuait à marcher derrière sa tante. Elles se dirigeaient vers un endroit au fond de la salle, où Dani pourrait rester en grande partie hors de vue.

Du coin de l'œil, elle vit une femme qui s'écartait abruptement d'elle et lui tournait le dos. Elle entendait les gens qui chuchotaient, parlant du scandale. Seigneur Dieu, comment avait-elle pu laisser sa tante la convaincre de venir ?

Mais Flora Duval Chamberlain avait sa façon bien à elle de plier les gens à sa volonté.

— Ce bal de bienfaisance signifie énormément pour moi, ma chère, avait-elle dit. Vous avez largement œuvré dans tout le bon travail que nous avons accompli et n'avez pas reçu un seul mot de remerciement. Je refuse d'y aller sans vous. Je vous en prie, dites que vous accéderez à la petite requête de votre tante.

— Vous savez ce que ce sera pour moi, tante Flora. Personne ne m'adressera la parole. Les gens parleront de moi dans mon dos. Je ne pense pas pouvoir revivre cela.

— Tôt ou tard, il faudra que vous cessiez de vous cacher. Cela fait cinq ans ! Vous n'avez jamais rien fait pour mériter d'être traitée comme vous l'avez été. Il est grand temps que vous repreniez votre place dans le monde.

Sachant ce que ce bal représentait pour sa tante, Danielle avait accepté avec réticence. En outre, Flora avait raison : il était temps qu'elle sorte de sa cachette et reprenne le fil de sa vie. Et puis, elle ne serait à Londres que pour deux semaines. Ensuite, elle embarquerait pour l'Amérique et la nouvelle existence qu'elle avait l'intention de se construire là-bas.

Elle allait épouser Richard Clemens, un riche homme d'affaires américain, veuf avec deux jeunes enfants qu'elle avait rencontré à la campagne. Avec lui au moins, Danielle aurait le mari et la famille qu'elle avait cessé d'espérer avoir voilà bien longtemps. Avec cette nouvelle vie à l'horizon, venir au bal à la demande de sa tante semblait un prix assez minime à payer.

Mais à présent qu'elle était là, Dani souhaitait de tout son cœur être ailleurs, n'importe où plutôt qu'au milieu de cette mer de regards hostiles.

Elles atteignirent le fond de l'élégante salle de bal et elle prit place sur une petite chaise recouverte de velours mordoré, contre le mur, derrière une des urnes débordantes de fleurs. A quelques pas d'elle, sa tante Flora, sans se laisser décourager par les regards torves jetés dans leur direction, alla à la coupe de punch aux fruits et revint quelques minutes plus tard avec deux verres en cristal emplis à ras bord.

— Tenez, très chère, buvez ceci.

Elle fit un clin d'œil.

— J'y ai mis une giclée de quelque chose pour vous aider à vous détendre.

Danielle ouvrit la bouche pour dire qu'elle n'avait pas besoin d'alcool pour affronter la soirée, puis elle surprit un autre regard inamical et se ravisa, préférant avaler une grande gorgée de punch.

— En tant que coprésidente de l'événement, expliqua sa tante, je devrai prononcer un petit discours dans un moment. Je demanderai des dons généreux de la part des gens présents, j'exprimerai ma gratitude pour leur soutien et nous pourrons partir.

Cela ne pouvait pas arriver assez tôt pour Dani. Même si elle avait su à quoi s'attendre, le mépris qu'elle lisait sur le visage des invités, ses connaissances — autrefois ses amis — qui ne voulaient même pas la regarder, tout cela lui faisait encore plus mal qu'elle ne l'avait imaginé.

Et puis il y avait Rafael.

Grands dieux, elle avait prié pour qu'il ne soit pas là. Sa tante lui avait assuré qu'il se contenterait d'envoyer une généreuse donation comme il l'avait fait chaque année auparavant. Et au lieu de cela, il était là, plus grand et encore plus beau que dans son souvenir, dégageant toute la puissance de sa présence et arborant son port aristocratique.

L'homme qui avait causé sa perte.

L'homme qu'elle haïssait plus que quiconque sur Terre.

— Oh, mon Dieu.

Flora agita son éventail peint devant son visage rond et poudré.

— Apparemment, je me suis trompée. Il semble que Sa Grâce, le duc de Sheffield, soit là.

— Oui… C'est ce qu'il semble, fit Dani entre ses dents.

Et Rafe l'avait vue entrer, elle le savait. Durant quelques secondes, leurs regards s'étaient croisés et soutenus, celui de Danielle aussi vert que le sien était bleu. Elle avait vu l'éclair de colère avant que ses yeux ne se voilent, puis l'expression morne qu'il arborait avant de la voir s'était remise en place.

Sa propre colère s'accrut. Elle ne lui avait jamais vu cette expression auparavant, si calme, si imperturbable, presque sereine. Cela lui donnait envie de le frapper. De chasser d'un soufflet cet air satisfait et condescendant de son trop beau visage.

A la place, elle resta assise sur sa chaise contre le mur, ignorée par ses anciens amis, l'objet des murmures de gens qu'elle ne connaissait même pas, et elle souhaita que sa tante finisse vite son discours et qu'elles puissent rentrer chez elles.

Rafael remit sa fiancée, lady Mary Rose Montague, aux bons soins de ses futurs beaux-parents, le comte et la comtesse de Throckmorton.

— Peut-être me garderez-vous une autre danse plus tard, dit-il à la petite blonde en s'inclinant sur sa main.

— Bien sûr, Votre Grâce.

Il hocha la tête et tourna les talons.

— Ils vont jouer une valse dans un moment, dit Mary Rose. Peut-être que vous…

Mais Rafe s'éloignait déjà, l'esprit fixé sur une autre femme bien différente de celle qu'il avait l'intention d'épouser.

Danielle Duval. Un nom dont la seule évocation suffisait à propulser son humeur à de dangereux sommets. Il lui avait fallu des années pour apprendre à contrôler sa nature volatile, à dominer ses émotions. Maintenant, il criait rarement, se mettait rarement en colère. Il permettait rarement à sa nature passionnée de prendre le dessus.

Pas depuis Danielle.

Aimer Danielle Duval lui avait enseigné une précieuse leçon — le coût exorbitant de laisser les émotions gouverner la tête et le cœur. L'amour était une maladie qui pouvait ôter ses moyens à un homme. Il avait failli le détruire.

Il jeta un coup d'œil vers le fond de la salle, apercevant les cheveux éclatants de Danielle. Elle était ici. Il pouvait à peine le croire. Comment osait-elle se montrer après ce qu'elle avait fait !

Déterminé à l'ignorer, Rafe alla rejoindre ses amis au bord de la piste de danse. A l'instant où il s'approcha d'eux, il sut que le petit groupe avait repéré Danielle.

Il prit une flûte de champagne sur le plateau en argent d'un valet qui passait.

— Eh bien… d'après vos mines stupéfaites, je suppose que vous l'avez vue.

Cord secoua la tête.

— Je ne peux pas croire qu'elle ait eu l'audace de venir ici.

— Cette femme a un toupet monstre, ajouta sombrement Ethan.

Rafe jeta un coup d'œil à Grace, qui l'étudiait par-dessus le bord de sa flûte de champagne.

— Elle est vraiment très belle, dit-elle. Je comprends pourquoi vous êtes tombé amoureux d'elle.

Il crispa sa mâchoire.

— Je suis tombé amoureux d'elle parce que j'étais un idiot. Croyez-moi, j'ai payé le prix de ma folie, et je vous assure que cela ne se reproduira pas.

Victoria leva la tête. Elle était la plus petite des deux femmes, avec de lourds cheveux bruns alors que Grace avait des boucles auburn.

— Vous ne voulez sûrement pas dire que vous ne retomberez jamais amoureux, dit-elle.

— C'est exactement ce que je veux dire.

— Mais… et Mary Rose ? Vous l'aimez sûrement au moins un peu.

— Je suis attaché à elle, sinon je ne l'épouserais pas. C'est une charmante jeune femme dotée d'une nature agréable et docile, et d'un très beau pedigree.

Ethan leva les yeux au ciel.

— Dois-je vous rappeler, mon ami, que nous parlons d'une femme, pas d'un cheval ?

Cord porta son regard vers la belle rousse au fond de la salle.

— Vous réussissez fort bien à l'ignorer. Je ne sais pas si je pourrais être aussi magnanime.

Rafe souffla.

— Ce n'est pas si difficile. Elle ne signifie rien pour moi — plus maintenant.

Mais son regard traversa de nouveau la piste de danse. Il aperçut les boucles flamboyantes qui couronnaient la tête de Danielle et sentit une bouffée de colère rougir sa nuque. Il avait une forte envie de la rejoindre à grands pas, de placer les mains autour de son cou et de serrer jusqu'à ce qu'elle perde la vie. C'était un sentiment qu'il n'avait pas éprouvé depuis le dernier jour où il l'avait vue — cinq ans plus tôt.

Le souvenir revint avec une force qui le choqua… cette semaine de festivités dans la propriété de son ami Oliver Randall, à la campagne. L'excitation qu'il avait ressentie en sachant que Danielle, sa mère et sa tante seraient au nombre des invités. Ollie Randall était le troisième fils du marquis de Caverly, et sa propriété de famille, Woodhaven, était grandiose.

Ce séjour d'une semaine fut magique, au moins pour lui. De longs après-midi nonchalants passés avec Danielle, des soirées où ils dansaient et l'occasion pour eux de voler quelques moments d'intimité. Et puis, deux soirs avant la fin de la semaine, Rafe était tombé sur un billet, un bref message signé par Danielle. Il était adressé à Oliver, avait visiblement été lu et jeté, et dans ces quelques lignes Dani invitait Oliver à la rejoindre dans sa chambre cette nuit-là.

Je dois vous voir, Oliver. Vous seul pouvez me sauver d'une terrible erreur. Je vous en prie, je vous en supplie, venez dans ma chambre à minuit. Je vous attendrai.

Bien à vous, Danielle.

Rafe s'était senti déchiré entre la colère et l'incrédulité. Il aimait Danielle et avait cru qu'elle l'aimait aussi.

Quelques minutes après minuit, il avait frappé à la porte de Danielle et tourné le bouton. Quand la porte s'était ouverte, il avait vu son ami au lit avec sa fiancée.

Nu, à côté de la femme qu'il aimait.

Il se souvenait encore de la vague de nausée qui avait soulevé son estomac, de cet odieux, terrible sentiment de trahison.

Elle monta de nouveau en lui alors que la musique atteignait un crescendo. Il fixa son regard sur l'orchestre, déterminé à écarter ces souvenirs dont il ne voulait pas, à les enfouir comme il l'avait fait cinq ans plus tôt.

Il passa l'heure qui suivit à danser avec les épouses de ses amis, puis dansa de nouveau avec Mary Rose. Un petit discours fut prononcé par une des coprésidentes de la soirée de bienfaisance et, en reconnaissant Flora Duval Chamberlain, il comprit pourquoi Danielle était venue.

Ou au moins en partie.

S'il y avait d'autres raisons, il ne le saurait jamais. Quand les allocutions prirent fin et que la danse reprit, il regarda de nouveau à travers la piste de danse.

Danielle Duval n'était plus là.

2

— Avez-vous vu la façon dont il la regardait ?

Repoussant une boucle de ses épais cheveux châtains, Victoria Easton, comtesse de Brant, prit place sur le canapé de brocart dans le salon bleu de la maison de ville qu'elle partageait avec son époux et leur fils de dix mois. Sa blonde, charmante et élégante sœur, Claire, lady Percival Chezwick, et sa meilleure amie Grace Sharpe, marquise de Belford, étaient assises à quelques pas d'elle.

— C'était vraiment quelque chose, dit Grace. Il y avait du feu dans ses yeux. Je ne lui avais jamais vu cette expression.

— Il était probablement juste en colère qu'elle soit venue, raisonna Claire. J'aurais aimé être là pour le voir.

Tory avait commandé du thé. Le majordome n'était pas encore arrivé avec la table roulante, mais elle pouvait entendre le bruit des roues dans le couloir dallé de marbre au-delà de la porte.

— Tu n'étais pas là parce que tu étais chez toi avec Percy, faisant quelque chose de bien plus amusant que d'assister à un bal de bienfaisance.

Claire gloussa. Elle était la plus jeune des trois et, même après son mariage, la plus naïve.

— Nous avons passé une merveilleuse soirée. Percy

est si romantique. Néanmoins, j'aurais apprécié de voir cette lady scandaleuse.

— Je me suis sentie désolée pour Rafael, déclara Grace. Il a dû réellement l'aimer. Il a essayé de le cacher, mais il était furieux, même après toutes ces années.

— Oui, et Rafe se met rarement en colère, observa Tory.

Elle soupira.

— Ce qu'elle lui a fait est terrible. Je suis surprise qu'elle l'ait dupé aussi complètement. D'ordinaire, il ne se trompe guère sur la personnalité des gens.

— Qu'a-t-elle fait exactement ? demanda Claire en se penchant en avant.

— D'après Cord, Danielle a invité un ami de Rafe dans son lit — alors que Rafe et un certain nombre d'invités se trouvaient au rez-de-chaussée. Il les a surpris et cela a été la fin de leurs fiançailles. Tout cela a été très public. Le scandale l'a poursuivi pendant des années.

Grace lissa un petit pli sur sa robe de mousseline abricot à taille haute. Une semaine plus tôt, son fils Andrew Ethan avait eu six mois, mais elle avait déjà retrouvé sa mince silhouette.

— Danielle Duval est la raison pour laquelle Rafe est déterminé à ne plus aimer, commenta-t-elle.

Timmons frappa à ce moment-là et Tory fit entrer le petit majordome corpulent. La table roulante roula bruyamment jusqu'au tapis d'Orient et s'arrêta devant le canapé, puis le domestique quitta silencieusement le salon.

— Tout n'est pas encore perdu, dit Tory à Grace, en se penchant pour verser le thé fumant dans trois tasses en porcelaine au liseré doré. Vous avez donné le collier à Rafe, alors il reste un rayon d'espoir.

Rafe avait joué un rôle important pour sauver la vie de

Grace et de son fils nouveau-né. Elle avait voulu que son ami connaisse le bonheur qu'elle avait trouvé avec Ethan, aussi lui avait-elle fait un cadeau très spécial : le Collier de la Mariée, un bijou très ancien fabriqué au XIIIe siècle pour la jeune épouse du seigneur de Fallon. Ce collier, disait-on, était envoûté — il pouvait apporter soit une grande joie, soit une terrible tragédie, selon que son propriétaire avait ou non le cœur pur.

— Je suppose que vous avez raison, accorda Grace. Rafe a le collier, alors il reste une chance qu'il trouve le bonheur.

Claire joua avec l'anse de sa tasse.

— Et si tout ce qui vous est arrivé, à Tory et à vous, était simplement de curieuses coïncidences qui n'avaient rien à voir avec le collier ? Cela se pourrait, vous savez.

Tory soupira, sachant que sa sœur pouvait avoir raison.

— C'est possible, je suppose, mais…

Elle ne pouvait s'empêcher de penser à l'époque où elle avait possédé le collier, à l'homme merveilleux qu'elle avait épousé et à leur magnifique fils, Jeremy Cordell, qui dormait dans la nurserie à l'étage.

Elle ne pouvait non plus s'empêcher de se souvenir qu'elle avait donné le collier à Grace, qui avait rencontré Ethan et l'avait sauvé des sombres circonstances qui l'entouraient. Grace qui avait aussi maintenant un mari et un fils merveilleux.

Et il y avait son beau-père, Miles Whiting, baron Harwood, un homme diabolique qui avait possédé le collier et pourrissait maintenant dans sa tombe.

Tory frémit, écartant cette pensée désagréable.

— Nous savons que Rafe a bon cœur. Nous pouvons seulement espérer que le collier jouera son rôle.

Claire, qui étudiait les feuilles de thé au fond de sa tasse, leva les yeux.

— Peut-être que le duc tombera amoureux de Mary Rose. Ce serait la solution parfaite.

Tory jeta un coup d'œil à Grace et réprima un sourire quand celle-ci leva les yeux au ciel.

— C'est une très bonne idée, Claire. Peut-être le fera-t-il.

Mais quand elle pensait au regard brûlant que Rafe avait lancé à Danielle, elle ne parvenait pas à le croire.

— S'il vous plaît, tante Flora. Je ne peux simplement pas le faire. Comment pouvez-vous songer à me demander d'endurer de nouveau cela ?

Elles se tenaient dans la chambre de Danielle, dans leur élégante suite de l'hôtel Chesterfield, une pièce ravissante décorée dans des tons dorés et vert foncé. Flora avait loué les chambres pour les deux prochaines semaines, jusqu'à leur départ pour l'Amérique.

— Allons, très chère. C'est une occasion entièrement différente. Pour commencer, il s'agit d'un thé de début d'après-midi, pas d'un bal, et il y aura des enfants. Je sais combien vous les aimez ces petits, et vous savez toujours si bien vous y prendre avec eux.

Danielle joua avec la ceinture de sa robe de chambre bleue. Il n'était pas encore midi. Le thé de bienfaisance commencerait dans un peu plus d'une heure.

— L'occasion est peut-être différente, mais je serai tenue à l'écart, comme auparavant. Vous avez vu comment les gens m'ont traitée.

— Oui, je l'ai vu, et j'ai été fière de la façon dont vous vous êtes conduite. Vous avez établi clairement que vous aviez tous les droits d'être là. J'ai trouvé que vous contrôliez magnifiquement la situation.

— Je me suis sentie très mal, tout le temps.

Flora poussa un soupir mélodramatique.

— Oui, bien sûr, je suis vraiment désolée pour le duc.

Elle regarda sa nièce sous ses sourcils argentés, soigneusement épilés.

— Au moins, il ne vous a pas causé d'ennuis.

Dani ne mentionna pas le regard furieux qu'il lui avait jeté, ni l'expression courroucée qu'il n'avait pas pu dissimuler.

— S'il avait dit un seul mot, il l'aurait regretté.

— Eh bien, il ne sera pas là cette fois, je vous le promets.

Danielle baissa les yeux sur sa tante, qui avait bien huit pouces de moins qu'elle et pas mal de livres en plus.

— Comment pouvez-vous en être aussi certaine ?

— Ce n'était qu'un malheureux hasard, la dernière fois. Un thé de début d'après-midi n'est pas vraiment le genre de distraction qui intéresserait le duc. En outre, je ne vous demanderais pas de venir si je me sentais en pleine forme. Dernièrement, j'ai été un peu souffrante.

Elle toussa légèrement, espérant donner des remords à sa nièce.

Mais Danielle saisit l'occasion au vol.

— Si vous êtes malade, il vaudrait peut-être mieux que vous restiez chez vous. Nous pouvons nous faire apporter un bon thé chaud et des scones, et…

Sa tante l'interrompit.

— En tant que coprésidente de la Société, j'ai des devoirs, des responsabilités. A partir du moment où vous serez avec moi, j'irai bien.

Les épaules de Dani s'affaissèrent. Comment faisait sa tante pour avoir toujours le dernier mot ? Mais après tout, Flora avait accepté de l'accompagner dans le pénible voyage vers l'Amérique. Elle serait là pour son mariage et resterait jusqu'à ce qu'elle soit installée avec son mari dans sa nouvelle maison. Danielle pouvait sûrement prendre sur elle et endurer cette ultime épreuve avant leur départ.

Et, comme l'avait dit sa tante, les enfants seraient là. Il y aurait au moins quelques visages amicaux pour l'aider à affronter l'après-midi.

Un coup frappé à la porte attira son attention. Un instant après, la porte s'ouvrit et sa femme de chambre, Caroline Loon, entra.

Elle eut un grand sourire.

— Lady Wycombe m'a fait appeler. Dois-je vous aider à choisir une toilette ?

Dani leva les yeux au ciel, pensant qu'elle n'avait pas eu une seule chance dès le départ.

— Bon, eh bien, je vais vous laisser vous habiller, dit Flora, en se dirigeant vers la porte. Vous pourrez me rejoindre dès que vous serez prête.

S'abandonnant à son sort, Dani hocha la tête d'un air résigné. Dès que la porte se fut refermée, Caro se hâta d'aller à l'armoire dressée contre le mur. A vingt-six ans, un an de plus que Dani, elle était plus grande et plus mince qu'elle, une belle blonde, dotée d'un caractère incroyablement aimable.

Ses parents étaient morts d'une mauvaise fièvre. Orpheline et sans argent, elle était arrivée à Wycombe Park près de cinq ans plus tôt, au désespoir de trouver une place.

Flora l'avait immédiatement engagée comme femme de chambre de Danielle, mais au fil des années les deux jeunes femmes étaient devenues plus que maîtresse et domestique.

Caroline, fille de pasteur destinée à rester célibataire, était devenue la meilleure amie de Dani.

Caro ouvrit les portes de l'armoire. Bien que la plupart des vêtements de Dani fussent déjà rangés dans de lourdes malles en cuir en prévision du voyage, un modeste assortiment de robes était pendu à l'intérieur.

— Que diriez-vous de la robe de mousseline safran rebrodée de roses ? suggéra la femme de chambre, en sortant l'une des toilettes préférées de Dani.

— Je suppose qu'elle fera l'affaire.

Si elle devait aller à ce maudit thé, elle avait l'intention de paraître aussi élégante que possible, et la robe de mousseline jaune vif lui seyait à merveille.

— Asseyez-vous, je vais vous coiffer, ordonna Caro. Lady Wycombe aura ma tête si vous la mettez en retard pour son thé.

Danielle soupira.

— Je jure qu'entre vous deux, je suis surprise de parvenir de temps en temps à prendre une décision.

Caro rit.

— Votre tante vous aime. Elle est déterminée à ce que vous retourniez dans la société. Elle veut que vous soyez heureuse.

— Je serai heureuse lorsque je serai en route pour l'Amérique.

Dani tendit le bras et saisit la longue main fine de sa femme de chambre.

— Je suis pleine de gratitude que vous ayez accepté de nous accompagner.

— Je suis contente de venir.

Caro sourit.

— Peut-être trouverons-nous toutes les deux une nouvelle vie aux colonies.

Dani sourit aussi.

— Oui, peut-être.

Elle l'espérait. Elle était lasse de son existence creuse et vide, lasse de se cacher à la campagne avec quelques amis et seulement la visite occasionnelle des enfants de l'orphelinat à attendre. Elle était avide de profiter de la chance de prendre un nouveau départ en Amérique, où personne n'avait jamais entendu parler du scandale.

Mais d'ici là, il lui fallait trouver le courage de supporter le misérable thé de sa tante.

Rafael enfila une redingote vert foncé sur son gilet de piqué beige. Son valet, un petit homme chétif et chauve qui était à son service depuis des années, tendit la main pour arranger le nœud de sa cravate.

— Voilà, Votre Grâce.

— Merci, Petersen.

— Autre chose, monsieur ?

— Pas d'ici mon retour, probablement tard dans l'après-midi.

Il n'avait pas l'intention de rester longtemps à ce thé, juste de passer présenter ses respects, et bien sûr de laisser un confortable billet pour les orphelins. Après tout, c'était son devoir de citoyen.

Il se dit que cela n'avait rien à voir avec le fait que Danielle Duval serait peut-être là, et se persuada que si elle était présente, il l'ignorerait comme la dernière fois.

Il ne dirait aucune des choses qu'il avait brûlé de dire cinq ans plus tôt, ne la laisserait pas deviner combien sa trahison l'avait blessé. Il ne lui donnerait pas la satisfaction de savoir à quel point il avait été ravagé, ni que durant des semaines après l'incident il avait à peine été capable de vivre normalement. A la place, il lui montrerait clairement son dédain pour elle sans un seul mot.

Sa voiture attelée de quatre chevaux attendait devant la maison, une riche demeure de deux étages dans Hanover Square que son père avait fait construire pour sa mère. Celle-ci vivait à présent dans un appartement séparé, plus petit mais non moins élégant, de l'aile Est de la résidence.

Un valet ouvrit la portière de la berline. Rafe gravit le marchepied et s'assit contre les coussins de velours rouge, puis la voiture s'ébranla dans la rue pavée. Le thé avait lieu dans les jardins de la demeure de Mayfair du marquis de Denby, dont l'épouse était très engagée dans les œuvres de bienfaisance au profit des veuves et des orphelins de Londres.

Le manoir, situé dans Breton Street, n'était pas loin. La berline s'arrêta devant et un valet ouvrit la portière. Rafe descendit et gravit le perron, passant devant deux valets en livrée qui le guidèrent à travers le vestibule vers le jardin qui se trouvait à l'arrière de la maison.

La plupart des invités étaient déjà arrivés, comme il l'avait espéré, et ils se tenaient en petits groupes sur la terrasse ou se promenaient dans les allées gravillonnées, sous les frondaisons du jardin. Un groupe d'enfants, simplement mais proprement vêtus, et bien coiffés, jouaient au pied d'une fontaine en pierre du côté droit du jardin.

L'œuvre de bienfaisance organisée par lady Denby était une bonne œuvre. Il n'y avait pas assez d'orphelinats en ville pour prendre soin des nombreux enfants sans foyer qui se retrouvaient dans des maisons de pauvres, ou des maisons de correction. Ils y apprenaient le métier de ramoneur, mais beaucoup devenaient des vagabonds ou des mendiants, condamnés à vivre dans les rues.

La plupart des orphelins étaient recueillis par des

paroisses locales, souvent d'abominables parodies de foyers. Les enfants trouvés confiés à leurs soins atteignaient rarement l'âge d'un an. Rafe avait entendu parler d'une paroisse de Westminster qui avait reçu cinq cents bâtards en une seule année — et n'en avait élevé qu'un jusqu'à l'âge de cinq ans.

Mais la Société des Orphelins de Londres avait financé plusieurs foyers importants de très grande qualité.

— Votre Grâce !

Lady Denby se précipita vers lui, une femme à la poitrine imposante et aux courts cheveux noirs qui bouclaient autour de son visage.

— Comme c'est aimable à vous d'être venu.

— Je crains de ne pouvoir rester longtemps. Je passais simplement pour vous remettre un billet au profit des orphelinats.

Il tira le billet plié de sa poche et le lui tendit, tout en passant les invités en revue pour voir qui pouvait être là.

— Eh bien, c'est merveilleux, Votre Grâce, surtout après le don généreux que vous avez fait au bal.

Rafe haussa les épaules. Il pouvait se le permettre, et il avait toujours aimé les enfants. Avoir une famille à lui était la raison principale pour laquelle il avait décidé de se marier. Cela, et le fait que sa mère et sa tante le harcelaient de façon incessante pour qu'il assume ses responsabilités de duc.

Il lui fallait un héritier, disaient-elles. Et un deuxième fils par sécurité. Il avait besoin d'un fils pour prendre le titre à sa suite et gérer la vaste fortune des Sheffield, afin que sa famille ne manque jamais de rien.

— Le thé est servi sur la terrasse.

Lady Denby lui prit le bras et le guida dans cette direction.

— Bien sûr, nous avons quelque chose de plus fort pour les messieurs.

En souriant, elle le conduisit à une table couverte de plateaux en argent offrant des gâteaux et des biscuits de toute sorte, ainsi que de minuscules sandwichs si petits qu'il devrait en manger une douzaine pour s'en rassasier. Un service à thé en argent trônait au milieu de la table drapée d'une nappe, avec une coupe à punch en cristal.

— Dois-je demander à un valet de vous apporter un cognac, Votre Grâce ?

— Oui, volontiers. Merci.

Cela pourrait l'aider à supporter la demi-heure à venir, juse le temps qu'il comptait rester.

On lui apporta le cognac et il le dégusta lentement, cherchant un visage amical. Il vit sa mère et sa tante Cornelia devisant avec un groupe d'autres femmes, et il jeta un coup d'œil au-delà d'elles vers le visage rond et poudré de Flora Duval Chamberlain. Son regard se posa sur la femme qui se trouvait à sa gauche, une superbe créature aux cheveux flamboyants et au visage de déesse. Son estomac se contracta comme s'il avait reçu un coup puissant.

Son expression se durcit instantanément. Il se dit qu'il n'était pas venu à cause d'elle, mais en la voyant maintenant, il reconnut qu'il s'était menti à lui-même. Un instant, les yeux de Danielle croisèrent les siens et s'élargirent sous le choc. Rafe éprouva une bouffée de satisfaction en voyant le sang se retirer de son adorable et traître visage.

Il ne détourna pas les yeux, certain qu'elle le ferait.

Au lieu de cela, elle haussa le menton et lui décocha un regard destiné à le brûler. Il serra les mâchoires. De longues secondes s'écoulèrent et ni l'un, ni l'autre ne détourna les yeux. Puis Danielle se leva lentement de sa chaise, lui lança une dernière œillade incisive et s'éloigna vers le fond du jardin.

La fureur s'empara de lui. Où était l'humilité à laquelle il s'était attendu ? Où était l'embarras qu'il avait été certain de voir sur son visage ?

A la place, elle longeait l'allée la tête haute, l'ignorant comme s'il n'était pas là, se dirigeant vers un groupe d'enfants qui jouaient dans la pelouse.

Tremblant intérieurement, Dani fixa son regard sur les enfants qui jouaient à s'attraper près du pavillon, déterminée à ne rien laisser paraître de sa rencontre perturbante avec Rafael Saunders. Elle avait appris, après le scandale, à contrôler rigidement ses émotions. Ne jamais laisser savoir aux gens le pouvoir qu'ils avaient, combien ils pouvaient la blesser gravement.

— Miss Dani !

Maida Ann, une petite fille blonde avec des tresses, courait vers elle.

— Touchée ! C'est votre tour !

Danielle rit et éprouva une bouffée de soulagement. Elle avait joué à ce jeu avec les enfants chaque fois qu'ils venaient en visite à Wycombe Park. Ils s'attendaient à ce qu'elle joue avec eux maintenant. Pour le moment, elle était heureuse de la distraction.

— D'accord. Il semble que tu m'aies touchée. A présent… laisse-moi voir… lequel d'entre vous sera le suivant ? Robbie ? Ou peut-être toi, Peter ?

Elle connaissait certains de leurs prénoms, pas tous. Aucun d'eux n'avait de parents en vie, ou s'ils en avaient, ceux-ci refusaient de s'occuper d'eux. Le cœur de Dani s'emplit de tendresse pour eux. Elle était heureuse que sa tante soit une dame patronnesse de l'œuvre de bienfaisance, ce qui lui donnait l'occasion de passer du temps avec les enfants.

En pouffant, Maida Ann passa en flèche près d'elle, juste hors d'atteinte. Dani adorait l'espiègle petite fille de cinq ans aux grands yeux bleus. Elle aimait beaucoup les enfants, et avait espéré avoir un jour une famille à elle.

Une famille avec Rafe.

Cette pensée raviva son courroux.

Et l'attrista.

Cela n'arriverait pas. Ni avec Rafe, ni avec un autre homme. Pas après l'accident, la terrible chute de cheval qu'elle avait faite cinq ans plus tôt. Elle secoua la tête, écartant ce souvenir amer.

Elle fixa son regard sur un petit garçon appelé Terrance, un petit rouquin d'environ huit ans. Terry la dépassa en courant, impossible à atteindre, chaque enfant se précipitant vers elle pour s'éloigner aussitôt, espérant secrètement qu'elle fasse attention à lui, même si elle le touchait et que ce serait à son tour d'attraper les autres.

Elle joua un moment, dansant d'un côté à l'autre, fonçant en avant et attrapant finalement le jeune Terry. Puis elle fit un signe de la main aux enfants, leur adressa un dernier sourire chaleureux et continua son chemin vers le fond du jardin.

Elle n'entendit pas le bruit de pas qui approchaient derrière elle avant qu'il ne soit trop tard. Elle sut qui c'était sans même se retourner. Néanmoins, elle ne put retenir un cri de surprise quand elle leva les yeux vers le beau visage de Rafe.

— Bonjour, Danielle.

Son cœur se mit à tambouriner. La colère fit surgir des ronds roses sur ses joues. Elle se détourna, l'ignorant grossièrement, aperçut du coin de l'œil son expression choquée et se remit à marcher.

Mais le duc de Sheffield n'avait pas l'habitude d'être ignoré. Elle sentit la pression de ses doigts autour de son bras. Son emprise était assez ferme pour l'empêcher d'avancer et la tourner face à lui.

— Je vous ai dit bonjour. J'attends au moins une réponse polie.

Dani domina son irritation, déterminée à ne pas se laisser provoquer.

— Excusez-moi. Je crois que ma tante m'appelle.

Il ne lâcha pas son bras.

— Je pense que votre tante est occupée ailleurs pour l'instant. Ce qui signifie que vous avez le temps de saluer un vieil ami.

Le fil ténu du contrôle qu'elle exerçait sur elle-même s'étira à sa limite et se rompit.

— Vous n'êtes pas un de mes amis, Rafe Saunders. En fait, vous êtes le dernier homme sur Terre que je songerais à appeler un ami.

La mâchoire de Rafe se contracta.

— Vraiment? Si vous n'êtes pas une amie, comment dois-je vous considérer?

Elle haussa le menton, le nœud qui lui serrait l'estomac presque douloureux.

— Vous pouvez me considérer comme la femme la plus sotte que vous ayez jamais rencontrée. Une femme assez folle pour se fier à un homme comme vous. Assez stupide pour tomber amoureuse de vous, Rafael.

Elle se remit à marcher, mais la haute silhouette de Rafe se plaça sur son chemin. Sa mâchoire était crispée, ses yeux d'un bleu intense durs comme du diamant.

— Je crois que c'est vous, ma chère, que j'ai trouvée

avec un de mes plus proches amis. Vous qui avez invité Oliver Randall dans votre lit, sous mon nez.

— Et c'est vous qui avez été avide de croire les mensonges de votre ami au lieu de la vérité !

— Vous m'avez trahi, Danielle. Ou vous l'avez peut-être oublié.

Dani le regarda, les yeux étincelants.

— Non, Rafael. C'est vous qui m'avez trahie. Si vous m'aviez aimée, si vous m'aviez fait confiance, vous auriez su que je vous disais la vérité.

Elle lui adressa un petit sourire amer.

— En y repensant, c'est certainement vous qui êtes le sot.

Le corps de Rafe vibrait tout entier de colère.

« Bien », se dit-elle. Elle détestait l'homme impassible et peu intéressant qu'il était devenu, si détaché et si imperturbable. Le genre d'homme qu'elle n'aurait jamais trouvé attirant.

— Vous avez l'audace de vous tenir ici et d'affirmer que vous êtes innocente ?

— Je vous l'ai dit dès l'instant où vous êtes entré dans ma chambre. Les événements de cette nuit-là n'ont pas changé.

— Vous étiez au lit avec lui !

— Je ne savais même pas qu'il était là — comme je vous l'ai dit alors ! Maintenant, laissez-moi passer, Rafael.

La fureur flambait dans ses froids yeux bleus, mais elle ne s'en souciait pas. Elle se remit à marcher une fois de plus et cette fois Rafe ne l'arrêta pas.

Elle était surprise qu'il l'ait approchée, pour commencer. Ils ne s'étaient pas parlé depuis la nuit où il était entré dans sa chambre cinq ans plus tôt et avait trouvé Oliver Randall nu dans son lit.

Elle avait essayé de lui dire alors qu'Oliver jouait à une sorte de cruelle et terrible plaisanterie, que rien ne s'était passé entre eux, qu'elle dormait jusqu'à ce qu'il entre dans la chambre et la réveille en sursaut.

Mais pour des raisons qu'elle ne comprenait toujours pas, Oliver avait entrepris de détruire l'amour que Rafe éprouvait pour elle — ou qu'il disait éprouver —, et il avait brutalement réussi.

Rafe ne l'avait pas écoutée cette nuit-là, ni n'avait répondu aux dizaines de lettres qu'elle lui avait envoyées, le suppliant d'entendre sa version de l'histoire, l'implorant de croire qu'elle lui disait la vérité.

Quand le scandale avait commencé à se propager, il ne l'avait pas défendue une seule fois, n'avait pas une fois prêté la moindre attention à ce qu'elle soutenait. A la place, il avait abruptement rompu leurs fiançailles, confirmant les propos des colporteurs de ragots.

Disant au monde que Danielle Duval n'était pas l'innocente qu'elle prétendait être, mais une femme scandaleuse qui s'était conduite d'une façon éhontée, et sans le moindre égard pour son fiancé. Elle avait été mise à l'écart par la société, bannie à la campagne. Même sa propre mère avait cru à cette histoire.

La vision de Dani se brouilla tandis qu'elle traversait le jardin. Elle pensait rarement à Rafael et à ces jours horribles. Mais maintenant elle était à Londres et Rafe lui jetait de nouveau toute l'affaire au visage.

Elle renifla et lutta contre les larmes qui lui montaient aux yeux. Elle ne pleurerait pas pour Rafe, plus maintenant. Elle avait pleuré plus qu'assez pour l'homme qu'elle aimait, cinq ans auparavant, et elle ne pleurerait plus jamais pour lui.

3

Rafe était debout dans le jardin, courroucé et étrangement perturbé tandis qu'il regardait l'élégante silhouette de Danielle longer l'allée de gravier et disparaître dans la maison.

Qu'est-ce qui lui avait pris de l'accoster ? Peut-être était-ce parce qu'il avait gardé le silence pendant toutes ces années. Quelle qu'en soit la raison, au lieu de la satisfaction qu'il avait été certain d'éprouver quand il se serait confronté à elle, il était plus troublé que jamais.

Comme elle l'avait fait cette nuit-là, Danielle avait proclamé son innocence. Il ne l'avait pas crue alors et il ne la croyait pas maintenant. Il avait lu le billet, après tout, et il avait des yeux. Oliver avait accepté l'invitation de Danielle et il était dans sa chambre, nu à côté d'elle dans son lit.

Rafe avait provoqué le scélérat en duel, naturellement. Ollie était censé être son ami.

— Je ne vous rencontrerai pas, Rafe, avait déclaré Oliver. Je ne vous combattrai pas quoi que vous me fassiez. Nous sommes amis depuis l'enfance, et on ne peut nier que la faute m'incombe entièrement.

— Pourquoi, Ollie ? Comment avez-vous pu faire cela ?

— Je l'aime, Rafael. Je l'ai toujours aimée, vous le savez

mieux que quiconque. Quand elle m'a demandé de venir dans sa chambre, je n'ai pas pu refuser son invitation.

Rafael savait depuis des années que son ami était amoureux de Danielle, et l'avait été depuis son adolescence. Mais ces sentiments n'étaient pas partagés.

Du moins, Rafe l'avait-il pensé. Il avait cru stupidement que Danielle l'aimait, lui, et non Oliver Randall, même si ce dernier l'avait poursuivie de ses avances pendant des années. Après cette nuit-là, il en était venu à se dire que Danielle n'avait accepté sa demande en mariage que pour devenir duchesse. C'était la fortune et le pouvoir qu'elle voulait, pas lui.

Tandis qu'il sortait du jardin, il se rappela ces choses-là, tâchant de se convaincre que, comme auparavant, rien de ce que Danielle disait n'était vrai.

Mais il était plus âgé, à présent. Et il n'était plus fou de jalousie, plus aveuglé par l'amour comme il l'avait été à l'époque, ni furieux et en proie à la douleur.

Et parce qu'il était un homme différent de ce qu'il était à ce moment-là, il ne pouvait chasser une image de sa tête. Il ne pouvait oublier comment Danielle l'avait regardé dans le jardin.

Sans une trace de remords, sans la moindre ombre d'embarras. Elle l'avait regardé avec toute la haine qu'il avait éprouvée pour elle autrefois.

Non, Rafael. C'est vous qui m'avez trahie. Si vous m'aviez aimée… vous auriez su que je vous disais la vérité.

Ces mots le poursuivaient, lui rongeaient les entrailles tandis qu'il rentrait à Sheffield House. Etait-ce possible ? Y avait-il la moindre chance que ce soit vrai ?

*
* *

La première chose qu'il fit le lendemain matin fut d'envoyer un billet à Jonas McPhee, le détective de Bow Street que ses amis et lui avaient utilisé au fil des années quand ils avaient besoin de renseignements. McPhee était discret et extrêmement efficace, et il arriva à Sheffield House à 2 heures de l'après-midi.

— Bonjour, Jonas. Merci d'être venu.

— Je suis heureux de vous assister, Votre Grâce, de toutes les façons que je pourrai.

Le limier était petit et chauve, et portait de petites lunettes cerclées de métal. C'était un homme d'apparence ordinaire, dont les épaules musclées et les mains noueuses étaient les seules indications du genre de travail qu'il faisait.

Rafe s'écarta de la porte pour permettre à McPhee d'entrer dans son cabinet de travail, puis il se tourna et le conduisit à son bureau.

— J'aimerais vous engager, Jonas, commença-t-il en lui désignant un des fauteuils en cuir vert foncé placés devant lui.

Rafe prit place derrière la table massive de bois de rose marqueté. La pièce était haute de deux étages, avec des murs couverts de livres et un élégant plafond à moulures. Une longue table en acajou trônait au milieu, éclairée par des lampes au verre vert suspendues au-dessus, et entourée d'une douzaine de chaises sculptées, au haut dossier.

— Je voudrais que vous enquêtiez sur un incident qui s'est produit voilà cinq ans.

— Cela fait un bail, Votre Grâce.

— Oui, en effet, et je suis conscient que ce ne sera pas facile.

Le duc s'adossa à son fauteuil.

— L'incident impliquait une femme nommée Danielle Duval et un homme nommé Oliver Randall. Miss Duval est la fille de feu le vicomte Drummond, qui est décédé il y a quelques années. Lady Drummond est morte l'année dernière. Oliver Randall est le troisième fils du marquis de Caverly.

— Il faudrait que je prenne des notes, Votre Grâce.

Rafe leva une feuille.

— J'ai toutes les informations rassemblées ici pour vous.

— Parfait.

Rafe reposa le papier sur son bureau.

— Autrefois, miss Duval et moi-même étions fiancés. Nous avons rompu il y a cinq ans.

Rafe continua à raconter la sordide histoire de ce qui s'était passé le soir où il avait eu en main le billet adressé par Danielle à Oliver. Il expliqua comment, à minuit, il s'était rendu dans la chambre de Danielle et les avait trouvés ensemble. Tandis qu'il poursuivait son récit, il fit de son mieux pour donner les informations sans révéler aucune émotion.

— Y a-t-il une chance que vous ayez gardé le billet ? demanda Jonas.

Rafe avait prévu la question.

— Assez étrangement, je l'ai gardé, bien que je ne puisse vous dire pourquoi.

Ouvrant le tiroir inférieur de son bureau, il déplaça le pistolet qu'il rangeait là et sortit un petit coffret en métal, puis il prit une clé accrochée à un anneau dans un autre tiroir pour l'ouvrir. La note était jaunie et passée, les plis usés. Néanmoins, elle avait encore le pouvoir de lui nouer l'estomac.

Il la tendit au détective.

— Comme je le disais, je ne sais pas du tout pourquoi

je l'ai gardée. Peut-être pour me rappeler de ne plus jamais me montrer aussi ridiculement confiant.

McPhee prit le billet, puis Rafe lui tendit la liste de noms et d'endroits qu'il avait établie, de gens qui avaient trempé dans le scandale, de près ou de loin.

— Ceci risque de prendre du temps, déclara le limier.

Rafe se leva.

— J'ai attendu cinq ans. Je ne pense pas que quelques semaines de plus importeront.

Et cependant, il était étrangement anxieux de savoir ce que McPhee trouverait. Peut-être voulait-il simplement voir l'affaire résolue, comme elle ne l'avait jamais réellement été.

Peut-être pensait-il à l'avenir, à son prochain mariage. Peut-être souhaitait-il enterrer le passé, une fois pour toutes.

Avec l'aide de Caro, Danielle emballa ses dernières affaires dans des sacs de voyage, prenant particulièrement soin des toilettes dont elle aurait besoin à bord durant le voyage de deux mois vers l'Amérique.

Elle ne pouvait attendre de partir.

— On dirait que nous avons fini, dit Caro, toujours enjouée. Etes-vous prête à partir ?

— Plus que prête. Et vous ?

Caro rit joyeusement.

— Je suis prête depuis des jours.

— Et tante Flora ? A-t-elle terminé ses bagages ?

Sa corpulente tante entra dans la pièce à ce moment-là, des mèches de cheveux argentés, qui s'étaient échappées de ses épingles, flottant autour de son visage rond.

— Je suis prête à partir quand vous le voudrez, mes chères enfants.

A l'instar de Dani, Flora considérait Caroline presque comme un membre de la famille. A un moment donné, Danielle avait suggéré que Caro ne travaille plus pour elle comme sa femme de chambre, mais devienne sa dame de compagnie.

Caro avait été mortifiée.

— Je ne veux pas de votre charité, Danielle. Je n'en ai jamais voulu. Je suis heureuse de travailler pour ce que je reçois. En outre, lady Wycombe et vous avez toujours été extrêmement aimables et généreuses avec moi.

Dani n'avait plus abordé le sujet. Caro était contente de gagner sa vie et elle-même était heureuse de leur amitié.

— Bon, eh bien, si nous sommes toutes prêtes, dit Flora, je vais faire amener la voiture.

Celle-ci les conduirait au port, puis retournerait à Wycombe Park. Lady Wycombe reviendrait en Angleterre, mais Dani et Caro resteraient en Amérique, s'installant avec le futur époux de Dani, Richard Clemens.

— Oh, tout ceci est si excitant !

Flora sortit en hâte pour faire les derniers préparatifs et Dani regarda sa femme de chambre, qui paraissait excitée aussi.

— Eh bien, je suppose que nous sommes en route, dit-elle.

Caro eut un grand sourire.

— Pensez donc — vous serez bientôt une femme mariée !

Danielle hocha la tête. Elle ne put s'empêcher de penser au dernier homme qu'elle avait aimé et à sa terrible trahison.

« Richard est différent », se dit-elle.

Et elle pria pour avoir raison.

*
* *

Le bateau se préparait à mettre les voiles avec la marée le lendemain matin. C'était un grand paquebot à voiles carrées, le *Wyndham*, doté des équipements les plus modernes qui pouvaient se trouver. Le capitaine avait accueilli personnellement les trois femmes et promis qu'il veillerait à leur bien-être pendant la traversée, puisqu'elles voyageaient sans la protection d'un homme.

Dani essaya d'imaginer un homme qui l'avait jamais protégée de quoi que ce fût. Certainement pas son père, qui était mort quand elle était si jeune. Ni son cousin, Nathaniel, qui lui avait fait des avances lubriques alors qu'elle n'avait que douze ans.

Et absolument pas Rafael, l'homme qui aurait dû être son mari, l'homme qu'elle avait aimé de tout son cœur.

Elle s'interrogea au sujet de Richard Clemens, mais se dit que cela n'avait vraiment pas d'importance. Elle avait appris à prendre soin d'elle-même et continuerait à le faire, même après leur mariage.

Danielle se tenait au bastingage entre sa tante et Caro, regardant l'eau tandis que le bateau se préparait à partir. Un vent de fin mai rafraîchissait l'air et fouettait sa cape autour de ses épaules.

— Je peux à peine le croire, dit Caro alors qu'elles contemplaient les quais de Londres qui disparaissaient au loin. Nous sommes vraiment en route pour l'Amérique !

— Quelle aventure nous allons vivre ! s'exclama Flora.

Bien que Dani fût presque aussi excitée qu'elles, elle avait besoin d'être plus rassurée sur ce qui l'attendait. Elle connaissait à peine Richard Clemens, après tout. Et après Rafael, elle était beaucoup plus méfiante vis-à-vis des hommes. Toutefois, Richard lui offrait la chance de bonheur qu'elle avait renoncé à avoir.

Elle se pencha et enlaça ses compagnes, ses meilleures amies au monde.

— Je suis si contente que vous veniez toutes les deux avec moi.

Elle savait que les deux femmes n'auraient pas accepté qu'il en soit autrement. Elles étaient sa famille. La seule vraie famille qu'elle ait jamais eue.

Et maintenant, une nouvelle famille l'attendait en Amérique. Richard, son fils et sa fille, des enfants qu'elle n'aurait pas eus si elle ne l'avait pas rencontré. Elle essaya de se rappeler son visage et vit l'image d'un homme aux épais cheveux blonds et aux yeux bruns. Un homme séduisant, intelligent et généreux.

Ils s'étaient rencontrés à Wycombe Park. Richard était dans l'industrie textile et était venu en Angleterre dans l'espoir d'accroître ses profits. Il était l'hôte du hobereau Donner, un des voisins et amis de tante Flora. M. Donner et son épouse, Prudence, avaient été invités à dîner à Wycombe Park avec leur hôte, M. Clemens.

Ce soir-là, après avoir joué aux cartes, conversé agréablement et écouté Dani et Prudence jouer du piano, Richard lui avait demandé s'il pouvait revenir la voir. Dani s'était surprise elle-même en répondant « oui ».

Les jours suivants, ils n'avaient pas passé beaucoup de temps ensemble, mais ils avaient semblé très bien s'entendre. Et même lorsqu'elle lui avait parlé du scandale, Richard avait voulu l'épouser.

Contrairement à Rafael, il l'avait crue quand elle lui avait dit qu'elle n'avait aucun tort dans l'affaire.

Debout sur le pont du *Wyndham,* Dani sentait le vent

sur son visage tandis que son regard se portait vers la mer. Elle avait de la chance. Tellement de chance. Dieu lui avait donné une deuxième chance de bonheur et elle avait l'intention de la saisir à deux mains.

4

Dix jours s'écoulèrent avec seulement quelques brèves communications de Jonas McPhee. Tandis que Rafe attendait des réponses, il menait sa vie comme auparavant, assistant aux dîners et raouts habituels, passant la plupart de ses soirées libres à son club, le White's, et faisant à l'occasion une visite d'une nature plus privée à la Maison de Plaisir de Mme Fontaneau.

Autrefois, ses meilleurs amis Ethan Sharpe et Cord Easton l'auraient accompagné, buvant et jouant, allant voir ces dames, même si Cord préférait habituellement la compagnie de sa maîtresse.

Mais Ethan et Cord étaient mariés maintenant, et heureux en ménage, tous deux des époux dévoués, ayant chacun un fils. Rafe avait l'intention d'avoir le même avenir. Même si son mariage avec Mary Rose ne serait pas un mariage d'amour, il était impératif qu'il ait un héritier. La fortune des Sheffield était importante, les terres et les biens de la famille vastes et complexes.

Comme il n'avait pas de frères, s'il mourait sans un fils pour perpétuer le nom, la fortune et le titre iraient à son cousin, Arthur Bartholomew. Artie, un panier percé de la pire espèce, un débauché dont le principal objectif dans la vie était de dépenser chaque guinée qui lui passait dans les mains. Il fréquentait des catins, buvait et jouait excessivement, et semblait déterminé à mourir prématurément en faisant la noce.

Arthur était la raison pour laquelle la mère de Rafe avait tellement insisté pour qu'il se marie et, en vérité, il ne pouvait l'en blâmer. Comme ses tantes et ses cousines, sa mère dépendait de la grande fortune des Sheffield. C'était la responsabilité de Rafe de faire en sorte que ladite fortune perdure pour les générations présentes et à venir.

Pour être certain que cela arriverait, Rafe était déterminé à se marier et à peupler sa nurserie. Il lui fallait des fils — plus d'un — pour remplir son devoir. Mais au-delà de cela, il était impatient d'avoir une famille à lui. Il y était prêt. Il avait été prêt depuis ses fiançailles avec Danielle, supposait-il, même si, après sa trahison, cette perspective l'avait presque révulsé pendant plusieurs années.

Il était encore en train de penser à Danielle une heure plus tard quand il reçut un message de Jonas McPhee qui lui demandait de le voir dès ce soir. D'après le ton de la note, Rafe pensa qu'il avait découvert des informations importantes.

Vers 9 heures, le majordome introduisit le détective dans le cabinet de travail, où Rafe faisait impatiemment les cent pas devant son bureau.

— Bonsoir, Votre Grâce. J'espérais venir plus tôt, mais j'avais besoin de vérifier quelques détails de dernière minute avant de vous faire mon rapport.

— Ce n'est pas grave, Jonas. J'apprécie votre méticulosité. Je présume donc que vous apportez des nouvelles.

— J'en ai peur, Votre Grâce.

A ces mots, l'estomac de Rafe se contracta. A en juger par l'expression du détective, il n'allait pas aimer ce qu'il avait à lui dire. Il lui fit signe de s'asseoir dans un fauteuil et prit place en face de lui.

— Bon, allons-y.

— Pour dire les choses simplement, monsieur, lors de cette soirée d'il y a cinq ans, il apparaît que vous avez été dupé.

Cette déclaration noua encore plus l'estomac de Rafe.

— De quelle manière ?

— Cette connaissance à vous, Oliver Randall, qui a été impliqué dans les événements, vous vouait apparemment une animosité secrète depuis des années.

— « Animosité » est un mot très fort, Jonas. Nous étions amis. Pas très proches, mais je n'ai jamais perçu une hostilité manifeste de sa part.

— Connaissiez-vous ses sentiments pour votre fiancée ?

— Oui. Je savais qu'il était amoureux de Danielle, qu'il l'avait été pendant des années. Je me sentais surtout désolé pour lui.

— Jusqu'à ce que vous les voyiez ensemble cette nuit-là.

— C'est juste. Je les ai trouvés dans la chambre de Danielle. Il était nu dans son lit.

— Il ne fait pas de doute qu'il y était. Un certain nombre des invités qui se trouvaient à la maison pour la semaine ont confirmé les événements… pour ce qu'ils en savaient. Plusieurs ont entendu le vacarme et ont couru jusqu'à la chambre de miss Duval. Ils vous ont vu et ont vu Oliver Randall dans le lit de miss Duval. Tous, vous compris, avez tiré la même conclusion.

— Vous semblez suggérer que nous nous sommes tous trompés.

— Redites-moi comment vous avez eu le billet en main.

Rafe autorisa sa mémoire à retourner aux pénibles événements de cette nuit-là.

— Un des valets me l'a apporté après dîner. Il a dit qu'il l'avait trouvé par terre dans le cabinet de travail de lord Oliver. Il a déclaré qu'il savait que miss Duval et moi étions fiancés et qu'il ne pensait pas que ce qui se passait entre Danielle et Oliver était bien.

— Vous rappelez-vous le nom de ce valet ?

— Non, je me souviens seulement que je l'ai généreusement récompensé de son honnêteté et que j'ai juré de garder son rôle secret.

— Il se nommait Willard Coote. Il avait également été bien payé par lord Oliver, qui lui avait ordonné de vous remettre le billet.

Rafe fronça les sourcils.

— Cela n'a pas de sens. Pourquoi Oliver aurait-il voulu être surpris avec Danielle ?

— Manifestement lord Oliver était déterminé à vous empêcher d'épouser miss Duval. Je crois qu'il espérait qu'il finirait par l'avoir pour lui, mais, bien sûr, cela ne s'est jamais produit. Et surtout, je pense qu'il voulait vous blesser aussi vilainement que possible.

Rafe réfléchit à tout cela, l'esprit en ébullition, essayant d'assembler les éléments.

— Je crains de ne toujours pas comprendre. Pourquoi Oliver aurait-il voulu me blesser ?

— Il ne fait aucun doute qu'il était jaloux. Mais cela semble n'être qu'une des raisons de son animosité envers vous. Avec du temps, je devrais pouvoir découvrir ses autres motifs.

Rafe se redressa dans son fauteuil, des images d'Oliver et de Danielle ensemble cette nuit-là plein la tête.

— Ce ne sera pas nécessaire, du moins pas pour l'instant. Pour le moment, ce que j'ai besoin de savoir est si vous êtes certain — sans le moindre doute — que Danielle Duval était innocente.

En réponse, McPhee plongea la main dans la poche de sa redingote froissée, légèrement élimée.

— Je peux vous fournir une autre preuve.

Il posa le billet que Rafe lui avait donné sur le bureau.

— Ceci est le message que le valet vous a remis.

— Oui.

Le détective déplia une autre feuille de papier et la plaça à côté du billet.

— Et voici une lettre écrite par miss Duval. Je crois que cela prouve définitivement les faits.

Il se pencha sur les documents.

— Comme vous pouvez le voir, Votre Grâce, l'écriture est similaire, mais si vous regardez de près, vous remarquerez qu'elle n'est pas exactement la même.

Rafe scruta chaque ligne, constatant les ressemblances et les différences. On ne pouvait nier que les deux écritures, bien que proches, n'étaient pas tout à fait identiques.

— Notez la signature.

De nouveau, Rafe compara les deux. La signature du billet était certes un bon faux, le scripteur avait dû s'entraîner, mais là aussi il apparaissait de légères différences.

— Je ne crois pas que miss Duval ait écrit le billet à lord Randall, conclut McPhee. Je crois qu'il l'a rédigé lui-même, l'a froissé comme s'il l'avait lu et jeté, puis a ordonné à son valet de vous le remettre.

La main de Rafe tremblait lorsqu'il prit la lettre que le limier avait apportée. Elle était de Dani, adressée à sa tante. Dedans, elle décrivait les horribles événements de ce soir-là et la suppliait de croire qu'elle était innocente des accusations portées contre elle.

— Où avez-vous eu ceci ? demanda-t-il.

— J'ai fait une visite à la tante de miss Duval, lady Wycombe. La comtesse voulait coopérer pleinement afin de prouver l'innocence de sa nièce. Elle a fait en sorte que plusieurs exemplaires de l'écriture de sa nièce me soient apportés de Wycombe Park.

Rafe posa la lettre à côté du billet.

— Danielle m'a écrit à maintes reprises, mais... je n'ai jamais ouvert ses lettres. J'étais si sûr de ce que j'avais vu.

— Considérant comment les événements de ce soir-là avaient été minutieusement planifiés, c'est compréhensible, Votre Grâce.

Rafe serra si fort les mâchoires qu'il en eut mal dans la nuque. Il repoussa son fauteuil et se leva.

— Où est-il ?

Le détective se leva aussi.

— Lord Oliver réside actuellement dans la maison de ville de son père, lord Caverly. Il est à Londres pour la Saison.

Rafe contourna le bureau, le pouls s'emballant, sa colère augmentant de seconde en seconde. Il contint durement son humeur.

— Merci, Jonas. Vous avez fait du bon travail, comme d'habitude. Je regrette seulement de ne pas vous avoir connu il y a cinq ans. Si je vous avais engagé à l'époque, ma vie aurait peut-être pris un tournant bien différent.

— Je suis désolé, Votre Grâce.

— Nul ne pourrait être plus désolé que moi.

Rafe raccompagna McPhee à la porte du cabinet de travail.

— Envoyez votre facture à mon comptable.

Le détective hocha la tête.

— Il n'est peut-être pas trop tard pour réparer les dégâts, Votre Grâce.

Une nouvelle bouffée de colère envahit Rafe, sa rage devenant si forte qu'il craignit qu'elle n'échappe à son contrôle.

— Cinq ans, c'est très long, dit-il d'une voix contractée. Mais vous pouvez être certain d'une chose — il sera bientôt trop tard pour Oliver Randall.

On frappa de bonne heure à la porte d'Oliver. Comme les coups étaient fermes et insistants, il s'arracha au sommeil, maudissant en silence quiconque le réveillait à une heure aussi indue. Il fut surpris quand son valet entra, la mine terrifiée.

— Qu'y a-t-il, Burgess ? Et quoi que ce soit, il vaudrait mieux que ce soit important. Je dormais comme un bébé avant que vous ne tambouriniez à la porte.

— Il y a trois hommes en bas, milord. Ils insistent pour vous voir. Jennings leur a dit qu'il était trop tôt pour des visites et a essayé de les renvoyer, mais ils ont refusé de partir. Ils ont dit que l'affaire ne pouvait pas attendre. Jennings est venu me trouver et m'a demandé de vous réveiller.

Le petit valet aux cheveux noirs tendit une robe de chambre de soie verte à son maître.

— Ne soyez pas stupide, lâcha Oliver. Je ne peux guère leur parler ainsi vêtu. Il faut que je m'habille. Qui que ce soit, ils devront attendre.

— Ils ont dit que si vous ne descendez pas d'ici cinq minutes, ils monteraient vous chercher.

— Quoi ? Ils osent me menacer ? Quelle affaire peut être assez importante pour que ces hommes arrivent chez moi à une heure aussi indécente et exigent de me voir ? Jennings vous a-t-il dit leur nom ?

— Oui, milord. Le duc de Sheffield, le marquis de Belford et le comte de Brant.

Un frisson alarmé parcourut Oliver. Sheffield était là. Et avec lui, deux des hommes les plus puissants de Londres. Il préférait ne pas penser à la raison de leur visite. Mieux valait attendre et voir.

Burgess tendit de nouveau la robe de chambre et cette fois Oliver l'enfila.

— Descendez et dites-leur que j'arrive, ordonna-t-il. Introduisez-les dans le salon.

— Oui, milord.

Les trois hommes attendaient quand le majordome ouvrit la haute double porte et qu'Oliver entra, essayant de garder un semblant de dignité en robe de chambre et pantoufles.

— Bonjour, Votre Grâce. Milords, salua-t-il, contrarié de voir que ces messieurs étaient restés debout.

— *Ollie,* fit le duc, la voix coupante.

— Je suppose que l'affaire qui vous amène est urgente, puisque vous vous présentez chez moi à une heure aussi inconvenante.

Sheffield s'avança. Oliver n'avait pas vu Rafael Saunders depuis des années, de fait il s'était arrangé pour garder ses distances avec lui. Et maintenant il était là, chez lui, plus grand que lui de plusieurs pouces et plus solidement bâti. Un bel homme, riche et puissant au-delà de ce qu'Oliver connaîtrait jamais.

— Je suis venu au sujet d'une affaire personnelle, dit le duc. Une affaire qui aurait dû être réglée voilà cinq ans. Je pense que vous voyez de quoi il s'agit.

Oliver fronça les sourcils. Rien de tout cela n'avait de sens.

— Je pensais que ce qui est arrivé appartenait au passé. Vous n'êtes sûrement pas ici pour réveiller de vieilles infamies, pas après toutes ces années.

— En vérité, je suis ici pour défendre l'honneur de Danielle Duval, comme j'aurais dû le faire il y a cinq ans. Voyez-vous, j'ai fait l'erreur de vous croire et pas elle. C'est une erreur que j'ai l'intention de rectifier — une fois pour toutes.

— De… de quoi parlez-vous ?

Au lieu de répondre, Rafe tira un gant blanc de la poche intérieure de sa redingote. Il en souffleta durement Oliver, sur les deux joues.

— Danielle Duval n'avait aucun tort la nuit où je vous ai trouvés ensemble, mais vous, monsieur, n'étiez pas innocent. A présent, vous allez payer les dégâts que vous avez commis et les vies que vous avez gâchées. Vous avez le choix des armes.

— Je… je ne sais pas de quoi vous parlez.

— Vous le savez fort bien. Comme vous êtes celui qui avait rédigé le faux billet que j'ai reçu et payé le valet Willard Coote pour me le remettre, vous savez exactement ce que je veux dire. Je compte que vous me rencontriez demain à l'aube sur le tertre de Green Park. Ces hommes me serviront de témoins. Si vous refusez, comme vous l'avez déjà fait, je vous retrouverai et vous tirerai dessus. Maintenant, choisissez votre arme.

Ainsi, la vérité avait fini par ressortir. Oliver avait commencé à croire qu'elle ne resurgirait jamais, à penser qu'il avait complètement gagné la partie. Maintenant, cinq ans plus tard, il se demandait si la revanche qu'il avait eue valait le prix qu'il allait payer.

— Des pistolets, répondit-il enfin. Vous pouvez compter sur mon arrivée à Green Park à l'aube.

— Une dernière question, *Ollie*. Pourquoi avez-vous fait cela ? Que vous ai-je fait pour mériter un châtiment aussi cruel ?

Un coin de la bouche d'Oliver se releva.

— Vous étiez simplement vous-même, Rafael. Depuis notre enfance, vous étiez le plus grand, le plus intelligent, le plus beau. Vous étiez l'héritier d'un duché et d'une fortune colossale. Vous étiez un meilleur athlète, un hôte plus charmant, un meilleur amant. Toutes les femmes souhaitaient vous épouser. Quand Danielle est tombée sous votre charme, j'ai décidé que vous ne l'auriez jamais.

Son sourire se fit dur.

— Et ainsi, j'ai détruit toutes vos chances d'avoir la seule chose que vous désiriez vraiment.

Le duc explosa, attrapant Oliver par les revers de sa robe de chambre et le soulevant sur les doigts de pieds.

— Je vais vous tuer, Oliver. Vous avez peut-être accompli ce que vous avez manigancé, mais vous allez payer pour ce que vous avez fait.

Le comte et le marquis se portèrent tous les deux en avant.

— Laissez-le, Rafael, dit Brant, plongeant ses yeux dorés, brûlants, dans le froid regard bleu de son ami. Vous aurez votre vengeance demain matin.

— Donnez-lui le temps de réfléchir à son sort, renchérit le brun marquis de Belford, comme s'il savait le genre de peur que le temps pouvait susciter.

Les doigts forts qui serraient la robe de chambre sous le menton d'Oliver se desserrèrent lentement.

— Il est temps de partir, dit Belford au duc. A cette heure, les domestiques ont probablement appelé un gardien de la paix. Comme le dit Cord, cela ira mieux demain.

Sheffield relâcha Oliver, le repoussant si durement qu'il alla heurter le manteau de la cheminée et qu'une vive douleur lui remonta dans le bras. Mais la peur d'Oliver se dissipait lentement, remplacée par une détermination de fer. Il s'était préparé pour ce jour-là. Le sort lui avait peut-être offert une dernière chance de gagner la partie.

— Nous verrons qui finira les pieds devant, lança-t-il d'un ton de défi alors que les trois hommes se dirigeaient vers la porte. Je ne suis plus l'homme faible que j'étais il y a cinq ans.

Les trois amis l'ignorèrent, sortant du salon. Belford boitait légèrement, peut-être une ancienne blessure. Oliver ne le connaissait pas assez bien pour le savoir.

La porte d'entrée se referma quand ils quittèrent la maison, et Oliver se laissa choir sur le canapé de brocart. Ainsi, il allait enfin affronter le duc de Sheffield. Fut un temps, il était sûr que ce jour viendrait. Il avait acheté une paire de pistolets de duel et s'était exercé chaque jour, jusqu'à devenir un très bon tireur.

Ces dernières années, il avait commencé à penser qu'il n'aurait pas besoin de ces armes. Maintenant, il semblait que si.

Il sourit presque. Rafael voulait une vengeance. Il connaissait bien ce sentiment. En un sens, il était content que Rafe sache ce qui s'était passé cette nuit-là. Cela rendrait sa victoire encore plus douce. Demain, s'il était chanceux, il mettrait son ennemi intime à mort.

***

Un fin brouillard planait sur le tertre. L'herbe était haute et mouillée, laissant des gouttes de rosée sur les bottes en cuir des hommes. Les premiers rayons de l'aube se déployaient à l'horizon, suffisants pour éclairer la silhouette des deux voitures noires garées au bord du champ situé au-dessous.

Ethan se tenait à côté de Cord sous un grand sycomore, près des deux hommes qui avaient accompagné lord Oliver Randall. Dans l'espace ouvert au sommet du tertre, son meilleur ami Rafael Saunders, duc de Sheffield, se tenait dos à dos avec l'homme qui avait gâché sa vie, Oliver Randall, troisième fils du marquis de Caverly.

Randall était plus petit que Rafe de peut-être deux pouces, et légèrement plus mince, avec des cheveux auburn et des yeux bruns. Il n'avait rien du pouvoir et de l'autorité que Rafe avait toujours semblé posséder, et cependant Ethan espérait que son ami ne sous-estimait pas son adversaire.

A ce que l'on disait, Oliver Randall était une très bonne gâchette, l'une des meilleures de Londres.

Mais après tout, Rafe aussi.

Le décompte commença, Cord criant les chiffres, les deux hommes s'éloignant l'un de l'autre à grandes enjambées tandis que le comte comptait les pas.

— Cinq. Six. Sept. Huit. Neuf. Dix.

Les deux duellistes se tournèrent exactement au même instant, se plaçant de profil. Ils levèrent leur pistolet à canon long et tirèrent.

Deux coups de feu distincts retentirent, l'écho se propageant sur le tertre. Pendant plusieurs secondes, aucun des hommes ne bougea, puis Oliver Randall chancela sur ses pieds et tomba, s'affalant dans l'herbe.

Ses témoins se précipitèrent vers lui, deux ombres vagues dans la lumière rose de l'aube, ainsi que le chirurgien, Neil McCauley, un ami de Rafe qui avait accepté de venir. Cord et Ethan se dirigèrent aussi vers les deux tireurs, le cœur d'Ethan battant encore très fort même si son inquiétude commençait à se dissiper en voyant Rafe debout, apparemment indemne.

Puis il aperçut la tache de sang qui s'étendait sur la manche de Rafael, bien que ce dernier ne semblât pas y faire attention. A la place, il marcha vers son adversaire.

Courbé sur le blessé, le Dr McCauley leva les yeux vers le duc.

— C'est grave. Je ne suis pas sûr qu'il s'en sorte.

— Faites de votre mieux, dit Rafe.

Il pivota et se dirigea vers Ethan, qui le rattrapa à la lisière du tertre.

— Quelle est la gravité de votre blessure ? demanda le marquis, en repoussant une mèche brune et ondulée qui lui tombait sur le front.

Pour la première fois, Rafe parut s'aviser qu'il était blessé.

— Rien de trop sérieux, je pense. C'est un peu douloureux, mais sans plus.

Cord les rejoignit.

— Ma maison est la plus proche, et les femmes s'y trouvent. Allons-y et soignons ce bras.

Il jeta un coup d'œil vers le tertre.

— Il semble que McCauley soit occupé avec Randall, mais ma femme est une très bonne infirmière.

Rafe hocha la tête. Il contracta ses mâchoires plusieurs fois, sous la douleur, tandis qu'ils regagnaient la voiture, mais son esprit semblait très loin de là.

Il avait réglé le problème d'Oliver Randall. Néanmoins,

il restait d'autres questions d'honneur à régler. La réputation de Danielle devait être blanchie, Ethan le savait, et son innocence rendue connue dans la société.

Il se demanda quelles prochaines démarches Rafe avait l'intention d'entreprendre.

5

Rafe s'adossa à son fauteuil derrière son bureau. Un doux soleil de juin filtrait à travers les fenêtres à meneaux, réchauffant la pièce, mais cela n'améliorait pas son humeur. Son bras le lançait, même si la blessure, heureusement, s'était avérée légère. La balle avait traversé la chair sans toucher l'os et était ressortie de l'autre côté.

Oliver Randall n'avait pas été aussi chanceux. La balle avait frappé une côte sous le cœur, avait dévié et s'était logée près de sa colonne vertébrale. Neil McCauley l'avait retirée avec succès, mais les dommages avaient déjà été causés. En supposant que la blessure ne s'infecte pas, Oliver vivrait, mais ne marcherait plus jamais.

Rafe n'éprouvait pas de remords. Randall avait cruellement et délibérément détruit la vie de deux personnes par pure jalousie. Il avait comploté et manigancé, menti et dupé toute la ville de Londres, en particulier Rafael. Maintenant, en retour, sa propre vie était détruite.

« On récolte ce que l'on sème », disait le père de Rafe à son fils, quand il était petit. Le défunt duc était droit et juste. Il n'aurait vu que justice dans l'issue de ce duel.

Toutefois, Oliver n'était pas le seul homme en faute. Depuis le duel, Rafe avait entrepris de réparer certains des dommages qu'il avait lui-même causés. Il avait l'intention de blanchir le nom de Danielle de tout tort dans le scandale qui avait mis fin à leurs fiançailles, mais il voulait d'abord parler à Dani.

A cet égard, ses efforts avaient été vains.

Il pensait justement à Danielle quand on frappa à la porte. Son majordome, Jonathan Wooster, un homme aux cheveux gris, au visage étroit et aux pâles yeux bleus, se présenta sur le seuil.

— Je suis navré de vous déranger, Votre Grâce, mais lord et lady Belford désirent vous voir.

Rafe s'était demandé quand ses amis arriveraient.

— Faites-les entrer.

Ils étaient inquiets pour lui, il le savait. Il s'était terré chez lui depuis le duel et n'était pas sorti. Même si justice avait été faite, il se sentait abattu. Il n'avait pas quitté la maison parce qu'il n'en avait pas la volonté.

Ethan fit entrer Grace dans la pièce, une charmante jeune femme aux épais cheveux auburn et aux yeux d'un vert vif, vêtue d'une robe à la mode, à taille haute, d'un vert plus pâle. Grace et Rafe étaient amis depuis longtemps, mais n'avaient jamais été rien de plus. Rafe pensait que Grace était destinée depuis toujours à devenir la femme d'Ethan, la seule personne capable de dissiper la noirceur que son ami portait en lui.

— Comment vous sentez-vous ? demanda Ethan, la mine inquiète.

Il était aussi grand que Rafe, plus mince, plus ténébreux, les traits plus ciselés, le genre d'homme qui attirait les femmes. Encore plus maintenant que ses démons l'avaient quitté.

— La blessure n'a jamais été très sérieuse.

Rafe alla à leur rencontre.

— Et mon bras semble très bien guérir.

— Ce sont d'excellentes nouvelles.

Le joli visage de Grace s'éclaira d'un sourire.

— Peut-être vous sentez-vous assez bien pour venir déjeuner avec nous ? Il fait une si belle journée.

Rafe détourna les yeux. Son corps guérissait, mais son esprit s'appesantissait sur le passé. Le lendemain du duel, il avait convoqué Jonas McPhee pour découvrir où se trouvaient lady Wycombe et sa nièce Danielle. Comme il ne l'avait pas revue depuis le thé de bienfaisance et sa mère non plus, il avait pensé que les deux femmes étaient peut-être retournées à Wycombe Park.

Au lieu de cela, d'après le détective, elles avaient quitté le pays.

— Je peux dire d'après votre mine sombre que vous avez découvert que Danielle est partie, dit Ethan.

Rafe fronça les sourcils.

— Comment le savez-vous ?

— Victoria nous l'a dit, répondit Grace. Elle semble avoir une connexion invisible avec tous les domestiques de la ville. Et elle cherchait des informations sur Danielle. Elle pensait, je suppose, que vous souhaiteriez probablement la voir.

Rafe réprima un soupir frustré.

— Hélas, Jonas McPhee m'a informé il y a trois jours que Danielle et sa tante sont parties pour l'Amérique, à destination de Philadelphie. J'avais espéré lui parler, m'excuser et essayer d'une manière ou d'une autre de me racheter. Je ne pense pas que cela arrive, maintenant.

— Certainement pas tout de suite, accorda Ethan.

Rafe le regarda.

— Victoria vous a-t-elle dit aussi que Danielle a accepté la demande en mariage d'un Américain nommé Richard Clemens ?

— Non. Je ne pense pas qu'elle l'ait su.

Rafe porta les yeux au-delà du couple, vers la fenêtre et le jardin. Le soleil brillait comme il ne l'avait pas fait depuis des jours, et deux hirondelles étaient perchées sur la branche d'un sycomore près de la maison.

Il refit face à ses amis.

— Danielle a renoncé à son foyer, a été forcée de quitter son propre pays pour essayer de trouver un certain bonheur. Elle est partie à des milliers de milles pour échapper aux choses terribles qui étaient dites sur elle — dont aucune n'était vraie — et c'est entièrement ma faute.

Grace tendit la main pour lui toucher le bras.

— Ce n'est pas vrai. Vos actions ont sans nul doute joué un rôle, mais c'est Oliver Randall qui est le responsable. Il a projeté de mettre fin à vos fiançailles avec Danielle et de détruire les sentiments que vous aviez l'un pour l'autre — et il a réussi.

Inconsciemment, Rafe serra le poing.

— Randall a accompli exactement ce qu'il avait planifié. Il a détruit toute chance de bonheur que Danielle et moi pouvions avoir. A moins, bien sûr, qu'elle ne trouve un certain contentement avec l'homme qu'elle a l'intention d'épouser.

Les doigts de Grace se serrèrent sur sa manche.

— Acceptez-vous cette hypothèse, Rafael ?

— Que voulez-vous dire ?

— Le mariage de Danielle pourrait la rendre encore plus malheureuse qu'elle ne l'a été ces cinq dernières années. Etes-vous disposé à courir ce risque ?

La poitrine de Rafe se contracta. Cette pensée lui était venue à l'esprit plus d'une fois les derniers jours. Il se rappela la Dani dont il était tombé amoureux, si délicieuse et si innocente, et cependant emplie d'une telle passion.

Qui était cet homme qu'elle envisageait d'épouser ? L'aimait-elle ? Prendrait-il soin d'elle, la traiterait-il comme elle le méritait ?

La voix d'Ethan rompit le silence qui était tombé sur la pièce.

— Grace croit qu'il existe encore une chance pour Danielle et vous — si vous êtes assez courageux pour la saisir. Elle pense que vous êtes encore amoureux d'elle, est convaincue que vous n'avez jamais cessé de l'aimer. Elle est d'avis que vous devriez la suivre et la ramener en Angleterre.

Rafe décocha un regard dur à Grace.

— Je sais que vous avez toujours été une incurable romantique, ma douce, mais cette fois je pense que vous allez trop loin. Dani va épouser un autre homme. Elle est probablement amoureuse de lui. Et moi… je suis fiancé à Mary Rose.

— Aimez-vous toujours Danielle ? insista Grace.

Rafe inspira pour se calmer. Etait-il toujours amoureux de Dani ? C'était une question qu'il ne s'était jamais permis de se poser.

— Cela fait cinq ans, Grace. Je ne la connais même plus

— Vous devez le découvrir, Rafael. Vous devez la suivre et voir si vous l'aimez encore — et si elle vous aime.

Rafe souffla.

— Le seul fait de me voir la révulse.

— Peut-être. Peut-être aussi qu'elle ne fait que le penser. Jadis, je me suis persuadée que je haïssais Ethan. Je le blâmais de tout ce qui m'était arrivé. Mais le jour où il s'est présenté chez moi, j'ai compris que mes sentiments pour lui étaient toujours là, couvant juste sous la surface.

Sur le moment, j'ai souhaité qu'il en fût autrement. Mais à présent…

Elle se tourna, passa les bras autour de la taille de son mari et s'appuya contre lui.

— A présent, je suis seulement reconnaissante qu'il soit venu me chercher, reconnaissante qu'il en soit venu à m'aimer comme je l'aime, reconnaissante pour le fils qu'il m'a donné.

Ethan pencha sa tête brune et pressa ses lèvres sur les boucles auburn de sa femme.

— Qu'en est-il de Mary Rose ? demanda Rafe. Nous sommes fiancés, pour le cas où vous l'auriez oublié.

— Vous ne l'aimez pas, répondit Ethan. Et je ne crois pas qu'elle vous aime. D'ailleurs, je ne pense pas que vous le vouliez.

Non, il ne voulait pas que Mary Rose l'aime. Parce qu'il savait qu'il ne pourrait jamais lui retourner cet amour.

— Demandez-lui d'attendre, dit Grace. Reculer un peu plus le mariage n'est sûrement pas trop exiger.

Rafe ne répondit pas. Sa poitrine se contractait. Les questions que Grace posait planaient à la lisière de sa conscience depuis que McPhee avait découvert la vérité à propos de cette fameuse nuit. Et la liste n'avait fait que s'allonger depuis le duel. C'étaient des questions auxquelles il fallait répondre.

Il y avait des mots qui devaient être dits, un passé qui devait être réglé.

— Je vais réfléchir à ce que vous m'avez dit tous les deux. Je veux que vous sachiez que quoi qu'il advienne, j'apprécie votre amitié. Vous ne saurez jamais combien.

Les beaux yeux de Grace s'embuèrent.

— Nous voulons juste que vous soyez heureux.

Rafe hocha la tête. Il avait renoncé à cet espoir cinq ans

plus tôt. Maintenant, en entendant les paroles de ses amis, la pensée brûlait de nouveau en lui. Etait-ce possible ? Il l'ignorait, mais il savait qu'il devait s'en assurer.

Le lendemain matin, il réserverait une place sur un bateau en partance pour l'Amérique.

— Si vous décidez de partir, dit Ethan comme s'il avait lu dans ses pensées, la compagnie de navigation Belford a un navire qui part pour l'Amérique dans trois jours. La cabine du propriétaire vous sera réservée. Le *Triumph* peut vous amener jusqu'à Philadelphie en remontant le fleuve Delaware et c'est un bateau rapide, Rafael. Si le temps est favorable, il pourra rattraper au moins une semaine sur l'avance que Danielle a prise sur vous.

Rafe le regarda. Dans sa poitrine, son cœur était aussi contracté qu'un poing.

— Prenez les dispositions nécessaires, dit-il simplement.

6

Danielle se tenait près d'une fenêtre, fixant la ville plongée dans l'obscurité où elles étaient arrivées voilà deux semaines. Elle avait besoin d'être seule un moment. Ce soir-là, sa tante et elle assistaient à une petite soirée donnée par de proches amis de Richard en l'honneur de leurs fiançailles. Il semblait qu'il y avait toujours plus de gens à rencontrer, et même s'ils se montraient aimables, c'était parfois un peu écrasant.

Dani contemplait l'extérieur de la maison, très tranquille. Avec ses étroites rues pavées, ses édifices en brique rouge, ses hauts clochers blancs et ses grands parcs ouverts, Philadelphie était une ville charmante, même si elle ne ressemblait en rien à Londres.

Bien que l'Amérique et l'Angleterre aient été liées par le passé, c'était comme si les colons américains faisaient tout ce qu'ils pouvaient pour se forger une nouvelle identité, une identité à eux. Leur façon de parler était moins affectée, moins formelle. Ils suivaient la mode anglaise, toutefois, avec la distance entre les deux pays, même les toilettes les plus recherchées semblaient légèrement démodées.

Les gens d'ici montraient une forte indépendance, que Danielle admirait et respectait. Ces Américains constituaient un peuple à eux. Elle n'avait jamais rencontré des gens comme eux.

Danielle se détourna de la fenêtre et alla rejoindre sa tante près de la coupe à punch en cristal. Depuis son arrivée, elle s'était confortablement installée dans l'étroite maison de ville que Flora avait louée pour son séjour en Amérique. Pour l'instant, Caro et elle résidaient avec lady Wycombe dans la charmante demeure de style colonial.

Après le mariage de Dani, dans trois semaines, les deux jeunes femmes iraient s'installer chez Richard, sur les hauteurs de Society Hill, et quelque temps plus tard Flora repartirait pour l'Angleterre avec une dame de compagnie qu'elle engagerait pour le voyage.

Dani demeurerait avec son mari à Philadelphie, un monde complètement neuf et différent. Elle était heureuse que Caro reste avec elle.

Elle prit une gorgée du punch que sa tante lui avait mis dans la main.

— Voici Richard, murmura Flora en souriant à l'homme blond qui approchait à travers le salon. C'est certainement un bel homme.

Elle jeta une œillade de côté à Danielle, essayant de déchiffrer ses émotions en ce qui concernait son fiancé, mais sa nièce garda un visage impassible.

Richard Clemens lui plaisait assez pour qu'elle accepte sa demande en mariage, mais elle n'était pas amoureuse de lui. Et elle ne pensait pas qu'il soit plus que modérément épris d'elle. C'était un homme pratique, qui réussissait dans les affaires, et il lui fallait une épouse pour remplacer la sienne qui était morte en couches. Une nouvelle mère pour ses enfants en somme. Avec le temps, Dani espérait que leur affection deviendrait plus profonde.

— Ah, Danielle. Vous voilà.

Il lui sourit et elle lui rendit son sourire.

— Je vous ai vu parler à M. Wentz, dit-elle. Comme vous et lui possédez des manufactures textiles, j'imagine que vous parliez affaires.

Richard se pencha, lui prit la main et la pressa.

— Très bien vu. J'ai senti cela dès notre première rencontre. Une épouse qui comprend son rôle peut être un formidable atout pour les affaires de son mari.

Dani continua à sourire. Elle n'était pas exactement certaine du rôle que Richard s'attendait à la voir jouer, mais elle supposait qu'avec le temps elle s'en ferait une idée.

— En vérité, Jacob Wentz est dans l'industrie de la teinture. Son usine se trouve à Easton, non loin des Textiles Clemens.

Richard se tourna pour parler un moment à Flora, et tandis qu'ils tenaient une conversation polie, Dani étudia l'homme qu'elle allait épouser.

Richard était légèrement plus grand que la moyenne et séduisant, ses cheveux d'un blond doré et ses yeux un mélange de brun et de vert, devenant plus bruns ou plus verts selon ses humeurs.

Elle avait juste commencé à le connaître durant son séjour en Angleterre. Il s'était montré attentif et intéressant, un homme intelligent, prospère, un veuf qui semblait la trouver attirante. Ici, il était différent, plus impliqué. Ici, les affaires passaient toujours en premier. Parfois, elles semblaient l'occuper entièrement.

— Si vous voulez nous excuser un moment, lady Wycombe, dit-il, je voudrais présenter un gentleman à Danielle.

— Bien sûr.

Flora lui décocha un chaud sourire, puis tourna son

attention vers la matrone à côté d'elle et se mit à bavarder plaisamment.

Dani laissa Richard la guider à travers le salon, une pièce bien agencée avec des plafonds à moulures, des tapis d'Aubusson et des meubles Chippendale. Même le mobilier des maisons où elle s'était rendue semblait très américain, la plupart du temps en acajou avec des lignes douces et des courbes gracieuses, de jolies garnitures en dentelle et des chaises Windsor à haut dossier.

Richard couvrit sa main posée sur sa manche tandis qu'ils se frayaient un chemin parmi les invités, s'arrêtant çà et là pour échanger des salutations. Il était évident à la façon dont les gens se référaient à lui que son fiancé occupait une position élevée dans la société de Philadelphie. De fait, il paraissait certaines fois un peu trop concerné par cela, mais elle pouvait se tromper.

Il s'arrêta devant un grand homme robuste aux cheveux gris et aux favoris abondants.

— Sénateur Gaines, c'est un plaisir de vous voir.

— Pour moi aussi, Richard.

— Sénateur, je voudrais vous présenter ma fiancée, Danielle Duval.

Gaines s'inclina très poliment sur sa main.

— Miss Duval, vous êtes aussi charmante que Richard l'avait dit.

— Merci, sénateur.

— Le sénateur Gaines a été ambassadeur en Angleterre, autrefois, dit Richard à Dani. Le père de Danielle était le vicomte Drummond, ajouta-t-il à l'intention du sénateur. Peut-être l'avez-vous rencontré ?

Le sénateur haussa un épais sourcil gris.

— Je crains de ne pas avoir eu ce privilège.

Il jeta un coup d'œil à Richard.

— Ainsi, vous avez conquis la fille d'un vicomte. Un autre fleuron à ajouter à ceux que vous possédez déjà, mon vieux. Félicitations.

Richard rayonna.

— Merci, sénateur.

— Pour quand est le mariage ? Je présume que je serai invité.

— Naturellement. Nous serions très déçus si vous ne pouviez y assister.

Ils parlèrent un moment encore, puis Richard prit poliment congé et Dani aussi. Elle essaya d'ignorer le sentiment de malaise que la conversation avait suscité en elle. Richard paraissait si attaché à ses origines, si impressionné qu'elle soit membre de l'aristocratie anglaise. Cela semblait être mentionné à chaque soirée à laquelle ils avaient assisté depuis son arrivée.

— Richard ! Amenez votre délicieuse future épouse par ici un moment. Nous avons ce soir un invité que je voudrais vous présenter.

Danielle reconnut leur corpulent petit hôte, Marcus Whitman, un propriétaire terrien que Richard lui avait présenté lors d'une soirée musicale la semaine précédente. Depuis son arrivée, son fiancé avait insisté pour qu'ils enchaînent une soirée après l'autre.

— Je veux que vous ayez l'occasion de rencontrer mes amis, lui avait-il expliqué.

Dani avait espéré qu'ils auraient plus de temps pour eux, une chance de mieux se connaître avant le mariage. Jusqu'ici, elle n'avait rencontré ses enfants qu'une fois, et brièvement.

— Bonsoir, Marcus.

Richard sourit.

— C'est une soirée très agréable. Merci beaucoup de l'avoir donnée.

— Mon épouse et moi étions heureux de le faire. Avant sa mort, votre père et moi étions des amis de vingt ans.

Richard hocha poliment la tête. Son père était souvent mentionné lors de ces occasions. Apparemment, il avait été une figure très respectée de la communauté.

— Vous disiez que vous vouliez nous présenter quelqu'un ?

— Oui, oui, effectivement.

Marcus se tourna et toucha la manche d'un grand homme qui se tenait derrière lui, attirant son attention.

— Richard, je voudrais vous présenter à une connaissance de Londres, un ami d'un ami, si vous voyez ce que je veux dire. Rafael Saunders est le duc de Sheffield. Il est à Philadelphie pour affaires.

Une onde de choc se répercuta en Dani. Elle eut l'impression que le sol s'ouvrait sous ses pieds. Elle sentit le sang se retirer lentement de son visage.

Whitman continua les présentations.

— Monsieur le duc, voici Richard Clemens et sa fiancée, miss Duval. C'est une de vos compatriotes. Peut-être vous connaissez-vous.

Dani fixa les yeux les plus bleus qu'elle avait jamais vus, des yeux qu'elle n'oublierait jamais. Sa poitrine se crispa presque douloureusement.

— Monsieur Clemens, dit Rafael, en s'inclinant de façon formelle. Miss Duval.

Ses yeux se rivèrent sur ceux de Dani et pendant un instant elle ne put détourner son regard.

Elle ne pouvait parler, ni former un seul mot. Elle resta à regarder Rafe, sa main tremblant sur la manche de

Richard. Quand ce dernier se tourna pour la regarder, il dut voir sa pâleur.

— Chérie, allez-vous bien ?

Dani humecta ses lèvres, la bouche sèche.

— Je suis... je suis heureuse de faire votre connaissance, dit-elle à Rafael, remerciant silencieusement le ciel de ne jamais avoir dit à Richard le nom de l'homme avec qui elle avait été fiancée.

L'homme qui avait causé sa perte.

Les yeux de Rafe restèrent fixés sur les siens.

— Le plaisir est pour moi, miss Duval.

Elle réussit à détourner son regard, ignora les farouches battements de son cœur et parcourut la pièce des yeux en quête d'une échappatoire.

— Je... je suis terriblement désolée. Je crains d'avoir trop chaud. Je pense que j'aurais besoin de prendre l'air.

Richard passa un bras autour de sa taille.

— Laissez-moi vous escorter. Un moment sur la terrasse, et je suis sûr que vous vous sentirez mieux.

Il la guida vers les portes-fenêtres qui donnaient sur le jardin. Plusieurs personnes leur jetèrent un regard en passant, mais Dani les vit à peine. Elle avait le tournis, son estomac était noué.

Rafael l'avait suivie. Elle ne pouvait songer à une autre explication. Pourquoi était-il venu ? Que voulait-il ?

La haïssait-il tellement qu'il était venu pour ruiner sa chance d'une nouvelle vie avec Richard ?

Dani réprima un moment de peur et pria qu'il y ait une autre raison pour laquelle Rafael avait fait le voyage jusqu'en Amérique.

*
* *

Rafe regarda Danielle quitter le salon et souhaita s'y être pris autrement. Elle avait paru si pâle, si ébranlée. Mais après tout, qu'aurait-il pu attendre ?

Et il n'avait pas eu le choix.

Avant d'embarquer, il avait fait de son mieux pour découvrir des informations qui l'aideraient à la trouver, mais le temps lui avait manqué. Il connaissait le nom de son bateau, le *Wyndham,* et savait qu'elle s'était rendue à Philadelphie où son fiancé, un riche industriel, avait apparemment une maison.

A part cela, il n'avait pas su exactement où la chercher. A la place, il était arrivé en ville avec des lettres d'introduction de Howard Pendleton, un proche ami de la famille, et d'hommes influents à Londres qui avaient à Philadelphie des amis pouvant l'aider à retrouver Danielle.

Howard Pendleton, un colonel qui travaillait au ministère de la Guerre britannique, avait aidé Cord et Rafe à ramener Ethan de France où il avait été emprisonné. Par Ethan, Pendleton avait entendu parler du voyage de Rafe et était venu le trouver avec une offre d'assistance — en échange d'une faveur.

— Des rumeurs ont filtré, avait-il dit, un bruit selon lequel les Américains et les Français pourraient conclure une entente. Un marché qui serait très bénéfique à Napoléon. Nous avons besoin de votre aide, Votre Grâce. Si vous êtes d'accord, vous ne serez pas seul. Vous aurez Max Bradley pour vous assister.

Rafe connaissait bien Bradley, savait qu'il était un diplomate très efficace et un homme sur qui on pouvait compter. L'Angleterre combattait la France depuis des années. Les Anglais avaient perdu des milliers d'hommes.

Rafe avait accepté d'aider de toutes les façons qu'il pourrait et avait reçu en retour l'aide du colonel, qui comprenait les lettres d'introduction. Quand il avait embarqué sur le *Triumph,* un des navires les plus rapides de la compagnie de navigation Belford, Max Bradley avait embarqué avec lui. Il travaillait comme agent secret pour le ministère de la Guerre — une façon polie de dire qu'il était un espion britannique.

Depuis leur arrivée, Bradley avait cherché des informations de manière clandestine, tandis que Rafe utilisait les lettres pour trouver quelqu'un qui puisse le conduire à Dani. Il avait été présenté à Marcus Whitman, un proche ami de Richard Clemens, et avait obtenu une invitation à la soirée que celui-ci donnait en l'honneur des fiancés.

Rafe regarda vers la terrasse, la poitrine contractée. Dans sa robe de brocart doré, avec ses somptueux cheveux roux relevés, Danielle paraissait encore plus belle ce soir-là que la dernière fois où il l'avait vue.

Toutefois, lorsqu'il l'avait observée qui faisait le tour de la pièce au bras de l'homme qu'elle allait épouser, il n'avait pas vu une seule étincelle de joie dans ses beaux yeux verts, pas la moindre trace de passion. Peut-être, comme lui, avait-elle simplement acquis un plus grand contrôle d'elle-même.

Comme il la regardait disparaître dans le jardin, il souhaita avoir trouvé une meilleure manière de procéder. Mais il avait voulu rencontrer Richard Clemens, découvrir tout ce qu'il pouvait sur lui, et avec le mariage dans trois semaines, il n'avait pas beaucoup de temps.

Rafe fit la conversation avec Whitman ainsi que sa petite femme brune et plaisante, tout en surveillant la porte-fenêtre de la terrasse dans l'espoir de revoir Dani.

— Si ce n'est pas Sa Grâce, le duc !

Flora Chamberlain apparut à côté de lui, une petite femme au visage rond et aux vifs yeux bleus.

— On ne sait jamais qui on peut rencontrer, même à tant de milles de chez soi !

Elle l'étudia sous ses épais cils gris, le mesurant du regard.

— Il ne m'est jamais venu à l'idée que vous pourriez venir.

Rafe lui rendit son regard.

— Vraiment ? Vous saviez que je découvrirais la vérité quand vous avez remis cette lettre à Jonas McPhee. Pensiez-vous réellement que je laisserais l'affaire en l'état sans parler à Danielle ?

— Vous auriez pu découvrir la vérité il y a cinq ans, si vous vous en étiez donné la peine.

— J'étais plus jeune, alors, et très impétueux. J'étais follement jaloux de Dani. Et un sot.

— Je vois… Vous êtes plus âgé, maintenant, plus aussi fougueusement passionné.

— Exactement. Quand j'ai revu Danielle et qu'elle a continué à clamer son innocence après toutes ces années, j'ai décidé d'enquêter sur la question. Et j'ai découvert, à mon éternel regret, que j'avais causé du tort à votre nièce.

— Une vraie surprise, j'en suis sûre. Néanmoins, c'était une distance considérable à parcourir.

— J'aurais tout tenté pour la trouver.

— J'admets que j'espérais que vous viendriez. Je crois que Danielle mérite des excuses de votre part — même si vous avez dû faire près de quatre mille milles pour vous en acquitter.

— Est-ce la seule raison ?

Flora détourna les yeux vers la terrasse.

— Pour l'instant… oui.

— Il faut que je lui parle, lady Wycombe. Quand cela peut-il être arrangé ?

La comtesse continua à regarder dans la direction du jardin, puis elle se tourna vers Rafe.

— Venez chez moi demain matin — 221, Arch Street. A 10 heures. Richard ne doit pas arriver avant midi.

Rafe se pencha et prit sa main gantée de blanc. Il porta ses doigts à ses lèvres.

— Merci, lady Wycombe. Vous avez toujours été une bonne amie pour Dani.

— Quoi que vous fassiez, ne me faites pas regretter mon intervention dans cette affaire. Promettez-moi de ne rien faire d'autre pour la blesser.

Rafe baissa les yeux sur la robuste petite femme aux cheveux gris qui s'était montrée beaucoup plus loyale envers Danielle qu'il ne l'avait été.

— Je vous en donne ma parole solennelle.

Ne portant que sa camisole et un léger peignoir de soie, car la nuit était chaude même à cette heure tardive, Dani s'assit sur le pouf brodé au petit point devant la coiffeuse de sa chambre. Caroline Loon était assise au bord du lit à baldaquin en face d'elle.

— Il était à la soirée, Caro. Je ne peux toujours pas le croire. Il est venu d'Angleterre. Que pourrait-il bien vouloir ?

— Peut-être n'est-ce pas ce que vous pensez. Peut-être que l'homme qui vous a présentés a dit vrai et que le duc est ici simplement pour affaires. Vous m'avez dit que lord Sheffield est très riche. Peut-être a-t-il des intérêts financiers en Amérique comme en Angleterre.

Dani entrevit une lueur d'espoir.

— Vous pensez vraiment que c'est possible ?

— Je crois que oui.

— Peut-être est-il venu voir Richard, pour le mettre en garde contre le genre de femme qu'il croit que je suis.

— Votre fiancé connaît la vérité. Le duc ne peut rien lui dire que vous ne lui avez pas déjà dit vous-même. Ce que Sheffield pourrait déclarer ne ferait aucune différence.

— Je n'en suis pas si sûre. Richard se soucie extrêmement des apparences. Il peut croire en mon innocence, mais il serait vivement concerné si d'autres entendaient l'histoire.

Caro tapota sa main gauche de la brosse en argent qu'elle tenait dans la droite.

— Vous avez dit que le duc a feint de ne pas vous connaître, ce soir. Peut-être gardera-t-il le silence.

Dani secoua la tête.

— Rafael me hait. Il a déjà détruit ma vie une fois. Comment puis-je croire qu'il ne va pas essayer de nouveau ?

— Vous devriez peut-être lui parler, voir ce qu'il pense.

Un sentiment étrange naquit dans la poitrine de Dani. Elle ne put imaginer ce que c'était.

— Oui, je le devrais peut-être. Au moins, je saurais où j'en suis.

Caro se leva, plus grande et plus mince que sa maîtresse, portant une coiffe sur un amas de boucles blond pâle.

— Il se fait tard. Tournez-vous et laissez-moi brosser vos cheveux, après quoi vous devriez essayer de dormir. Demain, nous pourrons échafauder un plan quelconque.

Dani hocha la tête. Elle pivota sur le pouf et sa femme de chambre lui retira ses épingles à cheveux, laissant ses lourdes boucles crouler dans son dos. Puis elle les brossa vivement.

Caro avait raison, se dit Danielle. Demain, elle ferait des plans pour se confronter à Rafael.

Son estomac se contracta.

D'ici là, il était hautement improbable qu'elle parvienne à dormir.

Danielle se leva de bonne heure — du moins selon les critères londoniens. Les Américains ne semblaient pas apprécier les horaires décalés de la haute société anglaise, dont les membres restaient dehors la moitié de la nuit, puis passaient le plus clair du lendemain au lit à se préparer à refaire la même chose le soir venu. Les gens de ce pays pouvaient se coucher tard à l'occasion, mais cela ne semblait pas être la règle. Ceux qu'elle avait rencontrés travaillaient durs et étaient extrêmement ambitieux.

C'était certainement le cas de Richard.

Néanmoins, il avait promis que ce jour-là ils passeraient l'après-midi avec ses enfants et partageraient un dîner intime avec sa mère et quelques amis de la famille avant son départ pour Easton, une petite ville à une cinquantaine de miles où il travaillerait les jours suivants.

— Dani ! Dani !

Caro entra en trombe dans la chambre, ses yeux bleus aussi larges que des soucoupes.

— Il est ici ! Il est en bas, dans le salon !

— Doucement, Caro. *Qui* est dans le salon ?

— Le duc. Il dit qu'il veut vous parler. Il affirme que c'est une affaire de la plus haute importance.

Une vague de nausée submergea Dani et ses mains se mirent à trembler. Elle inspira pour se calmer et tenta de ralentir son cœur qui tambourinait.

C'était ce qu'elle souhaitait, non ?

Il fallait qu'elle lui parle, qu'elle découvre ses intentions.

Elle étudia brièvement son reflet dans la haute psyché, se tournant pour vérifier le dos de sa robe de jour en mousseline bleu pâle, lissant la jupe étroite et ajustant le corselet à taille haute.

La toilette était présentable et Caro avait coiffé ses cheveux en arrière sur les côtés, les retenant par des peignes en écaille et laissant ses boucles rousses cascader dans son dos.

— Vous êtes très bien, dit la femme de chambre en la tirant vers la porte. Vous vouliez lui parler. A présent, allez voir pourquoi il est ici.

Dani prit une autre grande inspiration et haussa le menton. Elle pressa ses mains l'une contre l'autre pour les empêcher de trembler, puis gagna l'escalier. Lorsqu'elle entra dans le salon, une pièce confortable décorée dans des tons de blanc et de rose, elle découvrit la haute silhouette de Rafael assise sur le canapé. Il se leva dès qu'elle franchit la porte.

— Merci de me recevoir, dit-il galamment.

— Avais-je vraiment le choix ?

Elle le connaissait. S'il voulait lui parler, à part lui tirer dessus, il n'y avait aucun moyen de le retenir.

— Non, je suppose que non.

Il désigna le canapé.

— Vous asseyez-vous près de moi ?

— Je préférerais rester debout, merci.

Rafael relâcha son souffle. Il avait six ans de plus qu'elle, ce qui signifiait qu'il avait trente et un ans, maintenant. De fines lignes émaillaient ses yeux si bleus et il y avait sur ses traits une lassitude qui n'y était pas autrefois. Toutefois, il était beau. Terriblement beau.

Elle sentit son intense regard bleu sur son visage.

— J'ai parcouru des milliers de milles pour vous voir, Danielle. Je comprends votre animosité envers moi — nul ne pourrait mieux la comprendre —, mais j'apprécierais que vous vous asseyiez pour que nous puissions avoir une chance de parler.

A son tour, Dani soupira. Sachant qu'il était inutile de discuter, elle s'avança et prit place sur le canapé de velours rose, tandis que Rafe allait fermer la porte. Elle fut surprise lorsqu'il s'assit à côté d'elle à une distance à peine respectable.

— Dois-je commander du thé ? demanda-t-elle. Puisque nous sommes soudain si civilisés.

— Ce n'est pas nécessaire, je ne veux que votre attention. Je suis venu ici pour vous faire mes excuses, Danielle.

Incapable de croire ce qu'elle venait d'entendre, Dani écarquilla les yeux.

— Qu… quoi ?

— Vous m'avez bien entendu. Je suis ici parce que tout ce que vous avez dit était vrai. Cette funeste nuit, il y a cinq ans, c'est moi qui vous ai trahie, pas le contraire.

Elle déglutit, se sentant brusquement la tête légère. Elle fut heureuse d'avoir accepté de s'asseoir.

— Je crains de… de ne pas comprendre.

Rafe se tourna vers elle.

— Oliver Randall a menti sur ce qui s'est passé cette nuit-là — comme vous l'avez toujours soutenu. Il a tout manigancé, jusqu'au billet que j'ai reçu, raison pour laquelle je me suis rendu dans votre chambre à minuit.

Il expliqua les événements de la nuit en question et pourquoi il avait été si convaincu qu'elle avait une liaison avec Oliver Randall. L'histoire était si incroyable que les mots se mirent à virevolter dans la tête de Dani.

— Pourquoi… ? demanda-t-elle doucement. Pourquoi Oliver aurait-il fait une chose pareille ? J'ai essayé de comprendre, mais je n'y ai jamais trouvé aucun sens.

— Il l'a fait parce qu'il vous voulait pour lui. Il était épris de vous, Danielle, mais il ne pouvait vous avoir. Et il était jaloux de moi d'une manière insensée.

Dani s'adossa au canapé, le cœur battant étrangement, la poitrine contractée. Rafe se leva et alla au buffet. Versant une rasade de cognac dans un ballon, il revint à elle et lui mit le verre dans la main.

— Buvez ceci. Vous vous sentirez mieux.

Quand elle ne fit aucun effort pour lever le verre, il plaça les doigts sur les siens et porta l'alcool à ses lèvres. Elle prit une gorgée hésitante, sentit la chaleur la brûler, et but de nouveau. Elle se sentait effectivement un peu mieux.

Elle leva les yeux vers Rafael, encore incapable de croire qu'il se tenait là, dans le salon.

— Comment avez-vous découvert tout cela ?

— J'ai engagé un enquêteur, un détective de Bow Street, un homme que j'avais déjà employé à plusieurs reprises.

Danielle secoua la tête.

— Je ne peux toujours pas le croire.

— Quoi ?

— Que vous ayez voyagé si loin simplement pour me dire que vous vous étiez trompé.

— Et pour vous dire aussi qu'Oliver Randall a payé le prix fort pour sa trahison.

Dani se leva si promptement que le cognac faillit déborder du verre en cristal.

— Vous l'avez tué ?

Rafe prit le ballon de ses mains mal affermies et le posa sur la table.

— Je l'ai provoqué en duel, comme je l'avais déjà fait, mais cette fois-ci je l'ai forcé à accepter. Ma balle a ricoché sur une côte et s'est logée près de sa colonne vertébrale. Il ne marchera plus jamais.

Danielle essaya de ressentir quelque chose, d'abhorrer ce que Rafael avait fait. Mais elle connaissait le code d'honneur qui régentait la vie de tout aristocrate anglais. Elle savait que si Rafe avait découvert la vérité, il le ferait payer à Oliver.

— Je suis désolée, dit-elle enfin.

— Pour Randall ? Ne le soyez pas.

— Pour nous tous. Pour les années que nous avons perdues. Pour les dégâts qui ont été causés.

— Randall a détruit notre vie, Danielle. La mienne autant que la vôtre. Vous ne le croyez peut-être pas, mais c'est vrai.

— Eh bien, maintenant qu'il a payé, c'est fini. Merci de me l'avoir dit. Je craignais…

— Que craigniez-vous, Danielle ?

Elle haussa le menton.

— Je craignais que vous ne soyez venu détruire mes projets d'avenir. Ma chance de trouver le bonheur avec Richard.

— Vous pensiez que j'irais aussi loin, que je vous détestais à ce point ?

— N'était-ce pas le cas ?

— Je n'ai pas dit un mot à quiconque à propos de cette nuit. Pas une seule fois en toutes ces années.

— Mais vous n'avez jamais nié les rumeurs. Vous avez rompu nos fiançailles le lendemain. En le faisant, vous avez établi clairement que j'étais fautive.

Quelque chose passa sur les traits de Rafe. Elle pensa que ce pouvait être du regret.

— Je ne puis nier mon rôle dans ce qui s'est passé. Si je pouvais changer les choses, si je pouvais m'y prendre autrement, je le ferais.

— Mais nous ne le pouvons pas, n'est-ce pas, Rafael ?

— Non. Nous ne pouvons pas défaire le passé.

Elle se leva.

— Dans ce cas… Adieu, Rafael.

Elle se dirigea vers la porte, le cœur battant toujours farouchement, luttant pour ne pas pleurer.

— L'aimez-vous ? demanda brusquement Rafe.

Danielle continua à marcher, franchissant la porte qui donnait dans le vestibule. Relevant l'ourlet de sa jupe, elle se concentra pour monter l'escalier, marche après marche, jusqu'à sa chambre.

7

Rafe était assis sur le canapé en cuir du salon de sa suite à l'hôtel William Penn. Pensant à son entrevue avec Danielle, il mit ses coudes sur ses genoux et se prit la tête dans les mains.

— C'était si dur ?

Sortant de la chambre, Max Bradley vint vers lui d'un pas nonchalant, aussi silencieux qu'un fantôme. Il apparaissait toujours sans prévenir. Rafe n'y était pas encore habitué.

— Pire, répondit-il en s'adossant au canapé et en étirant ses longues jambes devant lui. Je n'oublierai jamais son expression quand je lui ai dit que j'avais finalement découvert son innocence dans l'affaire. Par Dieu, si elle me haïssait précédemment, elle m'a en horreur, maintenant.

— En êtes-vous certain ? Ou vous haïssez-vous juste vous-même ?

Rafe soupira, sachant que c'était vrai.

— Je ne peux nier la culpabilité que j'éprouve pour ne pas l'avoir crue cette nuit-là. J'aimerais pouvoir faire quelque chose pour réparer mes torts vis-à-vis d'elle.

Max alla au buffet et se servit un cognac. Il était presque aussi grand que Rafe, avait quelques années de plus et était très maigre. Son visage était dur et marqué, ses rides profondes indiquant le genre de vie qu'il menait. D'épais cheveux noirs, toujours un peu trop longs, bouclaient sur le col de sa simple redingote marron.

Il emplit un verre de cognac pour Rafe et le lui apporta.

— Vous avez l'air d'en avoir besoin.

Pour la première fois, Rafe s'avisa que Max parlait avec un accent américain. En France, il avait parlé français comme un natif. C'était un homme qui restait la plupart du temps dans l'ombre et ne parlait jamais du rôle qu'il jouait, quel qu'il soit. Dans son domaine, de tels talents étaient sans prix.

Rafe but une gorgée d'alcool et en apprécia la chaleur.

— Merci.

— Vous disiez que Danielle est venue ici pour se marier.

— C'est exact.

— Avez-vous rencontré son fiancé ?

— Brièvement. A ce que j'ai pu découvrir, c'est un homme d'affaires qui réussit très bien, un veuf avec un fils et une fille.

— Votre dame est-elle amoureuse de lui ?

Rafe haussa un sourcil sombre.

— Danielle n'est plus ma dame, et je n'en ai aucune idée. Elle n'a pas voulu me le dire.

— Intéressant…

Max but une longue goulée de cognac.

— Dans ce cas, je suppose que c'est quelque chose que vous devez découvrir.

Rafe souffla.

— Pourquoi ? Quantité de gens se marient pour d'autres raisons que l'amour.

— Vous disiez que vous aimeriez pouvoir faire quelque chose pour réparer ce qui s'est produit dans le passé.

— Je l'ai dit. Mais pour autant que je le voie, il n'y a rien à faire.

— Si la dame n'aime pas l'homme qu'elle va épouser, alors vous pourriez considérer de l'épouser vous-même. Elle pourrait rentrer en Angleterre, avec sa tante et sa famille. Plus important, l'épouser mettrait fin aux ragots, ferait taire les langues et établirait son innocence une fois pour toutes.

La poitrine de Rafe se contracta. Fut un temps où il souhaitait épouser Danielle plus que tout. Cette époque était révolue depuis longtemps, non ?

Ou est-ce que cette idée lui avait trotté dans la tête depuis qu'il avait découvert la vérité sur son innocence ? Etait-ce la vraie raison pour laquelle il était allé trouver le comte de Throckmorton au sujet de ses fiançailles avec Mary Rose ?

Il avait demandé au comte que le mariage soit retardé et avait été surpris — et secrètement soulagé — quand ce dernier avait suggéré que les fiançailles soient tout simplement rompues.

— Je crois que j'ai fait une erreur en ce qui concerne ma fille, avait-il déclaré. Mary Rose est si jeune, si innocente. Un homme expérimenté comme vous… tellement plus âgé qu'elle… Il est évident que vous êtes un homme viril, doté de très forts appétits. Pour le dire carrément, Votre Grâce, ma fille est complètement intimidée par vous, et effrayée en particulier par l'idée de partager votre lit. Je ne crois pas que cela change, même avec le temps.

Rafe avait à peine pu en croire ses oreilles. L'homme renonçait à la chance de marier sa fille à un duc. Cela ne se faisait tout simplement pas dans la haute société.

— Etes-vous certain que Mary Rose souhaite mettre

fin aux fiançailles ? Je me montrerais patient avec elle, lui donnerais une chance de s'habituer à moi…

— J'en suis sûr, Rafael. Vous comprenez, j'espère, que je fais ce que je crois être le mieux pour ma fille.

C'était surprenant, et Rafe en avait admiré le comte.

— Je comprends tout à fait. Et je vous respecte grandement de placer en premier lieu les meilleurs intérêts de votre fille. Je vous suis reconnaissant de votre franchise et souhaite le plus grand bonheur à Mary Rose.

Bien qu'il eût dû être déprimé et courroucé que ses projets d'avenir soient détruits pour la deuxième fois de sa vie, Rafe avait quitté la maison avec l'impression qu'un grand poids avait été ôté de ses épaules. Il n'avait pas compris pourquoi. Il avait imaginé un avenir, une famille avec Mary Rose.

Il leva les yeux vers Bradley, qui sirotait son cognac dans le salon de sa suite.

— Même si j'admets que l'idée d'épouser Danielle a des mérites, il reste un problème : je lui déplais. Si je lui demandais sa main, elle refuserait très certainement.

— Je suppose que c'est à vous de le découvrir. Et, bien sûr, il y a la question non négligeable de savoir si vous tenez toujours à elle.

Tenait-il à elle ? Ce jour-là, il avait regardé Danielle et l'avait vue comme cinq ans plus tôt, sans que son regard soit entaché par la haine, une très belle jeune femme, intelligente et tendre. Une femme innocente de la trahison dont il l'avait si durement accusée.

— Je veux que Danielle soit heureuse. Je le lui dois et je suis déterminé à ce que cela advienne — d'une manière ou d'une autre.

Max lui tapota amicalement l'épaule.

— Eh bien, bonne chance, mon ami. Apparemment, vous en aurez besoin.

Il but une dernière gorgée de cognac et reposa son verre sur la table basse en acajou.

— Entre-temps, j'ai un certain nombre de choses à faire. Si mes informations s'avèrent correctes, je pourrai avoir besoin de votre aide.

Rafe avait dit au colonel Pendleton qu'il ferait tout son possible.

— Faites-moi juste savoir ce qu'il faut que je fasse.

Bradley hocha la tête. Quelques secondes après, il avait quitté la pièce, disparaissant aussi silencieusement qu'il était arrivé, et les pensées de Rafe revinrent à Danielle.

Il lui devait la chance de bonheur qu'il lui avait volée. Pour cela, il avait besoin d'en savoir plus sur l'homme qu'elle allait épouser.

Il sourit sombrement.

Se levant du canapé, il alla au plateau en argent posé sur la table Sheraton dans l'entrée. Il prit le billet plié qu'il avait reçu ce matin-là, une invitation de Mme William Clemens à un petit dîner chez elle ce soir-là.

Quelquefois, cela payait d'être duc.

Rafe avait déjà répondu qu'il serait ravi de venir.

Danielle découvrit que le dîner intime avec la famille de Richard serait un repas de vingt convives, tous en habit de soirée. Ils arrivaient dans de coûteuses voitures à l'élégante résidence en brique de la mère de Richard sur la colline de Society Hill.

Richard avait sa propre demeure, un peu plus petite mais non moins élégante, à quelques pâtés de maisons de là, ainsi qu'une villa à Easton où il habitait quand il y travaillait, ce qui était assez fréquent.

Dani avait passé l'après-midi avec la mère de Richard, son fils, William junior, et sa fille Sophie — leur premier vrai moment ensemble. Richard était resté avec eux un certain temps, mais les enfants semblaient lui porter sur les nerfs et il s'était excusé.

Dani l'en blâmait à peine. William et Sophie s'étaient disputés, battus et avaient fait des caprices le plus clair de la journée. Ils se querellaient encore quand Dani s'était préparée à retourner chez sa tante afin de se changer pour la soirée.

Et ils se bagarraient toujours lorsqu'elle était revenue à 7 heures avec Flora, pour se joindre aux premiers invités.

— Rends-moi mon cheval !

William Jr avait sept ans et Sophie six. Tous deux étaient blonds, William avec des yeux bruns et Sophie des yeux verts. Ils ressemblaient beaucoup à leur père.

— C'est mon cheval ! protesta Sophie. Tu me l'as donné !

— Je ne te l'ai pas donné — je te l'ai juste prêté pour jouer.

— Les enfants, s'il vous plaît…

Dani s'empressa de les rejoindre, espérant arrêter cette nouvelle dispute avant que d'autres invités n'arrivent. Plus tôt dans la journée, leur grand-mère avait essayé de les calmer en leur offrant des jouets — un petit cheval à William, une poupée à Sophie, bien que la chambre qu'ils occupaient quand ils venaient en visite regorgeât déjà de jouets.

— Les invités de votre grand-mère ont commencé à arriver. Vous ne voudriez pas qu'ils pensent que vous êtes mal élevés.

William se tourna méchamment vers elle.

— Nous n'avons pas à faire de ce que vous dites ! Nous ne vous aimons pas !

Ils semblaient n'aimer personne, du moins quiconque essayait de les contrôler. Bien sûr, ni Richard ni sa mère ne s'en donnaient la peine.

Dani soupira. Elle ne put s'empêcher de penser à la petite Maida Ann et au petit Terrance de l'orphelinat. Ils étaient heureux de la moindre babiole, de la moindre preuve d'affection. Terrance aurait été ravi du cheval de bois que Mme Clemens avait donné à William. Maida Ann aurait adoré la poupée que Sophie avait jetée dans un coin.

Dani baissa les yeux sur les deux têtes blondes, devant elle. Amener les enfants à l'accepter comme leur mère allait être une tâche herculéenne. Elle le ferait — même si elle suspectait que ni Richard, ni sa mère, ni les bambins eux-mêmes ne se souciaient qu'elle y parvienne.

Mme Clemens vint en hâte vers elle, une forte femme aussi grande que Dani, avec des cheveux blonds grisonnants.

— Le cocher de Richard est ici pour ramener William et Sophie chez eux. Leur nourrice les attendra.

Dani se tourna vers les enfants, qui se chamaillaient toujours pour le petit cheval. William l'arracha à sa sœur, qui se mit à pleurer.

— Ce n'est pas grave, ma douce.

Elle alla chercher la poupée rejetée et s'agenouilla devant la petite fille.

— Voici votre nouvelle poupée. Vous pouvez l'emporter à la maison, si vous voulez.

Sophie prit la poupée et fracassa son visage en porcelaine contre le mur. Les débris tombèrent sur le tapis.

— Je ne veux pas une idiote de poupée. Je veux un cheval !

Mme Clemens lui prit la main.

— Ne t'agite pas, ma chérie. Grand-mère t'offrira un cheval la prochaine fois que tu viendras.

Elle jeta à Dani un regard qui lui interdisait de discuter. La mère et le fils semblaient croire tous les deux que donner à William et à Sophie tout ce qu'ils voulaient était la manière de les faire obéir.

Dani espéra qu'avec le temps elle pourrait convaincre Richard que cette façon d'agir n'était pas dans le meilleur intérêt des enfants.

Elle se tourna au son de la voix de son fiancé, qui arrivait derrière elle.

— Je suis navré d'avoir dû partir, chérie. Cela arrive parfois, dans mes affaires.

Il avait dit qu'il avait oublié une réunion importante et qu'il était obligé de s'en aller, mais Dani sentit une légère odeur d'alcool dans son haleine. Il s'était arrêté chez lui pour se changer et il portait des culottes bleu foncé, une redingote gris clair et un gilet en lamé argenté. Comme toujours, il était très beau.

Et à la façon dont il la regardait, balayant de ses yeux noisette sa robe de soie verte à taille haute, il était clair qu'il était également satisfait de son apparence.

Il fit un signe de tête vers William et Sophie, qui l'ignoraient comme s'il n'était pas là.

— Les difficultés d'être parent. Ce sera un tel réconfort de savoir que vous serez là pour vous occuper d'eux.

— Vraiment, Richard ? Vais-je véritablement m'occuper d'eux, ou serai-je simplement leur nourrice ?

— De quoi parlez-vous ?

— C'est juste que je ne suis pas sûre que nous soyons d'accord sur ce qu'il convient de passer à William et Sophie.

Bien qu'il continuât à sourire, les traits de Richard se crispèrent légèrement.

— Je suis certain que nous trouverons une solution — à partir du moment où vous garderez à l'esprit que ce sont *mes* enfants. En ce qui les concerne, c'est moi qui prendrai les décisions.

La rougeur de la colère envahit les joues de Dani. Elle avait craint que ce fût la position de Richard. Elle ouvrit la bouche pour répliquer, mais les invités avaient commencé à arriver et ce n'était visiblement ni le moment, ni l'endroit de protester.

Le visage de son fiancé s'adoucit.

— Ne nous disputons pas ce soir, chérie. Nous en discuterons demain et nous mettrons d'accord. D'ici là, j'ai une surprise pour vous.

Il se tourna légèrement, révélant la présence d'un homme de haute taille qui les observait à quelques pas de là.

— Quand j'ai dit à Mère que vous aviez un compatriote — un duc, rien moins — qui se trouvait en ville, elle l'a invité à se joindre à nous.

Il s'écarta, lui permettant de voir l'homme qui se tenait derrière lui, mais elle avait déjà reconnu Rafael.

Sa poitrine se contracta et son cœur se mit à battre trop vite. Doux Jésus, pourquoi Rafe la torturait-il ainsi ? Il savait sûrement combien sa présence la mettait mal à l'aise. Elle l'avait aimé, autrefois. Ignorait-il que le regarder maintenant lui rappelait des moments enfouis dans sa mémoire depuis longtemps ? Lui rappelait ce qui aurait pu être ?

— Miss Duval, dit Rafe en prenant sa main gantée.

Il s'inclina en portant ses doigts à ses lèvres.

— C'est un plaisir de vous revoir.

Dani ignora le petit frisson qui remonta le long de son

bras. Elle ne savait pas pourquoi il était venu. Elle souhaitait seulement qu'il s'en aille.

Mais cela n'arriverait pas, s'avisa-t-elle tandis qu'il discourait avec Richard, faisait poliment la conversation à Flora et Mme Clemens, puis accompagnait le groupe dans la salle à manger.

Rafael était placé à la tête de la table, comme cela aurait été le cas en Angleterre, avec Mme Clemens à sa droite et Jacob Wentz à sa gauche. Les autres convives prirent leur place.

Dani était assise à côté de Richard, le long de la table, Flora en face d'eux. Rafael devisa poliment avec son hôtesse et parla souvent avec Richard et plusieurs autres hommes, mais alors même que Dani subissait le plantureux repas, elle pouvait sentir son regard sur elle.

Elle faisait tout ce qu'elle pouvait pour ne pas le regarder, mais, grands dieux, ses yeux cherchaient sans cesse les siens et elle était incapable de les détourner. Il y avait dans cet intense regard bleu quelque chose de brûlant et de farouche qui n'aurait pas dû y être. Quelque chose qui éveillait d'anciens souvenirs de ce qu'ils avaient été autrefois.

Elle se rappela le jour, cinq ans auparavant, où ils étaient allés se promener ensemble dans la pommeraie derrière la propriété de campagne de Rafe, Sheffield Hall.

En riant à une de ses remarques, il l'avait soulevée et juchée sur la balançoire accrochée à des branches de pommier. Puis il avait courbé sa tête brune et l'avait embrassée, doucement d'abord, et ensuite avec une passion si peu réprimée qu'elle se souvenait encore du contact de ses lèvres sur les siennes, de son goût masculin.

Le baiser était devenu brûlant et sauvage, et Dani ne l'avait pas arrêté quand il avait posé la main sur sa poitrine. Elle se rappelait ses douces caresses et la bouffée de chaleur sensuelle qui l'avait envahie tout entière, la façon dont la pointe de ses seins s'était durcie sous le corselet de sa robe de mousseline bleue.

Comme elle se durcissait maintenant encore.

Elle rougit.

— Chérie, vous ne faisiez pas attention, la réprimanda Richard. Avez-vous entendu ce que je viens de dire ?

Elle avait le visage en feu. Elle pria qu'à la lumière vacillante des bougies, plantées dans le chandelier en argent sur la table, son fiancé ne pourrait pas voir la rougeur qui colorait ses joues.

— Je suis désolée. Mon esprit s'est égaré. Que disiez-vous ?

— Je disais que le duc a accepté de se joindre à notre partie de chasse au gibier à plumes la semaine prochaine.

Dani parvint à sourire, mais ce ne fut pas facile.

— C'est… c'est magnifique. Je suis sûre qu'il y prendra plaisir.

— Je pensais que nous pourrions organiser une fin de semaine ensemble. La maison de campagne de Jacob est grande et il a invité les dames à se joindre à nous.

L'estomac de Dani se noua. Plus de temps à passer avec Rafael. Au nom du ciel, que voulait-il ?

— Cela paraît… très plaisant.

Visiblement satisfait de lui-même, Richard revint à la conversation qu'il entretenait avec le duc et les autres hommes, et Dani se concentra sur son assiette. Pourquoi Rafael s'immisçait-il ainsi dans leur vie ?

Elle l'ignorait, mais elle avait bien l'intention de le découvrir.

*
* *

Rafael endura la soirée qui lui parut interminable, déterminé à en apprendre le plus possible sur l'homme que Danielle avait l'intention d'épouser. Il était minuit quand il rentra dans sa suite de l'hôtel William Penn. Et il y trouva Max Bradley qui l'attendait.

Assis dans l'obscurité, l'agent secret se leva alors que Rafe tendait la main pour éclairer une lampe à huile. Il poussa un juron.

— J'aimerais que vous cessiez de faire cela. C'est extrêmement déconcertant.

Max gloussa.

— Désolé. Comment a été votre soirée ?

— Ennuyeuse.

— Vous avez parlé à Clemens ?

Rafe hocha la tête.

— Je fais de mon mieux pour apprécier cet homme, mais jusqu'ici j'ai du mal. Il y a quelque chose en lui… je n'arrive pas à mettre le doigt dessus. J'ai obtenu une invitation pour me joindre à une partie de chasse avec lui.

Il sourit légèrement.

— Danielle y sera aussi.

— A quelle date ?

— La fin de la semaine.

— Cela ne devrait pas poser de problème.

— Que voulez-vous dire ?

— Il se peut que je sois sur quelque chose. Si j'ai raison, je pourrais avoir besoin de vous.

Rafe traversa la pièce pour rejoindre Max.

— Vous avez la confirmation que les Américains passent un accord avec la France ?

— Cela en a tout l'air. Jusqu'ici je n'ai entendu que des rumeurs… Quelque chose à voir avec un schooner appelé « clipper de Baltimore ».

— Vraiment ?

— J'ai une piste que je dois suivre. J'ignore combien de temps je serai parti.

— Vous me ferez savoir si je peux faire quoi que ce soit ?

Selon Max, un homme de la position sociale de Rafe serait mieux placé pour se mouvoir dans les cercles les plus élevés de la société, ayant ainsi accès aux hommes qui détenaient les informations voulues.

— Je vous ferai signe si j'ai besoin de vous. Entre-temps, vous semblez avoir bien besoin de dormir.

Rafe acquiesça, plus las qu'il aurait dû l'être.

— Bonne chance, Max.

Il se dirigea vers sa chambre, laissant l'agent secret disparaître comme à son habitude.

Tandis qu'il se déshabillait, son esprit revint aux premières heures de la soirée et aux incidents troublants auxquels il avait assisté.

Il était arrivé assez tôt chez Mme Clemens pour voir Danielle avec les enfants de Richard. C'étaient d'affreux petits galopins trop gâtés, mal élevés et à qui l'on cédait la plupart du temps. Pire encore, d'après la réflexion que Richard avait faite à Dani, il n'avait pas l'intention de lui laisser son mot à dire dans leur éducation.

Rafe pensait que les enfants prendraient un bien meilleur départ si Danielle s'occupait d'eux. Elle avait toujours bien réussi avec les petits. Ils avaient projeté d'avoir une grande famille. Au thé de bienfaisance auquel il s'était rendu, il l'avait observée avec plusieurs orphelins qui semblaient l'adorer, comme il s'en était douté.

Mais Richard paraissait trop autoritaire pour voir le bien qu'elle pourrait faire à sa progéniture. Ce qui poussait

Rafe à se demander : dans quel autre domaine serait-il implacable ?

Il se glissa entre ses draps en essayant d'imaginer quel genre d'avenir Dani aurait avec Richard Clemens.

Il voulait qu'elle soit heureuse.

Il devait être certain qu'épouser Clemens lui apporterait le bonheur qu'elle méritait.

8

Dani n'avait pas eu de nouvelles de Rafael. Déterminée à découvrir la raison pour laquelle il continuait à interférer dans sa vie et espérant pouvoir le dissuader de les accompagner à la campagne, elle lui avait envoyé un billet à l'hôtel où il résidait. Elle avait sollicité un entretien, mais, n'ayant pas de réponse, elle s'était demandé s'il s'était absenté de la ville.

Elle l'espérait.

Tandis qu'elle attendait l'arrivée de la voiture de Richard ce vendredi matin, elle pria que Rafe ait changé d'avis et ne les rejoigne pas, ni maintenant ni plus tard.

Sa tante Flora avait décliné l'excursion, mais un certain nombre de femmes mariées seraient présentes, si bien qu'elle n'avait pas besoin de chaperon. Et Caro l'accompagnait, agissant comme sa femme de chambre, mais devant en réalité lui apporter son soutien. Comme Dani avait juste rencontré les autres femmes et connaissait à peine Richard, ce serait bon d'avoir une amie avec elle.

La voiture de Richard arriva enfin pour le trajet jusqu'à la maison de campagne de Jacob Wentz, à près de vingt miles de là. Danielle espérait que le voyage de trois heures lui donnerait l'occasion de converser avec son fiancé.

Hélas, une fois qu'ils furent sur la route, Richard dormit la plupart du temps.

Ils atteignirent la maison en début d'après-midi, une grande demeure en pierre entourée par des hectares de champs vallonnés, très verts, et des parcelles d'une forêt très épaisse.

— C'est ravissant, dit Dani, regardant par la vitre de la voiture ce paysage qui lui rappelait un peu l'Angleterre.

Richard, assis à côté d'elle, sourit.

— Nous devrons envisager d'acheter un endroit comme celui-ci pour nous-mêmes. Cela vous plairait-il, chérie ?

Elle se tourna pour le regarder.

— J'ai toujours adoré la campagne.

— Et ce serait bon pour les enfants, aussi.

— Oui, je le pense.

N'importe quoi pour les éloigner de leur grand-mère trop indulgente, se dit Dani. Peut-être auraient-ils la chance de former une famille, après tout. La famille qu'elle avait pensé ne jamais avoir.

Son état d'esprit s'améliora. Ils pénétrèrent dans la résidence, une vaste maison aux plafonds bas ornés de poutres dans les pièces principales et aux cheminées de plâtre assez hautes pour qu'elle puisse y entrer. Des tapis au crochet recouvraient le plancher et chacune des chambres d'hôtes contenait un charmant lit à colonnes. Quand elle monta, elle trouva Caro en train de tirer un lit de camp de sous le lit, car elles partageraient la même chambre.

— Cette pièce est très jolie, dit la femme de chambre en souriant.

Elle promena les yeux sur leur domaine. Tandis qu'elle marchait vers la fenêtre ouverte, la brise détacha quelques mèches blondes de ses épingles à cheveux et les fit voleter autour de son visage étroit.

— Il y a une vue ravissante du jardin et des collines au fond de la vallée.

Dani la rejoignit pour contempler le paysage. Mais dès qu'elle regarda par la fenêtre, ses yeux se rivèrent sur l'homme de haute taille qui remontait l'allée sur un fin cheval gris. Elle ne pouvait distinguer son visage, mais elle sut qui il était en reconnaissant son assurance en selle et la largeur de ses épaules très droites.

— Rafael est ici, dit-elle doucement, attirant l'attention de Caro.

— Le cavalier sur le cheval gris pommelé ?

Dani déglutit.

— Oui.

Bien qu'elle ait beaucoup parlé de Rafe à son amie, celle-ci ne l'avait jamais vu. Il approcha, son visage apparaissant peu à peu.

— Oh, ciel…, fit Caro.

— Exactement, murmura Dani, qui s'était attendue à pareille réaction.

Quelle femme ne serait pas impressionnée par Rafael ? Hormis sa beauté ténébreuse et son physique bien découplé, il y avait tout simplement quelque chose de particulier en lui, la façon dont il se tenait, celle dont il regardait une femme, lui accordant toute son attention comme si elle était seule avec lui. Dani le regarda remonter l'allée jusqu'à ce qu'il disparaisse derrière la haute haie qui entourait le jardin, se dirigeant vers l'entrée de la maison.

— Bon, il est ici, déclara Caro d'un ton pratique. Vous devrez simplement accepter ce fait.

Elle se détourna de la fenêtre avec un grand sourire.

— Pour voir les choses du bon côté, vous vouliez lui parler et découvrir ses intentions, quelles qu'elles soient. Peut-être en aurez-vous l'occasion, maintenant.

Dani détacha son regard de la fenêtre.

— Je suppose que vous avez raison. Jusqu'ici, il s'est comporté en gentleman. Puisque ma présence ne semble avoir aucun effet sur lui, je me comporterai de la même façon.

Néanmoins, elle souhaita qu'il ne soit pas venu, qu'il tourne bride et retourne en Angleterre où était sa place.

Plus tard dans l'après-midi, Danielle se promenait dans les allées du jardin, prenant son temps, nullement pressée de retourner à la maison, quand elle aperçut le duc qui venait vers elle à grands pas, une expression déterminée sur le visage. Elle creusait la légère fente de son menton, faisait paraître ses yeux d'un bleu plus profond. Le cœur de Dani manqua un battement, puis se mit à battre follement.

— Je vous fais mes excuses, dit-il en s'arrêtant devant elle. Je n'ai eu votre billet que tard hier soir. Apparemment, l'homme de la réception l'avait mis dans le mauvais casier.

— Je pensais que vous aviez peut-être quitté la ville pour vos affaires.

Le sourire de Rafe s'adoucit, relevant les coins de sa bouche pleine et sensuelle. C'était le genre de sourire que Dani n'avait plus vu depuis avant cette horrible nuit, cinq ans plus tôt, et il accéléra encore le rythme de son cœur.

— J'ai peut-être une affaire à traiter pendant que je suis ici, mais ce n'est pas la raison pour laquelle je suis venu. Je suis venu pour vous, Dani.

L'usage de son surnom, prononcé de cette voix grave et vibrante teintée d'une trace d'affection, la fit trembler.

— Si je suis la raison de votre présence, vous n'avez pas besoin de rester. Vous avez fait ce pour quoi vous êtes venu. Vous avez redressé les choses, ce qui est plus que la plupart des hommes auraient fait. Rentrez en Angleterre, Rafael. Je ne veux pas de vous ici, vous comprenez certainement pourquoi.

Le sourire de Rafe disparut.

— Je veux que vous soyez heureuse, Danielle. Je vous le dois. Lorsque je serai certain que vous le serez, je vous promets de partir. Jusque-là, je resterai.

L'humeur de Dani s'échauffa.

— Vous ne me devez rien. Je vais épouser Richard Clemens. Je n'ai pas besoin de votre approbation — je ne me soucie pas de ce que vous pensez. Laissez-moi en paix, Rafael. Laissez-moi poursuivre ma vie.

Elle se tourna pour partir, mais il la prit par le bras.

— Je vous l'ai déjà demandé. L'aimez-vous ?

Elle haussa le menton.

— Ce n'est pas votre affaire.

— J'en *fais* mon affaire. *L'aimez-vous ?*

Se dégageant brusquement de son emprise, Dani ignora son farouche froncement de sourcils, tourna les talons et s'éloigna, toujours irritée.

Elle allait épouser Richard Clemens. Sa décision était prise. Ce que Rafael pensait n'avait pas d'importance. Elle devait se concentrer sur Richard, pas sur lui.

Mais tandis qu'elle sortait du jardin, elle voyait toujours sa haute silhouette à l'arrière de son esprit, sentait son intense regard bleu la brûler. Elle se rappela l'expression fumeuse qu'elle avait aperçue dans ses yeux juste avant de se détourner, et garder ses pensées fixées sur Richard s'avéra bien difficile.

*
* *

Rafael rejoignit les hommes pour la chasse le lendemain matin, monté sur le cheval de selle qu'il avait loué en ville, un très beau hongre gris qui appartenait au propriétaire de l'écurie de louage. L'animal bien entraîné valait bien le supplément qu'il avait payé pour l'avoir, pensa-t-il alors qu'ils chevauchaient à travers champs.

Le paysage était magnifique, des collines vallonnées traversées de murets en pierre, semées de buttes boisées, coupées de temps à autre par des cours d'eau. Des prairies émaillées de marguerites jaunes et blanches s'étendaient devant eux.

Ils atteignirent leur destination et démontèrent, laissant les chevaux brouter l'herbe grasse qui poussait entre leurs sabots. Ils étaient cinq : Richard Clemens, Jacob Wentz, un riche marchand du nom d'Edmund Steigler, le juge Otto Bookman et Rafael, accompagnés par une meute de chiens de chasse qui devait débusquer des bécasses et des cailles.

Tandis que les chiens se déployaient avec le jeune homme qui les menait, Richard Clemens marcha à côté de Rafe, tenant un long fusil à silex incrusté d'argent.

— Belle pièce, remarqua Rafe, portant le fusil que Richard lui avait prêté au creux de son bras.

— Il était à mon père, dit fièrement Richard. Il est anglais, de très bonne facture.

Il tendit le fusil à Rafe pour qu'il l'examine de plus près.

S'arrêtant un moment, le duc appuya sa propre arme contre le tronc d'un arbre et prit le fusil. Il l'appuya contre son épaule, l'abaissa et le retourna pour voir les initiales du fabricant.

— Je connais l'armurier, Peter Wells. Il fabrique toujours de très bonnes armes.

Clemens rayonna.

— Mon père était fier de ce fusil.

— A juste titre.

Ils parlèrent un peu plus longtemps, établissant une sorte de camaraderie, même si Rafe restait méfiant, sans savoir pourquoi.

— Alors, comment trouvez-vous notre pays, jusqu'ici ? demanda Richard. Vous avez eu l'occasion de rencontrer quelqu'un d'intéressant ?

— J'ai apprécié de faire votre connaissance, vous et vos amis, bien sûr, répondit Rafe.

Il regarda son compagnon.

— Parlez-vous d'une femme ?

Richard haussa les épaules.

— Vous avez été en mer ou ici depuis plusieurs semaines. Un homme a des besoins. Je pensais que je pourrais peut-être vous aider, si vous êtes intéressé.

— Vous suggérez donc une soirée de plaisir.

— Il y a un endroit en ville dont je profite à l'occasion. Je pense que vous pourriez le trouver divertissant.

— Et vous m'accompagneriez ?

Richard sourit.

— J'ai une petite amie, là-bas... Une petite amie très douée. Nous nous connaissons très bien.

— Vous vous mariez dans moins de deux semaines.

Richard continua à sourire.

— Se marier ne doit pas priver un homme de son plaisir. J'imagine que ce n'est pas différent dans votre pays.

Rafe ne pouvait le contredire. De fait, s'il avait épousé Mary Rose, il se serait sûrement tourné vers la compagnie d'autres femmes.

— De nombreux hommes mariés ont des maîtresses

ou font de temps à autre une visite à un lupanar comme celui que vous avez mentionné, accorda-t-il.

Mais il n'en aurait pas été ainsi avec Dani, et la pensée que son nouvel époux avait l'intention de mener cette vie-là lui retourna l'estomac.

— Votre fiancée semble être une délicieuse jeune femme, dit-il. Ses attentions vous suffiront peut-être.

Richard se contenta de rire.

— Je suis évidemment impatient de partager le lit conjugal, mais avec ma manufacture à Easton, je suis souvent parti. J'ai une maîtresse à la campagne. Je n'ai pas l'intention de changer cela.

Rafe ne dit rien de plus. Il s'était juré de voir Danielle heureuse, et elle ne le serait jamais avec un homme qui prévoyait dès le départ d'être infidèle.

— Regardez par là !

Richard désigna un fossé qui courait le long du champ.

— Les chiens ont levé une compagnie de cailles.

Les autres hommes et lui mirent leur arme en joue. Rafe cala son fusil contre son épaule et tira sur la gâchette. Une paire d'oiseaux tomba. Si le reste de la journée se passait aussi bien, ils auraient des cailles au dîner.

Malheureusement, l'esprit de Rafe n'était plus à la chasse. Il pensait à Danielle. Il avait les réponses qu'il cherchait, mais il ne pouvait trahir une confidence et lui parler.

La question était : que devait-il faire ?

9

Caroline Loon était assise à une longue table de bois dans la cuisine située au sous-sol de la maison Wentz, parlant aux servantes et buvant une tasse de thé. C'était l'un des avantages d'être une femme de chambre. Elle pouvait passer sans problème des étages du haut à ceux du bas.

— Que diriez-vous d'une bonne part de tarte pour accompagner votre thé, ma poulette ?

La cuisinière à la forte poitrine, Emma Wyatt, s'avança en se dandinant vers elle avec un chaud sourire.

— Elle sort juste du four. J'ai cueilli les pommes moi-même, sur le pommier près de la porte de derrière.

— Elle paraît délicieuse, Emma, mais je n'ai pas vraiment faim.

— Vous en êtes sûre ? Une fille a besoin de se nourrir.

— Tout va bien pour moi.

Un bruit de pas résonna sur les dalles de pierre derrière Caro. Elle se tourna pour voir la silhouette d'un homme apparaître sur le seuil.

— Vous feriez mieux de faire ce que dit Emma. A vous voir, vous pourriez mettre un peu de chair sur vos os.

L'arrivant la parcourut du regard.

— Même si ce sont de très jolis os.

Caro battit des cils devant la soudaine agitation de la cuisine — une servante pouffant, Mme Wyatt souriant largement comme une écolière.

— Laissez-la tranquille, Robert.

Emma agita sa spatule en direction de l'homme.

— Vous allez embarrasser cette pauvre demoiselle.

Elle se tourna vers Caro.

— Ne faites pas attention à lui, ma poulette. Robert est un terrible séducteur. Il pourrait charmer des hirondelles dans les arbres.

Il se contenta de sourire. Posant les hautes bottes en cuir noir qu'il avait à la main près de la porte, il alla à la table et s'assit sur le banc en face de Caro. C'était un homme d'une trentaine d'années, avec d'épais cheveux châtains et un très joli sourire, et il était beau comme le péché. Une lueur coquine apparut un instant dans ses chauds yeux bruns. Ils la jaugèrent de haut en bas, s'attardèrent un instant sur sa poitrine pas particulièrement développée, puis remontèrent vers son visage.

— Je prendrai une part de cette tarte, Emma.

Il fit un clin d'œil à Caro.

— Si vous n'avez jamais goûté les tartes d'Emma, vous ne savez pas ce que vous perdez. A propos, mon nom est Robert McKay. C'est un plaisir de vous rencontrer, miss… ?

— Loon. Caroline Loon. Je travaille pour miss Duval, une des invitées de M. Wentz.

— Ah, voilà qui explique tout.

— Explique quoi ?

— Vous êtes anglaise. Je n'avais pas entendu cette façon de parler depuis longtemps.

Il se référait à l'élocution polie de Caro. Malgré la modestie de sa famille, elle avait reçu une éducation solide et s'exprimait avec l'intonation distinguée des classes supérieures.

Elle s'avisa que la voix sonore de Robert avait les mêmes inflexions distinguées.

— Vous êtes anglais, vous aussi.

— Je l'étais. Je suis américain, maintenant, même si ce n'est pas exactement par choix.

Emma posa une large part de tarte devant lui, et le parfum délicieux fit grogner l'estomac de Caro.

— Je le savais !

Robert sourit largement.

— Emma, apportez une part de cette merveilleuse tarte à miss Loon.

La cuisinière rit et revint peu après avec une part un peu plus petite qu'elle posa devant Caro, avec une fourchette pour chacun.

Robert attendit poliment qu'elle commence, puis s'attaqua à sa tarte comme un homme qui n'avait pas mangé depuis huit jours — ce dont Caro doutait à la vue de sa silhouette bien musclée.

Ainsi qu'il l'avait promis, la tarte était délicieuse, l'arôme de pommes et de cannelle emplissait chaque coin de la cuisine surchauffée, au plafond bas. Néanmoins, avec ce bel homme assis en face d'elle, Caro avait du mal à se concentrer sur son assiette.

— Travaillez-vous pour M. Wentz ? demanda-t-elle, interrompant la dernière bouchée de Robert McKay.

Il secoua la tête et avala.

— Je suis ici avec Edmund Steigler. Je suis son valet.

Il prononça ce mot avec une telle répugnance que Caro haussa ses sourcils blonds.

— Du moins, je le serai encore durant les quatre prochaines années.

— Vous n'aimez pas votre travail ?

Il rit, sans humour.

— Je suis lié par contrat à Steigler. Il a acheté sept ans de ma vie. Je n'en ai fait que trois.

— Je vois, dit Caro.

Mais, en fait, elle ne voyait pas du tout. Pourquoi un homme éduqué, comme McKay semblait l'être, se vendrait-il à un autre homme pour le servir ?

— Pourquoi ? demanda-t-elle avant de pouvoir se retenir.

McKay l'étudia avec un nouvel intérêt.

— Vous êtes la première personne à me le demander.

Elle jeta un coup d'œil à son assiette à moitié pleine, souhaitant s'être tue.

— Vous n'avez pas à répondre. Cela ne me regarde pas.

Elle leva les yeux vers lui.

— C'est juste que… Vous semblez être un homme indépendant, pas le genre à se vendre.

Robert l'étudia un moment, puis jeta un coup d'œil autour de la cuisine. Emma était occupée à pétrir du pain et son aide récurait des marmites et des casseroles.

— Si vous voulez savoir la vérité, la police me recherchait. Ils essayaient de m'arrêter pour un crime que je n'avais pas commis. Je devais quitter le pays en toute hâte, mais je n'avais pas l'argent pour la traversée. J'ai vu une annonce dans le *London Chronicle* qui demandait des domestiques sous contrat pour aller en Amérique. L'annonce avait été passée par un homme nommé Edmund Steigler et son bateau devait partir le lendemain matin. Je suis allé le voir. Il n'a pas posé de questions. J'ai signé les papiers et Steigler m'a amené ici.

Caro savait que ses yeux bleus devaient être ronds comme des soucoupes.

— Vous n'avez pas peur de me dire cela ?

Il haussa les épaules. Il était plus grand que la moyenne, mais pas exagérément, et ses épaules musclées emplissaient sa chemise aux manches larges.

— Que feriez-vous ? Le dire à Steigler ? Il ne s'en soucierait guère. En outre, je suis recherché en Angleterre, pas en Amérique.

— Mais si vous êtes innocent, vous devez rentrer, et trouver un moyen de blanchir votre nom.

McKay eut un rire âpre.

— Vous êtes une rêveuse, ma poule. Je n'ai pas l'argent. Et je dois encore quatre ans à Steigler.

En voyant l'expression troublée de Caro, il tendit la main et lui toucha la joue.

— Je pense que vous devez être une très gentille personne, Caroline Loon. Je crois que vous me plaisez.

Caro ne lui dit pas qu'il lui plaisait aussi. Ni qu'elle croyait à son histoire. Elle était assez douée pour juger les gens et elle savait instinctivement que Robert McKay disait la vérité.

Il repoussa son assiette vide et se leva du banc.

— C'était un plaisir de vous rencontrer, miss Loon.

— Pour moi aussi, monsieur McKay.

Il se dirigea vers la porte. Elle remarqua les muscles de ses jambes et la coupe ajustée de ses culottes, et une bouffée de chaleur lui monta aux joues.

Sur le seuil, McKay s'arrêta et se retourna.

— Vous aimez les chevaux, miss Loon ?

— Je crains d'être une piètre cavalière, mais j'aime beaucoup les chevaux.

— Dans ce cas, il y a un jeune poulain que vous aimeriez peut-être voir. Vous pourriez me rejoindre à l'écurie après dîner.

Caro sourit. Ce n'était pas le poulain qui l'intéressait; c'était Robert McKay.

— Cela me plairait beaucoup.

Il sourit de son sourire facile.

— Bon, alors à ce soir.

Elle hocha la tête et le regarda s'éloigner. Elle n'aurait pas dû accepter. C'était un très bel homme et si elle s'éclipsait pour le retrouver, il pourrait penser qu'il était en droit de prendre des libertés. Mais après tout, elle était une femme adulte capable de veiller sur elle-même.

— Robert est quelqu'un de bien, dit Emma comme si elle lisait dans ses pensées. Et vous n'avez pas à vous inquiéter. Vous serez en sécurité avec lui.

— Merci, Emma. J'en suis sûre.

Commençant à se lasser de la chaleur de la cuisine, Caro porta son assiette dans l'évier, la lava et l'essuya, puis gagna la porte de derrière.

Tandis qu'elle sortait au soleil, elle sourit, sa curiosité piquée à l'idée de passer une soirée avec Robert McKay.

Les hommes retournèrent chasser le lendemain matin et, afin de distraire les dames, les Wentz planifièrent une soirée pour la fin de la journée. Un certain nombre d'habitants de la région étaient invités en plus de leurs hôtes.

La majeure partie de la journée, les femmes aidèrent aux préparatifs, apportant des fleurs du jardin et les disposant dans des vases en cristal, couvrant les tables de jolies nappes en dentelle et aidant les domestiques à repousser les meubles contre les murs afin de faire de la place pour danser.

Trois musiciens arrivèrent et s'installèrent au fond du

salon. Les invités, essentiellement des propriétaires terriens et leurs épouses, arrivèrent peu après et Richard et Jacob Wentz firent les présentations.

Tandis que la soirée avançait, Danielle dansa avec Richard et avec le marchand Edmund Steigler, un homme mince aux cheveux noirs et aux traits émaciés — assez énigmatique, pensa-t-elle. Elle conversa avec Sarah Bookman, la femme du juge, qui était intéressante, drôle et plaisante. Leur hôtesse, Greta Wentz, était une femme douce et aimable au fort accent allemand, que le travail pénible ne rebutait pas.

Dani songea qu'avec le temps, elle pourrait devenir amie avec certaines des femmes qu'elle avait rencontrées en Amérique. Elle aimait leur caractère bien trempé et l'optimisme avec lequel elles considéraient leur vie.

A travers le salon, elle aperçut Richard parlant à Edmund Steigler et se demanda si elle pourrait jamais nouer une amitié véritable et durable avec l'homme qu'elle allait épouser. A plusieurs reprises au cours de la soirée, elle s'était mise en quête de lui, mais il était toujours occupé avec un de ses amis.

Ou en train de converser avec Rafael.

Elle vit Rafe à ce moment-là et un petit frisson la parcourut. Bien qu'elle fasse de son mieux pour l'ignorer et prétendre qu'il n'était pas là, elle ne cessait de le chercher du regard. Plus d'une fois, elle le surprit à l'observer, une expression troublée sur le visage.

Elle aurait voulu savoir ce qu'il pensait, et souhaitait lui demander quand il projetait de rentrer en Angleterre, mais le moment semblait ne jamais se présenter. Plus tard dans la soirée, elle leva les yeux et le vit approcher à travers la pièce, se dirigeant vers elle à grandes enjambées.

— Il faut que je vous parle, dit-il simplement. J'espérais

trouver un meilleur moment, mais nous allons tous partir demain matin. C'est important, Danielle.

— Je ne sais… Je ne pense pas que ce soit une bonne idée que nous…

— Je vous attendrai dans le pavillon au fond du jardin.

Il la laissa, coupant court à la protestation qu'elle était sur le point d'exprimer.

Fâchée qu'il ne lui ait pas laissé le choix et plus curieuse qu'elle ne voulait l'admettre, elle reporta son attention sur les invités. Elle dansa de nouveau avec Richard, puis s'éclipsa discrètement quand il s'engagea avec Jacob Wentz dans une conversation sur le prix élevé du coton du Sud, et sortit dans le jardin.

Même si plusieurs torches brûlaient le long des allées de gravier, celles-ci n'étaient pas bien éclairées. Se frayant un chemin parmi les ombres, dépassant des massifs de pensées jaunes et d'iris violets, Dani se dirigea vers le pavillon dont la flèche ornée indiquait l'emplacement au fond du jardin, près d'un ruisseau qui gazouillait.

Elle savait que ce rendez-vous avec Rafael était dangereux. Sa réputation avait déjà été compromise une fois. Comment expliquerait-elle sa présence ici, dans l'obscurité, avec le beau duc de Sheffield ? Que penseraient les amis de Richard si on les trouvait ensemble ?

Un frisson de malaise la parcourut. Elle n'oublierait jamais la souffrance qu'elle avait endurée cette nuit cinq ans plus tôt, ni les terribles semaines qui avaient suivi. Elle avait été bannie et humiliée. Pire encore, elle avait subi le chagrin de perdre l'homme qu'elle aimait.

Elle n'était pas amoureuse de Richard comme elle l'avait été autrefois de Rafael, mais la pensée de supporter de nouveau cette sorte de rejet lui donnait la nausée.

Ses yeux scrutaient l'obscurité tandis qu'elle se hâtait le long de l'allée. Rafael avait dû avoir conscience du danger, et pourtant il avait insisté pour qu'elle le rencontre. Elle savait que si elle n'apparaissait pas, il viendrait simplement la chercher, et peut-être dans des circonstances moins discrètes.

Le pavillon se dressait devant elle, octogonal, avec des moulures peintes en blanc, des côtés ouverts et des sièges de bois alignés à l'intérieur. En s'approchant, elle distingua la haute silhouette noyée d'ombre de Rafe appuyée à la balustrade. Jetant un coup d'œil autour d'elle pour s'assurer que personne n'était à proximité, elle releva l'ourlet de sa robe de soie saphir et posa le pied sur la première des trois marches.

Rafe lui prit la main, l'aidant à accéder à la plate-forme.

— Je craignais que vous ne veniez pas.

Elle ne serait pas venue, s'il lui avait laissé le choix.

— Vous avez dit que c'était important.

— En effet.

Il la guida jusqu'au banc qui longeait la balustrade et elle s'assit, bien que Rafe restât debout. Il fit les cent pas un moment, comme s'il cherchait quoi dire, puis il se tourna pour lui faire face. A la faible lumière d'une torche plantée plus loin, elle vit le bleu de ses yeux et l'incertitude qui y planait. Cela lui ressemblait si peu que son cœur s'emballa nerveusement.

— Qu'y a-t-il, Rafael ?

Il prit une grande inspiration et relâcha lentement son souffle.

— Je ne sais pas très bien comment commencer. Je vous ai dit que j'ai découvert la vérité sur ce qui s'est passé il y a cinq ans.

— Oui…

— Je vous ai dit que je voulais que vous soyez heureuse, que je vous le devais.

— Certes, mais…

— Je ne pense pas que vous serez heureuse avec Richard Clemens.

Dani se leva d'un bond.

— Ce que vous pensez n'importe pas, Rafael. Richard et moi nous marierons à la fin de la semaine prochaine.

— Je vous ai demandé par deux fois si vous l'aimez. Cette fois, je veux une réponse.

Elle carra les épaules.

— Je vous donnerai la réponse que je vous ai déjà donnée : cela ne vous regarde pas.

— Vous n'avez jamais été du genre à mâcher vos mots, Dani. Si vous l'aimiez, vous le diriez. J'en conclus donc que vous ne l'aimez pas. Et puisque c'est le cas, je vous demande d'annuler le mariage.

— Avez-vous perdu l'esprit ? J'ai traversé un océan pour épouser Richard Clemens, et c'est exactement ce que j'ai l'intention de faire.

Rafe la prit doucement par les épaules.

— Je me rends compte que les choses ont changé entre nous… que vous ne me considérez plus comme avant.

— Autrefois, je vous aimais. Je ne vous aime plus. Est-ce ce que vous voulez dire ?

— Vous ne m'aimez peut-être pas, Danielle, mais vous n'aimez pas non plus Richard Clemens.

Il scruta son visage.

— Et je crois qu'il y a une différence.

— Laquelle ?

— Quand vous me regardez, il y a quelque chose dans

vos yeux, une étincelle qui ne s'y trouve pas quand vous regardez Richard.

— Vous êtes fou.

— Vraiment ? Voyons voir.

Le souffle de Dani se coinça dans sa gorge quand il la prit dans ses bras et que sa bouche s'abaissa sur la sienne. Un instant, elle le combattit, pressant ses mains sur son torse, essayant de le repousser. Mais la chaleur intense était là, qui la brûlait, le feu qui aurait dû s'éteindre voilà longtemps. Il la marquait au fer rouge par son intensité, la consumait jusqu'à la moelle, rendant son corps tendre et docile.

Rafe approfondit leur baiser et les paumes de Dani glissèrent sur les revers de sa redingote, remontèrent de plus en plus jusqu'à ce que ses bras se nouent autour de son cou. Un instant, elle se retrouva dans la pommeraie, l'embrassant de tout son cœur, avec tout l'amour qu'elle éprouvait pour lui.

Puis ses yeux s'emplirent de larmes. Ils n'étaient pas dans le verger et elle n'était plus amoureuse.

Elle s'écarta brusquement, tremblant tout entière, se détestant pour ce qu'elle avait laissé arriver.

— Il fallait que je sache, dit-il doucement.

Dani recula, essayant d'ignorer son goût qui s'attardait sur ses lèvres.

— Cela ne signifie rien, précisa-t-elle. Votre baiser a réveillé de vieux souvenirs, rien de plus.

— Peut-être.

— Il se fait tard. Je dois rentrer.

Elle commença à se détourner, mais il lui saisit le bras.

— Ecoutez-moi, Danielle. Il est encore temps d'annuler

le mariage. Au lieu d'épouser Richard, je veux que vous m'épousiez, moi.

Elle le regarda fixement, incrédule.

— Vous ne pouvez pas être sérieux.

— Je suis complètement sérieux.

— Lors de ce bal… je vous ai vu danser avec votre fiancée, la fille du comte de Throckmorton.

— Il était clair que nous n'allions pas ensemble. J'ai parlé à son père avant de quitter l'Angleterre. Il a demandé que les fiançailles soient rompues.

Dani secoua la tête.

— Ceci ne peut arriver, Rafael. Ce qui a existé entre nous est fini. Cela s'est terminé il y a cinq ans.

— Ce n'est pas fini, pas avant que les choses ne soient redressées. Epousez-moi et rentrez en Angleterre comme ma duchesse. Tout Londres — tout le pays — saura que c'est moi qui vous ai causé du tort, et non le contraire.

— Je ne me soucie plus de ce que les gens pensent.

— Vous pourrez retourner chez vous, auprès de votre famille et de vos amis.

— J'ai très peu de parents et encore moins d'amis. D'ici quelque temps, j'aurai une famille et des amis ici.

La mâchoire de Rafe se durcit. A la lueur vacillante de la torche, ses yeux prirent une nuance plus foncée. Dani connaissait cette expression et la détermination qu'elle indiquait, et une pointe d'incertitude s'immisça en elle.

— J'espérais que je ne serais pas obligé de recourir à la coercition pour régler cette affaire, mais vous ne me laissez pas le choix.

La couleur se retira du visage de Dani.

— Que dites-vous là ? Me… me menacez-vous ?

Il tendit la main et lui toucha la joue.

— J'essaie de faire ce qui est juste. Je crois que je peux

vous rendre heureuse. Je ne crois pas que Richard Clemens en soit capable. Acceptez ma proposition de mariage.

Dani noua son regard au sien.

— Sinon, que ferez-vous, Rafael ?

Il se redressa de toute sa hauteur, ce qui le fit paraître encore plus grand.

— Je ferai courir le bruit du scandale. Les gens d'ici croiront que c'est la vérité, la mère de Richard, ses amis. Vous ne pourrez pas plus prouver votre innocence ici que vous ne l'avez pu en Angleterre.

Elle se mit à trembler.

— J'ai parlé à Richard du scandale avant même qu'il me demande en mariage. Contrairement à vous, il m'a crue.

— J'ai eu tort. Mais cela ne change pas ce qui doit se passer.

Une boule se forma dans la gorge de Dani.

— Je ne puis croire que vous feriez quelque chose de semblable, que vous me blesseriez de nouveau de cette façon. Je ne puis croire que vous descendriez aussi bas.

Des larmes lui montèrent aux yeux et elle détourna son visage, ne voulant pas les lui laisser voir.

Rafe tendit la main et lui prit le menton, la tournant doucement vers lui.

— Je vous rendrai heureuse, Danielle. Je vous le jure.

Ses larmes roulèrent sur ses joues.

— Si vous me forcez à faire ceci, je ne vous le pardonnerai jamais, Rafael.

Il porta sa main tremblante à ses lèvres et pressa un tendre baiser sur le dos, gardant les yeux rivés sur son visage.

— C'est un risque que je dois prendre.

10

Danielle rompit ses fiançailles avec Richard Clemens le lendemain de leur retour en ville, cinq jours avant le mariage. Elle n'avait pas le choix, se dit-elle. Elle ne doutait pas un instant que Rafael ferait exactement ce qu'il avait promis. Si elle refusait sa demande en mariage, il ruinerait sa réputation, comme il l'avait déjà fait.

Elle le détestait pour cela.

Et elle ne comprenait pas. Pourquoi Rafe se montrait-il si insistant ? Sa culpabilité était-elle si forte, son code d'honneur si implacable qu'il croyait que l'épouser était le seul moyen de se racheter ?

C'était bien possible.

A la nouvelle qu'il n'y aurait pas de mariage, Richard avait ragé et tempêté, supplié et imploré, essayé par tous les moyens de la convaincre de changer d'avis.

— Qu'ai-je fait, Danielle ? Dites-le-moi et je promets que je réparerai.

— Vous n'avez rien fait, Richard. C'est simplement que nous ne sommes pas… bien accordés. Je ne m'en étais pas rendu compte jusqu'à maintenant.

— Nous avons fait des plans, Danielle. Nous allions partager un avenir.

— Je suis désolée, Richard, sincèrement, mais il en est simplement ainsi, et c'est ce qui doit être.

L'humeur de Richard s'était échauffée.

— Vous ne pouvez juste vous esquiver. Qu'en est-il de ma mère ? Elle a dépensé une fortune pour le mariage. Et mes enfants, mes amis ? Que vais-je leur dire, comment vais-je leur expliquer ?

— Vous ne m'auriez jamais laissée être une vraie mère pour vos enfants, et si vos amis en sont réellement, ils comprendront que parfois ces choses-là arrivent.

Richard était devenu cramoisi.

— Eh bien, elles ne m'arrivent pas à moi !

Il était sorti en trombe de la maison et Dani l'avait regardé par la fenêtre dévaler les marches du perron, s'engouffrer dans sa voiture et claquer la portière.

Ses yeux la brûlaient, mais elle ne ressentit pas la douleur qu'elle s'attendait à éprouver. Se détournant de la fenêtre, elle soupira dans le silence que le départ de Richard avait laissé dans le salon. Dans l'espoir d'épargner sa fierté, elle n'avait pas mentionné le duc, ne lui avait pas dit qu'elle allait épouser un autre homme, qu'elle retournerait en Angleterre pour devenir la duchesse de Sheffield.

Elle ne lui avait pas dit que Rafael la faisait chanter, qu'elle n'avait d'autre choix que de rompre leur engagement.

Elle avait envie de pleurer, mais les larmes ne venaient pas. Cela la tourmentait de n'être pas plus bouleversée, d'être surtout en colère — et effrayée. Quelle sorte d'avenir aurait-elle avec un homme aussi implacable que Rafael, un homme qu'elle ne connaissait plus et en qui elle n'avait plus confiance ?

Ce qui la tourmentait encore plus, c'était que ses émotions ne semblaient échapper à son contrôle que lorsqu'elle pensait à Rafe.

Juste ciel, comment sa vie était-elle devenue si compliquée ?

Deux jours plus tard, un chaud soleil d'août frappait les vitres du salon. Après déjeuner, Dani et sa tante iraient faire des emplettes — n'importe quoi pour sortir de la maison et échapper à ses pensées troublées, au moins pour un moment.

Malheureusement, juste avant qu'elles partent, Rafe se présenta à la porte, son chapeau à la main, paraissant beaucoup trop beau à son gré.

— J'ai reçu votre billet, dit-il comme elle le conduisait dans le salon et fermait les portes coulissantes. Je suis content que vous ayez agi aussi vite.

Dani lui jeta un coup d'œil. Elle lui avait écrit pour lui annoncer qu'elle avait rompu ses fiançailles. Elle espérait qu'il avait pu lire son amertume entre les lignes.

— Vous ne m'avez pas laissé le choix. J'ai agi promptement dans l'espoir de rendre les choses moins pénibles pour Richard.

Elle prit place sur une chaise Windsor à haut dossier et Rafe s'assit sur le canapé de velours rose, face à la cheminée.

— Le *Nimble* va partir pour l'Angleterre à la fin de la semaine prochaine. J'ai réservé des places pour nous deux, pour votre tante et votre femme de chambre, miss Loon. J'aimerais que nous soyons mariés avant d'embarquer.

— Quoi !

Dani bondit pratiquement de sa chaise.

— C'est impossible ! Pourquoi êtes-vous si pressé ? Pourquoi ne pouvons-nous attendre d'être en Angleterre ?

Elle put voir à la raideur qui gagna ses épaules à quel point il luttait pour se contrôler.

— Nous avons déjà attendu cinq ans, Danielle. Je veux que ceci soit réglé une fois pour toutes, comme cela aurait dû l'être alors. Maintenant que la décision a été prise, je voudrais nous voir mariés, et bientôt. Avec la permission de votre tante, je prendrai des dispositions pour une petite cérémonie qui aura lieu ici, dans le jardin, la veille de notre départ. Nous célébrerons notre mariage de façon plus convenable une fois de retour à Londres.

— Mais… mais c'est… dans moins d'une semaine. Vous ne pouvez vous attendre à ce que je… je…

— A ce que quoi, Danielle ?

Elle prit une grande inspiration, luttant pour garder son sang-froid.

— Nos vies ont changé. Je ne vous connais plus, Rafael. J'ai besoin de temps pour m'habituer à l'idée de… de partager votre lit. Je ne peux simplement…

Un coin de la bouche de Rafe se releva.

— Fut un temps où vous étiez impatiente de partager mon lit.

Les joues de Dani s'échauffèrent. Elle ne se souvenait que trop bien de cette époque, se la rappelait encore plus clairement depuis le soir où il l'avait embrassée dans le jardin. Toutefois, elle n'était pas prête à franchir le pas qui mènerait à ce genre d'intimité, à lui donner encore plus de contrôle sur elle qu'il n'en avait déjà pris.

Elle haussa le menton.

— Jusqu'ici, vous avez fait toutes sortes de demandes auxquelles j'ai agréé contre ma volonté. Maintenant, je demande quelque chose en retour. Je veux du temps, Rafael. Du temps pour accepter le fait que vous allez être mon époux.

Quelque chose passa sur le visage de Rafe. Un instant, il détourna les yeux.

— Très bien, cela semble être une requête assez légitime. Vous voulez du temps. J'accepte de vous en donner. Je ne ferai pas valoir mes droits conjugaux jusqu'à ce que nous soyons de retour en Angleterre.

Encouragée par la bataille qu'elle venait de gagner, Dani se montra plus hardie.

— Peut-être serait-il mieux que ce mariage reste une union de convenance. Nous pourrions mener tous les deux des existences séparées et…

— Sûrement pas !

Rafe inspira et domina sa colère.

— Vous êtes assez intelligente pour savoir que cela n'arrivera pas. Je vous ai désirée dès le jour où je vous ai rencontrée, Danielle. C'est une chose qui n'a pas changé. J'espère qu'avec le temps, vous éprouverez de nouveau le même désir pour moi.

Danielle n'en dit pas plus. Rafael Saunders était un homme fort, viril, puissamment séduisant. Plus jeune, elle était restée éveillée la nuit à se demander à quoi cela ressemblerait quand il lui ferait l'amour. Et elle avait beau souhaiter qu'il en fût autrement, une part d'elle-même se le demandait encore.

— Alors, j'en conclus que nous sommes d'accord, dit-elle.

— Même si je le regretterai chaque jour de la traversée, nous sommes d'accord.

Caroline Loon se tenait dans l'allée derrière la maison d'Arch Street.

— Robert !

Il la rejoignit à grands pas, se pencha et l'embrassa sur la joue.

— Ma douce Caroline.

Caro rougit. Ils étaient rentrés en ville voilà plus d'une semaine et s'étaient vus chaque jour depuis. Caro avait été surprise de découvrir que le marchand Edmund Steigler vivait à Philadelphie. Ce qui signifiait que Robert McKay y vivait aussi.

Le soir où elle l'avait retrouvé à l'écurie avait été magique. Lorsqu'elle était arrivée, il l'avait guidée jusqu'à un pré voisin et lui avait désigné un adorable petit poulain bai qui gambadait près de sa mère.

— Il s'appelle Pissenlit. La fille aînée de Wentz l'a baptisé ainsi à cause des pissenlits qu'il adore brouter.

Caro rit.

— Il est magnifique.

Ils avaient passé du temps avec les chevaux, Robert lui montrant les juments et les étalons pur-sang de Jacob Wentz, révélant une connaissance surprenante des bêtes et y prenant visiblement plaisir.

— Un cousin de ma mère a une propriété à la campagne et ma mère m'y emmenait souvent en visite, avait-il expliqué.

— Et votre père ?

Il avait secoué la tête.

— Je ne l'ai pas connu. Il est mort avant ma naissance.

Quand la nuit était tombée, Robert l'avait conduite sur une butte qui surplombait la vallée, la faisant asseoir avec lui sur un tronc d'arbre tombé.

— La vallée est ravissante, avait dit Caro en contemplant les collines éclairées par les rayons argentés de la lune.

Une fois que nous serons installées chez M. Clemens, je la dessinerai peut-être.

— Vous aimez dessiner ?

— Je peins des aquarelles, mais seulement pour m'amuser.

— Je parie que vous êtes douée.

Il s'était penché et avait ramassé une branche qu'il avait tournée distraitement entre ses doigts.

— Moi, j'aime sculpter des objets. Cela aide à passer le temps.

Caro l'avait regardé au clair de lune, admirant la ligne ferme de sa mâchoire, songeant combien il était beau.

— Quelles sortes d'objets sculptez-vous ?

— Des jouets, surtout. Des chevaux de bois, des soldats, des calèches miniatures, ce genre de choses.

Il avait souri.

— Peut-être qu'un jour nous pourrons faire un échange — un de mes chevaux de bois contre une de vos peintures.

Caro lui avait rendu son sourire.

— Cela me plairait. Je considère que nous avons passé un marché.

Robert et elle étaient restés assis là, discutant jusqu'après minuit. Le temps semblait s'envoler tandis qu'ils riaient et devisaient, Caro parlant avec une aisance qu'elle n'avait jamais éprouvée avec un homme auparavant.

Elle sourit en pensant aux journées qu'ils avaient passées depuis leur retour en ville, au nombre surprenant de choses qu'ils s'étaient trouvées en commun. Ils aimaient tous les deux l'opéra et la poésie, ils adoraient lire, ils aimaient les animaux et les enfants — Robert espérait avoir un jour une grande famille.

Caro lui avait parlé de son enfance et de sa famille,

pauvre mais très heureuse. Elle lui avait mentionné l'été où ses parents étaient morts, cinq ans plus tôt, et le chagrin qu'elle avait eu. Tout le temps, Robert lui avait tenu la main et l'avait écoutée, vraiment écoutée.

Et durant ces jours-là, elle avait découvert une foule de choses sur Robert McKay. Même si les quatre prochaines années de sa vie appartenaient à un autre homme, Robert riait souvent et franchement. Il semblait garder une attitude enjouée malgré sa situation.

Malgré les abus de l'homme qui le possédait.

— Je suis son valet, avait-il dit une fois. Il aurait pu me donner une douzaine d'autres fonctions, mais il me voulait à son service, personnellement. Cet homme adore jouer les seigneurs avec les autres.

— Que voulez-vous dire ?

— Steigler tire une grande fierté du fait que je suis diplômé de Cambridge et que je doive cependant récurer la boue de ses bottes. Je parle anglais mieux que lui, je suis beaucoup plus cultivé, et néanmoins je dois lui préparer son bain et raccommoder ses chemises et ses bas.

— Oh, Robert...

Il avait eu un sourire crispé.

— Une fois, il m'a fouetté avec une cravache devant un groupe de ses amis parce que je l'avais corrigé à propos d'une pièce de Shakespeare.

— Grands dieux, Robert... Et vous n'avez jamais tenté de vous enfuir ?

Il avait haussé ses larges épaules, faisant jouer l'étoffe de sa chemise ample.

— Steigler est un homme puissant dans ce pays. Il a établi clairement qu'il me ferait pourchasser. Et la dette que j'ai envers lui est réelle. J'ai conclu un pacte avec le diable. Je dois vivre avec les quatre prochaines années.

Robert ne semblait pas se soucier outre mesure de sa situation, mais Caro pouvait à peine le supporter.

Durant le court laps de temps depuis qu'ils s'étaient rencontrés, elle était tombée amoureuse de Robert McKay.

En entendant des voix dans le couloir, Dani leva les yeux du livre qu'elle lisait, le *Robinson Crusoe* de Defoe, un roman qu'elle avait apporté d'Angleterre. Caro se tenait sur le seuil, à côté d'un bel homme aux cheveux châtains qui devait être Robert McKay.

Depuis leur retour de la campagne, Caro l'avait mentionné au moins une douzaine de fois par jour. Il était évident qu'elle était éprise de McKay, bien qu'il fût un domestique sous contrat. Dani s'inquiétait qu'il essaie de profiter d'une jeune femme aussi douce et naïve que son amie.

Et maintenant qu'elle voyait combien il était séduisant, elle était encore plus inquiète.

Bien que Caro ait un an de plus qu'elle, elle avait peu d'expérience avec les hommes. Dani espérait que son bon sens et sa capacité innée à juger les gens seraient suffisants pour la guider dans les affaires du cœur.

— Je suis désolée de vous déranger, Danielle, mais Robert est passé un moment et j'espérais que vous auriez le temps de faire sa connaissance.

— Bien sûr, que j'ai le temps.

Dani l'avait souhaité depuis la première fois où Caro lui avait parlé de lui. Elle posa son livre sur le canapé et se leva.

— Je vous en prie... Entrez, tous les deux.

Le couple s'avança, la main de Robert posée légèrement sur la taille fine de Caro. Ils ne se connaissaient pas vraiment assez pour cela, mais d'une certaine manière, en les regardant, cela semblait parfaitement naturel.

— Danielle, j'aimerais vous présenter mon ami, Robert McKay, l'homme dont je vous ai parlé.

Dani sourit.

— Monsieur McKay… C'est un plaisir de vous rencontrer.

— Le plaisir est pour moi, miss Duval.

Robert s'inclina sur sa main comme s'il était un membre de la noblesse et non un valet sous contrat, et Dani le jaugea du regard.

— Vous avez grandement impressionné mon amie Caro, dit-elle.

Le sourire de Robert s'élargit.

— Comme elle m'a impressionné, miss Duval.

Il porta son regard sur Caro et il y avait quelque chose de si chaud dans son expression qu'un peu de l'inquiétude de Dani s'estompa.

Ils parlèrent un moment du temps, de la ville, puis Robert demanda à Dani si elle appréciait le livre qu'elle lisait.

Elle haussa un sourcil cuivré.

— Vous l'avez lu ?

— Oui. Cela remonte à quelque temps, mais il m'a beaucoup plu.

Flora entra à ce moment-là, prête à partir pour leurs emplettes, juste un peu surprise de voir un bel homme dans le salon.

D'autres présentations furent faites, Flora ne semblant pas concernée par le fait qu'elle, une comtesse, était présentée à un domestique. Mais après tout, c'était l'Amérique. Ici, il n'y avait pas de royauté et pas de titres de noblesse. Elles s'habituaient à l'idée que dans ce pays, les gens étaient traités, en majeure partie, comme des égaux.

Toutefois, il était évident que Robert McKay était davantage qu'un simple domestique.

— Milady, dit-il dans son anglais parfait, digne d'un homme de haute naissance.

Il s'inclina d'un geste fleuri sur la main de Flora.

— Ainsi, voici l'homme qui attire notre amie hors de la maison, dit-elle en le regardant de la tête aux pieds.

— Je reconnais ma faute, milady, répondit Robert. Et je vous assure que miss Loon est d'une compagnie délicieuse.

Suivit une conversation polie, McKay ne se montrant pas le moins du monde intimidé par le fait que Flora Chamberlain était un membre éminent de l'aristocratie. La comtesse jeta un coup d'œil acéré à Caro, puis à son ami.

— Peut-être avez-vous le temps de vous joindre à nous pour le thé, monsieur McKay.

Robert prit un air de regret.

— Je crains de devoir refuser. J'ai des devoirs à accomplir et je suis déjà resté plus longtemps que je ne l'aurais dû. Une autre fois peut-être, milady.

Flora sourit, contente du regard plein de douceur qu'il lança à Caro. Il prit congé plaisamment et la jeune femme le reconduisit à la porte.

— Vous avez de la chance d'avoir de telles amies, dit-il alors que Dani pouvait encore l'entendre.

— J'ai beaucoup de chance, agréa Caro.

Il y eut un bruissement d'étoffe pendant qu'il se penchait, peut-être pour l'embrasser sur la joue.

— Je suis heureux de vous avoir rencontrée, Caroline Loon.

Dani entendit la porte d'entrée se refermer sur lui, puis Caro revint dans le salon, une expression pleine d'attente sur le visage.

— Eh bien… qu'en pensez-vous ?

— C'est un beau diable, déclara Flora. Bien élevé et absolument charmant.

Elle secoua la tête, faisant trembler un de ses mentons.

— Au nom du ciel, pourquoi un tel homme travaille-t-il comme domestique ?

— C'est une longue histoire, lady Wycombe.

La comtesse agita une main.

— Et cela ne me regarde pas. Néanmoins, cela me tourmente.

— Il m'a beaucoup plu, intervint Dani d'un ton enjoué. Et je crois qu'il est aussi épris de vous que vous l'êtes de lui.

Une douce rougeur monta aux joues de Caro.

— Robert a échangé un de ses chevaux de bois sculpté contre deux places pour une pièce de théâtre. C'est une comédie appelée *La Vie* et il m'a demandé de l'accompagner. Il dit que M. Steigler a une réunion d'affaires et rentrera tard.

D'après les ragots que Dani avait entendus, c'était probablement une façon polie de dire que le marchand passerait la nuit avec sa maîtresse.

Caro regarda par la fenêtre, observant Robert qui s'éloignait dans la rue. Quand il disparut au coin, son sourire s'évanouit. Elle avait cru qu'elle resterait en Amérique. Et maintenant, Dani rentrait en Angleterre avec Rafael. Flora rentrerait avec eux et elle serait obligée de partir aussi.

Elle ne connaissait personne en Amérique. Et même si les intentions de Robert étaient honorables, il ne pouvait lui demander de l'épouser avant quatre ans au moins.

Dani regarda son amie quitter la pièce et son cœur se serra

pour elle. Si seulement Rafael était resté à Londres, avec le temps Caro aurait pu avoir un avenir avec Robert. Elle ne pensait pas que cela allait se produire maintenant.

Un autre malheur à mettre au compte de Rafael.

11

Rafe arpentait sa chambre de l'hôtel William Penn, pensant à Danielle et à son prochain mariage. Cela allait vraiment arriver. Il allait épouser Danielle Duval. Il avait toujours peine à le croire.

Il s'arrêta un moment devant la fenêtre, baissa les yeux sur la lanterne qui éclairait l'enseigne de l'hôtel, puis se détourna quand on frappa fermement à la porte.

Il alla ouvrir, juste un peu surpris de voir Max Bradley qui se tenait dans le couloir au lieu d'apparaître dans la suite sans prévenir, à son habitude.

— Max ! Entrez. Je pensais que vous étiez peut-être rentré en Angleterre.

— Pas encore. Mais si les choses tournent comme je l'espère, je partirai bientôt.

Quand l'agent secret entra dans le salon et que Rafe referma derrière lui, le duc remarqua les plis soucieux qui traversaient son front. Ses cheveux noirs étaient décoiffés, comme s'il avait passé les doigts dedans.

— Qu'y a-t-il, Max ? Qu'avez-vous découvert ?

— Pas autant que je le voudrais. Je suis venu vous demander votre aide.

— Bien sûr. Tout ce qu'il vous faudra.

Rafe avait promis son concours au colonel Pendleton et avait l'intention de tenir parole.

Max hocha la tête.

— Je sais que vous allez vous marier. Je pense que nous pouvons régler cette affaire et être de retour à temps pour votre mariage.

— Comment savez-vous… ? Aucune importance. Vous devriez fonder une agence de renseignements. Vous pourriez faire fortune.

Max sourit presque.

— J'ai besoin que vous veniez avec moi à Baltimore. Si nous nous pressons, nous pouvons faire le voyage en deux jours, trois au plus. Cela nous donnera le temps nécessaire pour l'entretien que j'ai organisé et vous serez revenu pour vous marier.

Rafe espéra qu'il avait raison. Même si Danielle préférerait peut-être qu'il ne vienne pas, être en retard à son propre mariage ne serait certainement pas la meilleure manière de commencer leur vie ensemble.

— Quand partons-nous ? demanda-t-il, pensant au billet qu'il devrait envoyer à Danielle pour expliquer son absence et lui dire qu'il rentrerait bientôt.

— Demain matin de bonne heure. Plus tôt nous serons là-bas, plus vite nous serons revenus.

Et Rafe avait encore maintes choses à faire à son retour. Il allait devenir un homme marié. Il se demanda pourquoi cette pensée ne l'inquiétait pas du tout.

Baltimore était une ville d'un peu plus de vingt mille habitants, un port animé qui commerçait avec l'Angleterre, les Caraïbes et l'Amérique du Sud, une agglomération qui semblait grandir par à-coups.

Comme toujours, Max Bradley avait fait son travail. Il avait organisé une entrevue avec un armateur fortuné du nom de Phineas Brand. L'histoire qu'il avait concoctée était que le duc de Sheffield envisageait une association avec le marquis de Belford, propriétaire de la compagnie de navigation Belford, et plusieurs autres riches Anglais.

D'après lui, le duc avait entendu parler du fabuleux nouveau schooner appelé « clipper de Baltimore » construit par les chantiers navals de Brand et pensait que le navire pourrait convenir pour acheminer des marchandises dans des ports plus petits et moins accessibles.

Du moins, c'était leur version.

La rencontre devait avoir lieu dans les bureaux des Chantiers navals du Maryland, au rez-de-chaussée d'un grand entrepôt en brique près du port. Alors que la discussion se déroulait, Phineas Brand se leva de son fauteuil, un petit homme aux cheveux gris bouclés, chauve par endroits, et aux abondants favoris gris. De petites lunettes en argent reposaient sur son nez proéminent.

— Le *Windlass* vient juste d'être achevé, dit-il en souriant fièrement tandis qu'ils quittaient le bâtiment et se rendaient au quai où le navire était amarré. Attendez de le voir. Il est sans égal pour la vitesse et la facilité de manœuvre, le bateau le plus rapide de son espèce jamais construit.

Rafe ne fit aucun commentaire, mais il était impatient de voir le navire par lui-même, de découvrir s'il pouvait représenter une menace pour l'Angleterre.

— Bien sûr, si vous êtes sérieusement intéressé, vous devrez agir vite, continua l'armateur.

Il jeta un coup d'œil à Rafe.

— Comme je l'ai dit à votre homme, Bradley, il y a d'autres parties intéressées. Le premier arrivé est le premier servi, par ici.

— Nous parlons de vingt navires, n'est-ce pas ?

Brand hocha la tête.

— Comme chaque bateau demande beaucoup de temps, c'est un projet sur cinq ans. Vous comprenez certainement que le plus offrant conclura l'affaire.

Rafe acquiesça.

— M. Bradley m'en a informé.

— Naturellement, vous pouvez toujours attendre que la première flotte soit construite.

— Je ne pense pas que ce soit une option.

Ils atteignirent l'endroit où le *Windlass* se balançait doucement contre le quai, son gréement craquant dans la brise. Rafe s'arrêta pour étudier les lignes basses, fluides et gracieuses de la coque, les mâts jumeaux qui penchaient légèrement vers la proue. Il n'avait jamais vu une telle conception auparavant, mais il imaginait comment elle pouvait accroître la vitesse du schooner.

La coque elle-même était unique, et il pensa que l'armateur avait vraiment créé une embarcation qui serait pratiquement impossible à imiter sans les plans d'origine.

Brand l'invita à bord pour une démonstration et il accepta. La journée était chaude et ensoleillée, avec juste assez de vent pour emplir les voiles inhabituelles, triangulaires, que Rafe n'avait jamais vues non plus. Même si le bateau n'était pas conçu pour transporter beaucoup de cargaison, il était rapide — étonnamment — et incroyablement facile à manœuvrer.

S'il était armé d'hommes et de canons, il serait une force à prendre en compte contre des navires de guerre plus lents, plus grands et moins faciles à manœuvrer, qui pourraient aisément être vaincus par un tel bateau.

Tandis que le vent cinglait les voiles et que la coque fine fendait les vagues, Rafe pensa que les rumeurs pouvaient bien être vraies, et que Napoléon était bel et bien intéressé par l'achat d'une flotte de ces clippers pour les utiliser contre les navires de guerre anglais, qui l'avaient battu à plate couture à Trafalgar l'année précédente.

— J'organise une petite réunion ce soir, duc, dit Brand comme ils regagnaient le quai. Nous serions très heureux que vous vous joigniez à nous.

Rafe eut un sourire de loup. Il avait besoin de rassembler autant d'informations qu'il le pouvait, en particulier sur un courtier nommé Bartel Schrader dont Max pensait qu'il était derrière l'accord avec les Français. Phineas Brand venait de lui offrir l'occasion rêvée.

— J'en serai ravi, monsieur Brand.

Il était tard, la soirée déjà bien avancée quand Rafe arriva au manoir en pierre de deux étages de Phineas Brand dans Front Street. Il était venu en retard à dessein. Il ne voulait pas que Brand devine combien il était anxieux d'empêcher la vente d'une flotte de clippers de Baltimore aux Français.

Il n'était pas sûr que l'Angleterre veuille faire une offre supérieure, mais il était certain que si les bateaux allaient à Napoléon, cela coûterait la vie à un grand nombre de marins anglais.

Des lumières brillaient aux fenêtres de la maison tandis qu'il gravissait les larges marches du perron. Deux valets en livrée se tenaient de chaque côté de la porte d'entrée sculptée pour accueillir les invités, et Rafe fut rapidement introduit à l'intérieur.

Deux heures plus tard, il ressortit.

La soirée s'était passée encore mieux qu'il ne l'espérait et il était impatient de partir. Il avait les informations qu'il était venu chercher. A présent, tout ce qu'il avait à faire était de les transmettre à Max.

— Comment cela s'est-il passé ?

Max se leva de son fauteuil près de la cheminée éteinte de la chambre de Rafe, une des deux pièces qu'ils avaient louées à l'auberge du Marin, à proximité du port. Rafe n'avait pas vu l'agent secret depuis le matin.

— Pendleton a raison d'être inquiet, répondit-il en quittant sa redingote et en la jetant sur le dossier d'une chaise.

— Oui… Je vous ai suivi dans le port cet après-midi. J'ai vu le *Windlass*.

Max alla à la commode et leur versa deux verres de cognac.

— Une facture surprenante.

Il tendit un verre à Rafe.

— Armé, il pourrait être mortel.

— C'est ce que je pense aussi.

— Schrader était-il à la soirée ?

— Il y était.

Max avait renseigné Rafe sur le courtier international surnommé « le Hollandais ». Schrader gagnait beaucoup d'argent en trouvant des acheteurs et en les mettant en contact avec des vendeurs. La marchandise pouvait varier, mais si le marché se faisait, il recevait un pourcentage pour son intervention. D'après Max, il y avait de fortes chances qu'il travaille pour les Français.

— Des cheveux cendrés ? Des yeux gris-bleu ? Approchant de la quarantaine ?

— C'est lui.

Rafe prit une gorgée de cognac, appréciant la détente que l'alcool prodiguait aux muscles de ses épaules et songeant à la brève conversation qu'il avait eue avec l'homme que Phineas Brand lui avait présenté.

— Votre Grâce, avait dit Schrader avec juste un léger accent.

Il était hollandais, après tout, et visiblement un homme expérimenté.

— C'est un plaisir, monsieur Schrader.

— Notre hôte me dit que vous avez un peu navigué sur le *Windlass,* aujourd'hui. Un sacré navire, non ?

— En effet.

— J'ai entendu dire que vous seriez peut-être intéressé au-delà de la simple curiosité.

— Vraiment ? J'ai entendu dire la même chose de vous.

Cela parut surprendre le Hollandais.

— Ah oui ? J'en conclus donc que mes informations sont correctes.

— Le bateau est intéressant sous plusieurs aspects, mais pas vraiment conçu pour le transport. Ce qui signifie que ses usages sont limités.

— C'est vrai.

— Qu'en est-il de vous, monsieur Schrader ? Quel usage pourrait avoir votre client d'une telle flotte ?

Le Hollandais se contenta de sourire.

— Je n'ai pas la liberté de le dire. Mon travail est simplement d'arranger la vente, si mon client décide qu'il est prêt à faire l'acquisition.

Phineas Brand revint à ce moment-là, mettant fin à la conversation. Mais Rafe avait découvert ce qu'il voulait savoir et maintenant il était temps qu'il retrouve Max.

Ou plus exactement, que Max le retrouve.

— Schrader a des goûts élégants, continua Rafe. Il

s'habille de vêtements coûteux et porte des chaussures en beau cuir espagnol.

Il se souvint que la cravate noire du Hollandais était parfaitement nouée et ses cheveux cendrés impeccablement coiffés.

— C'est bien lui, confirma Bradley. Il gagne beaucoup d'argent et en dépense la plus grande partie sur lui-même.

Rafe relata leur conversation, sachant que Max voudrait connaître tous les détails.

Ce dernier fit tourner le cognac dans son verre, puis but une gorgée.

— Je présume que vous avez assuré M. Brand de la persistance de votre intérêt pour la flotte.

— Il se frotte les mains à la perspective d'une offre plus élevée.

— Alors, notre travail ici est terminé. Nous pouvons partir pour Philadelphie demain matin.

Rafe se sentit soulagé. Ils allaient rentrer à temps pour le mariage.

— Une fois que nous serons là-bas, poursuivit Max, je prendrai le premier bateau pour l'Angleterre. Il faut que j'informe les parties intéressées de ce que nous avons appris.

Il sourit, ce qui lui arrivait rarement.

— Et pendant ce temps, mon ami, vous pourrez vous laisser passer la corde au cou.

Rafe hocha la tête. Tandis qu'il regardait Max quitter la pièce, une image de Danielle surgit à son esprit, ses cheveux flamboyants relevés, sa peau lisse nacrée comme des perles à la lumière vacillante des bougies.

Ses reins se contractèrent. Cela faisait longtemps qu'il ne s'était pas autorisé à la désirer. Par le passé, un éclat de rire ou un simple sourire pouvaient l'exciter complètement. A présent, alors qu'il dénouait sa cravate et quittait son gilet, le seul souvenir de son visage y suffisait.

Il se rappelait la forme exacte de ses seins, leur rondeur mûre dans ses mains ce jour-là dans le verger de Sheffield Hall, leurs petites pointes qui se dressaient en boutons serrés sous ses paumes.

Il n'aurait pas dû prendre de telles libertés, mais leur mariage était si proche, à ce moment-là, et bientôt elle serait sa femme. Il se souvint à quel point il l'avait désirée alors et s'avisa qu'il la désirait encore plus maintenant.

Son érection palpita et il devint douloureusement dur. Il la voulait et bientôt elle serait sienne.

Tandis qu'il ôtait sa chemise et se préparait à se coucher, il se sentit soudain mal à l'aise d'être aussi avide que cela se produise.

On était jeudi, la veille du mariage. Le *Nimble* devait mettre les voiles le samedi matin de bonne heure pour la longue traversée vers l'Angleterre.

Dans sa chambre de la maison de ville louée par sa tante, Dani était assise sur un pouf en tapisserie devant sa coiffeuse, maudissant Rafael, essayant d'imaginer un moyen de s'extirper de la terrible toile d'araignée dans laquelle il l'avait attirée contre son gré.

Elle était à demi dévêtue, portant une fine camisole en linon qui lui arrivait à mi-cuisse, les cheveux pas encore coiffés, quand sa tante frappa et entra précipitamment.

— Oh, mon Dieu, vous n'êtes pas encore habillée. Le duc est ici, ma chérie. Il est en bas.

— Le duc ? Que veut-il ?

— Discuter du mariage, j'imagine. Sa Grâce dit que

tout est prêt pour demain. Vous devez vous hâter. Il vous attend dans le salon.

— Qu'il attende, dit Dani d'un ton entêté. Pour ce qui est de moi, il peut attendre jusqu'à ce que l'enfer gèle.

Flora lissa nerveusement la jupe de sa robe du matin à taille haute, une toilette gris perle rehaussée de rangs de dentelle noire sous sa poitrine abondante.

— Je sais que ce n'est pas ce que vous prévoyiez, mais le duc a fait le voyage en Amérique pour redresser les choses entre vous. L'épouser est peut-être la bonne chose à faire.

Dani se leva du pouf, alla jusqu'à la fenêtre, puis revint et se laissa choir sur le bord du lit à baldaquin. Les ruchés blancs dansaient au-dessus de sa tête.

— Comment puis-je épouser un homme en qui je n'ai pas confiance, ma tante ? Il a ruiné ma réputation. Il aurait recommencé si je n'avais pas rompu mes fiançailles avec Richard. Rafael fera n'importe quoi pour avoir ce qu'il veut, sans se soucier de qui en est blessé.

— Peut-être ne veut-il que le meilleur pour vous. Si vous l'épousez, vous vivrez en Angleterre, et non à des milliers de milles. C'est peut-être égoïste, mais je ne peux pas le regretter.

Dani regarda sa tante, vit les larmes qui brillaient dans ses yeux. Elle se leva et l'embrassa.

— Vous avez raison, dit-elle. C'est un avantage. Au moins, nous serons ensemble.

Elle soupira en s'écartant, son regard retournant à la fenêtre. Dans le jardin au-dessous, Caro avait installé son chevalet et peignait une rangée d'iris violets. Elle était une si délicieuse jeune femme. Il y avait quelque chose chez Caro Loon, une élégance subtile que la plupart des gens ne semblaient pas voir.

Dani se détourna de la fenêtre.

— Avec Richard, j'aurais eu des enfants, dit-elle d'un ton mélancolique.

— Ces deux-là n'auraient jamais été vraiment à vous, quels que soient vos efforts pour y arriver. Richard et sa mère ne l'auraient pas permis.

Dani regarda sa tante.

— Il y a toujours le risque que Rafael découvre la vérité à propos de l'accident. Que se passera-t-il alors ?

Flora grommela.

— Sheffield vous a causé du tort et il vous doit son nom. Vous étiez destinée à être duchesse. Maintenant, vous allez l'être.

Dani n'avait pas parlé à Rafe de l'accident de cheval qu'elle avait eu lors de ses années de bannissement à Wycombe Park. Sa tante était convaincue que cela n'avait pas d'importance, que le duc lui devait la protection de son nom quelles que soient les circonstances.

Elle alla à la coiffeuse, apercevant son reflet dans la glace. Ses cheveux étaient encore décoiffés et elle ne portait que sa camisole, ses bas et ses jarretières.

— Je suis venue ici pour épouser Richard.

— C'était un mariage de convenance. Ayez l'honnêteté de l'admettre.

— Au moins, c'était ma décision, pas celle de Rafael.

Flora la rejoignit et lui prit la main.

— Laissez le temps au temps, ma chérie. Les choses ont coutume de s'arranger.

Elle se tourna vers la porte.

— Je vais dire au duc que vous descendrez dès que vous serez prête.

Dani croisa les bras et se rassit d'un air entêté sur le

pouf. Pour ce qui était d'elle, Rafe pouvait attendre indéfiniment.

Rafe se leva du canapé du salon et se mit à faire les cent pas sur le tapis. Une grande horloge dans le coin donnait l'heure, mais le temps semblait arrêté.

Au bout de vingt minutes, il sortit sa montre en or de la poche de son gilet en piqué blanc, souleva le couvercle du pouce et vérifia si l'horloge marchait correctement. En grommelant, il referma la montre d'un geste brusque et la remit dans son gousset.

Au bout d'une demi-heure, il commença à bouillir. Elle savait qu'il était ici. Elle l'évitait à dessein !

Quand trois quarts d'heure se furent écoulés depuis son arrivée, il se tourna et sortit du salon. Alors qu'il traversait le vestibule, il aperçut l'amie de Danielle, Caroline Loon, qui sortait d'une chambre à l'étage. A mi-hauteur de l'escalier, elle poussa un cri de surprise en le voyant monter.

— Danielle n'est pas encore habillée, Votre Grâce.

— C'est son problème. Je lui ai laissé suffisamment de temps pour le faire.

Il gravit plusieurs marches.

— Attendez ! s'écria Caro. Vous... ne pouvez pas entrer comme ceci !

Rafe lui décocha un sourire carnassier.

— Vraiment ?

Passant devant elle, il continua vers le haut de l'escalier, les grands yeux bleus de miss Loon suivant chacun de ses pas. Lorsqu'il atteignit le palier, il s'engagea à grandes enjambées dans le couloir, s'arrêtant devant la chambre dont il avait vu sortir Caroline. Il frappa brusquement, ouvrit la porte et entra.

— Rafael !

Dani bondit du pouf. Le livre qu'elle lisait tomba à terre, à ses pieds.

Des pieds charmants, nota-t-il, gainés de bas blancs ; des pieds minces et féminins, gracieusement arqués. Ses chevilles étaient ravissantes aussi, fines et élégantes. Les bas tenus en place par des jarretières de dentelle moulaient des mollets joliment galbés.

— Comment osez-vous vous introduire chez moi de la sorte ?

Le regard de Rafe se posa sur ses seins qui avaient toujours été pleins et ronds dans sa main. Le désir le frappa tel un coup de poing et ses reins se contractèrent.

— Vous avez refusé de descendre, dit-il d'une voix raisonnable. Je n'avais d'autre choix que de monter.

Elle attrapa un peignoir de soie verte sur la banquette matelassée au pied du lit et l'enfila sur sa camisole. Relevant ses longs cheveux roux ondulés, elle noua la ceinture autour de sa taille.

— Que voulez-vous ?

— Je suis venu m'assurer que vous ne vous étiez pas enfuie comme un lièvre apeuré — ou que vous n'aviez pas épousé secrètement cet idiot de Richard Clemens.

— Comment osez-vous !

— Je crois que vous l'avez déjà dit. Et soyez-en sûre, ma douce, j'oserai beaucoup plus si vous ne respectez pas notre accord.

Elle émit un grognement sourd.

— Vous êtes… insupportable. Vous êtes… dominateur, obstiné et… et…

— Déterminé ? suggéra-t-il en levant un sourcil sombre.

— Oui. A me rendre folle.

— Et vous, ma chère Danielle, êtes tout à fait attirante, même quand vous êtes en colère. J'avais oublié quelle terreur vous pouvez être quand vous êtes fâchée.

Il sourit.

— Au moins, être marié avec vous ne sera pas morne.

Elle croisa les bras sur sa poitrine, mais cela ne dissipa en rien le souvenir que Rafe avait de petits tétons pointant sous sa camisole, et ne fit rien pour soulager les pulsations persistantes de ses reins. Maintenant qu'il connaissait la vérité sur son innocence cette nuit-là, et savait qu'elle lui appartiendrait bientôt comme elle aurait dû lui appartenir jadis, il la convoitait avec un désir presque douloureux.

— Je suis venu vous dire que tout est prêt pour demain. J'ai demandé à un pasteur de célébrer la cérémonie. Il arrivera à une heure demain après-midi. Dès que nous serons mariés, nous rassemblerons nos affaires et embarquerons. Le *Nimble* partira avec la marée samedi de bonne heure.

Max avait déjà embarqué. Il avait envoyé un billet exprimant ses regrets de ne pas assister au mariage, puis était parti sur le premier bateau à destination de l'Angleterre. Rafe espérait qu'il saurait convaincre le premier ministre que la menace représentée par les « clippers de Baltimore » ne devait pas être ignorée.

Danielle se tenait toujours au même endroit, les bras croisés sur sa ravissante poitrine. Elle lui jeta un coup d'œil sous une rangée d'épais cils cuivrés.

— Je ne crois pas me rappeler vous avoir vu aussi autoritaire.

La bouche de Rafe s'incurva légèrement.

— Peut-être parce que ce n'était pas nécessaire.

— Ou peut-être parce que vous étiez simplement plus jeune, moins rivé sur vos positions.

— Sans aucun doute.

Il alla vers elle, juste pour voir si elle reculerait. Il songea à Mary Rose et l'imagina tremblant devant lui.

Dani resta où elle était, le regardant avec du feu dans ses beaux yeux verts.

— Puis-je vous rappeler, monsieur, que nous ne sommes pas encore mariés ?

— Et même si nous l'étions, je serais empêché par mon serment de faire ce à quoi je pense en ce moment.

Il se tenait juste devant elle, si près qu'il pouvait sentir son parfum délicatement fleuri qui rappelait des fleurs de pommier. Il se souvint qu'elle le portait au pavillon la nuit où il l'avait embrassée.

Son sexe se gonfla, devenant lourd et dur, et se pressa de manière inconfortable contre le devant de ses culottes.

— Vous m'avez donné votre parole.

— Et j'ai l'intention de la tenir. Mais il y a des choses qui ne me sont pas interdites.

Il souleva une lourde boucle rousse de son épaule, se pencha et pressa sa bouche à l'endroit où elle reposait un instant auparavant. Il l'entendit inspirer vivement. Sous son peignoir de soie, il vit que la pointe de ses seins s'était durcie.

— Il y a de l'espoir pour nous, je crois, dit-il doucement, car il ne pensait pas qu'elle ait réagi à Richard Clemens comme elle réagissait à lui.

Dani s'écarta.

— Vous n'avez rien à craindre. Notre marché est conclu. Je ne m'enfuirai pas.

— Je suppose qu'au fond, je savais que vous ne le feriez pas. J'ai douté de votre parole autrefois, mais je n'ai jamais douté de votre courage.

Il mit la main dans sa poche et en retira un sachet de satin rouge.

— Je vous ai apporté quelque chose. C'est un cadeau de noces.

Il ne parvenait toujours pas à croire qu'il avait apporté le collier avec lui jusqu'en Amérique, et il ne l'aurait pas fait si Grace n'avait pas insisté. Peut-être avait-elle su avant lui qu'il donnerait la ravissante parure de perles et de diamants à Danielle.

Il sortit le collier du sachet et passa derrière elle, les perles fraîches et lisses dans sa paume. Passant le bijou ancien autour de son cou mince, il ferma le clapet de diamant.

— Je serais heureux que vous portiez ce collier demain.

Dani porta les doigts au collier, tâtant le poids et la forme de chaque perle parfaite. Entre chacune d'elles, un diamant étincelait au soleil qui filtrait par la fenêtre.

Elle contempla son reflet dans le miroir.

— Elles sont magnifiques. Ce sont les plus belles perles que j'ai jamais vues.

— On appelle ce collier le Collier de la Mariée. Il est très ancien, du XIIIe siècle, un cadeau du seigneur de Fallon à sa future épouse, dame Ariana de Merrick. Une légende l'entoure. Je vous la raconterai à l'occasion.

Il n'avait pas le temps ce jour-là. Il leva les yeux et vit lady Wycombe qui se tenait sur le seuil, l'air sévère.

— Ceci est très inconvenant, Votre Grâce. Vous n'êtes pas encore l'époux de Danielle.

Rafe fit une profonde courbette.

— Je vous demande pardon, milady. J'allais partir.

Il s'écarta de Dani pour gagner la porte, passa devant sa tante et sortit dans le couloir.

— Je suis impatient de vous voir toutes les deux demain.

Ses yeux bleus rencontrèrent une dernière fois ceux de Dani. Son regard était troublé, comme il ne l'était pas lorsqu'il était arrivé.

Son léger sourire s'estompa. Il se dit qu'il arrangerait les choses entre eux, qu'il gagnerait au moins son affection à défaut de son amour.

Mais quelque chose au fond de lui l'avertit que ce ne serait pas facile.

12

C'était le jour de ses noces. Après l'horrible scandale qui remontait à cinq ans, Dani avait pensé ne jamais se marier. Or, durant les deux dernières semaines, elle avait été fiancée deux fois.

Aujourd'hui, Rafael Saunders allait devenir son mari, le dernier homme sur Terre qu'elle souhaitait épouser.

Elle soupira en se déplaçant nerveusement autour de la chambre. Sa robe de mariée, coupée dans une pâle soie topaze rehaussée de bandes de satin vert foncé, était étalée sur le lit. Caro avait entremêlé des rubans assortis dans les boucles rousses qu'elle avait relevées sur sa tête. Des pantoufles en chevreau de la même couleur étaient posées par terre, attendant d'être chaussées sur ses bas de soie crème.

Dani se dit qu'il était temps qu'elle finisse de s'habiller, rassemble son courage et accepte l'avenir que le destin lui avait infligé. A la place, elle regarda le jardin par la fenêtre, observant les oiseaux qui voletaient dans les branches du sycomore, se sentant léthargique et terriblement déprimée.

Elle entendit à peine la porte qui s'ouvrait derrière elle, le pas léger qui indiquait que Caro était entrée dans la pièce.

Pendant un moment, cette dernière ne dit rien. Puis elle soupira.

— Je savais que je n'aurais pas dû vous laisser. Grands dieux, vous n'avez même pas fini de vous habiller.

Mais Dani avait eu besoin d'un peu de temps pour elle, le temps de se faire à l'idée d'un avenir comme épouse de Rafael.

— Tout le monde attend, déclara Caro. Vous savez ce que le duc a fait la dernière fois où vous avez refusé de descendre.

Dani releva la tête. Rafe la traînerait en bas en camisole si elle ne lui obéissait pas. Quand était-il devenu aussi exigeant ? A quel point serait-il difficile de vivre avec un tel homme ? Et pourquoi l'idée de devenir sa femme lui contractait-elle étrangement le cœur ?

— D'accord, vous avez gagné. Aidez-moi à enfiler cette robe.

Elle était prête, à part sa toilette et ses chaussures. Il ne fallut pas longtemps pour fermer les petits boutons de nacre dans le dos de la robe et glisser ses pieds dans les pantoufles. Elle se mira une dernière fois dans le miroir, essaya de lisser les plis soucieux entre ses sourcils cuivrés et se tourna vers la porte.

— Attendez ! Votre collier !

Caro se précipita vers le coffret à bijoux posé sur le secrétaire et sortit le magnifique collier de perles et de diamants qui était le cadeau de noces de Rafe. Elle le leva pour l'admirer à la lumière.

— Il est si beau… Je n'ai jamais rien vu de pareil.

— Rafe dit qu'il est très ancien, et qu'une légende y est attachée.

— Une légende ? Je me demande ce que c'est.

Caro fit rasseoir Dani sur le pouf devant la coiffeuse, et

elle resta immobile pendant que son amie disposait les perles autour de son cou et fermait le fermoir en diamants.

— Regardez comme le soleil fait briller les diamants, dit Caro. C'est comme s'ils étaient éclairés de l'intérieur.

Dani passa les doigts sur les pierres aux multiples facettes.

— Je vois ce que vous voulez dire. Ce collier a quelque chose de très spécial, quelque chose... Je n'arrive pas exactement à dire ce que c'est. Je me demande où il l'a eu.

— Pourquoi ne pas le lui demander... après le mariage !

Caro la fit lever et la tira vers la porte.

— Il faut que je descende prendre ma place.

Elle leva les yeux.

— Rappelez-vous, si vous ne descendez pas...

— Ne vous inquiétez pas. J'ai accepté mon sort.

Même si elle en voulait à Rafe pour cela. Elle avait souhaité choisir sa propre vie, son propre avenir, pas se les voir infliger de force.

Caro se pencha et l'étreignit avec sympathie.

— Vous l'avez aimé, autrefois. Peut-être pouvez-vous apprendre à l'aimer de nouveau.

Des larmes inattendues montèrent aux yeux de Dani.

— Je ne laisserai pas cela se produire — jamais. Aussi longtemps que je ne l'aimerai pas, il ne pourra plus me blesser.

Les yeux de Caro s'embuèrent. Son regard contenait une trace d'apitoiement.

— Tout ira bien. Je le sens ici.

Elle posa une main sur son cœur. Puis elle pivota et s'empressa de quitter la chambre.

En inspirant lentement pour se calmer, Dani se tourna

vers la porte et son avenir incertain. Elle pria de tout son cœur que les paroles de Caro se révèlent vraies.

Mais en songeant à l'homme que Rafe était devenu, un homme dur, déterminé à parvenir à ses fins à n'importe quel prix, elle n'y croyait pas vraiment.

Espérant que sa nervosité ne se voyait pas, Rafe attendait au bas de l'escalier, les jambes légèrement écartées, les mains croisées devant lui.

Les invités au mariage étaient très peu nombreux, juste lady Wycombe et Caroline Loon, le révérend Dobbs et sa femme Mary Ann. Danielle méritait beaucoup plus que la simple cérémonie qui allait les faire mari et femme. Rafe se promit que lorsqu'ils rentreraient à Londres, il s'assurerait qu'elle ait le plus beau mariage que l'argent pouvait procurer.

Il regarda vers le haut de l'escalier et vit Caroline Loon qui descendait dans un froufrou de mousseline bleu pâle. Elle était la femme de chambre de Danielle, mais il avait appris qu'elle était beaucoup plus que cela.

Lady Wycombe lui avait expliqué l'histoire de la jeune femme : elle était la fille d'un pasteur et de son épouse, une jeune fille bien élevée qui était restée orpheline et sans argent à la mort soudaine de ses parents. Lady Wycombe l'avait engagée pour être la soubrette de Dani, mais elles étaient vite devenues de grandes amies. Caro avait soutenu Danielle dans la plus grande épreuve de sa vie — le scandale que Rafe avait involontairement fait peser sur elle.

Et pour sa loyauté indéfectible envers Danielle, elle s'était gagné la gratitude éternelle de Rafe.

— Miss Loon, dit-il en s'inclinant devant elle quand elle arriva au bas des marches.

Caro regarda anxieusement vers le haut de l'escalier.

— Vous n'avez pas besoin de monter, Votre Grâce. Danielle va descendre tout de suite.

Il sourit presque. Elle allait descendre, certes. Elle savait qu'il la hisserait sur son épaule pour l'amener en bas s'il le fallait. Levant les yeux vers le palier, il vit la porte de sa chambre s'ouvrir pour la deuxième fois et elle sortit dans le couloir.

Le pouls de Rafe s'accéléra. Elle portait une robe de soie topaze garnie de satin vert foncé, ses cheveux flamboyants mêlés de rubans du même vert. Elle paraissait pâle et fragile, et plus jolie qu'il l'avait jamais vue.

Elle descendit l'escalier, la tête haute, en tout point la duchesse qu'elle allait bientôt devenir. Ses yeux verts croisèrent les siens. Il put y voir des turbulences et sa poitrine se contracta. Bientôt elle serait sienne, ainsi que le destin semblait l'avoir décrété, et cependant il se demandait si elle serait jamais vraiment à lui. Si elle lui ferait jamais de nouveau confiance, si elle tiendrait jamais de nouveau à lui.

Il la regarda venir vers lui et s'interrogea sur l'avenir qu'il lui avait imposé, se demanda s'il pourrait trouver une voie dans l'enchevêtrement d'événements qui les avait conduits en cet endroit, à ce moment.

Il l'accueillit au bas des marches, prit sa main gantée et la porta à ses lèvres.

— Vous êtes magnifique, dit-il, et pensa combien ces mots étaient inadéquats.

Elle était absolument ravissante, adorablement touchante, complètement divine.

— Merci, Votre Grâce.

— Rafael, corrigea-t-il doucement en souhaitant qu'elle

ait prononcé son nom, dit quelque chose qui aurait pu apaiser son esprit troublé.

Il ne pouvait ignorer l'inquiétude dans ses yeux, les légères traces de l'incertitude qui avait dû la tenir éveillée tard dans la nuit. Il regretta de ne pas avoir eu plus de temps, l'occasion de la courtiser au lieu de la contraindre au mariage. Toutefois, il était convaincu qu'il ferait un bien meilleur époux pour Danielle que Richard Clemens.

Il posa sa main sur la manche de sa redingote bleu foncé et la sentit trembler. Il souhaita savoir comment la rassurer, mais seul le temps pourrait y parvenir. Il lui devait son nom et il avait l'intention de le faire, mais il voulait plus que simplement redresser un tort. Il voulait la rendre heureuse.

Du temps, se dit-il.

De la patience, susurra son esprit, et il pria qu'avec du temps et de la patience, il finisse par réussir.

— Vous portez le collier, dit-il en se sentant étrangement satisfait. Il vous va bien.

— Vous m'avez demandé de le mettre.

Un coin de la bouche de Rafe se releva.

— Je vous ai dit qu'il y avait une légende.

Une pointe de curiosité brilla dans les yeux de Dani.

— Oui…

— D'après la légende, quiconque possédera le collier connaîtra un grand bonheur ou une grande tragédie, selon qu'il a le cœur pur ou non.

Dani le regarda, le vert de ses yeux mis en valeur par les rubans de ses cheveux.

— Et vous pensez que j'ai le cœur pur ?

— J'en ai douté une fois. Je n'en douterai plus jamais.

Elle détourna son regard.

Dans le silence qui suivit, lady Wycombe les rejoignit avec nervosité.

— Le pasteur attend. Est-ce que tout va bien ?

Rafe regarda Dani et pria que ce soit le cas.

— Tout va bien.

— Alors, venez. Il est l'heure de commencer la cérémonie.

Danielle n'avait pas de père pour la conduire à l'autel, pas de proche ami masculin pour l'escorter. A la place, elle marcha à côté de Rafe et sortit dans le jardin, sa main tremblant sur la manche de sa redingote. Ils s'arrêtèrent sous une arche peinte en blanc et recouverte de roses qui avait été dressée à un bout de la terrasse.

Le révérend Dobbs, un petit binoclard robuste aux abondants cheveux gris, se tenait derrière un piédestal drapé de satin blanc, une bible ouverte posée dessus. A quelques pas de là, son épouse menue était debout à côté de lady Wycombe et de Caroline, qui tenaient chacune un petit bouquet de fleurs.

— Si vous êtes prêts, dit le pasteur, nous pouvons procéder à la cérémonie.

Rafe regarda Dani et espéra qu'elle pouvait lire son affection dans ses yeux, et sa détermination à réussir leur mariage.

— Etes-vous prête, ma douce ?

Des larmes embuèrent ses yeux. Elle n'était pas prête du tout, pensa-t-il, mais cela n'entama pas sa résolution. Elle prit une grande inspiration et hocha la tête, prête à affronter ce qui l'attendait, quoi que ce fût. Caroline Loon s'avança vivement et lui plaça un bouquet de roses blanches entrelacées de rubans verts dans les mains, puis retourna à sa place près de lady Wycombe.

— Vous pouvez commencer, révérend Dobbs, dit Rafe, souhaitant pour Dani que la cérémonie soit déjà finie.

Le pasteur passa en revue le petit groupe qui se tenait dans le jardin.

— Mes très chers frères, nous sommes rassemblés aujourd'hui pour unir par le sacrement du mariage cet homme, Rafael Saunders, et cette femme, Danielle Duval. Si quelqu'un ici peut déclarer que cet homme et cette femme ne doivent pas être unis, qu'il parle maintenant ou se taise à jamais.

Pendant un instant, le cœur de Rafe ralentit pour prendre un rythme sourd qui résonna presque douloureusement dans sa poitrine. Quand personne ne prit la parole, quand aucun autre homme ne réclama Danielle pour sienne, il commença à croire pour la toute première fois qu'elle allait enfin devenir sa femme.

La cérémonie se poursuivit, même si Dani en entendit à peine les mots. Elle pensa qu'elle répondait aux bons moments et pria que ce soit bientôt fini. Son esprit ne cessait de vagabonder. Elle se força à se concentrer.

Le pasteur s'adressa au marié.

— Voulez-vous, Rafael, prendre cette femme, Danielle, pour votre légitime épouse ? Promettez-vous de l'aimer dans la santé comme dans la maladie, dans les moments de richesse et de pauvreté, pour le meilleur et pour le pire, en renonçant à toute autre femme aussi longtemps que vous vivrez tous les deux ?

— Oui, répondit fermement Rafe.

Le révérend posa les mêmes questions à Danielle.

— O… ui, répondit-elle doucement.

— Avez-vous la bague ? demanda le pasteur à Rafe, et

durant un fol instant d'espoir Dani pensa qu'il n'avait sûrement pas eu le temps d'en acheter une, et que sans bague la cérémonie ne pourrait peut-être pas continuer.

Mais il glissa la main dans le gousset de son gilet et en sortit une alliance en or étincelante, incrustée de diamants.

Le révérend prononça le serment et Rafe le répéta.

— Par cette alliance, je vous épouse.

Il prit la main tremblante de Dani et passa la bague à son doigt. Puis il pressa doucement ses doigts.

La cérémonie enfin terminée, le révérend Dobbs se détendit et eut un chaud sourire.

— En vertu de l'autorité qui m'est conférée par l'Etat de Pennsylvanie, je vous déclare mari et femme. Vous pouvez embrasser la mariée, dit-il à Rafe.

Dani ferma les yeux quand il passa un bras autour de sa taille, l'attirant à lui. Si elle s'était attendue à un chaste baiser, elle fut surprise de se retrouver pressée fermement contre son torse et embrassée fougueusement.

Les lèvres de Rafe prirent possession des siennes, lui indiquant en termes clairs qu'elle était à lui. Son cœur voleta, se mit à galoper, et pendant un instant elle s'abandonna au baiser. Elle percevait la faim de son mari, le contrôle qu'il gardait à peine, et le désir s'éveilla en elle.

Le temps de plusieurs battements de cœur, elle lui rendit son baiser, ses lèvres s'entrouvrant sous les siennes et se mettant à trembler tandis qu'elle absorbait son goût et son odeur. Puis Rafe mit fin au baiser et ils s'écartèrent.

Il baissa les yeux sur elle, des yeux si incroyablement bleus, et elle y vit une chaleur intense, un désir incandescent. Puis son regard se voila et il le détourna, la laissant la tête légère, combattant une folle envie de fuir. Il gardait la main posée de façon possessive au creux de son dos, la soutenant, et, pour une fois, elle lui en fut reconnaissante.

Juste ciel, comment avait-elle pu oublier le pouvoir qu'il dégageait ? L'enivrante bouffée de désir qu'il pouvait provoquer d'un seul regard ? Avait-elle vraiment cru que le fait de le détester la protégerait de l'attirance magnétique qu'elle avait toujours ressentie quand il était près d'elle ?

Tremblant de nouveau, elle le laissa la conduire vers une table recouverte d'une nappe blanche où des bouteilles de champagne refroidissaient dans des seaux en argent. Des domestiques s'affairaient, emplissant des flûtes en cristal et les offrant sur des plateaux en argent, d'autres arrivant avec des plats chargés de mets appétissants : de l'oie rôtie, du rosbif, des pois à la crème et des carottes glacées, de la viande froide et des pâtés, des fruits confits et des crèmes sucrées, le tout étant posé sur la table.

Apparemment, Rafael et sa tante Flora avaient conspiré pour organiser un festin pour le petit groupe d'invités. Dani se força à sourire et à accepter des félicitations, prête à manger au moins un peu de la nourriture, même si elle craignait que son estomac ne se rebelle.

Jadis, elle avait aspiré de tout son être à devenir l'épouse de Rafe. Maintenant, tomber de nouveau sous son charme était la dernière chose qu'elle souhaitait.

Elle était une femme différente de ce qu'elle était autrefois, une femme indépendante qui connaissait les risques d'aimer un homme comme Rafael, un homme qui pouvait détruire une vie d'un claquement de doigts. Elle se jura qu'elle ne laisserait jamais cela arriver de nouveau.

Il se pencha pour lui parler doucement à l'oreille.

— Il sera bientôt temps de partir. J'ai demandé à miss Loon de veiller à finir vos bagages. Peut-être devriez-vous monter vous changer et mettre une robe plus pratique pour l'embarquement.

Dani acquiesça, heureuse de la chance de s'échapper.

— Oui, je crois que c'est une très bonne idée.

Quittant le jardin pour rentrer dans la maison, elle se dirigea vers l'escalier et se hâta de rejoindre sa chambre.

Caro l'attendait.

— Laissez-moi vous aider.

Dani se tourna pour qu'elle puisse défaire les boutons de sa robe topaze, puis émergea du vêtement et quitta ses pantoufles. Elle s'assit sur le pouf et laissa la femme de chambre ôter les rubans de ses cheveux.

— Nous devrions peut-être les natter, suggéra Caro.

— Oui, je pense que ce serait mieux.

Caro retira les épingles une par une. En quelques minutes, les longues boucles rousses furent rassemblées en tresses et fixées au sommet de sa tête.

— Pouvez-vous défaire le collier ? demanda Dani.

Dans le miroir, elle aperçut le raide signe de tête de son amie. Il y avait quelque chose dans son visage, quelque chose de sombre et de troublé qu'elle n'avait pas remarqué auparavant. Quand le fermoir s'ouvrit et que les perles tombèrent dans la paume de Caro, elle se tourna sur le pouf et la regarda.

— Qu'y a-t-il, très chère ? Je vois que quelque chose ne va pas. Dites-moi ce que c'est.

Caro secoua la tête, agitant ses boucles blondes. Elle pressa les perles dans la main de Dani, paraissant encore plus abattue.

— Grands dieux, Caro, dites-moi ce qui s'est passé.

Les yeux bleus de son amie s'emplirent de larmes.

— C'est Robert.

— Quoi, Robert ?

Les larmes se mirent à rouler sur ses joues.

— Il est venu me voir hier soir. Il m'a dit qu'il m'aimait, Dani. Il a dit qu'il n'avait jamais rencontré une femme comme moi. *Une femme comme moi,* Danielle. Comme si j'étais quelqu'un de spécial, quelqu'un digne de son amour. Mais il ne peut pas parler de mariage — pas avant d'être libre.

Dani prit les mains tremblantes de Caro dans les siennes. Elle connaissait l'histoire du contrat signé par Robert, savait comment il avait été accusé d'un crime qu'il n'avait pas commis et avait été forcé de fuir son pays.

— Ecoutez-moi, très chère. Ce n'est pas la peine de pleurer. Je vais parler à Rafael, le convaincre de racheter le contrat de Robert.

Caro lui retira ses mains et d'autres larmes ruisselèrent sur ses joues.

— Edmund Steigler ne voudra pas le vendre, et même s'il le voulait, nous n'avons pas le temps.

— Nous le prendrons. Nous remettrons notre voyage jusqu'à ce que Rafael puisse parler à M. Steigler, puis nous rentrerons par un autre bateau.

Caro s'essuya les yeux.

— Vous ne comprenez pas.

— Alors expliquez-moi.

La femme de chambre prit une inspiration tremblante.

— Juste avant le mariage, Robert est venu me voir. Il avait reçu une lettre de son cousin en Angleterre, un certain Stephen Lawrence. D'après la lettre, Stephen a découvert l'identité de l'assassin de Nigel Truman — l'homme que Robert a été faussement accusé d'avoir tué.

— Continuez.

— Je n'ai jamais vu Robert comme ça.

Caro porta les yeux vers la fenêtre, lointaine, comme si elle était de nouveau avec Robert McKay.

— Je pense que jusqu'à présent il ne croyait pas qu'il pourrait un jour prouver son innocence. Maintenant, il désire ardemment rentrer en Angleterre pour blanchir son nom. Il a l'intention de s'échapper, Danielle.

— Juste ciel !

— Il dit que lorsqu'il aura prouvé son innocence, il trouvera un moyen d'envoyer à Steigler l'argent de son contrat. Je voudrais l'aider, mais je ne peux rien faire.

Caro baissa les yeux sur le collier que Dani tenait à la main.

— J'ai même pensé à le voler.

Ses yeux s'emplirent de nouveau de larmes.

— Je pensais que je le donnerais à Robert et que vous ne vous en rendriez pas compte avant qu'on soit en mer.

Elle regarda Danielle et se remit à pleurer.

— Je n'ai pas pu le faire. Je n'aurais jamais pu vous voler — même pour Robert —, pas après tout ce que vous avez fait pour moi.

Elle pleura plus fort, son corps mince secoué de sanglots.

— Je suis désolée, Danielle. C'est juste… Je l'aime tant !

Dani prit son amie dans ses bras.

— Tout va bien, très chère. D'une manière ou d'une autre, nous arrangerons cela. Tout ira bien.

Mentalement, Dani repassa dans sa tête ce que Caro lui avait dit et son esprit s'emballa. Elle se fiait aux instincts de sa meilleure amie et à sa propre opinion de Robert McKay. Elle croyait qu'il avait dit la vérité, qu'il était innocent de tout méfait. Elle savait ce que c'était que d'être accusé à tort, et son cœur se serrait pour tous les deux.

Caro s'écarta et alla à la fenêtre. Elle regarda dans le jardin, ses épaules minces secouées de sanglots silencieux, tandis que Dani cherchait désespérément que faire.

Elle pouvait parler à Rafael, mais elle n'était pas sûre qu'il les aiderait. Elle ne connaissait pas l'homme qu'il était devenu, et elle ne se fiait pas à lui. S'il allait voir Steigler, et trahissait les intentions de Robert à son maître ?

Rafe pouvait être impitoyable. Elle était bien placée pour le savoir.

Elle regarda le collier qu'elle tenait toujours à la main. Elle avait très peu d'argent. Ses deux parents étaient morts. Elle disposait seulement de la petite allocation mensuelle que son père lui avait laissée, et ce n'était pas suffisant pour aider Robert à trouver le moyen de se blanchir. Jusqu'à son mariage, elle dépendait surtout de sa tante et elle ne voulait pas impliquer Flora dans cette affaire.

Le collier était chaud dans sa paume, étrangement réconfortant, comme s'il essayait de l'apaiser ou peut-être de lui donner de la force. Allant rejoindre Caro, elle prit la main de son amie et déposa le rang de perles et de diamants dans sa paume.

— Prenez-le. Donnez-le à Robert. Dites-lui de s'en servir pour se sauver, pour rentrer en Angleterre et prouver son innocence.

Caro leva les yeux vers elle, une expression incrédule sur le visage.

— Vous feriez cela pour Robert ?

Une boule se forma dans la gorge de Dani.

— Je le ferais pour *vous,* Caro. Vous êtes la sœur que je n'ai jamais eue, ma meilleure amie au monde.

Elle referma les doigts minces de Caro sur le collier.

— Portez-le à Robert. Faites-le maintenant. Rafael va

commencer à se demander ce que nous faisons. Il n'y a pas beaucoup de temps.

La gorge de Caro montait et descendait. Des larmes roulaient sur ses joues.

— Je trouverai un moyen de vous rembourser — je le jure. Je ne sais pas comment, mais…

— Vous m'avez remboursée par votre amitié un millier de fois.

Dani l'enlaça. Puis elle se tourna, alla à la commode et prit la bourse en satin rouge dans son coffret à bijoux. Prenant les perles, elle les glissa dans le sachet et le tendit à son amie.

— Allez-y.

Caro l'étreignit une dernière fois. Mettant la bourse dans la poche de sa robe, elle se hâta vers la porte. Tandis qu'elle descendait dans le vestibule, Dani prit une inspiration pour se calmer.

Tôt ou tard, Rafael découvrirait ce qu'elle avait fait. Il serait en colère. Furieux, elle le savait. Elle frissonna, se rappelant la fureur sur son visage quand il était entré dans sa chambre et avait trouvé Oliver Randall dans son lit, puis pensant à la façon dont il avait détruit sa vie.

Elle se durcit. Elle traiterait avec Rafael quand le moment viendrait. Jusque-là, elle pria que Robert puisse s'échapper sain et sauf.

13

Rafe escorta les dames le long de la passerelle, puis les aida à mettre le pied sur le pont du *Nimble,* un grand trois-mâts aux voiles carrées qui transportait un total de cent soixante-dix passagers répartis dans les trois classes, trois mille cinq cents tonneaux de cargaison et un équipage de trente-six hommes.

Bien que les gens qui voyageaient de Philadelphie en Angleterre soient moins nombreux que la foule d'immigrants qui se rendaient en Amérique en quête d'un nouveau foyer, le bateau bourdonnait d'activité.

Le capitaine, Hugo Burns, un grand Anglais barbu à la carrure d'ours, aux cheveux noirs et aux yeux sombres, les salua à leur arrivée.

— Bienvenue à bord du *Nimble,* dit-il, l'un des meilleurs navires qui voguent sur l'Atlantique. Il fait quatre cents tonnes, cent dix-huit pieds de long, vingt-huit pieds de large et vous ramènera en toute sécurité en Angleterre.

Rafe avait eu de la chance de trouver un bateau et un équipage anglais prêts à les reconduire chez eux. Le *Nimble* n'était pas un navire d'Ethan, mais à ce qu'il put découvrir, le capitaine Burns était l'un des marins les plus respectés à la ronde.

Lady Wycombe sourit au grand homme trapu.

— Je suis sûre que nous ne risquerons rien entre vos très capables mains, capitaine.

— Oui, vous pouvez le croire, lady Wycombe.

Le premier matelot, un marin dégingandé nommé Pike, au teint bistré et au visage buriné, qui portait une veste d'uniforme bleu foncé, les conduisit à leurs cabines, les meilleures que Rafe avait pu réserver sur le bateau.

Pike les guida jusqu'à une échelle de coupée qui descendait dans les quartiers des passagers de première classe, sur le pont supérieur. Lady Wycombe et Caro partageraient la cabine 6A. Le marin leur assura qu'un homme d'équipage apporterait leurs bagages, et attendit qu'elles entrent dans la cabine et commencent à s'installer.

Ensuite, il continua le long de la coursive, conduisant Rafe et Danielle à leur cabine située à la proue, la cabine de première classe la plus spacieuse à bord du *Nimble*. Tandis qu'il déverrouillait la porte et s'écartait pour les laisser passer, Dani s'arrêta nerveusement sur le seuil, jetant un coup d'œil à l'intérieur en fronçant les sourcils.

— Merci, monsieur Pike, dit Rafe. Ce sera tout.

Quand le matelot disparut dans la coursive, elle leva les yeux vers lui.

— Vous ne comptez sûrement pas que nous partagions une cabine ?

Il crispa les mâchoires.

— C'est exactement ce que j'ai prévu.

— Je vous rappelle, monsieur, que nous avions un accord. Vous avez dit…

— Je sais ce que j'ai dit. J'ai dit que je ne vous ferai pas l'amour avant que nous atteignions l'Angleterre. Cela ne change pas le fait que nous sommes mariés.

Il ouvrit plus largement la porte.

— Nous ne partagerons pas seulement cette cabine, mais aussi ce lit.

La couleur monta aux joues de Dani. Rafe ne fut pas sûr si c'était de colère, d'embarras ou un peu des deux.

Haussant le menton, elle passa devant lui pour entrer dans la cabine, fixant la large et unique couchette comme si elle allait l'avaler tout entière.

— Caro et tante Flora ont des couchettes superposées.

Rafe garda une expression impassible.

— Nous sommes mariés, Danielle. Nous n'avons pas besoin de couchettes séparées.

Et durant les jours écoulés depuis qu'il avait accepté de renoncer à ses droits conjugaux pour la durée de la traversée, il avait pris une décision : il avait donné son accord pour ne pas lui faire l'amour, une promesse qu'il comptait tenir.

Mais cela lui laissait d'infinies possibilités.

Ses reins se contractèrent tandis que plusieurs de ces troublantes possibilités lui venaient à l'esprit. Quoi que Danielle éprouvât pour lui, il ne la laissait pas indifférente physiquement. Le baiser qu'il lui avait pris à l'autel en était la preuve. Il se rappelait encore le contact de ses lèvres douces s'écartant sous les siennes, la façon dont elle avait tremblé. Elle avait toujours été une jeune femme passionnée. De toute évidence, cela n'avait pas changé.

Son excitation s'accrut. Ils étaient mariés, et cependant elle ne serait pas complètement à lui tant que le mariage ne serait pas consommé.

Pour s'assurer que cela advienne, il avait l'intention de la séduire.

Posant par terre le sac en cuir qu'il portait, il ferma la porte de la cabine et alla rejoindre Danielle. Elle gardait les yeux rivés sur la couchette qui s'étendait sous le hublot et il se demanda ce qu'elle était en train d'imaginer. Il plaça doucement les mains sur ses épaules et la tourna lentement vers lui.

— Nous avons le temps, ma douce. Je ne vais pas vous brusquer. Mais nous sommes mariés, Danielle. Vous feriez bien de l'accepter.

Elle se contenta de le regarder, les yeux troublés et emplis de doute. Rafe lui prit le menton et l'embrassa très légèrement. Son parfum suave inonda ses sens. Ses lèvres étaient aussi douces que des pétales sous les siennes.

Son corps se durcit plus encore, accroissant son inconfort. Il avait envie d'approfondir le baiser, d'explorer les douces vallées de sa bouche. Il avait envie de l'allonger sur le lit et de lui ôter ses vêtements, de caresser les seins ravissants, ronds comme des pommes, qui avaient hanté ses rêves ces cinq dernières années.

Il avait envie de lui faire l'amour pendant des heures d'affilée.

A la place, il interrompit le baiser.

— Donnez-nous une chance, Dani. C'est tout ce que je demande.

Elle ne dit rien. Elle se contenta de se détourner.

Rafe la regarda se retirer dans un coin de la cabine et sa résolution se renforça. Avant de rencontrer Danielle, il avait couché avec très peu de femmes. Pour son dix-huitième anniversaire, son meilleur ami Cord Easton lui avait offert une nuit à la Maison de Plaisir de Mme Fontaneau. Quelques mois après, il avait pris une maîtresse, puis, plus tard, avait eu une liaison avec une comtesse dont le mari souffrait de pertes de mémoire.

Lorsqu'il avait rencontré Danielle, il n'avait pas eu

besoin d'autres femmes. Il savait qu'une fois marié, il serait pleinement satisfait.

Cette terrible nuit, cinq ans auparavant, avait changé tout cela. Déterminé à oublier Dani, il avait couché avec d'innombrables conquêtes. De chanteuses d'opéra aux courtisanes les plus recherchées, Rafe connaissait le pouvoir de la séduction. Durant ces cinq ans, il en avait bien usé, et souvent. Il allait s'en servir maintenant pour redresser les torts qu'il avait causés à Danielle, dans l'espoir de leur assurer un avenir qui comporterait du plaisir pour chacun d'eux.

Danielle inspectait la spacieuse cabine, essayant de décider ce qu'elle avait de mieux à faire. Elle pouvait refuser de partager les lieux, exiger que Rafe loue une autre cabine pour elle, mais elle pouvait voir à l'expression farouche de ses yeux qu'il ne serait pas prêt à céder.

Elle jeta un coup d'œil dans sa direction, le vit posté négligemment près de la porte, une épaule appuyée contre la cloison, les bras croisés sur la poitrine, observant chacun de ses gestes. Superficiellement, il paraissait assez inoffensif, mais sous cette façade anodine était tapi un mâle puissant et viril qui, tôt ou tard, voudrait faire valoir ses droits conjugaux.

Le cœur de Dani s'accéléra. Rafe ne faisait pas mystère de son désir pour elle, et pourtant il avait donné sa parole. Même si elle ne pensait pas qu'il la renie, dès qu'ils atteindraient l'Angleterre il ne perdrait pas un instant pour prendre possession de son corps.

Elle poussa un soupir. A vingt-cinq ans, elle en savait plus sur ce qui se passait entre un homme et une femme que cinq ans plus tôt, néanmoins ses connaissances sur le sujet étaient cruellement limitées. Peut-être que vivre aussi intimement avec Rafe serait un bon moyen de parfaire l'éducation dont elle avait si manifestement besoin.

Elle ne pouvait ignorer tout à fait une pointe d'intérêt. Qu'est-ce que ce serait d'être allongée près d'un homme aussi puissamment viril que Rafael ? De dormir à côté de lui ? De s'éveiller avec lui le matin ?

Perturbée par ces pensées non souhaitées, elle se tourna pour examiner les lieux. Avec ses élégants lambris en teck, sa coiffeuse et son secrétaire encastrés, du même bois, la cabine serait beaucoup plus confortable que celle qu'elle avait partagée avec Caro et sa tante lors de sa précédente traversée. Il y avait même une petite cheminée dans un coin pour les nuits fraîches en plein Atlantique.

Et le fait était que tôt ou tard elle devrait partager la couche de l'homme qui était son mari. Qu'elle ait été contrainte au mariage ne changeait pas la réalité, à savoir qu'elle lui appartenait entièrement.

Mais au moins, pour l'instant, elle serait à l'abri de ses avances.

L'après-midi s'écoula et s'étira dans la soirée. A l'aube, ils mettraient les voiles pour l'Angleterre. Dani redoutait la nuit à venir.

Bien que Rafe se soit montré charmant avec Caro et sa tante durant tout le dîner qu'ils prirent à la table du capitaine, elle ne pouvait ignorer la chaleur et l'anticipation qui couvaient dans ses yeux bleus. Elle avait pensé qu'il les déguiserait, qu'il garderait l'attitude polie mais distante qu'il avait jusque-là assumée sans défaut en présence de son amie et de Flora, mais il n'en fit pas la moindre tentative.

« Vous êtes ma femme et je vous veux », disait son

brûlant regard bleu, et chaque fois qu'il la regardait, des papillons voletaient dans son estomac. Ses nerfs étaient de plus en plus tendus.

Ils avaient dîné dans l'élégant salon de première classe, une pièce au plafond bas lambrissée de teck et rehaussée par du papier peint rouge. Des lanternes dorées et travaillées avec de petits prismes de cristal étaient suspendues au-dessus de la longue table en acajou, et des appliques également dorées, conçues pour s'incliner quand le bateau naviguait, étaient fixées aux murs.

Le capitaine Burns semblait être un homme compétent, plus concerné par son navire et son équipage que par la conversation avec le petit groupe de passagers de première classe assemblé dans son salon. Il les laissa dès que le repas fut terminé, anxieux de procéder aux derniers préparatifs avant leur départ le lendemain de bonne heure.

Vers la fin de la soirée, les invités avaient fait connaissance : un planteur de Virginie nommé Willard Longbow et sa toute petite femme Sarah ; lord et lady Pettigrew, que Rafe avait apparemment rencontrés en Angleterre ; un couple de Philadelphie, les Mahler, qui emmenaient les aînés de leurs enfants en un grand voyage en Europe ; et un Américain à la position sociale douteuse du nom de Carlton Baker.

Quelque chose chez M. Baker, un grand homme séduisant d'une quarantaine d'années, mettait Dani mal à l'aise. D'après ce qu'elle avait entendu, il semblait être du genre nomade, voyageant de ville en ville selon sa fantaisie, sans moyens apparents, même si, à en juger par ses vêtements, il était un gentleman d'un certain standing.

Baker se montrait assez aimable, mais il avait une façon de la regarder qui paraissait un peu trop hardie, un peu trop familière. Elle se demanda si Rafe avait remarqué son intérêt pour elle et se rappela combien il s'était montré terriblement jaloux cinq ans plus tôt. Mais il était à présent un homme différent, qui contrôlait ses émotions. Et il ne tenait probablement plus à elle comme autrefois.

Toutefois, bien qu'elle se montrât aimable avec Baker, elle garda soigneusement ses distances.

La longue soirée s'écoula. Les autres devisaient plaisamment, mais Dani avait trop conscience de Rafael pour faire l'effort de se mêler à la conversation. Il était trop proche, parlait trop doucement, lui souriait trop souvent.

Elle ne cessait de penser à la cabine qu'ils allaient bientôt partager, au lit où elle serait obligée de dormir près de lui. Elle avait beau être épuisée par la journée riche en événements, les nerfs à vif et tendus à craquer, si une moitié d'elle-même aspirait au sommeil, l'autre souhaitait que la soirée ne se termine jamais.

Elle sentit la main de Rafe sur son épaule et un frisson la parcourut.

— Venez, ma douce. La journée a été longue et fatigante. Il est temps que nous souhaitions une bonne nuit à nos nouveaux amis.

Dani hocha la tête. Rester debout jusqu'à l'aube ne changerait pas ce qui l'attendait. Rafael lui laissa un moment pour prendre congé, puis l'escorta le long du pont jusqu'à l'échelle de coupée qui descendait vers leur cabine.

La coursive était étroite et faiblement éclairée. Dani était grande pour une femme, mais Rafe était beaucoup plus grand qu'elle et elle percevait le pouvoir qui émanait de lui, sa formidable force virile.

Elle frissonna de nouveau. Elle ne connaissait pas l'homme que Rafe était devenu, un homme qui l'avait contrainte à un mariage dont elle ne voulait pas. Et elle ne pouvait s'empêcher de se demander pour la énième fois s'il respecterait sa parole.

Il ouvrit la porte et elle pénétra dans la cabine. A l'extérieur du hublot, des torches vacillaient sur le quai et se reflétaient à la surface de l'eau, jetant une pâle lueur jaune dans la pièce. Bien que celle-ci lui ait paru spacieuse auparavant, maintenant, alors que Rafe entrait derrière elle, sa haute stature emplissant l'espace, elle lui parut exiguë et étouffante.

Il alluma une lanterne à huile, et dans la lumière qui jaillit quand la mèche s'enflamma, elle aperçut la ligne de son profil, une légère ombre de barbe le long de sa mâchoire, la fente de son menton. Son cœur s'emballa. Grands dieux, ce qu'il était beau ! Le seul fait de le regarder lui coupait le souffle, rendait sa tête légère.

— Venez, ma douce, laissez-moi vous aider à vous dévêtir.

Ces mots résonnèrent en elle et lui asséchèrent la bouche. Elle avait envie de lui dire qu'elle n'avait pas besoin de son aide — ni maintenant, ni jamais —, mais elle ne pouvait atteindre les boutons dans le dos de sa robe, et elle était si fatiguée.

Comme dans un rêve, elle ôta ses chaussures et alla vers lui, puis lui tourna le dos. Avec une habileté experte, ses longs doigts hâlés défirent les petits boutons recouverts de tissu qui fermaient sa robe de soie vert d'eau, et elle se demanda combien de fois il avait fait ce geste.

— J'ai conscience que vous n'avez pas l'habitude de vous déshabiller devant un homme, dit-il doucement, mais avec le temps vous vous y accoutumerez. Peut-être même que vous y prendrez plaisir.

Prendre plaisir à se dévêtir devant Rafael ? Cette notion

lui paraissait totalement impossible… et pourtant, au fond d'elle-même, cela l'intriguait.

Il effleura sa nuque de la main, caressa son épaule, et elle en eut la chair de poule. Elle ferma les yeux pour lutter contre l'embarras quand Rafe fit glisser la robe de ses épaules, puis sur ses hanches, et qu'elle s'affala en tas par terre.

Dani ne portait plus que sa fine camisole de linon, ses bas et ses jarretières. Elle se rappela qu'il l'avait déjà vue ainsi. Elle sentit sa bouche se presser sur son épaule nue, mais au lieu d'éprouver de la gêne, elle sentit quelque chose de chaud et de liquide s'amasser dans son ventre. Sous le corselet de sa camisole, la pointe de ses seins se durcit en fermes petits boutons qui frottèrent contre l'étoffe.

Juste ciel !

Priant que Rafe ne le remarque pas, elle sortit de la robe tombée à ses pieds et se pencha pour la ramasser, prenant soin de garder le dos tourné, puis elle la suspendit dans l'armoire.

— Merci. Je peux faire le reste moi-même.

— Vous en êtes sûre ?

Sa voix était enrouée, et comportait une pointe de défi.

Incapable de résister, et essayant de ne pas penser à sa tenue dévêtue, elle se tourna face à lui, la tête haute, déterminée à ne pas flancher devant lui même si elle était à moitié nue.

Elle sentit le regard de Rafe la parcourir, jaugeant chaque courbe à peine dissimulée, la longueur de ses jambes, la finesse de sa taille, la rondeur de sa poitrine.

— Pourquoi ne vous asseyez-vous pas ? demanda-t-il de cette voix rauque et voilée. Je vais défaire vos cheveux.

L'estomac de Dani se contracta. Par tous les saints !

— Je… je peux le faire moi-même. Je… je n'ai pas besoin de votre aide.

Il sourit et quelque chose fondit dans son ventre.

— Vous ne me refuserez sûrement pas ce petit plaisir. Toute la soirée, j'ai imaginé combien vos boucles seraient soyeuses sous mes doigts.

Dani déglutit. Comme elle n'avait aucune idée de la façon de répondre à cette déclaration, elle se laissa choir sur le pouf et lui tourna le dos. Rafe passa derrière elle, sa haute stature se reflétant dans le miroir. Une épingle après l'autre, il libéra chaque lourde mèche rousse, puis passa les doigts dedans.

— La couleur du feu…

Il étala sa chevelure sur ses épaules.

— J'avais coutume d'imaginer le contact de vos cheveux sur ma poitrine quand nous ferions l'amour. Cela me semblait si bon…

Dani se mit à trembler. Une fois, au cours de l'été précédant leur mariage, elle l'avait trouvé au bord de l'étang, assis sur un tronc d'arbre au soleil, sans sa chemise. Il avait un torse magnifique, se rappela-t-elle, large et musclé. Rafe était un homme qui aimait être au grand air, qui prenait plaisir à chasser et à monter à cheval, un athlète qui allait boxer chez Gentleman Jackson quand il était à Londres.

Il se maintenait en parfaite condition physique et cela se voyait.

Dans la glace, elle le vit, fascinée, courber sa tête brune et presser sa bouche sur le côté de son cou. Il prit le lobe de son oreille entre ses dents et le mordilla doucement, puis s'écarta avec lenteur.

Il fallut un moment à Dani pour s'aviser qu'elle ne respirait plus. Elle prit une inspiration tremblante et constata que ses mains tremblaient aussi. Priant qu'il ne s'en aperçoive pas, elle s'affaira à natter les cheveux qu'il avait libérés. Bien qu'il ait reculé de quelques pas, elle le voyait toujours dans le miroir, les yeux fixés sur son visage.

— Avez-vous besoin de moi pour terminer ? demanda-t-il.

Elle bondit pratiquement du pouf.

— Non ! Je veux dire, non, merci. Je peux me débrouiller. Je vais juste passer derrière le paravent pour mettre ma chemise de nuit.

Il secoua la tête.

— Vous allez rester où vous êtes. Vous êtes ma femme, Danielle. J'ai accédé à certaines de vos demandes, mais pas à celle-ci.

Elle déglutit.

— Vous… vous comptez que je finisse de me déshabiller devant vous ? Vous voulez me voir… nue ?

Un coin de la bouche de Rafe se releva.

— C'est exactement ce que je souhaite. Il n'y aura pas de secrets entre nous, Danielle.

— Mais…

— Nous nous habituons simplement l'un à l'autre, ma douce, rien de plus.

Son cœur tambourina dans sa poitrine, frappant comme un bélier contre ses côtes. Rafe voulait la voir nue. Il présentait cette requête comme si c'était son dû. Pire encore, puisqu'il était son mari, c'était peut-être le cas.

— Et si je refuse ?

Il haussa ses larges épaules.

— Vous pouvez dormir avec votre camisole, si vous voulez. Maintenant que vous le suggérez, je crois que cela me plairait beaucoup.

— Vous êtes insupportable !

Quelque chose flamba dans ses yeux bleus.

— C'est ce que vous croyez ? Que pensez-vous que Richard Clemens aurait exigé de vous lors de votre nuit de noces ?

L'estomac de Dani se contracta. Si elle avait épousé Richard, il aurait pris sa virginité sans un moment d'hésitation. Pour des raisons qu'elle ne pouvait expliquer, elle pensait qu'il ne se serait pas senti concerné le moins du monde par ses sentiments sur la question.

Néanmoins, elle n'avait pas épousé Rafe par choix, et ses requêtes arrogantes ne lui plaisaient pas du tout. Se détournant de lui, elle mit un pied après l'autre sur le pouf de la coiffeuse, ôta ses jarretières et fit rouler ses bas. Gardant le dos tourné, elle attrapa sa longue chemise de nuit de coton blanc accrochée près de la porte, fit passer sa camisole par-dessus sa tête et la jeta sur le paravent.

Pendant quelques secondes, elle batailla avec sa chemise de nuit, tout l'arrière de sa personne dénudé à la vue de Rafe, et elle le maudit d'être un tel butor. Un instant plus tard, le vêtement tomba en place et elle éprouva une bouffée de soulagement.

Essayant de faire comme si elle n'avait pas le visage en feu, elle haussa le menton et se tourna face à lui. Il était adossé à la cloison, les bras croisés. Ses yeux étaient d'un bleu brûlant et les muscles de sa mâchoire semblaient durs comme du fer.

Il luttait pour garder son contrôle, comprit-elle, terriblement excité par la vue qu'il venait d'avoir. Alors un sentiment de pouvoir s'empara d'elle, différent de tout ce qu'elle avait connu, et un petit démon facétieux qu'elle croyait mort depuis longtemps redressa sa tête espiègle.

— Je suis prête à me coucher. Et vous ?

14

Dani fixa son regard sur le grand homme qui se tenait à l'autre bout de la cabine. Au défi contenu dans ses paroles, tout le corps de Rafe se crispa. Il s'écarta de la cloison telle une panthère prête à bondir sur sa proie et elle se força à rester où elle était, bien que tous ses instincts la poussent à s'enfuir.

— Je pensais épargner votre sensibilité de jeune fille et me déshabiller derrière le paravent — au moins les premières nuits.

Il lui laissait une chance de faire marche arrière. Elle devrait la saisir, elle le savait.

— Vous avez dit qu'il ne devait pas y avoir de secrets entre nous, répondit-elle malgré elle.

Un coin de la bouche de Rafe se releva. La chaleur de ses yeux parut s'intensifier.

— A votre guise.

Dani humecta ses lèvres. Une partie d'elle craignait d'avoir libéré de sa cage un animal dangereux, tandis qu'une autre observait avec fascination. A part avoir soigné un petit garçon malade à l'orphelinat, et eu un bref aperçu des fesses d'Oliver Randall quand il était sorti de son lit cinq ans plus tôt, elle n'avait jamais vu un homme nu, et certainement pas un homme aussi viril que Rafe.

Elle le regarda tandis qu'il commençait à se dévêtir, ôtant sa redingote, son gilet et sa large écharpe blanche, puis quittant sa chemise, révélant le torse puissant et musclé dont elle se souvenait. Une toison bouclée, châtain foncé, descendait en s'affinant vers un ventre plat aussi solide que le reste de sa personne.

Il se débarrassa de ses chaussures et de ses bas. Dani élargit les yeux quand il se mit à défaire les boutons à l'avant de ses culottes ajustées. Il les fit glisser le long de ses longues jambes musclées et en dégagea ses pieds, ne restant vêtu que de son caleçon qui moulait la moitié inférieure de son corps, lui arrivant au-dessus des genoux.

— J'ignore ce que vous connaissez de l'anatomie masculine, ma douce, mais si vous ne l'avez pas déjà noté, vous regarder m'a fortement excité.

Elle posa les yeux sur l'épais bourrelet qui se soulevait sous son fin sous-vêtement, et laissa échapper un cri alarmé. Sa bravade se dissipa aussitôt. Faisant une pirouette, elle se précipita vers le lit, rabattit les couvertures et se glissa entre les draps, se tournant sur le côté pour ne pas le voir.

Elle entendit Rafe rire doucement, mais elle n'y fit pas attention. C'était une chose de voir un homme dévêtu, mais une chose bien différente de le voir excité de cette façon. Elle en connaissait assez sur l'anatomie masculine pour savoir que ce gros bout de chair était l'organe de reproduction masculin, et elle savait aussi où il se joignait à un corps de femme. Mais maintenant qu'elle avait une idée de sa taille, elle ne parvenait pas à imaginer comment il pourrait s'ajuster à elle.

Derrière elle, Rafe s'approcha du lit et elle retint son souffle quand le matelas s'enfonça sous son poids.

— Pour l'instant, je suppose que je devrai renoncer à

dormir nu, mais je vous promets que ce ne sera pas pour longtemps, ma douce.

Elle ne put s'en empêcher. Stupéfaite par ses mots, elle roula sur elle-même pour le regarder. Il portait toujours son caleçon, mais son large torse était nu.

— Vous ne dormez pas en chemise de nuit ?

— Comme je le disais, je préfère dormir nu. C'est beaucoup plus confortable, ainsi que vous le découvrirez lorsque vous aurez perdu votre nervosité virginale.

Il dormait sans vêtement et s'attendait à ce qu'elle fasse de même ? Au nom du ciel, quelles autres dépravations était-il capable de commettre ? Et pourquoi trouvait-elle cette idée si émoustillante ?

Le visage en feu, elle lui tourna de nouveau le dos. Elle ne pouvait imaginer de dormir nue avec un homme. Elle avait toujours cru qu'un homme relevait la chemise de nuit d'une femme pour lui faire l'amour, puis la rabattait quand il avait fini. Apparemment, ce n'était pas le cas. Pourquoi personne ne le lui avait dit ?

Elle sentit le poids de Rafe dans le lit lorsqu'il bougea à côté d'elle. Elle avait besoin d'utiliser le pot de chambre derrière le paravent, mais elle attendrait qu'il soit endormi.

Se rapprochant d'elle, il passa un bras sur sa taille et l'attira contre lui, en cuillère. Même à travers sa chemise de nuit, elle percevait le contact de sa toison bouclée et les poils durs de ses mollets.

Elle crispa les paupières en sentant son sexe dur se presser contre son postérieur, et elle essaya de s'écarter, mais il ne fit que resserrer son emprise.

— C'est quelque chose de naturel, Dani, quand un homme désire une femme autant que je vous désire. Durant notre traversée, je crains d'être dans cet état une bonne partie du temps… à moins, bien sûr, que vous ne me libériez de mon serment.

Elle secoua farouchement la tête.

Il pressa un baiser sur le côté de son cou.

— Alors, dormez, ma douce. Demain, nous rentrons chez nous.

Une semaine passa, puis une deuxième. On était à la mi-septembre et même en mer, l'automne était dans l'air. Les jours commençaient à raccourcir, les nuits devenaient plus fraîches. Une brume plus épaisse planait dans l'air salé.

En tant que jeunes mariés, il était attendu que Dani passe beaucoup de temps avec son époux, et Rafe lui accordait une grande attention. Pendant la journée, ils jouaient aux cartes, lisaient, conversaient avec les autres passagers ou se promenaient sur le bateau.

Chaque soir après dîner, Rafe l'emmenait sur le pont, dans un endroit abrité qu'il avait découvert et où ils pouvaient être seuls. Au début, cela avait mis Dani mal à l'aise, car d'une certaine manière il semblait différent quand ils étaient là.

Dans la cabine, une certaine tension existait entre eux, Danielle méfiante, Rafe soigneusement réservé, craignant, imaginait-elle, que s'il laissait tomber sa garde dans un cadre aussi intime, son contrôle puisse lui échapper. A part le rituel du soir de se dévêtir l'un devant l'autre, et le contact de leurs corps pendant la nuit, il maintenait prudemment ses distances.

Dani lui en était reconnaissante. Elle avait besoin de temps, besoin de ces semaines pour se résigner à un avenir en tant qu'épouse de Rafael.

S'il se montrait réservé dans leur cabine, ici, au clair

de lune, avec la mer qui projetait son écume blanche sur la coque, il se permettait certaines libertés, et comme elle était sa femme, Dani ne pouvait guère protester.

Et en vérité, elle commençait à attendre avec impatience ses avances, ses baisers brûlants, doux les premières nuits, puis plus profonds et plus passionnés. Dans leur refuge secret, elle se sentait plus en sécurité que dans la cabine, où son grand corps musclé pressé contre le sien dans leur lit la tenait éveillée tard dans la nuit.

Elle le regarda ce soir-là alors qu'ils se tenaient dans leur monde privé, baignés par la lueur de la lune et des étoiles. L'éclat du désir était dans ses yeux, et la crispation de sa mâchoire indiquait l'effort qu'il faisait pour le contrôler.

Il lui caressa la joue.

— Londres est encore si loin…

Elle savait qu'il se référait au moment où il la posséderait, la réclamerait pour sa femme et consommerait leur mariage, et un filet de convoitise se fraya un chemin en elle. Prenant son visage entre ses mains, il courba la tête et l'embrassa, et une douce chaleur se répandit dans le ventre de Dani.

Inconsciemment, elle se pencha vers lui. Il était son mari, après tout, et même si elle craignait où un tel baiser pouvait conduire, la brûlure du désir commençait à la consumer aussi.

Rafe approfondit son baiser, l'incitant à ouvrir les lèvres, la possédant profondément de sa langue. Il l'embrassa encore et encore, de petits baisers légers comme des ailes de papillon, des baisers profonds et sensuels qui éveillaient en elle le même besoin qu'elle avait éprouvé si longtemps auparavant, un besoin qu'elle avait pensé ne plus jamais ressentir.

Cela l'effrayait. Elle connaissait la folie de lui faire

confiance, d'avoir besoin de lui, et cependant, au fil de ces moments, elle ne s'en souciait plus. A la place, elle noua les bras autour de son cou et lui rendit son baiser avec la même passion farouche qu'elle sentait vibrer en lui. Son pouls s'accéléra quand ses mains glissèrent le long de son dos et saisirent ses fesses, la pressant entre ses longues jambes.

Il était dur contre elle, terriblement, et une chaleur intense se logea au cœur de sa personne.

— Le sentez-vous, Dani ? Sentez-vous combien je vous désire ?

Fut un temps où elle aurait eu peur. Ce soir-là, elle était plus curieuse qu'effarouchée, des pensées dangereuses, elle le savait, et cependant c'était la vérité.

Rafe posa un baiser sur le côté de son cou et se mit à caresser ses seins, la touchant comme il ne s'était pas permis de le faire jusqu'à ce soir-là, les moulant dans ses paumes, en pétrissant la rondeur à travers l'étoffe de son corselet à taille haute. Elle se rappela la façon dont il l'avait touchée un jour dans la pommeraie et une vague de chaleur la parcourut.

Ses seins étaient tendus et gonflés. Rafe les reprit dans ses mains, en taquina la pointe jusqu'à ce qu'elle soit dure et la lance presque douloureusement. Et pendant tout ce temps, il l'embrassait — des baisers profonds et enivrants qui la laissaient agitée et pleine d'aspirations, des baisers brûlants et sensuels qui l'emplissaient d'une tension et d'un besoin terriblement prenants.

Elle savait qu'elle devait l'arrêter. Ils avaient encore des semaines à passer en mer. Mais ses tétons étaient gonflés et à vif, plus sensibles qu'ils ne l'avaient jamais été, et une chaleur liquide la brûlait entre les jambes.

Sa grande main continuait à caresser sa poitrine.

— Ce soir, je poserai ma bouche là, promit-il d'une voix rauque. Il est temps que vous dormiez sans votre chemise de nuit.

Une flèche de désir traversa le ventre de Dani, si forte qu'elle en fut effrayée. En tremblant, elle s'arracha à son étreinte. Tout son corps brûlait d'être touché par lui, mais elle reconnaissait le danger. Elle avait besoin de plus de temps, besoin de comprendre ce qu'il voulait d'elle, besoin de lui faire confiance au moins un peu, avec son corps, sinon davantage.

Elle pressa une main sur son torse, comme pour l'écarter.

— Je… je ne suis pas prête pour ceci, Rafael.

Il scruta son visage de ses yeux bleu foncé au clair de lune, et cependant si brûlants qu'ils semblaient étinceler.

— Je pense que vous l'êtes. Je pense que votre corps est plus que prêt.

Comme pour le prouver, il prit un sein dans sa main et le pressa doucement, et un flot de chaleur la submergea.

— Je vous en prie, Rafael. Cela ne fait… que deux semaines.

Deux semaines à dormir près de lui, à sentir la chaleur et la rigidité de son corps, la force de son érection.

Il captura ses lèvres en un long baiser appuyé.

— Très bien. Si c'est ce que vous ressentez, je vous laisserai un peu plus de temps. Nous avons à peine commencé notre voyage.

Il avait raison. Ils avaient à peine entamé leur traversée et déjà elle le désirait ardemment, désirait ardemment ses baisers brûlants et érotiques, le contact de ses mains sur son corps.

Elle brûlait de le toucher en retour.

La vérité lui fit l'effet d'un coup de poing. Elle avait envie de le toucher comme il la touchait, envie de connaître la texture de sa peau, de presser ses lèvres sur son torse nu, de voir son sexe durci qu'elle sentait chaque nuit quand ils étaient au lit.

Elle se détourna de lui et quitta leur abri au clair de lune. Silencieusement, elle alla au bastingage et regarda la mer qui tourbillonnait autour de la coque. Au-dessus de sa tête, des yards de toile blanche étaient gonflés par le vent et le gréement cliquetait et craquait.

Elle tourna son visage vers la fraîche brise de l'océan et la laissa rafraîchir ses joues en feu, la course brûlante de son sang. Elle se tourna un peu plus, vit l'ombre d'un homme qui approchait derrière elle et pensa un instant que Rafael l'avait suivie.

A la place, Carlton Baker émergea de l'obscurité et vint se placer à côté d'elle.

— Belle soirée pour une promenade, dit-il.

Ses yeux bleu pâle la parcoururent, notant la couleur échauffée de ses joues.

— Oui... en effet.

C'était un grand homme aux temples argentées, bien bâti et séduisant. Et cependant il y avait quelque chose en lui...

— Je ne vois pas votre mari. Peut-être aviez-vous une autre escorte ce soir...

Les joues de Dani rougirent de plus belle. Il n'insinuait sûrement pas qu'elle avait un rendez-vous illicite avec un autre homme ?

— Je n'avais pas d'autre escorte.

Elle jeta un coup d'œil autour d'elle, espérant que Rafael allait apparaître alors qu'un moment plus tôt elle ne voulait qu'échapper à sa troublante présence.

Le regard de Baker se fit plus acéré.

— Ainsi, vous êtes seule ?

— Non ! Je veux dire, non, je…

— Vous voilà, ma douce. Je vous ai perdue de vue un instant.

Rafe sortit de l'ombre et le soulagement l'envahit.

— Je ne referai plus cette erreur, ajouta-t-il.

Baker eut un sourire faux.

— Avec une femme aussi ravissante que la vôtre, je suis sûr que non.

— Vous profitez de la soirée, monsieur Baker ?

Le ton de Rafe était poli, mais son regard dur. Peut-être, tout comme elle, avait-il noté quelque chose d'incorrect dans l'attitude de l'Américain.

— En effet, répondit ce dernier.

Il parcourut Danielle des yeux.

— Comme vous, j'en suis certain.

— De fait, il fait un peu humide ici et l'air a commencé à se rafraîchir.

Rafe posa une main possessive sur la taille de Dani.

— Je pense qu'il est temps que nous rentrions.

Elle hocha la tête, impatiente de s'échapper, sans savoir très bien pourquoi. Alors qu'ils s'éloignaient le long du pont, elle jeta un coup d'œil par-dessus son épaule à Baker. Même si elle redoutait une autre nuit sans sommeil à côté de Rafael, elle était anxieuse de regagner leur cabine.

Le lendemain matin, Dani retrouva Caro pour le petit déjeuner. Elle n'avait pas bien dormi et Rafe non plus, à son avis. Etre allongée près de lui nuit après nuit tout en essayant de garder sa vertu commençait à être pesant.

Vêtue d'une robe de jour rouille avec des parements de velours marron foncé, Dani aperçut son amie à une petite table au fond du salon et marcha vers elle. En s'approchant, elle se rendit compte que le fin visage de Caro portait les mêmes traces de fatigue que le sien.

Caro lui adressa un sourire de bienvenue.

— Il nous faudra une table plus grande, si le duc se joint à nous.

— Je pense qu'il a déjà mangé. Il n'était plus dans la cabine quand je me suis réveillée.

— Lady Wycombe dort encore. Je n'ai pas voulu la réveiller.

Caro n'en dit pas plus tandis que Dani s'asseyait face à elle. Un steward vint prendre leur commande, du chocolat chaud et des petits pains, puis les laissa seule.

— Vous semblez fatiguée, dit Caro en l'examinant. Je parie que vous ne dormez pas bien.

— Vous non plus, d'après moi.

Caro soupira et secoua la tête.

— Je ne cesse de penser à Robert. Je suis si inquiète, Danielle. Croyez-vous qu'il a essayé de s'échapper, à cette heure ? Fuir un contrat de cette nature est un crime, Dani. Si M. Steigler le rattrape ?

Dani tendit la main et prit celle de son amie.

— Ne vous torturez pas ainsi, Caro. Vous ne devez pas penser au pire, seulement au meilleur. Quoi que Robert ait décidé de faire, je suis sûre qu'il a tout planifié avec soin. Peut-être a-t-il réussi à s'échapper et trouvé un bateau pour rentrer en Angleterre. Peut-être arrivera-t-il peu après nous.

Caro détourna la tête, les larmes aux yeux.

— Je ne sais pas, Dani. Peut-être n'a-t-il jamais eu vraiment l'intention de rentrer. S'il n'a fait que m'utiliser ? S'il n'éprouvait rien pour moi, mais voulait simplement que je l'aide à s'échapper ? Je suis une femme ordinaire, Dani, et Robert est si beau. S'il s'est seulement joué de moi ?

— Je ne le crois pas — pas un instant. Et vous n'êtes pas ordinaire. Vous êtes une femme très séduisante. Vous avez une sorte de beauté élégante différente des autres femmes. Robert l'a vu. Il a vu votre beauté intérieure, aussi. Je crois qu'il était sincère dans tout ce qu'il a dit.

Le steward arriva avec le chocolat et les petits pains qu'il posa devant elles sur la table ronde. Caro profita de cet instant pour se reprendre.

— Je suis désolée, dit-elle. Je veux croire en lui comme auparavant. Mais s'il m'a dupée, et que dans mon ignorance j'ai abusé de votre générosité, je ne me le pardonnerai jamais.

Dani lui pressa la main.

— Quoi qu'il advienne, ce n'est pas votre faute. Je voulais vous aider. Je croyais en son innocence, comme vous. J'y crois toujours.

Caro prit une inspiration tremblante.

— Il était si reconnaissant de votre aide. Il a dit qu'il vous serait toujours redevable, que sa vie était à vos pieds.

— Je sais, très chère. Et nous devons continuer à croire en lui et à le garder dans nos prières.

Caro hocha la tête.

— Maintenant, savourons notre chocolat en paix et ne pensons plus aux hommes.

Caro sourit et Dani aussi, mais le sourire de cette dernière s'estompa alors qu'elle pensait à Rafael, aux jours à venir et aux nuits qu'elle aurait encore à passer en sa très troublante compagnie.

***

La matinée passa, puis une autre. Trois semaines s'écoulèrent, presque quatre. Tandis que les jours s'égrenaient, Rafe était de plus en plus exigeant avec Dani. Il voulait plus de baisers, plus de caresses, plus de contacts intimes, et son corps traître y répondait.

La nuit, elle rêvait de lui caressant ses seins, posant sa bouche dessus, touchant ses cuisses, son ventre. Elle rêvait qu'il apaisait la tension qu'il provoquait dans l'endroit secret niché entre ses jambes. Elle dormait encore plus mal, se tournant et se retournant, le corps enflammé par un besoin qu'elle ne comprenait pas.

On était mercredi, pensa-t-elle, mais elle avait commencé à perdre la notion du temps. Tandis que la journée dérivait vers la soirée, elle devint nerveuse et cassante. Au dîner, elle réprimanda sèchement Caro pour une faute imaginaire et parla abruptement à sa tante.

Alléguant une migraine qu'elle n'avait pas, elle déclina l'invitation de Rafe à se promener sur le pont, souhaitant ardemment s'éloigner de lui, au moins pour un moment.

— Je crois que je vais descendre de bonne heure, lui dit-elle alors qu'ils se levaient de table. Vous pouvez peut-être proposer une partie de cartes à M. Baker ou à M. Longbow.

Rafe la parcourut de son regard bleu et elle se demanda s'il pouvait percer à jour sa piètre excuse pour lui échapper.

Le coin de la bouche se releva légèrement.

— Je pense que je vais vous accompagner. Je trouverai peut-être un moyen de calmer votre… migraine une fois dans notre cabine.

A l'intonation rauque de sa voix, le corps de Dani se crispa tout entier. Une spirale brûlante se déroula au creux de son ventre et gagna ses membres. Trop lasse pour discuter, elle se résigna à ce qu'il avait l'intention de faire et le laissa l'escorter hors de la salle à manger.

Elle ne dit rien tandis qu'ils longeaient la coursive, ni lorsqu'il ouvrit la porte et la laissa passer devant lui. Il la suivit et referma derrière lui, et Dani vit que ses yeux étaient devenus d'un bleu fumé.

— Je vais vous aider à dégrafer votre robe, dit-il.

Bien qu'elle se fût habituée à accepter son aide et ne fût plus intimidée par sa présence dans la cabine, il y avait ce soir-là dans son regard quelque chose de brûlant et de séducteur qui l'avertissait d'être sur ses gardes.

A la place, son corps réagit traîtreusement à son farouche regard mâle, les pointes de ses seins se crispant, son ventre se contractant, et sa fatigue commença à s'estomper. Sans un mot, elle alla à la coiffeuse pour ôter ses épingles à cheveux, puis se leva pour quitter ses chaussures et ses bas, et Rafe déboutonna sa robe. Elle fit passer sa camisole par-dessus sa tête, restant un instant nue, en prenant soin de lui tourner le dos. Mais lorsqu'elle tendit la main vers sa chemise de nuit, il la lui prit.

— Pas ce soir.

Elle lui jeta un coup d'œil par-dessus son épaule, lut son désir dans les lignes dures de son visage et vit son expression déterminée.

Elle se mit à trembler.

— Vous avez dit que vous me laisseriez du temps.

— C'est ce que j'ai fait.

— Vous m'avez donné votre parole, Rafael.

Il jeta la chemise sur le dossier de la chaise.

— Je n'ai rien fait pour rompre mon serment jusqu'ici, et je ne le ferai pas ce soir.

Dani se raidit. Un mari exprimait des exigences et une épouse était censée les satisfaire. Mais au cours des semaines qu'ils avaient passées en mer, elle avait appris qu'une femme possédait des pouvoirs à elle.

Nue, elle se tourna face à lui, s'exposant totalement à son regard. Presque aussi surpris qu'elle, il crispa la mâchoire et ses yeux s'enflammèrent.

— Vous avez joué à un jeu avec moi, n'est-ce pas ? demanda-t-elle. Je commence à comprendre qu'une femme peut mener le jeu, aussi.

Il la parcourut du regard et sous son observation brûlante ses tétons se durcirent encore plus, devinrent presque douloureux. Soudain, elle eut envie qu'il la touche plus que n'importe quoi au monde.

— Est-ce que je vous fais plaisir ? le provoqua-t-elle, se tournant de telle sorte qu'il puisse mieux voir sa nudité.

Etonnamment, elle n'éprouvait pas de honte, son ton exprimant une bravade qu'elle était surprise de ressentir.

— Vous me faites grand plaisir, Danielle.

Sa voix sourde résonna en elle et, comme dans une transe, elle s'approcha, s'arrêtant juste devant lui.

Rafe ne dissimula rien, lui laissant savoir par son long examen combien il la désirait, combien il était satisfait de ce qu'elle lui avait révélé.

— Venez ici…

Elle força ses jambes à bouger. Elle ignorait où mènerait ce jeu, mais elle était résolue à avoir son mot à dire dans les règles. Rafe la prit dans ses bras et se mit à l'embrasser, doucement d'abord. Elle percevait la tension de son corps, le contrôle qu'il exerçait sur lui-même. Il approfondit le baiser, sa langue prenant possession d'elle, et une aspiration sauvage jaillit en elle. Soudain, elle l'embrassa à son tour, avec abandon, glissant sa langue dans sa bouche tandis qu'elle le débarrassait de sa redingote et la laissait tomber par terre. Puis elle se mit à défaire les boutons de son gilet.

Rafe poussa un grognement sourd, quitta ses chaussures et commença à dénouer son écharpe. Il aida Dani à lui enlever sa chemise et, torse nu, il la souleva dans ses bras et la porta sur le lit.

— Libérez-moi de mon serment, demanda-t-il, mais elle secoua la tête.

Il n'hésita pas et se remit à l'embrasser, semant des baisers le long de sa gorge et de ses épaules, prenant ses seins dans sa bouche, tour à tour, et en mordillant les pointes. Une flèche de plaisir et de douleur la traversa et elle cria son nom.

— Libérez-moi de mon serment, répéta-t-il doucement, mais elle refusa de nouveau.

Elle avait besoin de ces semaines, avait besoin de se protéger aussi longtemps qu'elle le pouvait.

Elle rencontra ses yeux, les siens emplis de toutes ses craintes, de toutes ses aspirations. Tous ses doutes et toutes ses incertitudes étaient dans son regard, elle les lui révélait, elle le suppliait de comprendre.

— Vous me désirez, dit-il d'une voix enrouée. Au moins, admettez-le.

Elle déglutit et lui dit la vérité :

— Je vous désire…

Ces mots parurent l'enflammer. Elle pensa qu'il allait sûrement la prendre, de force s'il le fallait, mais à la place il se remit à l'embrasser, ravageant sa bouche, baisant ses seins, les caressant, en mordant la pointe, la suçant jusqu'à ce qu'elle tremble tout entière.

Une tension douloureuse enfla en elle et un besoin brûlant, si fort qu'elle pensa qu'elle allait devenir folle. Elle remua sur le lit, à peine consciente de sa main qui descendait le long de son corps, jusqu'à ce que ses doigts se glissent entre ses jambes.

De sa propre volonté, son corps s'arqua vers le haut, se pressant contre sa paume, cherchant désespérément quelque chose.

— S'il vous plaît..., murmura-t-elle. Aidez-moi, Rafael...

Il émit un son guttural et ses doigts écartèrent sa chair brûlante, s'immiscèrent dans les replis les plus secrets de sa personne, la caressèrent doucement, puis avec une détermination croissante. Une vague de plaisir la parcourut, un besoin incroyable, incandescent. Chaque caresse, chaque toucher de ses doigts l'envoyaient plus haut, plus près d'un horizon juste hors d'atteinte.

Le besoin le disputait à la peur.

— Rafael... ?

— Laissez-moi vous donner ceci, Dani.

Ses mains habiles bougèrent sur elle, en elle.

— Laissez-moi faire ceci pour vous.

Les entrailles de Dani se contractèrent, de plus en plus fort, puis parurent se dénouer d'un coup. Quelque chose de profond et de terriblement érotique s'épanouit en elle, quelque chose qui semblait ne pas avoir de fin. Elle cria le nom de Rafe tandis que de sauvages spasmes de plaisir la secouaient, de grands tremblements, l'un après l'autre. Puis une obscurité suave l'enveloppa, et pendant quelques secondes qui lui parurent durer des heures, elle baigna dans la joie qui l'inondait.

Le temps passa et elle commença à revenir sur Terre, le plaisir s'évanouissant lentement. Lorsqu'elle ouvrit les yeux, elle vit Rafe assis sur le bord du lit, tenant sa main dans la sienne, les yeux sur son visage. Ils étaient d'un bleu si foncé qu'ils paraissaient presque noirs.

Elle battit des cils.

— Que… qu'avez-vous fait ?

Il sourit légèrement.

— Je vous ai donné du plaisir. C'est mon droit en tant que votre mari.

— Est-ce que c'était… faire l'amour ?

Il secoua la tête, délogeant une boucle brune qui lui tomba sur le front.

— C'était seulement une petite mesure de ce que vous ressentirez quand nous ferons l'amour.

Une petite mesure ?

Languide et repue, l'esprit encore embrumé, elle essaya d'imaginer comment il pouvait y avoir plus. Cela lui semblait inconcevable. Levant les yeux vers lui, elle remarqua pour la première fois la crispation de sa mâchoire, la raideur de ses épaules, l'expression de son visage qui trahissait presque de la souffrance.

Un coup d'œil à la bosse de ses culottes lui confirma qu'il était encore complètement excité.

— Je ne comprends pas, dit-elle.

Il tendit la main et lui toucha la joue.

— Ce soir, c'était pour vous, ma douce. Il y aura d'autres nuits, une vie entière de plaisir pour nous deux.

Dani n'en dit pas plus. Elle était détendue et ensommeillée comme elle ne l'avait pas été depuis des jours, chaque muscle de son corps ramolli, et se sentait entièrement satisfaite. Toutefois, ils n'avaient pas fait l'amour et il était évident que Rafael ne se sentait pas aussi contenté qu'elle, loin de là.

Il lui vint à l'idée qu'il avait tenu parole, à grand prix pour lui, manifestement. Elle se raccrocha à cette pensée tandis qu'elle glissait dans le sommeil.

15

La journée londonienne était fraîche, un vent vif soufflant de la Tamise. Quand sa voiture s'arrêta devant Whitehall Palace, Ethan Sharpe ouvrit la portière et descendit sur les pavés, pour aller à la rencontre du colonel Howard Pendleton du ministère de la Guerre.

Il se mit à marcher et vit Max Bradley sortir de l'ombre du grand bâtiment de pierre grise pour se diriger vers lui.

— C'est bon de vous voir, Ethan.

Max était grand, maigre et plus âgé, un ami en qui Ethan se fiait plus qu'en aucun homme sur Terre.

— Vous aussi, Max.

Leur relation avait depuis longtemps dépassé le cadre des formalités. Quand un homme vous sauvait la vie, cela créait un lien qui effaçait les frontières sociales.

— La note de Pendleton était assez vague, dit Ethan. Il disait juste que vous étiez rentré en Angleterre. Apparemment, il veut mon avis sur des informations que vous avez rapportées.

Ils pénétrèrent dans le bâtiment, à l'abri du vent.

— Vous étiez l'un des corsaires les plus efficaces du pays, déclara Max. Votre opinion pourrait être d'une grande valeur pour le colonel.

Ethan hocha la tête.

— Des nouvelles de Rafe ?

La bouche de Max s'incurva légèrement.

— La dernière fois que je l'ai vu, il était sur le point de se marier. S'il l'a fait, il n'est probablement pas loin derrière moi.

— Ainsi, il l'a retrouvée.

— Oui, bel et bien.

— Apparemment, il ne pensait pas que Clemens était l'homme qui lui convenait.

— Je dirais qu'il n'était pas du tout impressionné.

Ethan se demanda quel homme impressionnerait assez Rafe pour le faire rester à l'écart, laissant cet individu épouser une femme qui aurait dû être à lui. Il n'était pas surpris que le duc n'ait pas laissé cela se produire. Il sourit tandis qu'ils continuaient dans le vestibule, leurs bottes résonnant sur les dalles de marbre.

— J'ai comme l'idée que Rafe avait l'intention de l'épouser le jour où il a quitté Londres — même si je ne pense pas qu'il le savait à l'époque.

Ethan frappa, puis poussa la porte du bureau du colonel.

Max le suivit dans la pièce peu meublée qui contenait seulement le bureau usé du colonel, les deux chaises placées devant, une bibliothèque et deux tables couvertes de cartes.

Pendleton se leva quand Ethan entra.

— Merci d'être venu, milord.

— Que puis-je pour vous, Hal ?

Le militaire était un autre homme qu'Ethan considérait comme un très bon ami, quelqu'un qui avait aussi aidé à lui sauver la vie.

Le colonel sourit. Il avait des cheveux argentés, était très digne, et l'un des hommes les plus honnêtes et travailleurs du service.

— Je pense qu'il vaudrait mieux que Max explique ce qu'il a découvert. Alors, peut-être pourrez-vous me donner votre avis sur ce que nous devrions faire à partir de là.

Durant les minutes qui suivirent, Bradley parla des schooners que les Américains construisaient — les « clippers de Baltimore » —, du Hollandais, Bartel Schrader, et de l'accord que ce dernier semblait arranger avec Napoléon et les Français.

— Ces bateaux ne ressemblent à rien de ce que j'ai jamais vu, conclut Max. Légers, rapides et extrêmement faciles à manœuvrer. Armés, ils pourraient être dévastateurs pour la flotte anglaise.

Assis face au colonel, Ethan étira une longue jambe devant lui. Une ancienne blessure de guerre lui avait laissé une légère claudication et le lançait quand il restait trop longtemps dans la même position.

— Si je vous comprends bien, dit-il, vous pensez que le gouvernement devrait préempter la vente et faire une offre afin que les Français ne mettent pas la main dessus.

Max acquiesça.

— C'est exact. Sheffield a rédigé une lettre que j'ai rapportée avec moi. Le colonel l'a lue. De l'opinion du duc, et de la mienne, ces navires pourraient représenter une très grave menace.

Le colonel posa une feuille roulée sur son bureau et la lissa pour qu'Ethan puisse voir.

— Ceci est un croquis que Max a fait d'un schooner appelé le *Windlass.*

— Les plans eux-mêmes étaient extrêmement bien gardés, dit Max. Je ne suis pas un artiste, mais au moins ceci vous donnera une idée de la raison pour laquelle ces maudits bateaux sont si rapides et faciles à manier.

Ethan étudia le croquis, notant l'inclinaison unique des deux mâts, les lignes basses et élancées de la coque. Il apparaissait que même son propre bateau, le *Sea Devil*, ne serait pas à la hauteur de ce navire, lorsqu'il naviguerait sur l'océan.

De vieilles sensations resurgirent. Aussi satisfait qu'il fût de son nouveau rôle d'époux et de père, il éprouvait l'envie d'être à la barre d'un tel bateau. Il riva les yeux sur le colonel.

— Ni Max, ni Rafe ne s'inquiéteraient sans raison. Si le croquis de Max est à peu près précis — et je suis certain qu'il l'est —, je ne perdrais pas de temps pour alerter les plus hautes autorités.

Pendleton roula le dessin.

— Je craignais que vous ne disiez cela.

Il contourna son bureau et s'approcha d'eux.

— Je vais agir aussi rapidement que possible, mais je ne peux garantir ce qui se passera.

— Avec la guerre qui progresse comme elle le fait et Napoléon qui court après n'importe quelle victoire, j'espère qu'ils écouteront.

Mais bien sûr, comme le disait le colonel, on ne pouvait savoir ce que le gouvernement déciderait.

Ethan prit congé des deux hommes et retourna à sa voiture, repensant à l'entretien qu'il venait d'avoir et aux informations que Max avait données sur Rafe. Il ne pouvait s'empêcher de se demander si son ami était actuellement à bord d'un bateau pour rentrer à Londres.

Et si Rafael s'était enfin marié.

*
* *

Une tempête s'était levée. De forts vents d'octobre soufflaient sur les ponts et des vagues passaient par-dessus bord. Ils étaient à moins de deux semaines de Londres, moins de deux semaines du moment où Rafe rentrerait chez lui avec sa jeune épouse.

Ils étaient en mer depuis six longues semaines et son mariage n'était toujours pas consommé.

Assis dans le salon, il soupira et essaya de se concentrer sur la partie de whist qu'il disputait avec Carlton Baker. Pour tenir compte de la mer agitée, les feux avaient été éteints et la plupart des passagers étaient cloîtrés dans leur cabine.

— A vous de jouer, Votre Grâce.

Rafe étudia ses cartes. Il n'appréciait pas beaucoup Baker, mais Danielle était dans leur cabine, brodant avec sa tante et Caroline Loon, restant au chaud et au sec par ce temps humide. Avec l'océan démonté, lady Wycombe souffrait d'un accès de mal de mer et il espérait que cela n'arriverait pas à Danielle.

Il pensa à elle et éprouva une bouffée familière de désir. Depuis la nuit où il lui avait fait connaître la volupté, il s'était tenu la plupart du temps à l'écart d'elle, son grand plan de séduction complètement détruit par l'expression suppliante de ses yeux. Il y avait vu la crainte, le doute, la méfiance qu'elle ressentait toujours envers lui, et il n'avait pas pu aller de l'avant.

Rafe se remémora ses courbes tentantes et la façon dont elle lui avait répondu, et ses reins se contractèrent. Il la désirait avec une force qui le lacérait. Pourtant, il ne modifierait pas sa décision.

Il abattit ses cartes et ramassa la petite pile de pièces posée au centre de la table. Les enjeux à bord du bateau étaient rarement élevés.

— Il semble que la chance soit avec vous, Votre Grâce, dit Baker. Mais après tout, vu la ravissante jeune épouse que vous avez conquise, ce n'est pas nouveau.

Rafe lui jeta un coup d'œil.

— Je suis un homme extrêmement fortuné.

S'il ne s'était pas autant ennuyé, il aurait refusé l'invitation de Baker à jouer avec lui. Dès le début, l'Américain avait paru bien trop intéressé par Danielle. Toutefois, étant donné sa beauté, Rafe ne pouvait guère l'en blâmer.

Son esprit retourna à Dani et à la décision qu'il avait prise.

Il avait trahi sa confiance cinq ans plus tôt. Il l'avait trahie de nouveau en la forçant à un mariage dont elle ne voulait pas.

Il refusait de la trahir une troisième fois.

Il lui avait promis de lui accorder le temps dont elle avait besoin. Après le soir où il l'avait presque séduite, il s'était efforcé d'y arriver. Les jours qui avaient suivi, il avait quitté la cabine chaque matin avant qu'elle s'éveille, et même s'il passait du temps avec elle dans la journée et l'escortait chaque soir au dîner, il ne l'avait plus emmenée dans leur refuge secret ; de fait, le soir, il restait éloigné de la cabine jusqu'à ce qu'elle soit endormie.

A peine conscient du juron que marmonnait Baker en perdant un autre pli, Rafe s'adossa à sa chaise. Dans moins de deux semaines, ils seraient de retour sur le sol anglais et son pénible célibat prendrait fin.

Danielle aurait eu le délai qu'il lui avait promis et — il l'espérait avec ferveur — il aurait regagné une certaine partie de sa confiance.

*
* *

Dani vérifia son apparence dans le miroir au-dessus de la coiffeuse. La tempête de la veille était passée. L'océan était relativement calme et sa tante n'avait plus le mal de mer. Dani avait natté ses cheveux et les avait relevés sur sa tête, et elle portait une robe de drap bleu clair pour se rendre dans le salon principal, où Flora et elle devaient prendre une tasse de thé comme c'était devenu leur habitude chaque après-midi.

Elle secoua la tête, le regard fixé sur son reflet. Les ombres étaient revenues dans ses yeux et ses traits étaient tirés. Elle savait que Rafael et son avenir incertain en étaient en partie responsables, mais la pensée de son retour à Londres était également perturbante.

Une fois qu'ils arriveraient, sa vie subirait un changement drastique. Elle serait la duchesse de Sheffield, plus une paria au ban de la société, et cependant, lorsqu'elle regarderait dans les yeux les gens qui l'avaient écartée, les amis qui s'étaient détournés d'elle quand elle avait besoin d'eux, comment pourrait-elle oublier ?

En plus de ses appréhensions à retrouver la société, il y avait Rafael. Depuis le soir où il l'avait touchée si intimement, il s'était montré inexplicablement distant. Elle savait qu'il avait essayé de la séduire et de l'amener à faire l'amour, et il avait presque réussi.

Dani pensait qu'il avait vu dans ses yeux, alors, son désespoir silencieux et son terrible besoin de se protéger de lui jusqu'à ce qu'elle puisse accepter le mariage qu'il lui avait imposé. Même s'ils partageaient toujours le même lit, il ne l'avait plus touchée, ne l'avait pas embrassée comme il le faisait chaque soir auparavant.

Elle se disait qu'elle en était reconnaissante, que c'était ce qu'elle voulait. Mais au fond d'elle-même, elle n'en était plus sûre.

Elle ne se fiait peut-être pas à Rafael avec son cœur, mais son corps traître brûlait pour lui. La nuit, elle restait éveillée à penser à lui, aspirant à le toucher, à presser ses lèvres au-dessus de son cœur.

Avec un soupir de frustration, Dani quitta la cabine que Rafe avait abandonnée au point du jour et se dirigea vers le salon, se hâtant le long de la coursive pour essayer de rattraper son retard. Lorsqu'elle descendit l'échelle de coupée et pénétra dans la pièce lambrissée de teck, elle aperçut sa tante qui agitait une main potelée et lui faisait signe de la rejoindre.

Flora la regardait, apparemment soucieuse.

— Vous êtes rarement en retard, ma chérie. J'espère que rien d'ennuyeux n'est arrivé.

— Je vais bien. Je rêvassais, je suppose. Le temps a passé sans que je m'en rende compte.

La comtesse fronça ses sourcils gris.

— J'ai idée qu'il y a un peu plus que cela.

Dani soupira en s'asseyant face à sa tante.

— Je ne sais pas, tante Flora. Je suis inquiète de ce qui se passera quand nous rentrerons, et dernièrement j'ai été très...agitée.

Lady Wycombe tendit la main pour prendre la sienne.

— Je me rends bien compte que vous êtes maintenant une femme mariée et que ce n'est guère ma place de vous donner des conseils, mais...

— J'apprécie toujours vos conseils, tante Flora.

— Très bien, alors je vais vous dire ce que j'ai à l'esprit. D'abord, laissez-moi vous dire que j'ai été mariée moi-même, ce qui me donne une certaine autorité en la matière.

— Bien sûr.

— Quelques jours avant votre mariage, vous m'avez dit

que le duc avait accepté de renoncer à ses droits conjugaux jusqu'à ce que vous soyez de retour en Angleterre.

— Il a pris cet engagement, oui.

— Je ne sais peut-être pas grand-chose sur le sexe opposé, mais je suis certaine d'au moins une chose. Un homme aussi fort et viril que votre époux ne dort pas pendant des semaines près d'une femme qu'il désire sans payer un prix très élevé. Et maintenant, en vous regardant, je commence à croire que vous payez un prix aussi.

— J'ai besoin de temps pour le connaître. Vous pouvez sûrement comprendre cela.

Sa tante s'adossa à son fauteuil, sa silhouette corpulente l'emplissant complètement, et elle étudia Dani tandis que le steward leur apportait des tasses et une théière. Il les servit, leur laissant de la crème et du sucre qu'elles ajoutèrent elles-mêmes tandis qu'il s'éloignait.

Flora but délicatement une gorgée de thé, tout en observant sa nièce par-dessus le bord de sa tasse.

— Si vous aviez épousé Richard Clemens, il n'aurait jamais accepté un tel engagement et vous seriez à présent une épouse de plein fait.

Dani détourna les yeux, ses joues se colorant, mais elle savait que sa tante avait raison.

— Vous et moi avons été ensemble pendant plus de cinq ans, Danielle. Durant cette période, j'ai appris à vous connaître, peut-être mieux que vous ne vous connaissez vous-même.

— Que voulez-vous dire, tante Flora ?

— Le duc de Sheffield est un bel homme, au charme magnétique, et il est évident que vous éprouvez une forte attirance pour lui. Cela se lit dans vos yeux quand vous le regardez. Il est également manifeste qu'il ressent une attirance encore plus grande pour vous.

Dani ne se donna pas la peine de le nier. Même si Rafe était redevenu poliment distant, la chaleur intense de son regard n'avait pas disparu.

— Que suggérez-vous, ma tante ?

— Libérez votre époux de son serment. Laissez-lui vous faire l'amour.

Les joues de Dani devinrent écarlates. Ce n'était guère un sujet qu'elle avait envie d'aborder avec sa tante... et cependant cette pensée lui pesait à l'esprit depuis des jours.

— Nous serons bientôt rentrés. Une fois que nous serons à Londres...

— Lorsque vous arriverez, vous vous retrouverez encore plus incertaine que maintenant. En partageant une cabine comme vous l'avez fait, votre mari et vous avez atteint un certain degré d'intimité l'un avec l'autre. C'est important entre des époux. Si vous attendez, tout vous paraîtra nouveau et peu familier, et la proximité que vous avez partagée à bord sera oubliée.

Flora posa sa tasse et prit la main de Dani.

— Suivez vos instincts, ma chérie. Soyez une épouse pour votre mari.

Dani ne dit rien. Des souvenirs l'assaillirent : la soirée où ils s'étaient rencontrés pour la première fois, la façon dont Rafe l'avait distinguée parmi toutes les autres femmes, la manière dont il l'avait regardée comme s'il n'y avait personne d'autre dans la pièce. Contrairement aux jeunes filles qui bourdonnaient autour de lui, impressionnées par son titre et se pâmant à chacune de ses paroles, Dani s'était toujours sentie son égale. Il n'était qu'un homme, après tout, pas la créature divine pour qui les femmes semblaient le prendre.

Elle avait apprécié sa compagnie dès le début, conversant aisément avec lui, découvrant tout ce qu'ils avaient en commun. Elle se rappelait le moment qu'ils avaient volé sur la terrasse, quand Rafe avait tenu sa main pour la première fois et que son cœur avait été inondé d'une émotion si forte qu'elle en avait eu le tournis

Les paroles de sa tante s'immiscèrent doucement en elle. Quoi qu'elle éprouve pour Rafael, elle le désirait. Elle l'avait reconnu.

— Merci, tante Flora. Je vais réfléchir à ce que vous m'avez dit.

Le visage rond et poudré de la comtesse s'éclaira d'un sourire.

— Je suis sûre que vous prendrez la bonne décision, mon cher cœur.

Au fond d'elle-même, la décision de Dani était déjà prise. A partir de ce moment, ce ne serait qu'une question de temps avant qu'elle libère Rafael de sa promesse.

16

Dani avait besoin de trouver son mari. Il se faisait tard, bien après minuit, et il n'était toujours pas revenu dans leur cabine. Après dîner, il l'avait escortée jusqu'à la porte et était abruptement reparti. Elle ne l'avait pas revu depuis.

Elle arpenta la cabine. La jupe de sa robe de velours bourgogne qu'elle avait mise pour Rafe frôlait ses chevilles à chaque pas. Elle aurait dû l'empêcher de repartir, aurait dû lui parler franchement, dire les mots qui auraient mis fin à la torture qu'ils enduraient tous les deux durant les longues heures de la nuit.

Elle pouvait attendre son retour, mais chaque soir il rentrait un peu plus tard, la chasteté qu'elle lui infligeait lui rongeant le corps et le rendant de plus en plus retiré en lui-même.

Au dîner, il s'était montré distant et maussade. Dani pensait que si elle le libérait de son serment, tout cela changerait. Elle n'était pas sûre du point où leur intimité les conduirait ni à quoi elle devait s'attendre exactement. Elle souffrirait, elle le savait, mais toute femme endurait cela et ce ne serait douloureux que la première fois.

Elle jeta un coup d'œil à la pendule posée sur la petite cheminée en coin, où un feu brûlait pour chasser la fraîcheur.

Il n'y avait qu'un fin croissant de lune, ce soir, mais la mer était calme et elle refusait d'attendre plus longtemps.

Elle avait dénoué ses cheveux en prévision de ce qui se passerait ce soir-là, laissant crouler ses douces boucles dans son dos. Elle attrapa sa cape de drap pendue au crochet près de la porte, la mit vivement sur ses épaules et remonta la capuche pour couvrir ses mèches brillantes. Le loquet se souleva aisément et elle sortit dans la coursive.

Il était très inconvenant d'aller sur le pont sans être accompagnée, mais il était tard et à part un groupe de matelots qui chantaient des chansons de marin à la proue, il semblait n'y avoir personne.

Elle se dirigea vers le salon, mais lorsqu'elle l'atteignit elle n'aperçut pas Rafe à l'intérieur. Il avait toujours été un homme qui avait besoin d'activité physique et elle se dit qu'il marchait probablement sur le pont.

Elle resserra sa cape autour d'elle pour se protéger du vent qui gonflait les voiles, et une idée curieuse lui vint à l'esprit. Se tournant vers le refuge privé où il l'avait emmenée les premières semaines, elle alla dans cette direction, contournant le rouf pour gagner la proue et disparaissant dans l'ombre.

Elle avait presque atteint sa destination quand une haute silhouette se dressa devant elle, bloquant les faibles rayons de lune. Dani sourit, pensant qu'elle avait trouvé Rafe.

— Eh bien, n'est-ce pas une coïncidence ?

La voix de Carlton Baker flotta vers elle et elle se figea sur place.

— Il semble que vous et moi appréciions cet endroit du bateau.

Elle déglutit. L'Américain lui déplaisait encore plus maintenant que lorsqu'elle l'avait rencontré.

— Je cherche mon mari. Je pensais qu'il pouvait être là.

A la lueur d'une lanterne accrochée à une vergue à quelque distance de là, elle vit un étrange éclat dans les yeux pâles de Baker.

— Je vois. Dans ce cas, pourquoi ne vous escorterais-je pas à sa recherche ?

Etre en compagnie de cet homme était la dernière chose qu'elle souhaitait.

— Merci, mais ce n'est pas nécessaire. Si vous voulez bien m'excuser, je vais continuer.

Elle voulut passer devant lui, mais il la retint par le bras.

— Pourquoi ne restez-vous pas pour me tenir compagnie un moment ?

Elle leva les yeux vers lui, robuste et presque aussi grand que Rafe.

— Je ne pense pas que ce serait convenable. Maintenant, laissez-moi passer, je vous prie.

Mais Baker n'en avait pas l'intention. Pendant des semaines, il l'avait observée, ou du moins le pensait-elle. Dernièrement, elle était devenue de plus en plus méfiante. Se rapprochant d'elle, il tint fermement son bras et l'attira à lui, la poussant en arrière et lui plaquant le dos contre la cloison du rouf. La capuche de sa cape tomba tandis que Baker baissait la tête et essayait de l'embrasser, mais elle s'écarta d'un mouvement brusque.

— Lâchez-moi !

Il la bloquait de son grand corps. Il lui caressa la joue.

— Allons, allons, est-ce vraiment ce que vous voulez ? J'ai vu la façon dont vous me regardez. Je sais ce que vous pensez. Les femmes sont toutes les mêmes.

Une vague de répulsion envahit Dani. Elle lutta, ayant vraiment peur, à présent.

— Je vous ai dit de me lâcher !

Il tenta encore de l'embrasser et quand elle détourna son visage et essaya de crier, il lui couvrit la bouche de sa main. Elle sentit qu'il passait l'autre sous l'ourlet de sa robe et remontait l'étoffe sur ses jambes. Il était fort et se servait de sa force pour la clouer au mur.

— Je vous aurai, dit-il. Et vous aimerez ça.

Il en aurait peut-être dit plus, mais un instant après son corps fut brusquement écarté d'elle, dans un sursaut, comme s'il était une marionnette.

Rafe le fit pirouetter et le frappa une fois, deux fois, le faisant reculer, le projetant contre le bastingage. Baker se ressaisit, chargea et décocha un coup de poing dans la mâchoire de son adversaire. Rafe recula et le boxa, le touchant encore à deux reprises, puis lui lançant un direct assez puissant pour qu'il s'écrase contre le rouf.

Il lui donna encore un coup, puis un autre. Du sang jaillit du nez de Baker et une tache rouge se forma sur sa chemise. Rafe le releva en l'empoignant par les revers de sa redingote et le frappa si fort que sa tête craqua contre la cloison. L'Américain glissa à terre et cette fois-ci, il ne se releva pas.

Maintenant que Rafe avait gagné le combat, Dani tremblait. Lorsqu'il se tourna vers elle, elle vit que ses yeux étincelaient.

— Allez-vous bien ?

Il posa la question d'un ton crispé, entre ses dents serrées.

Elle hocha la tête, incapable de parler. Laissant Baker affalé en tas sur le pont, il passa un bras autour de sa taille et l'entraîna. Dani le laissa la guider vers leur cabine. Son cœur battait follement, une nouvelle peur lui serrant la gorge.

Elle savait ce que Rafe pensait, reconnaissait l'expression qu'elle avait vue dans ses yeux cinq ans auparavant. Elle savait qu'il croyait qu'elle avait encouragé les avances de Carlton Baker, et même si elle était innocente, elle était certaine qu'il ne la croirait pas.

Un petit sanglot monta dans sa gorge tandis qu'ils descendaient l'échelle de coupée. Rafe ouvrit la porte de leur cabine et la fit entrer, et ses yeux s'emplirent de larmes.

— Je… je ne l'ai pas encouragé, bredouilla-t-elle. Je sais que vous ne le croirez pas, mais je vous jure que je ne l'ai pas fait.

Les larmes roulèrent sur ses joues.

Rafe, qui avait les mâchoires serrées, prit une expression horrifiée.

— C'est ce que vous pensez ? Que je vous crois coupable dans cette affaire ?

Elle se mit à pleurer pour de bon, alors, et il la prit dans ses bras. Il tremblait, constata-t-elle, même si elle ne pouvait imaginer pourquoi.

Prenant l'arrière de sa tête dans sa main, il pressa sa joue contre la sienne et la tint serrée contre lui.

— Ecoutez-moi, Dani. Carlton Baker est un scélérat de la pire espèce. Quand je l'ai vu vous accoster, j'ai eu envie de le tuer. De mettre fin à sa vie de mes propres mains. Je l'aurais provoqué en duel, mais un bateau n'est guère l'endroit pour cela. Je ne pensais pas que vous le souhaitiez, et je ne voulais pas aggraver les choses.

Il s'écarta pour la regarder.

— Je n'ai jamais cru que vous aviez joué un rôle là-dedans, Danielle. Pas un instant.

Ses larmes se changèrent en sanglots et il la reprit dans

ses bras. Cinq ans auparavant, il ne l'avait pas crue. Elle n'avait jamais vraiment imaginé que cela changerait.

— Ne pleurez pas, dit-il doucement. Pas à cause de lui.

Elle renifla et releva les yeux vers lui, et il essuya ses larmes d'un doigt.

— Je vous cherchais, expliqua-t-elle. J'avais besoin de vous parler.

— Je suis là, maintenant. Dites-moi ce qui était si important pour que vous vous soyez mise à ma recherche en pleine nuit.

Dani détourna les yeux. Plus tôt, elle avait répété les mots qu'elle dirait. Après ce qui s'était passé, les articulations de Rafe encore enflées et meurtries des coups qu'il avait portés, le moment ne lui semblait plus adéquat.

— Cela n'a pas d'importance. Plus maintenant.

Elle essaya de se détourner, mais Rafe lui prit le bras, refusant de la lâcher.

— Dites-moi. Laissez-moi juger si c'est important ou non.

Comme d'habitude, il ne lui laissait pas le choix. Elle rassembla son courage.

— Je voulais vous dire… que je souhaite vous libérer de votre serment.

Ses yeux bleus foncèrent l'espace d'un instant, puis devinrent brûlants et farouches.

— Vous ne pensez pas que c'est important ? Ce sont les mots les plus importants que j'ai entendus ces cinq dernières années.

Là-dessus, il l'embrassa.

***

Dani se laissa aller contre lui. Il l'embrassa encore et encore, ses grandes mains enfouies dans ses cheveux, l'immobilisant pour son tendre assaut, l'apaisant, estompant ses craintes.

— Nous allons prendre les choses doucement, dit-il. Je n'exigerai pas de vous plus que ce que vous êtes prête à donner.

Mais tandis que sa bouche se promenait sur sa gorge, tandis qu'il lui mordillait le lobe de l'oreille et reprenait ses lèvres pour un baiser encore plus profond, plus total, Dani pensa qu'elle pourrait supporter ce qu'il lui réservait, quoi que ce fût.

Il l'avait crue. Il lui avait fait confiance, convaincu qu'elle disait la vérité. Son cœur se contracta et quelque chose de doux se déploya en elle.

Rafe ne perdit pas de temps, les débarrassa de leurs vêtements promptement et efficacement jusqu'à ce qu'ils soient nus tous les deux. Même si Dani s'était habituée à se déshabiller en sa présence, c'était la première fois qu'elle le voyait complètement dévêtu. Il était largement excité et elle se retrouva fascinée par la vue de son sexe gonflé et durci.

— N'ayez pas peur, dit-il en suivant son regard.

— Je n'ai pas peur, répondit-elle, ne mentant qu'un peu.

Elle trembla quand il se remit à l'embrasser, des baisers profonds et pénétrants qui la firent fondre à l'intérieur. Ses lèvres glissèrent le long de sa gorge, de ses épaules et descendirent sur ses seins. Il captura une pointe hérissée, puis l'autre, les suçant, faisant naître une spirale de feu au creux de sa féminité.

Ils étaient debout près du lit, Rafe la taquinant et la caressant sans cesse, la mordillant et la goûtant, jusqu'à ce que ses jambes soient trop faibles pour la porter. Comme s'il le devinait, il la souleva dans ses bras et la déposa au milieu du lit, s'allongeant près d'elle.

Se dressant au-dessus d'elle, il courba la tête et l'embrassa encore, le poids de son corps la clouant au matelas. Elle sentit sa toison bouclée frotter contre ses tétons sensibles et le désir flamba en elle. Elle remua sous lui, de plus en plus excitée, se pressant contre sa longue silhouette dure, percevant la force de son érection.

Lourd et brûlant, son sexe palpitait à chaque battement de son cœur, et le cœur de Dani s'emballa.

Oh, comme elle le désirait !

Elle l'embrassa fougueusement, glissant sa langue dans sa bouche, se haussant vers lui, le pressant de la prendre.

Il grogna.

— Je ne veux pas vous précipiter, dit-il d'une voix rauque, mais je ne sais pas combien de temps je pourrai tenir.

— Je ne veux pas que vous attendiez davantage. S'il vous plaît, Rafael…

Il émit un son sourd, puis s'allongea sur elle et écarta ses jambes de son genou.

— Je vais essayer de ne pas vous faire mal.

Elle ne répondit pas, bougea juste avec nervosité, anxieuse d'être plus près de lui, de sentir en elle cette partie de lui qui ferait d'elle sa femme. Son sexe dur tâta l'entrée de sa féminité, puis il l'embrassa longuement, profondément, et se glissa en elle.

Le temps parut s'arrêter. Un instant, le corps de Dani se crispa et elle retint un cri de douleur.

Rafe se raidit.

— J'ai essayé de ne pas vous faire mal. Allez-vous bien ?

Elle parvint à hocher la tête, percevant l'effort que cela

lui coûtait de se retenir. Ses muscles étaient si tendus qu'ils tremblaient tandis qu'il la laissait s'ajuster à sa longueur et à sa taille.

— Le pire est passé, ma douce. Détendez-vous.

Il était grand et l'emplissait complètement, une sensation différente de tout ce qu'elle avait imaginé. Mais ce n'était pas déplaisant. De fait... la douleur avait disparu, s'avisa-t-elle, remplacée par un sentiment d'urgence qui semblait augmenter d'instant en instant.

— J'aime vous sentir en moi..., murmura-t-elle.

Elle s'arqua légèrement vers le haut, ajustant sa position pour le prendre encore plus en elle.

Il relâcha son souffle. Son corps se crispa tandis qu'il luttait pour garder son contrôle, puis la tension qu'il maîtrisait s'étira jusqu'à sa limite et parut finalement céder. S'enfonçant davantage en elle, il la posséda avec frénésie, donnant des assauts comme s'il ne pouvait faire autrement.

Un instant, sa puissance effraya Dani, puis le plaisir qu'elle avait déjà connu une fois monta en spirale en elle, grandissant de plus en plus, jusqu'à ce que le temps et l'endroit où ils se trouvaient n'existent plus. Son corps parut se rétrécir en une fine ligne d'un besoin éperdu, puis il vola en éclats, l'envoyant dans un lieu de joie et de volupté où elle n'était jamais allée auparavant.

Elle cria le nom de Rafe et s'accrocha à lui, les bras noués autour de son cou.

Finalement, la cabine redevint nette et elle redescendit peu à peu sur Terre. Rafe s'écarta d'elle et s'allongea à son côté. Il la prit au creux de son bras et elle se blottit contre lui.

Il l'embrassa sur le front.

— Dormez bien, ma douce.

Epuisée et comblée, Dani glissa dans le sommeil.

Au milieu de la nuit, elle s'éveilla à moitié. Sentant Rafael près d'elle, elle tendit la main pour le toucher et se rendit compte qu'il était de nouveau excité. Elle leva vivement les yeux vers son visage et vit qu'il était éveillé et l'observait.

Elle s'inclina vers lui, le corps frémissant tandis qu'elle se rappelait le plaisir qu'il lui avait prodigué. Elle pressa les lèvres sur son torse nu et il l'enlaça. Tel un lion s'accouplant avec sa compagne, il se haussa au-dessus d'elle et la pénétra plus aisément que la première fois.

Ils firent l'amour lentement, laissant monter le plaisir, et l'éblouissement de Dani l'emporta de nouveau au septième ciel. Lorsqu'ils furent repus de volupté, il la nicha contre lui et s'endormit.

Dani regarda sa poitrine monter et descendre au rythme régulier de sa respiration. Il était son mari et son corps le désirait ardemment. Mais elle l'avait aimé par le passé et cet amour l'avait pratiquement détruite.

Pendant des minutes qui s'étirèrent en heures, elle fixa le plafond, déterminée à ne plus tomber amoureuse de Rafe quel que soit le plaisir qu'elle recevrait de lui.

17

C'était leur dernier soir en mer. Le lendemain, ils atteindraient la terre ferme, remonteraient la Tamise jusqu'aux docks de Londres et quitteraient le bateau. Dans moins de vingt-quatre heures, le *Nimble* ne serait plus qu'un souvenir.

En prévision du prochain départ des passagers, le capitaine avait planifié un dîner d'adieux. Dans leur cabine, Rafe observait Danielle qui achevait de se vêtir d'une robe à taille haute en velours vert foncé, rebrodée de perles fines. Avec son décolleté échancré, cette robe était l'une de celles qu'il préférait ; elle faisait ressortir le vert de ses yeux et les reflets de ses cheveux cuivrés.

Au début, elle avait refusé de porter cette toilette, car elle était du genre qu'un homme apprécierait particulièrement, et Carlton Baker serait présent. Nul doute qu'il regarderait Dani d'un air revêche et Rafe avec une franche hostilité. Mais Rafe n'avait pas voulu que l'Américain gâche leur soirée et avait pensé que sa femme avait secrètement envie de se parer de cette robe ravissante. Il l'avait donc incitée à la mettre.

Il l'étudia à une distance de quelques pas, admirant ses courbes minces et éprouvant une bouffée de désir qu'il s'obligea à ignorer. Depuis le soir où il avait consommé leur mariage, leur relation avait changé. Et en même temps, elle n'avait pas changé profondément.

Même si Danielle lui confiait maintenant son corps, elle demeurait méfiante et prenait soin de préserver son cœur. D'une certaine manière, Rafael en était heureux. Au cours des années où ils avaient été séparés, il avait édifié un mur protecteur à sa façon. Il ne se rappelait que trop bien la douleur d'aimer quelqu'un, ne connaissait que trop bien sa force cruelle et destructrice. Il ne voulait plus jamais souffrir de la sorte.

Mieux valait garder son contrôle attentif en place, préserver ses émotions et les tenir fermement en rênes. Ce qu'il parvenait à faire la plupart du temps, sauf lorsqu'ils étaient au lit.

Dans des circonstances différentes, il aurait peut-être souri. Quand ils faisaient l'amour, le désir qu'il éprouvait pour Danielle brûlait aussi haut et fort que cinq ans plus tôt, le rendant fou de concupiscence et minant la maîtrise de lui-même dont il se targuait. Néanmoins, de jour, il protégeait ses émotions aussi soigneusement qu'elle, et il pensait qu'il était plus sûr qu'ils continuent ainsi.

Rafe jeta un coup d'œil à la pendule sur la cheminée. Il était habillé et prêt pour la soirée, portant une redingote gris foncé, un gilet de brocart bourgogne et une écharpe blanche bien nouée. Danielle paraissait prête aussi, hormis les petites boucles d'oreilles en perles qu'elle était en train d'enfiler devant la coiffeuse.

Il vint à l'idée de Rafe que son cadeau de mariage, le Collier de la Mariée, irait parfaitement avec sa toilette élégante.

Passant derrière elle, il posa les mains sur ses épaules.

— Vous n'avez pas porté le collier que je vous ai offert

depuis que nous avons quitté Philadelphie. Je suppose que vous l'avez mis en sécurité pour le voyage.

Dans le miroir, tandis qu'elle finissait de fixer sa deuxième boucle, il nota que sa main tremblait légèrement. Elle parut pâlir et ses sens furent aussitôt en alerte.

— Si vous l'avez remis au capitaine pour qu'il le mette au coffre, je serais heureux d'aller le retirer pour vous.

Il vit la méfiance s'immiscer dans ses beaux yeux verts, ainsi qu'autre chose qu'il ne put déchiffrer. Elle se détourna de la coiffeuse et se mit lentement sur ses pieds.

Son menton se haussa imperceptiblement.

— Le collier n'est pas dans le coffre du capitaine Burns. En fait, il n'est pas à bord de ce bateau.

Rafe essaya de trouver un sens à ses paroles.

— Que dites-vous ?

— Je suis désolée, Rafael, mais le collier a été volé le jour où nous avons embarqué. Cela a dû se produire tout de suite après le mariage. Je n'ai découvert qu'il manquait qu'une fois en mer.

— Pourquoi ne me l'avez-vous pas dit ?

— Je voulais le faire.

Un instant, elle détourna les yeux.

— J'étais effrayée, je craignais ce que vous alliez dire.

Elle refusait de rencontrer son regard et cela le chiffonnait. Il avait appris à lui faire confiance, et cependant…

— Avez-vous une idée de qui a pu le voler ? demanda-t-il, prenant soin de garder une voix égale.

— Je ne vois pas qui aurait pu faire une chose pareille. Je peux seulement deviner que c'est un des domestiques. Je suis navrée, Rafael, vraiment. C'était un bijou ravissant. Ce cadeau signifiait beaucoup pour moi.

Mais pas assez pour qu'elle vienne le trouver et l'informe du vol. D'un autre côté, ils avaient été brouillés pendant des années et elle apprenait juste à le connaître de nouveau. Peut-être, comme elle le disait, avait-elle eu peur de sa réaction.

— Une fois que nous serons rentrés, j'écrirai aux autorités américaines et offrirai une récompense conséquente. Peut-être les perles seront-elles retrouvées et rendues.

Dani noua les mains sur ses genoux.

— Oui… peut-être. Comme je le disais, ce collier était extrêmement beau.

D'une beauté incroyable, de fait, pensa Rafe. Il ne put s'empêcher de songer à la légende qui accompagnait l'ancien rang de perles. Il se demanda si elle avait quelque chose de vrai et, dans ce cas, quelles conséquences pouvait avoir le vol du précieux collier sur la personne coupable du méfait.

Il étudia la posture nerveuse de sa femme, son expression troublée, mais préféra les ignorer.

— Quoi qu'il en soit, nous ne pouvons rien y faire ce soir. Que cela ne nous gâche pas notre soirée.

Dani ne dit rien, mais il pensa qu'elle était vaguement surprise par ses paroles. Avait-elle vraiment cru qu'il la blâmerait de cette perte ?

— Vous pensiez que je serais fâché, je suppose.

— Je… oui. Je pensais que vous vous mettriez en colère. J'imaginais que vous seriez furieux que le collier ait disparu.

Il eut un sourire pincé.

— Je me mets rarement en colère, désormais. J'ai fait de gros efforts pour assurer que cela ne m'arrive plus… à part lors de rencontres avec Carlton Baker, bien sûr.

Elle croisa son regard et il sut qu'elle pensait à la correction qu'il avait donnée à l'Américain, qu'il ne regrettait pas le moins du monde.

— Oui… hormis M. Baker.

Dani s'écarta de la coiffeuse. Rafe lui offrit son bras et elle posa les doigts sur la manche de sa redingote. Dans sa somptueuse robe de velours vert, elle était plus sublime qu'il l'avait jamais vue.

Et cependant, alors qu'ils quittaient la cabine, il eut le sentiment que la perte du collier et son attitude fuyante à ce sujet étaient un spectre qui allait les hanter.

Le capitaine Gregory Latimer du *Laurel,* le bateau qu'il conduisait de Baltimore à Liverpool, se tenait debout devant le petit feu qui brûlait dans sa cabine. Sur sa paume reposait le bijou le plus magnifique qu'il avait jamais vu. Il leva le collier à la lumière des flammes et le contempla, un fabuleux rang de perles séparées par des diamants.

Greg avait accepté le collier en gage. Le passager lui avait promis qu'il serait échangé contre de l'argent lorsqu'ils atteindraient l'Angleterre, et qu'il paierait alors deux fois le prix de la traversée. C'était un marché qu'il n'avait pu refuser.

Le capitaine examina les perles, admira leur rondeur parfaite, leur teinte incroyablement crémeuse, se sentant irrésistiblement attiré par elles. Il avait envie de posséder ce collier comme il n'avait jamais rien souhaité de sa vie. Mais il n'avait pas les moyens de l'acheter. Le bijou devait valoir une petite fortune, et même s'il avait eu l'argent nécessaire, il ne pensait pas que le propriétaire le vendrait.

Pour l'avoir, il faudrait qu'il le vole et se débarrasse du propriétaire — une pensée si atterrante qu'il ne pouvait croire qu'elle lui soit venue à l'esprit.

Et cependant le collier le tentait, l'attirait, le poussait vers le côté le plus noir de sa nature.

Il sourit et secoua la tête. Il n'était peut-être pas un saint, mais il n'était ni un voleur, ni un criminel. Il glissa le collier dans son sachet de satin rouge et le remit dans le coffre-fort de sa cabine. Il appartenait à l'homme qui disait s'appeler Robert McCabe, même si Greg ne croyait pas un instant que c'était son vrai nom.

Peut-être que McCabe ne pourrait pas réunir les fonds dont il avait besoin dans les trois jours qui lui avaient été alloués après leur arrivée. Dans ce cas, le collier ne lui appartiendrait plus et Greg pourrait réclamer pour lui le sublime rang de perles et de diamants.

Le capitaine soupira dans le silence de sa cabine. Cela n'arriverait pas. Il n'y avait pas un prêteur sur gages au monde qui refuserait un prêt contre un bijou aussi magnifique. Il devrait se contenter de l'argent supplémentaire qu'il recevrait de McCabe pour le paiement tardif de sa traversée.

Greg ferma le coffre, mettant ainsi le précieux collier à l'abri, et tenta d'ignorer l'étrange sentiment de perte qu'il éprouva lorsque la pièce de joaillerie disparut à sa vue.

Dani était de retour à Londres depuis deux jours, à peine assez longtemps pour défaire ses bagages, avec l'aide de Caro, dans la suite de la duchesse voisine de celle du duc.

Deux jours seulement, et son monde avait déjà commencé de s'écrouler.

D'abord, la mère de Rafe avait fait son apparition, arrivant au pas de charge de ses appartements de douairière situés dans l'aile Est de Sheffield House, avec un air furieux. Elle trouva son fils et sa belle-fille dans la bibliothèque haute de deux étages qui servait de cabinet de travail à Rafe et fondit sur lui, s'arrêtant juste devant lui.

Elle planta les mains sur ses hanches.

— Je ne peux pas croire que vous ne me l'ayez pas dit !

Elle agita un doigt devant son visage, parfaitement indifférente au léger raidissement de ses larges épaules.

— Vous auriez pu dire quelque chose avant de partir comme un voleur pour l'Amérique, ne laissant qu'un bref billet ! Si ce n'avait été vos amis, lord et lady Belford, j'aurais été prise complètement par surprise quand vous êtes rentré avec la jeune épouse que vous aviez abandonnée voilà cinq ans !

Rafe eut la grâce de rougir. Il adressa une profonde courbette à sa mère.

— Je vous fais mes excuses, Mère. Sur le moment, les choses se sont emballées et ont rapidement échappé à tout contrôle. Je suis heureux que Grace et Ethan soient venus vous voir.

— Moi aussi. Vous ne pouvez imaginer combien j'étais inquiète. Puis Ethan m'a mise au courant pour Jonas McPhee et m'a dit comment il avait découvert la vérité sur ce qui s'est passé cette nuit-là avec Oliver Randall.

La mâchoire de Rafe se contracta.

— Je me suis occupé de Randall.

— Je le sais aussi, grâce à Cord et Victoria.

— Alors, vous savez tout ce qu'il y a à savoir sur cette affaire, notamment que Danielle était complètement innocente de toute inconduite il y a cinq ans.

La duchesse souffla.

— Je suis loin de tout savoir. J'attends un compte rendu complet de ce qui s'est passé une fois que vous êtes arrivé à Philadelphie. Considérant que Danielle devait épouser un autre homme, j'imagine que l'histoire sera tout à fait divertissante.

Rafe parut mal à l'aise et ne répondit pas, et Dani pensa qu'il dirait probablement très peu de choses à sa mère sur ce qui était arrivé.

— Quoi qu'il en soit, reprit la douairière, je suppose que connaître l'innocence de Danielle est tout ce qui compte.

Rafe passa un bras protecteur autour de la taille de sa femme.

— Exactement. Et plus important encore est le fait que je suis de retour avec une épouse. Nous remplirons bientôt la nurserie, ce qui est votre plus grand souhait.

La douairière eut un grand sourire, mais ces mots inattendus frappèrent Dani comme un coup de poing. Pendant des semaines, elle avait refusé de penser à son mensonge par omission, au secret qu'elle aurait dû révéler. A l'époque, cela lui avait semblé une punition légitime pour la souffrance que Rafe lui avait infligée.

Cinq ans auparavant, il l'avait rejetée comme si elle était un rebut. Il l'avait obligée à vivre en exil avec un cœur brisé qui avait mis des années à guérir et n'y avait même pas réfléchi à deux fois. Lorsqu'il l'avait contrainte à un mariage dont elle ne voulait pas, elle avait jugé qu'il n'avait que ce qu'il méritait.

Maintenant qu'elle était de retour en Angleterre, la culpabilité l'assaillait. Rafael était duc et, en tant que son épouse, elle avait la responsabilité de lui donner un héritier. Cela n'arriverait pas et, juste ciel, elle était terrifiée de ce qu'il ferait s'il découvrait sa tromperie.

La chute qu'elle avait faite à Wycombe Park l'avait laissée incapable de lui donner un enfant. Tôt ou tard, le fait qu'elle était stérile finirait par venir au jour. Elle avait espéré qu'après des années où elle ne parviendrait pas à concevoir, Rafe penserait simplement que quelque chose n'allait pas entre eux et accepterait ce qui ne pourrait pas être.

Son estomac était contracté alors que la duchesse achevait son sermon à son fils.

— Vous avez parfaitement raison, bien sûr, concéda-t-elle. Vous êtes marié et c'est la seule chose qui compte.

Elle adressa un chaud sourire à Dani.

— Bienvenue dans notre famille, ma chère. Après ce qui est arrivé, je n'aurais jamais pensé le dire, mais je suis extrêmement heureuse que le passé ait été redressé et que les choses aient tourné comme elles l'ont fait.

Dani reçut une brève accolade, qu'elle rendit.

— Merci, Votre Grâce.

Le sourire de sa belle-mère s'élargit encore.

— Maintenant que vous êtes enfin de retour, tous les deux, dès que vous serez installés nous donnerons un gala — un bal somptueux pour célébrer votre mariage.

Rafe avait demandé à Dani si elle souhaitait se remarier une fois en Angleterre, un grand mariage solennel pour annoncer au monde qu'elle était sa duchesse. Elle avait fermement décliné cette offre. Elle était pleine d'incertitudes sur son retour dans la haute société, et se couler lentement dans le cours des choses lui paraissait une bien meilleure approche.

Un bal ne la tentait pas vraiment, non plus, mais elle pouvait voir à l'expression de sa belle-mère que la duchesse était déterminée et peut-être était-ce nécessaire, un moyen de clore l'affaire une fois pour toutes.

— Je pense que c'est une très bonne idée, Mère, répondit Rafe. Je vous laisse régler les détails… si cela convient à ma femme.

— Naturellement, dit Dani.

N'ayant jamais été très mondaine, même avant le scandale, elle se sentait soulagée.

— J'ai été si longtemps absente que je ne saurais pas par quoi commencer.

— Alors, c'est réglé, conclut la douairière. Laissez-moi m'occuper de tout.

Dani réussit à traverser sa première journée dans sa luxueuse nouvelle demeure, mais elle était harassée quand elle se retira à l'étage dans le grand lit à baldaquin de la suite de la duchesse. Rafael ne la rejoignit pas et elle fut surprise de constater que sa présence à côté d'elle lui manquait, comme ses étreintes passionnées auxquelles elle s'était habituée chaque nuit.

D'autres visites arrivèrent à la maison le lendemain, trois femmes dans un froufrou de robes d'hiver et de capes doublées de fourrure. On était le 1er novembre, les jours devenant plus courts et plus froids, une brume matinale humide flottant dans l'air.

Dani avait rencontré les meilleurs amis de Rafe durant leurs fiançailles, cinq ans plus tôt : Cord Easton, comte de Brant, et Ethan Sharpe, maintenant marquis de Belford. Les femmes qui se présentèrent chez elle étaient les épouses de Cord et d'Ethan, Victoria Easton et Grace Sharpe, ainsi que Claire Chezwick, la sœur de Victoria.

Grace était une jeune femme aux cheveux auburn, mince et enjouée, avec un sourire chaud et sincère. Victoria était plus petite, avec des cheveux châtains et une silhouette un peu plus voluptueuse. Quant à Claire… eh bien, elle ne ressemblait à personne que Dani avait rencontré. Avec ses longs cheveux platine et ses yeux de la couleur des bleuets, elle était d'une beauté éblouissante, mais ne semblait pas le savoir.

— Nous sommes toutes si heureuses de vous rencontrer enfin ! dit Grace en s'avançant pour étreindre Dani, ce à quoi elle ne s'attendait pas. J'ai su dès que je vous ai vue que vous étiez la parfaite épouse pour Rafael.

Dani haussa ses sourcils cuivrés.

— Comment pouviez-vous le savoir ?

Grace sourit.

— Parce que je n'avais jamais vu le duc regarder une femme comme il vous regardait. Un instant, j'ai cru qu'il allait être réduit en cendres.

Dani rit sans pouvoir s'en empêcher. Quels que soient leurs autres problèmes, dans le lit conjugal ils étaient enflammés.

— Je crois que vous allez me plaire, Grace Sharpe.

— Nous allons être de grandes amies — toutes les quatre. Vous verrez.

Dani l'espérait. Victoria Easton — Tory — lui plaisait aussi, et avec sa douce innocence, personne ne pouvait ne pas aimer Claire.

Elles prenaient le thé avec des biscuits dans le Salon chinois, une pièce à haut plafond avec de grandes colonnes de marbre noir et doré. Décorée d'épais tapis persans, de vases en cinabre et de meubles laqués et dorés de style oriental, c'était la pièce la plus élégante de la maison.

Tory but une gorgée de sa tasse en porcelaine ourlée d'or et la reposa sur sa soucoupe.

— La mère de Rafe dit qu'elle va donner un bal — un bal somptueux — en l'honneur de votre mariage. Elle nous a demandé de l'aider à le préparer. Elle veut que nous nous assurions que l'on n'oublie aucun de vos amis.

Le sourire de Dani s'évanouit.

— Je crains de ne pas avoir beaucoup d'amis… pas après le scandale. Même s'ils sont prêts à me traiter comme telle maintenant que j'ai épousé le duc, je ne suis plus intéressée par leur amitié.

— Je ne vous en blâme pas, agréa Tory, en se redressant légèrement sur le canapé. Il y a une différence entre un véritable ami et une connaissance. Nous allons inviter vos connaissances et leur faire regretter de ne pas avoir été assez sensées pour apprécier une amitié qu'elles ont si facilement écartée.

Les étonnants yeux bleus de Claire s'élargirent.

— Oh, mon Dieu, et vos époux ? Ils n'ont pas cru Danielle, non plus.

Grace et Tory se regardèrent et Tory réprima un sourire.

— Comptez sur ma sœur pour dire abruptement la vérité.

— Ils sont tous deux terriblement désolés, Danielle, déclara Grace. Ils se sentaient simplement si mal pour Rafael. Il a énormément souffert, vous savez. D'après Ethan, cela l'a complètement changé.

Il était différent, certes. Mais Dani ne croyait pas un instant que cela avait quelque chose à voir avec elle.

— Il est plus âgé, c'est tout. Un peu plus réservé.

Elle ne croyait pas que Rafe ait souffert. S'il n'avait tenu qu'un peu à elle, il aurait lu ses lettres, l'aurait écoutée quand elle avait essayé de s'expliquer.

— Si le comte et le marquis regrettent leur attitude, reprit Claire, poursuivant ses pensées, peut-être que d'autres de vos amis éprouveront la même chose.

— Claire a raison, appuya Grace. Vous devriez peut-être envisager de leur pardonner, comme vous avez pardonné à Rafael.

Mais Dani n'avait pas vraiment pardonné à Rafe. Pas complètement. Il avait dit à l'époque qu'il l'aimait. Si cela avait été vrai, il aurait cru en son innocence, l'aurait défendue contre ceux qui l'accusaient.

Toutefois, elle ne le dit pas à ses nouvelles amies.

— Il n'est pas utile de considérer cela maintenant, dit gentiment Tory. Pour le moment, Danielle a besoin de s'habituer à être la femme de Rafael.

— C'est assez intimidant, reconnut Dani. Maintenant que nous sommes de retour à Londres, on s'attend à ce que je joue le rôle d'une duchesse. Fut un temps où j'y étais préparée, mais je ne le suis plus.

— Les choses se mettront en place, lui assura Grace. Ce n'est qu'une question de temps.

— Et je suis sûre que vous devez avoir beaucoup à faire, déclara Tory en reposant sa tasse sur la table basse laquée de noir. Ce qui est le signal de notre départ, mesdames.

Grace et Claire se levèrent.

— Il y a juste une dernière chose…, dit Grace.

— Oui ?

— Nous nous demandions… Vous voyez, une fois par semaine, nous nous retrouvons toutes les trois chez moi pour observer les étoiles. Nous espérions que vous vous joindriez à nous. Je possède un magnifique télescope qu'Ethan m'a offert récemment et un autre plus petit, mais également très bon. Etudier le ciel est un de mes passe-temps favori, depuis longtemps.

— Grace nous a appris le nom des constellations, ajouta Claire avec entrain, et les anciens mythes grecs qui les accompagnent. Vous ne pouvez imaginer combien le ciel est beau à travers ses fabuleuses lentilles.

— Vous n'avez pas à vous sentir obligée, se hâta de

préciser Grace. Nous pensions juste… enfin, nous espérions que cela vous intéresserait.

Dani sentit une volute de chaleur se déployer en elle. Ainsi qu'elle l'avait dit, depuis le scandale, elle avait très peu d'amis.

— J'adorerais me joindre à vous, répondit-elle. Merci beaucoup de me l'avoir proposé.

— Nous nous retrouverons jeudi prochain, indiqua Grace. Très souvent, les hommes viennent aussi, même si d'ordinaire ils se replient dans le cabinet de travail d'Ethan pour prendre un cognac ou deux. Nous serons très heureuses que Rafe vienne avec vous.

— Merci. Je le lui dirai.

Les trois femmes quittèrent la maison, et enfin Dani se retrouva seule. Il semblait que sa vie revienne à peu près à la normale. Peut-être qu'avec le temps, les choses s'arrangeraient.

Du moins le pensa-t-elle jusqu'à trois semaines plus tard — le jour où Cord Easton se présenta à la maison, son cadeau de mariage dans une de ses grandes mains.

L'éblouissant rang de perles et de diamants appelé le Collier de la Mariée.

18

Un feu brûlait dans la grande cheminée en marbre vert de la haute bibliothèque qui servait de cabinet de travail à Rafe. Il était debout, le dos tourné aux flammes, quand son majordome aux cheveux argentés, Wooster, arriva pour annoncer un visiteur. Cord entra dans la pièce.

Son ami le rejoignit devant le feu et ils se tinrent debout là, se réchauffant contre le froid qui régnait dehors, Rafe contemplant dans sa paume le fabuleux rang de perles et de diamants que le comte venait de lui donner.

— Je n'aurais jamais pensé le revoir, dit-il en admirant la perfection du bijou.

— Etonnant, n'est-ce pas ?

— Incroyable. Racontez-moi comment vous l'avez trouvé.

— C'est lui qui m'a trouvé. Un prêteur sur gages de Liverpool m'a envoyé un message. Comme vous le savez, je collectionne de temps en temps des pièces exceptionnelles, surtout de la peinture et de la sculpture, mais à l'occasion aussi des bijoux, quand je pense qu'ils plairaient à Victoria. J'ai déjà fait des achats auprès de ce marchand. Il jouit d'une très bonne réputation dans le commerce des antiquités.

Rafe gardait fermement sous contrôle les émotions qui le traversaient, les doutes qui ne cessaient de l'assaillir.

— Ainsi, il vous a envoyé une note décrivant le collier.

Cord hocha la tête.

— De fait, il n'était pas à vendre. L'homme qui avait fait un emprunt en échange disposerait naturellement de trente jours pour récupérer son dépôt, mais le prêteur ne pensait pas vraiment qu'il reviendrait. Vous m'aviez dit que le collier avait été volé, alors cela a piqué mon intérêt. Comme j'avais certaines affaires à régler dans cette région, je m'y suis rendu la semaine dernière.

— Et le prêteur était disposé à vendre ?

— Quand je l'ai convaincu que le collier avait été volé, il a été heureux de prendre la grosse somme d'argent que je lui ai proposée en échange. Je savais que vous voudriez retrouver ce bijou à n'importe quel prix.

— Je demanderai à mon homme d'affaires de vous envoyer un billet à ordre.

— Je l'accepterai volontiers, vu que j'ai déjà acheté ce maudit collier deux fois.

Se remémorant le voyage dans lequel le collier avait entraîné son ami, et l'épouse que Cord avait trouvée grâce à lui, Rafe sourit presque. A la place, il continua à fixer le bijou, observant la façon dont il semblait briller d'un étrange éclat à la lueur du feu.

— Danielle pensait qu'on l'avait volé le jour où nous avons quitté Philadelphie. Elle soupçonnait que le coupable était l'un des domestiques de la maison louée par sa tante. Mais si vous l'avez retrouvé à Liverpool, il a dû disparaître après l'embarquement sur le bateau.

— Peut-être un membre d'équipage l'a-t-il pris dans ses bagages avant de les apporter dans votre cabine.

Rafe caressa les perles du bout des doigts.

— Si c'est le cas, comment a-t-il reparu à Liverpool alors que le navire a accosté à Londres ?

Il leva les yeux.

— Le prêteur sur gages vous a-t-il fait une description de l'homme ?

Cord tira une feuille de papier pliée de la poche de son gilet.

— Je pensais que vous voudriez le savoir. J'ai noté ce qu'il m'a dit.

Rafe déplia la feuille et lut la description à haute voix.

— Cheveux bruns, yeux bruns, légèrement plus grand que la moyenne.

Il regarda Cord.

— Il est dit ici que d'après les vêtements de l'homme et sa façon de s'exprimer, le prêteur a jugé que c'était un membre des classes supérieures.

— C'est ce qu'il a déclaré.

— Pas un homme d'équipage, donc.

— Apparemment pas.

Cord parut mal à l'aise.

— Maintenant, dites-moi ce que vous m'avez caché, déclara Rafe.

Cord marmonna un juron. Ils étaient amis depuis trop longtemps pour essayer de garder des secrets.

— Le prêteur a indiqué que ses employées étaient tout émoustillées par l'individu en question. Apparemment, il était très bel homme.

Rafe lutta pour ignorer une pointe de doute et une bouffée de jalousie malvenue. Il referma ses longs doigts sur le collier.

— Je veux retrouver cet homme. Je veux savoir comment il a eu le collier et je veux qu'il soit châtié pour l'avoir volé.

— Alors, je suppose que vous avez l'intention d'engager McPhee.

Rafe hocha la tête.

— Si quelqu'un peut le retrouver, c'est Jonas.

Il alla à son bureau et s'assit.

Replaçant les perles dans leur sachet de satin rouge, il les posa doucement sur la surface cirée, puis sortit une feuille de papier. Il prit une plume blanche, la trempa dans son encrier en cristal, griffonna un billet au détective, le sécha avec du sable et le cacheta avec une goutte de cire.

— Je vais demander à un valet de porter ce billet, dit-il en levant le pli et en rejoignant Cord près du feu. Je veux que McPhee se mette au travail dès que possible.

— Que va dire Danielle ? demanda Cord.

La poitrine de Rafe se contracta.

— Je ne lui dirai rien pour l'instant. Pas avant de savoir comment tout ceci s'est produit.

Ayant eu ses propres problèmes conjugaux par le passé, Cord ne répondit rien.

Rafe pria seulement que ses instincts le trompent et que Dani lui ait dit la vérité. Mais l'incertitude lui rongeait les entrailles tandis qu'il portait le billet à un valet, et ses soucis continuèrent à grandir.

Un froid vent de décembre fouettait les branches nues des arbres et poussait des feuilles mortes contre les murs blanchis à la chaux du cottage. Sous le toit de chaume, un feu crépitait dans la cheminée, réchauffant l'intérieur confortable, aux plafonds bas.

Assis dans un bon fauteuil devant les flammes, Robert McKay savourait un verre de whisky. Sur le canapé face à lui, son cousin Stephen Lawrence termina son verre et se leva pour se resservir.

— Je te ressers aussi ?

Robert secoua la tête et fit tourner l'alcool ambré dans son verre.

— Je ne peux toujours pas le croire. C'est tellement incroyable.

Stephen se servit, reboucha la carafe et regagna son siège. Il avait cinq ans de plus que Robert et était de taille moyenne, avec un corps solide et compact. Il avait les mêmes cheveux bruns que son cousin, mais tenait ses yeux noisette de sa mère, la tante de Robert.

— Incroyable, mais vrai, dit-il. Il a fallu un an après ton départ du pays pour que ma mère se décide à parler. Une fois qu'elle l'a fait, tout s'est éclairci.

— Dans ta lettre, tu disais qu'un homme du nom de Clifford Nash a assassiné le comte de Leighton — ma victime supposée.

— C'est exact.

— Et tu crois que le comte était mon père.

— Pas seulement ton père, mon ami. Ton père *légitime*. Nigel Truman a épousé ta mère dans la vieille église Ste Margaret du village de Fenwick-on-Hand, six mois avant ta naissance. Ma mère était témoin. D'après elle, Nigel et Joan s'étaient fréquentés durant plusieurs années, chaque fois qu'il venait dans le domaine campagnard de son père. Ils sont tombés amoureux, et quand il l'a mise enceinte il l'a épousée. Bien sûr, son père était encore en vie à l'époque, et il n'était pas comte.

— Ma mère s'est toujours montrée si secrète au sujet de mon père. Elle m'avait dit qu'il se nommait aussi Robert McKay et qu'il était mort, tué à la guerre. Elle disait que sa famille envoyait l'argent dont nous vivions, qu'ils payaient pour mon éducation. Mais je ne les ai jamais rencontrés. Elle disait qu'ils n'avaient pas approuvé son mariage.

— Robert McKay, l'homme dont tu portes le nom, était un ancien prétendant de ta mère qui est resté son ami même après son mariage avec Nigel, une union qui n'a été reconnue que brièvement. Le comte et la comtesse étaient très mécontents du choix de ton père, car ta mère était une roturière, et ils l'ont payée pour garder le silence sur cette affaire.

— Je n'aurais jamais pensé que ma mère soit intéressée par l'argent.

— D'après ce qu'a dit la mienne, il ne s'agissait pas que d'argent. Elle a fait l'objet de quantité de menaces, y compris ta disparition éventuelle, à ce que j'ai compris. Le comte de Leighton était un homme extrêmement puissant. Il a forcé son fils à revenir à Londres, et finalement il a épousé une femme convenant à sa famille.

— Mais selon tante Charlotte, ils n'ont pas eu d'enfants.

— Exact. Ce qui, aussi longtemps que tu resterais hors du tableau, faisait de Clifford Nash, un cousin éloigné, l'héritier en titre.

— Cela explique manifestement ses mobiles pour le meurtre et aussi la raison pour laquelle il voulait me faire apparaître comme l'assassin du comte.

— En effet, acquiesça Stephen. Si je me souviens bien, tu as reçu un billet censé venir de Molly Jameson, la veuve que tu fréquentais à l'époque.

— C'est juste.

— J'ignore quel rôle Molly a joué dans l'affaire, mais il est maintenant évident que Clifford Nash était derrière ce billet.

Robert ne se rappelait que trop bien ce rendez-vous.

Il avait reçu un message de la jeune veuve qu'il voyait depuis près d'un an, lui demandant de la retrouver dans un relais de poste appelé Le Sanglier et la Poule sur la route de Londres. C'était plus loin que les endroits qu'elle choisissait d'habitude pour leurs rendez-vous, mais il s'était dit qu'elle s'était peut-être rendue en ville et séjournait là sur le chemin du retour.

Même lorsqu'il avait ouvert la porte de la chambre qui aurait dû être la sienne au-dessus de la salle commune et avait entendu un coup de feu, il ne lui était pas venu à l'idée qu'il serait accusé de meurtre.

L'homme touché mortellement — qui se révéla être le comte de Leighton — avait pressé la main sur sa poitrine en sang et s'était effondré à ses pieds.

— Par tous les diables..., avait commencé à dire Robert, stupéfait, tandis que l'odeur âcre de la poudre lui montait dans le nez.

Il avait levé les yeux pour voir un homme sortir de l'ombre, avait senti la crosse du pistolet encore fumant qui était pressée dans sa main. L'homme s'était détourné et avait fui par la fenêtre, sautant sur le toit, tandis qu'une douzaine de personnes surgissaient de l'escalier.

Robert restait prostré, anéanti, quand la porte s'était ouverte en trombe sur un grand homme barbu.

— Regardez ! Ce scélérat a tué le comte !

Robert avait lâché le pistolet.

— Saisissez-le ! s'était écrié un homme plus petit, agitant un couteau.

La soif du sang brillait dans leurs yeux et Robert avait régi sans trop penser — il s'était rué vers la fenêtre et s'était enfui par le toit, comme le meurtrier.

Dans le branle-bas qui suivit, il avait pu prendre son cheval, et galopé comme un fou dans la nuit.

Tout ce qu'il possédait était les quelques shillings qu'il avait dans sa poche et son cheval. S'ils l'avaient rattrapé, il aurait été pendu. Il s'était dirigé vers Londres, au désespoir de trouver un moyen de s'échapper.

Maintenant, assis devant le feu, il remua sur son siège et les souvenirs s'estompèrent. Il prit une gorgée de whisky.

— Ainsi, Nash a tué le comte pour avoir son titre et sa fortune. Comment a-t-il été au courant de mon existence, à ton avis ?

— Je n'en suis pas certain. Le pasteur et sa femme étaient morts tous les deux. Ma mère connaissait la vérité, bien sûr, mais elle avait également reçu de l'argent de lord Leighton et avait été menacée si elle parlait. Je suppose que c'est ton père qui a parlé à Nash.

Robert se redressa dans son fauteuil.

— Pourquoi aurait-il fait cela ?

— Parce que Nash croyait être l'héritier, j'imagine. Leighton a peut-être pensé qu'il lui devait la vérité.

— Une décision malencontreuse, à ce qu'il semble.

— En effet. Je pense qu'il y a de grandes chances que le comte ait été en route pour te retrouver quand il a été tué.

Robert eut un rire sarcastique.

— Et il avait attendu vingt-sept ans pour cela.

— Il était marié à la fille d'un pair, un mariage illégal, certes, mais qu'il se sentait apparemment obligé de maintenir. A ce que j'ai découvert, Elizabeth Truman est morte il y a quatre ans. Je pense que c'est la raison pour laquelle le comte avait décidé de te trouver.

Robert réfléchit aux paroles de son cousin. Stephen était son ami dans sa jeunesse. Au fil des années, leur amitié s'était effilochée, mais après le meurtre, quand Robert était arrivé sain et sauf en Amérique, il avait écrit à Stephen en expliquant ce qui s'était passé, en proclamant son innocence et en lui demandant de l'aider.

Stephen s'était immédiatement mis au travail. Quand sa mère avait parlé, il avait commencé à réunir des informations qui avaient finalement conduit à la vérité concernant la naissance de Robert et la raison pour laquelle Nash voulait le voir pendu.

— Tout aurait été si bien arrangé si tu ne t'étais pas échappé de l'auberge cette nuit-là, reprit Stephen. Tu aurais été pendu et il n'y aurait eu aucune chance de découvrir que tu étais l'héritier légitime du comte.

« Je suis un comte », pensa Robert. Et pas n'importe quel comte, mais le puissant comte de Leighton.

— Si l'on me retrouve, je peux encore être pendu.

— Tu dois être prudent, Robert.

— Tu es certain qu'il y a des preuves que je suis le fils légitime du comte ?

— Ma mère est encore en vie et apparemment les registres de Ste Margaret existent toujours. Je ne pense pas que Nash sache où le mariage a eu lieu, sans quoi ils auraient probablement disparu, à cette heure.

Robert étira ses longues jambes devant lui. Il était comte, pas simplement un avoué travaillant pour de riches propriétaires terriens qui possédaient des terres dans la région de Guilford, où il avait vécu. En tant que comte de Leighton, il aurait beaucoup d'argent — plus qu'assez pour rembourser son contrat de serviteur et la dette qu'il avait pour le collier.

Même s'il ne pouvait pas retirer les précieuses perles auprès du prêteur sur gages durant la période impartie, il pourrait les racheter à quiconque en ferait l'acquisition. Il pourrait rendre le collier à la duchesse la tête haute.

Et il pourrait revoir Caro.

Cette pensée l'emplit d'une nostalgie douloureuse. Il avait connu beaucoup de femmes. Il les aimait, se sentait à l'aise avec elles. Mais il n'avait jamais rencontré une femme dotée de la nature douce et plaisante de Caroline Loon. Dès le début, elle l'avait poussé à se confier à elle, puis elle avait sincèrement cru en son innocence.

Caro avait une façon de percer un homme à jour, de découvrir la personne qu'il était vraiment. Sa bonté rejaillissait sur les gens autour d'elle, les touchait comme elle l'avait touché. Elle lui manquait plus qu'il ne l'aurait jamais imaginé et il souhaitait désespérément la revoir.

Il jeta un coup d'œil à son cousin, dont les yeux noisette reflétaient la lueur du feu.

— Alors, comment allons-nous prouver que Clifford Nash est l'homme qui a tué le comte ?

Stephen le regarda par-dessus le bord de son verre.

— Lui ou celui qu'il a engagé. Et trouver des preuves ne sera pas simple.

— Tu as dit que Nash vivait à Londres. Je devrais peut-être y aller…

— Tu dois à tout prix te tenir éloigné de la capitale, Robert. Tu es parti trois ans. Nash doit continuer à croire que tu es mort ou que tu as quitté le pays. S'il a le moindre soupçon que tu es en Angleterre, que tu as ne fût-ce qu'une idée de ce qu'il a fait, tu seras un homme mort.

La mâchoire de Robert se contracta. Il n'était pas fou. Il n'avait pas envie de mourir, mais Caro était à Londres. S'il pouvait seulement la revoir une fois… Peut-être découvrirait-il qu'il s'était trompé, qu'elle n'était pas différente des autres femmes, que ses sentiments pour elle avaient changé.

Mais même en essayant, il ne pouvait réussir à le croire.

— Tu m'entends, Robert ? Dans cette affaire, tu dois m'écouter. Laisse-moi poursuivre mes efforts, voir ce que je peux découvrir de plus. Et reste ici, où tu es en sûreté.

Robert hocha la tête, sachant que son cousin avait raison. Mais il était difficile de rester sans rien faire. Il se demandait combien de temps il tiendrait.

Dani était assise devant la coiffeuse de sa chambre, essayant de rassembler son courage pour un autre fastidieux dîner avec Rafael, qui se retirerait poliment dans son cabinet de travail dès que le repas serait terminé. Ces deux dernières semaines, il s'était montré si distant, si étrangement réservé. C'était comme s'ils n'avaient jamais passé ces semaines ensemble sur le bateau.

Elle soupira. Cela la tourmentait, et cependant une partie d'elle en était contente. Tant que Rafe resterait lointain, son cœur ne serait pas en danger.

Ce qui était exactement ce qu'elle souhaitait, non ?

Elle leva les yeux quand on frappa un coup léger à la porte. Caro s'empressa d'entrer comme elle le faisait toujours, emplissant la pièce de sa présence enjouée.

— Il se fait tard, il est grand temps que vous vous habilliez pour le dîner. Avez-vous décidé ce que vous voulez porter ?

— Pourquoi pas du noir ? Cela conviendrait certainement à mon humeur.

Même si Rafael et elle étaient maintenant mari et femme, elle le voyait rarement. Il n'était venu dans son lit que quelques rares fois, et même lorsqu'ils faisaient l'amour, il demeurait curieusement détaché.

— C'est le duc, n'est-ce pas ?

La voix de Caro s'immisça dans ses pensées.

— Il s'est montré très distant, ces derniers temps.

— C'est peu dire. Il est tel qu'il était la nuit où je l'ai revu pour la première fois au bal des Veuves et des Orphelins. Je me souviens d'avoir pensé alors qu'il était devenu le genre d'homme poliment ennuyé et sur son quant-à-soi qui ne m'attirerait pas du tout.

— Il se comporte certainement d'une manière singulière. Chaque fois que je passe près de lui, j'ai l'impression d'entrer dans la cage d'un tigre. Il paraît calme en surface, mais au-dessous il est comme un félin prêt à bondir sur sa proie.

C'était exact, et Dani éprouvait l'envie ridicule de le provoquer pour lui faire perdre son contrôle. Par-dessus son épaule, elle regarda l'armoire dressée dans le coin.

— Je pense que j'aimerais peut-être porter la robe en satin émeraude au décolleté plongeant.

Après son retour à Londres, sur l'insistance de la douairière, elle avait été nantie d'une entière garde-robe toute neuve.

— Vous êtes la duchesse de Sheffield, avait dit sa belle-mère. Il est temps que vous vous habilliez en conséquence.

A part les ennuyeux essayages, porter les ravissantes tenues du matin, toilettes de jour et robes du soir qu'elle avait acquises n'était guère un supplice.

Allant à l'armoire, Caro en sortit la robe et l'étala sur la courtepointe ambrée qui recouvrait le grand lit à baldaquin. Les meubles étaient ivoire et dorés, les draperies d'un doux ton mordoré. C'était une pièce délicieusement féminine que la mère de Rafe avait redécorée pour la femme qui serait un jour son épouse.

Caro contempla la toilette, examina le décolleté audacieux et haussa un sourcil blond.

— Si vous portez ceci, j'espère que la douairière ne dînera pas avec vous.

Dani se leva pour aller inspecter la robe. Le corselet en satin, drapé, était coupé de manière à révéler une bonne partie de sa poitrine. La jupe étroite était fendue presque jusqu'au genou et brodée de motifs dorés, à la grecque.

— La duchesse a des projets pour la soirée, dit-elle, passant les doigts sur la texture lisse du satin. Voyons si Rafael pourra maintenir ses agaçantes distances quand je porterai ceci.

Caro rit. Elle s'affaira à réunir les autres effets de Dani, sa camisole, ses bas, ses jarretières, une paire de pantoufles en chevreau vert émeraude, mais tandis que les minutes passaient, son expression se mit à changer.

Dani lui avait trop souvent vu cet air malheureux, ces derniers temps.

— Qu'y a-t-il, très chère ?

Mais elle connaissait déjà la réponse.

Caro se laissa choir sur le lit, ses épaules minces s'affaissant.

— C'est Robert. Je ne peux cesser de penser à lui, Dani. D'abord je suis inquiète de savoir s'il est en sécurité, puis je me dis que tout n'était peut-être qu'un mensonge, qu'il n'a jamais tenu à moi, qu'il a seulement prétendu m'aimer pour que je l'aide à trouver l'argent qu'il lui fallait.

Elle jeta un regard douloureux à Dani et ses yeux s'emplirent de larmes.

— Je lui ai donné votre magnifique collier. S'il voulait de l'argent, il a réussi au-delà de ses espérances.

Le cœur de Dani s'émut pour son amie. Il n'y avait aucun moyen de savoir la vérité. Elle ne pouvait s'empêcher de se demander si Caro reverrait un jour l'homme qu'elle aimait.

— Vous ne devez pas perdre espoir. Vous avez eu confiance en lui, et vous n'êtes pas sotte.

Caro s'essuya les yeux et prit une inspiration tremblante.

— Vous avez raison, bien sûr.

Comme pour écarter ces pénibles pensées, elle secoua la tête, décoiffant ses boucles blondes.

— Je suis désolée. Je sais que c'est ridicule, mais il me manque tellement.

Dani prit sa main fine.

— Vous ne devez pas vous inquiéter, très chère. Avec le temps, tout s'arrangera.

Caro hocha la tête. Son regard retourna à la robe émeraude et elle sourit.

— Entre-temps, peut-être que l'une de nous deux peut améliorer son humeur noire.

Se rapprochant du lit, Dani prit la robe audacieusement décolletée qu'elle avait achetée sur une impulsion quand elle reconstituait sa garde-robe.

— Je pense que je vais garder les cheveux dénoués, dit-elle en levant la main pour ôter ses épingles.

Caro leva les yeux au ciel.

— J'aimerais pouvoir être une mouche sur le mur.

Dani contempla la toilette, observant la manière dont la lumière de la lampe faisait miroiter le satin brillant et les broderies au fil d'or.

— Ce soir sera peut-être un peu plus intéressant que la semaine dernière, dit-elle.

Caro la regarda et toutes deux sourirent largement.

19

Vêtu d'une redingote bourgogne et de culottes gris tourterelle, Rafe attendit le dernier moment avant de descendre le large escalier de marbre pour aller souper. A sa demande, le repas serait servi dans la somptueuse Salle à manger d'Etat, où Danielle et lui seraient assis à la longue table de bois de rose incrusté, flanquée de vingt-quatre chaises.

Les moulures du plafond étaient dorées et sculptées. Trois candélabres en cristal étaient suspendus au-dessus de la table et du feu brûlait dans l'immense cheminée en marbre et dorures.

Bien que Rafe préférât en général l'atmosphère plus intime du Salon jaune, où ils pouvaient manger avec moins d'apparat, il avait commandé après la visite de Cord que leurs repas leur soient servis là.

Même s'il n'était pas allé jusqu'à asseoir Danielle à l'autre bout de la table, la pièce en elle-même concourait à garder les choses solennelles, moins personnelles, et tant qu'il ne connaîtrait pas la vérité à propos du collier, il refusait de devenir plus profondément lié à sa femme qu'il ne l'était déjà.

Il se tint au pied de l'escalier, attendant l'apparition de Dani pour pouvoir l'escorter à la salle à manger, essayant de ne pas penser au collier et à ce que sa disparition pouvait signifier. Bien qu'il ne blâmât pas sa femme de sa perte, il souhaitait qu'elle soit venue à lui, qu'elle lui ait fait suffisamment confiance pour se confier à lui.

Et au fond de lui, il était quasiment certain que l'histoire qu'elle lui avait racontée n'était pas entièrement vraie.

Tandis qu'il regardait l'heure à la grande horloge ouvragée du vestibule, il soupira. Danielle n'était plus la naïve jeune fille dont il était tombé amoureux cinq ans plus tôt. Elle était une personne différente, maintenant, une personne qu'il ne connaissait pas vraiment. Il n'allait pas laisser tomber sa garde et prendre des risques avant de connaître la vérité au sujet du collier.

Un léger bruit de pas sur le tapis attira son attention vers le palier. Il leva les yeux et vit Danielle commencer à descendre les marches arrondies.

Pendant un instant, il ne put que la fixer. Vêtue d'une élégante robe de satin émeraude, elle avait l'air d'une vision, d'une déesse descendue sur Terre. Une flèche de désir le traversa, et ses reins se contractèrent avec une force douloureuse. Son sexe réagit, et bien qu'il essayât de dominer le besoin qui s'emparait de lui, alors qu'elle s'approchait, il eut du mal à ne pas grimper l'escalier, la soulever dans ses bras et l'emporter jusqu'à son lit.

A la place, il resta immobile comme une statue dans le vestibule, la fixant comme un écolier fasciné. Elle portait ses cheveux défaits, ce soir-là, comme elle le faisait rarement. Des peignes incrustés de perles les retenaient sur les côtés et la lourde masse de ses boucles rousses cascadait dans son dos. Il se remémora leur contact soyeux sur sa peau quand ils faisaient l'amour, et la chaleur s'accrut dans ses reins.

Danielle arriva près de lui et lui sourit.

— Je suis terriblement affamée, ce soir. Et vous ?

La bouche de Rafe s'assécha. Il la dévora des yeux, s'attarda sur la courbe pleine de sa poitrine, révélée bien trop clairement par son corselet décolleté.

— Tout à coup, je me sens une faim de loup, moi aussi, murmura-t-il.

Le doux satin moulait la rondeur de ses seins et la vallée ombreuse qui les séparait, et il eut soudain envie de faire glisser la robe sur ses épaules, de dénuder ces globes voluptueux et de les prendre dans sa bouche.

— Allons-nous dîner ? demanda-t-il d'une voix douce.

— Oh, oui, s'il vous plaît.

Elle prit son bras et, dans ce geste, pressa un de ses magnifiques seins contre lui. Les muscles de son ventre se contractèrent et il retint à peine un grognement.

Dans la salle à manger, il l'installa à sa droite et prit place en haut de la table. Bien qu'il ait choisi cette pièce pour garder ses distances avec elle, elle lui paraissait maintenant bien trop loin.

— J'ai parlé à la cuisinière, tout à l'heure, dit-elle. Je crois que ce soir nous aurons de l'oie rôtie.

Rafe la regarda, éprouva une bouffée de concupiscence et pensa qu'il était aussi rôti que l'oie, ce soir-là. Danielle avait toujours été une tentation à laquelle il ne pouvait résister, et il ne pourrait absolument pas lui résister ce soir-là. En vérité, si ce n'étaient les valets postés le long du mur pour servir le repas, il balaierait la vaisselle et la posséderait sur la table.

Elle rejeta une mèche rousse par-dessus son épaule et se pencha en avant pour s'installer plus confortablement sur sa chaise à haut dossier. Un instant, sa robe bâilla et Rafe crut apercevoir le bord rose d'une aréole. Sûrement pas, se dit-il, mais cela importait peu. L'image lui était venue à l'esprit et elle restait imprimée au fer rouge dans son cerveau.

— Je pense que j'aimerais un verre de vin, dit Dani, et un des valets se précipita pour emplir son lourd verre en cristal.

Tandis qu'il versait le vin, elle sortit sa serviette de son rond en or et bougea pour la poser sur ses genoux. Le regard furtif du valet dériva vers sa ravissante poitrine et Rafe faillit bondir de sa chaise.

Il avait envie de sortir lui-même le jeune homme de la salle à manger, de l'empoigner par sa livrée de satin bleu et de lui donner un coup de poing dans la figure.

Il se força à prendre une inspiration et à relâcher son souffle. Le valet n'était qu'humain, bonté divine. Et Rafe n'était pas sot. Il ne se rappelait que trop bien où sa jalousie toute-puissante l'avait conduit la dernière fois. S'il n'avait pas été aussi passionnément amoureux de Danielle, si follement jaloux, il l'aurait écoutée cette nuit-là, au lieu de détruire cinq ans de leur vie.

C'était une erreur qu'il ne commettrait plus jamais et la raison pour laquelle il s'efforçait si fort de contenir ses émotions, une tâche presque impossible quand il s'agissait de Danielle.

Le repas se poursuivit, chaque plat plus délectable que le précédent. Rafe avait l'impression de manger de la sciure ; il ne pouvait détacher son esprit de Danielle et de ce qu'il pourrait lui faire lorsque ce maudit dîner qui n'en finissait pas serait terminé.

— Où en est-on pour le bal ? demanda-t-il platement, en prenant soin de garder un ton égal.

— Votre mère a fixé la date à vendredi, dans une dizaine de jours. Le Parlement n'aura pas encore repris sa session, et il y aura donc moins de monde en ville qu'après le 1er janvier, mais elle est impatiente de nous voir retourner dans le monde.

— Ma mère vous aime beaucoup. Elle vous a toujours bien aimée.

— Elle m'a détestée pendant plus de cinq ans.

Il haussa les épaules.

— C'est une mère, elle protégeait son fils unique.

— Elle pensait que je vous avais fait souffrir. Est-ce vrai ?

La poitrine de Rafe se contracta tandis que ces terribles souvenirs lui revenaient.

— Gravement.

Dani détourna les yeux, et il pensa qu'elle ne le croyait peut-être pas. C'était peut-être mieux ainsi.

Ils s'orientèrent vers des sujets moins délicats, parlant du froid mordant de ce mois de décembre, d'un article sans intérêt dans le journal du matin, entretenant une conversation plate et ennuyeuse alors que tout ce qu'il voulait était la tirer de sa chaise et la traîner jusqu'à son lit. Chaque fois qu'il bougeait, son érection se pressait péniblement contre le devant de ses culottes et il jurait intérieurement.

Un valet arriva à ce moment-là et ils tournèrent leur attention sur les tartelettes aux cerises que le jeune homme posa sur la table devant eux. Une cerise avec sa queue était perchée sur une couche de crème au centre de chaque tarte.

Dani prit délicatement la queue entre ses doigts et cueillit la cerise. Renversant la tête en arrière, elle lécha la crème du fruit.

La cuillère de Rafe s'arrêta en l'air.

Dani lécha encore la cerise de sa langue, puis la glissa lentement entre ses lèvres vermeilles.

La cuillère de Rafe claqua dans son assiette et il repoussa sa chaise.

— Je crois, madame, que nous en avons fini avec le dessert.

Ouvrant de grands yeux, Dani le regarda.

— Que voulez-vous dire ?

Il lui prit la main et la fit se lever.

— Si vous voulez un dessert, je crois que j'ai ce qu'il vous faut.

Passant un bras sous ses genoux, il la souleva contre son torse et se dirigea à grands pas vers la porte, laissant derrière lui deux valets stupéfaits.

Dani lui passa les bras autour du cou pour se retenir.

— Au nom du ciel, que faites-vous ?

— Je pense que vous le savez. Sinon, je serai heureux de vous le montrer dès que nous atteindrons mon lit.

Elle resserra les bras autour de son cou, mais il ne pensait pas qu'elle soit effrayée. Une vive flèche de désir lui traversa les reins, et il se dit qu'elle ferait peut-être bien de l'être.

Dani affermit son emprise sur le cou de Rafe. Elle réprima un cri alarmé quand il ouvrit brusquement la porte de sa chambre, la porta à l'intérieur et referma d'un coup de pied.

Juste derrière la porte, il la posa par terre, courba la tête et écrasa sa bouche sur la sienne. L'espace d'un instant, la tête de Dani lui tourna.

« Juste ciel, j'ai libéré le tigre, pensa-t-elle. Que dois-je faire, maintenant ? »

Mais elle était incapable de réfléchir avec Rafe qui l'embrassait à lui faire perdre les sens, la langue dans sa bouche et son corps dur pressé contre le sien. Et il y avait toute cette chaleur qui s'amassait en elle, expédiant toute pensée raisonnable par-dessus les moulins.

La faisant reculer contre la porte, Rafe défit adroitement plusieurs boutons dans le dos de sa robe et son corselet s'ouvrit, lui donnant accès à ses seins. Il enfouit son visage dans sa poitrine et elle sentit sa bouche posée là, ses dents qui en mordillaient les pointes. Une chaleur encore plus intense l'envahit et elle s'arqua inconsciemment vers lui.

Rafe saisit l'ourlet de sa robe et commença à glisser la main sous sa jupe, en la remontant. Le satin était frais et lisse sur sa peau et elle se mit à trembler.

— Je vous veux, dit-il contre son cou. Ici. Maintenant.

Un instant, son regard captura le sien et le soutint. Son expression n'était plus détachée, plus distante et réservée. Un désir brûlant faisait flamber ses yeux bleus et sa mâchoire était crispée par la détermination.

Dani réprima une exclamation quand sa bouche s'empara de la sienne en un baiser profond et brûlant qui fit passer des frissons fiévreux sur son dos. Il remonta la robe sur sa taille et, sous la lisière en dentelle de sa camisole, ses doigts trouvèrent la douceur de sa féminité, se mirent à la caresser.

Dani était moite, brûlante et tremblante. C'était ce qu'elle voulait, comprit-elle, la raison pour laquelle elle avait acheté cette robe presque indécente. Elle n'avait que faire de la froide indifférence de Rafe; elle le voulait dur, empli du besoin d'elle, palpitant de désir pour elle.

Comme elle palpitait de désir pour lui.

Il glissa une longue jambe entre les siennes et la souleva un peu. Pendant un moment, elle chevaucha sa cuisse, l'étoffe rêche de ses culottes frottant sensuellement contre la chair de son sexe. La fièvre la consumait, se ramassait dans le cœur le plus intime de son être.

Elle tendit la main vers lui, commença à défaire les boutons de ses culottes et l'entendit grogner. Il acheva la tâche pour elle, libéra son sexe et elle l'entoura de ses doigts. Il était grand, gonflé et dur, farouchement excité. Dani gémit quand il lui écarta les jambes, la souleva et la pénétra.

Le plaisir la balaya tout entière, l'inonda, se répandit dans ses membres.

Les grandes mains de Rafe saisirent son postérieur, la tenant en place pour recevoir ses assauts, et un besoin puissant et brûlant se lova en elle. Il serrait ses cheveux dans son poing et l'embrassait profondément, tout en continuant à aller et venir en elle pour leur plus grande volupté.

— Laissez-vous aller, lui ordonna-t-il de sa voix grave, et son corps obéit, se libérant, s'envolant de plus en plus haut…

Quelques instants plus tard, Rafe la suivit dans l'extase, ses muscles se contractant, et il poussa un grondement sourd.

Des secondes s'écoulèrent et ils restèrent où ils étaient, toujours unis, les bras de Dani passés autour de son cou.

Puis il se dégagea et s'écarta en rabattant sa jupe en satin sur ses hanches.

— Je ne vous ai pas fait mal, n'est-ce pas ?

Elle secoua la tête.

— Non, vous ne m'avez pas fait mal.

Au contraire. Son corps tout entier bourdonnait encore de volupté.

Il détourna les yeux. Il avait perdu son contrôle et il était évident qu'il en était mécontent. Il reboutonna ses culottes.

— Il est encore tôt, dit-il calmement. Je pense que je vais me rendre à mon club.

Ce n'était guère ce qu'elle attendait après une étreinte aussi fougueuse. Combattant l'envie de lui demander de rester, elle se força à répondre de la même manière détachée.

— Je lis un très bon livre, en ce moment. Je pense que je vais lire un peu avant de me coucher.

Ils paraissaient si polis, si civilisés, alors qu'un moment plus tôt ils étaient pris dans le tourbillon de la passion.

Rafe hocha poliment la tête.

— Bonne nuit, alors.

— Bonne nuit.

Elle le regarda sortir de la chambre et eut envie de hurler. Elle avait envie de lancer quelque chose, de crier, de s'emporter contre lui, et elle ne comprenait pas vraiment pourquoi.

A la place, elle prit une grande inspiration, se détourna et passa dans sa suite par la porte de communication. Se dirigeant vers le cordon d'appel, elle sonna pour un bain, espérant que l'eau chaude apaiserait ses nerfs comme l'étreinte de son mari l'avait fait un moment.

Et souhaitant que Rafael n'ait pas décidé de partir.

Les derniers préparatifs du bal se précipitèrent. Tout le monde aidait, y compris Flora qui avait décidé de rester à Londres les prochaines semaines au lieu de retourner dans sa propriété à la campagne.

— Même si Caro venait avec moi, avait-elle dit à Dani, je me sentirais seule sans vous, ma chérie. Et si je reste, je pourrai poursuivre mon travail à l'orphelinat.

— Ce serait merveilleux que vous restiez, tante Flora. Et j'adorerais vous aider avec les enfants.

Une œuvre qui était devenue celle de Dani, aussi.

Sa tante et elle se rendaient à l'orphelinat au moins deux fois par semaine, et elles avaient l'intention de faire un cadeau à chaque enfant pour Noël. Contrairement à d'autres institutions de la ville, les enfants de la Société des Veuves et des Orphelins de Londres portaient des vêtements décents et mangeaient à leur faim.

Maida Ann et le petit Terry étaient devenus particulièrement chers à Dani, même si chaque fois qu'elle les prenait dans ses bras, elle éprouvait une bouffée de regret en pensant qu'elle n'aurait jamais d'enfant à elle. Elle aurait voulu pouvoir parler d'eux à Rafael, le convaincre de la laisser les amener chez eux pour de bon, mais son mari espérait des enfants à lui et sa crainte qu'il découvre son noir secret l'empêchait d'aborder le sujet.

Enfin, le soir du bal arriva.

Sheffield House, l'une des demeures les plus vastes et les plus somptueuses de Londres, possédait une magnifique salle de bal qui occupait tout le deuxième étage de l'aile Est de la maison. Les murs recouverts de miroirs du sol au plafond reflétaient la lumière de centaines de bougies à la cire d'abeille qui brûlaient dans des chandeliers en argent, et d'énormes lustres en cristal étincelaient au-dessus des têtes.

Les invités allaient bientôt arriver, et la nervosité de Danielle avait commencé à grandir. Les ragots concernant le mariage du duc de Sheffield avec la femme qu'il avait rejetée cinq ans plus tôt étaient sur toutes les langues à Londres, mais heureusement, avec leur retour si récent, ils n'étaient pas souvent sortis dans le monde. Après le bal, tout cela changerait.

Danielle arpentait sa chambre, observant la pendule en similor posée sur la cheminée en marbre blanc et doré, souhaitant secrètement ne pas avoir à quitter la protection de son domaine privé. Quand on frappa à la porte, elle pensa que ce devait être Caro qui venait vérifier une dernière fois où elle en était. Mais lorsqu'elle ouvrit, la duchesse douairière se tenait dans le couloir.

— Puis-je entrer ?

— Bien sûr, Votre Grâce.

Dani s'écarta pour laisser passer sa belle-mère. Miriam Saunders portait une robe de soie bourgogne semée de brillants, et d'autres pierres avaient été glissées dans sa couronne de tresses noires, mêlées de fils d'argent.

Elle parcourut Dani du regard.

— Vous êtes ravissante, ma chère. En tout point la duchesse que vous êtes.

C'était un grand compliment de la part de la mère de Rafe.

— Merci.

— Rafael nous attend. Je voulais simplement que vous sachiez combien je suis heureuse de vous avoir dans la famille.

Dani savait qu'elle aurait dû répondre combien elle était heureuse d'être l'épouse de Rafe, mais les mots restèrent coincés dans sa gorge. Depuis le soir où elle avait porté son audacieuse robe de satin émeraude et où ils avaient fait si passionnément l'amour, il n'était pas venu dans sa chambre. La plupart des soirs, il se rendait à son club et ne revenait qu'aux premières heures du matin.

— Merci, dit-elle encore, en affichant un sourire de façade.

— Il y a une autre raison pour laquelle je suis venue vous voir.

— Oui… ?

— Vous êtes mariés depuis plusieurs mois et je pensais

que peut-être… J'espérais qu'il y ait une chance que vous soyez enceinte.

Un nœud se forma dans la poitrine de Dani. Elle resta là, à fixer sa belle-mère, ne pouvant croire qu'elle avait abordé un sujet aussi délicat.

— Je suppose que je n'aurais pas dû demander. Je suis sûre que vous auriez dit quelque chose vous-même. C'est juste tellement important que Rafe ait un fils.

Dani regarda vers la fenêtre. Avoir un enfant avait été jadis son rêve le plus cher, mais cela ne se produirait pas. Elle sentit des larmes lui brûler les yeux, mais les chassa d'un battement de cils avant que la duchesse douairière ne puisse les voir.

— La réponse est non. Nous sommes mariés depuis plusieurs mois, en effet, mais… durant une grande partie de cette période nous avons simplement… refait connaissance.

Elle espéra que sa belle-mère ne remarquerait pas la rougeur qui lui montait aux joues. L'intimité qu'elle avait partagée avec Rafe n'était guère un sujet dont elle souhaitait discuter avec elle.

La duchesse se contenta de hocher la tête.

— Je vois… Eh bien, j'espère que vous ne mentionnerez pas mon intervention à Rafael. Il n'apprécierait pas que j'interfère dans ses affaires.

Dani ne le souhaitait pas non plus. Elles semblaient au moins d'accord là-dessus.

— Je ne répéterai jamais ce que nous nous sommes dit sous le sceau de la confidence, Votre Grâce.

La douairière hocha de nouveau la tête, apparemment satisfaite.

— Je suppose que nous ferions mieux de descendre.

Elle jeta un coup d'œil à Dani.

— Et ne vous inquiétez pas, ma chère. Je suis sûre qu'avec le temps tout tournera comme il se doit.

Mais, évidemment, les choses ne tourneraient jamais comme elles l'auraient dû. Elle ne donnerait jamais un fils à Rafe et sa mère ne le lui pardonnerait jamais.

Dani ignora le sentiment de désespoir qui l'envahissait et suivit la brune duchesse hors de sa chambre. Elles longèrent le corridor à la lumière vacillante d'une demi-douzaine d'appliques dorées et gagnèrent le haut de l'escalier.

Rafe faisait impatiemment les cent pas au bas de l'escalier. Les invités avaient commencé à arriver et, en ce qui le concernait, le plus vite ils mettraient cette maudite soirée en marche, le plus tôt ce serait terminé.

Il jeta un coup d'œil vers le palier et vit sa mère et sa femme commencer à descendre les marches de marbre. Ce soir-là, Danielle portait une élégante robe en velours saphir, seyant magnifiquement à sa silhouette haute et élancée. Un toupet de plumes était piqué dans ses boucles flamboyantes ramassées au sommet de sa tête, et ses bras étaient gainés de longs gants blancs.

Bien qu'elle fût loin d'arborer une toilette aussi provocante que le soir où ils avaient fait l'amour, le cœur de Rafe s'accéléra. Cette femme le rendait fou de concupiscence. Il avait beau le combattre, le désir qu'il éprouvait pour elle ne semblait jamais diminuer.

Seul le billet qu'il avait reçu de Jonas McPhee la veille l'avait retenu d'aller la retrouver dans son lit la nuit dernière, comme il le retiendrait ce soir-là, quelle que soit la force avec laquelle il la convoitait.

D'après le message, le détective avait retrouvé l'homme qui avait volé le Collier de la Mariée. Il était venu d'Amérique sur un bateau appelé le *Laurel,* qui avait accosté à Liverpool où les perles avaient été découvertes. Selon la note de McPhee, l'homme avait été appréhendé.

Tard le lendemain, Jonas rentrerait à Londres. Il avait sollicité un rendez-vous pour le soir même et Rafe était impatient d'entendre ce qu'il avait à dire. Bien que le billet contînt peu d'informations, le ton lui en semblait menaçant. Il ne pourrait se détendre avant de savoir ce qui s'était passé ces derniers jours en Amérique, avant qu'ils n'embarquent pour rentrer en Angleterre.

Il leva les yeux, vit Danielle s'approcher de lui et enfouit ces pensées soucieuses.

— Vous êtes éblouissante ce soir, Danielle.

Il s'inclina très formellement sur sa main gantée de blanc.

— Et vous êtes extraordinairement beau, Votre Grâce.

Il plongea les yeux dans les siens et pria qu'ils ne contiennent pas de secrets qu'elle lui cachait, que ses sentiments pour elle — qui continuaient à grandir — ne lui causent pas d'autres souffrances.

— Les invités commencent à arriver, dit-il. Je suppose qu'il est temps que nous prenions notre place.

Elle hocha la tête et sourit, mais il pensa que son sourire était crispé. Il imagina combien il devait être difficile pour elle d'affronter les gens qui l'avaient si mal traitée cinq ans auparavant — à cause de lui —, et ses instincts protecteurs prirent le dessus.

Il posa un léger baiser sur ses lèvres, puis lui murmura à l'oreille :

— Vous ne devez pas vous inquiéter, ma douce. Vous êtes la duchesse de Sheffield, comme vous auriez dû l'être il y a cinq ans. Après ce soir, tout Londres acceptera ce fait.

Elle déglutit et leva les yeux vers lui, et il aperçut des larmes qui y brillaient juste avant qu'elle ne détourne son regard.

Sa résolution augmenta.

— Je suis là, mon cœur. Je ne vous laisserai pas.

« Plus jamais » furent les mots qui lui vinrent à l'esprit, et en cet instant il mesura combien il devenait profondément amoureux. Cela l'effraya, mais il ne voyait pas d'issue.

Il prit une grande inspiration et s'arma pour la longue soirée à venir.

20

Dani posa la main sur la manche de la redingote bleu foncé de Rafe, à col de velours, et il couvrit ses doigts des siens. Il était si beau, ce soir-là, avec ses cheveux bruns impeccablement coiffés, ses yeux d'un bleu vibrant. Il paraissait fort, puissant, intrépide. Mais après tout, il avait toujours cet air-là.

Ignorant un frisson troublé tandis qu'elle se tenait près de lui pour recevoir les invités, à côté de la duchesse douairière, Dani carra les épaules et se prépara à affronter la file de gens qui affluaient dans le vestibule. A mi-chemin du tapis rouge qui conduisait aux marches du perron, elle aperçut les deux meilleurs amis de Rafe et leurs femmes.

Quelques minutes plus tard, les deux couples pénétrèrent dans l'immense vestibule dallé de marbre. Un dôme massif composé de vitraux s'élevait au-dessus d'eux. Victoria Easton inspecta les invités depuis une rangée de bustes romains dressés le long du mur.

Arrivée devant Dani, elle lui prit la main.

— Je suis si heureuse pour vous deux.

— Merci, répondit Dani.

Ethan et Grace se présentèrent ensuite et renouvelèrent les félicitations qu'ils avaient exprimées lorsqu'ils avaient appris la nouvelle de leur mariage.

— Vous êtes magnifique, Danielle, dit Grace. Après ce soir, vous ferez l'envie de toutes les femmes de Londres.

— C'est aimable à vous, répondit Dani, même si elle pensait que son apparition en tant qu'épouse de Rafael alimenterait plus probablement les ragots.

Grace sourit.

— Je vois que vous ne me croyez pas, mais c'est vrai.

Dani n'avait pas envie d'être enviée. Elle avait juste envie d'être heureuse.

Elle leva les yeux vers Rafe, vit le sourire impassible qu'il arborait pour déguiser ce qu'il pensait et réprima un juron indigne d'une dame.

— Nous nous retrouvons de nouveau jeudi prochain pour observer les étoiles, poursuivit Grace. J'espère que vous vous joindrez à nous.

— J'ai passé un moment merveilleux la semaine dernière. Je ferai mon possible.

Cela avait été une expérience extraordinaire et Dani trouvait bon d'être incluse parmi les amis de Rafael, d'avoir l'impression qu'ils devenaient les siens.

— Votre mère s'est surpassée, dit le marquis à Rafe, ses yeux d'un bleu de glace inspectant le buis en pot, taillé en forme de cœur, qui accueillait les arrivants dans l'entrée. Voilà qui devrait exaspérer la haute société.

Les pièces de réception et la salle de bal avaient été décorées de manière à imiter une serre géante, avec des citronniers, des bégonias, des géraniums et de temps à autre des orchidées exotiques, blanches et violettes. D'énormes pots de camélias rose vif ajoutaient encore de la couleur, et il y avait même dans la salle de bal une petite mare avec des nénuphars et des poissons rouges.

Dani parla un moment avec Grace et Victoria, et bien

que Rafe parût les considérer comme allant de soi, elle se sentit réconfortée par leur amitié et leur soutien.

Tandis que les deux femmes et leur mari montaient vers la salle de bal, un autre beau couple arriva, la femme blonde et pâle, l'homme brun et séduisant, et Rafe lui présenta la sœur d'Ethan, Sarah, et son époux Jonathan Randall, vicomte Aimes.

Le flot des invités continua et Dani reconnut lord et lady Percy Chezwick, la sœur de Victoria et son mari, qui les saluèrent chaleureusement avant de monter également au deuxième étage.

Les minutes avaient commencé à se traîner quand Flora Chamberlain arriva.

— Je craignais que vous ayez décidé de ne pas venir, dit Dani, son moral remontant en voyant sa tante. Je sais que vous ne vous sentiez pas très bien.

— Balivernes. Ce ne sont pas quelques douleurs qui pourraient m'empêcher d'assister à la célébration du mariage de mon unique nièce.

Flora jeta une œillade à Rafe.

— A fortiori quand elle aurait dû avoir lieu depuis longtemps.

Une légère rougeur colora les pommettes de Rafe.

— Depuis bien trop longtemps, admit-il, en s'inclinant sur la main gantée de la comtesse.

C'était une réception élégante qui comprenait des membres de la haute société revenus spécialement en ville pour l'occasion. Dans la salle de bal à l'étage, un orchestre de huit musiciens portant la livrée bleu clair des Sheffield et des perruques poudrées commença à jouer, et les invités allèrent dans cette direction.

Certains des hommes s'éloignèrent pour une partie de whist ou de jeux de hasard, tandis que d'autres se dirigeaient vers le somptueux Salon chinois noir et doré, où des relents de viande et de gibier rôti, ainsi que le parfum de mets exotiques servis à profusion, montaient des tables recouvertes de nappes blanches.

Dani devait admettre que la mère de Rafe avait fait un excellent travail.

Rafe et elle rejoignirent les invités dans la salle de bal, et peu à peu elle commença à se détendre. Elle dansa d'abord avec Rafe, puis avec Cord et Ethan, et se mit ensuite à accepter l'invitation d'autres hommes. Fidèle à sa parole, Rafe restait à proximité et sa présence lui rendait plus facile d'ignorer les murmures ou le sourcil haussé d'une matrone qui regardait dans sa direction.

Elle dansait avec Percy Chezwick quand elle vit Rafe sortir de la salle de bal avec un homme portant l'uniforme rouge d'un officier de l'Armée britannique.

— Bonsoir, Votre Grâce.

Le colonel Howard Pendleton, arrivé tardivement, alla à Rafe qui se tenait au bord de la piste de danse.

— Je suis heureux que vous ayez pu venir, Hal.

Le militaire soupira.

— J'avais besoin de faire une pause. La journée a été longue.

Rafe haussa un sourcil sombre.

— Quelque chose à voir avec les « clippers de Baltimore » ?

— Tout à voir avec ces foutus bateaux, répondit Hal, et comme il jurait rarement, Rafe comprit que les nouvelles ne devaient pas être bonnes.

— J'aimerais en savoir plus. Que diriez-vous d'un cognac en bas, dans mon cabinet de travail ?

— Cela me ferait certainement du bien.

— J'aimerais qu'Ethan entende ce que vous avez à dire.

— Bonne idée. Je pense que cela pourrait intéresser lord Brant, aussi.

Les trois hommes avaient travaillé avec Pendleton, par le passé. Rafe savait qu'Ethan avait été informé en privé sur les impressionnants navires américains et ce qui pourrait arriver si les Français en achetaient une flotte. Il en avait discuté avec Cord.

Jetant un coup d'œil à Danielle qui dansait avec lord Percy, et sachant qu'elle était en sécurité avec lui, il précéda le colonel hors de la salle de bal, ne s'arrêtant que pour engager ses deux amis à les suivre.

Lorsqu'ils atteignirent la bibliothèque, il alla droit au buffet pour servir un cognac au colonel.

— Vous en voulez aussi ? demanda-t-il à Cord et Ethan.

Les deux hommes secouèrent la tête, se contentant du verre qu'ils tenaient à la main. Rafe se servit, puis les rejoignit et s'assit avec eux devant le feu.

— Eh bien, colonel, nous vous écoutons, dit-il.

Pendleton but une gorgée de cognac.

— Pour dire les choses simplement, le ministère de la Guerre a décliné la proposition. Ils disent qu'aucun navire ne peut représenter une telle menace pour la flotte de Sa Majesté.

Rafe jura à mi-voix.

Ethan se leva et marcha jusqu'à la cheminée, la légère claudication qu'il gardait de sa carrière de corsaire se remarquant à peine.

— Ils font une erreur coûteuse — je peux vous le dire de première main. Quand je commandais le *Sea Witch*, nous avons été capables de semer nos ennemis d'innombrables fois, et nous en avons coulé un bon nombre. Le *Sea Witch* était rapide et incroyablement maniable, ce qui nous donnait un avantage certain. D'après le croquis que j'ai vu, les « clippers de Baltimore » seront encore plus rapides et plus mobiles.

— Alors que peut-on faire pour les convaincre ? s'enquit Cord en s'adossant à son fauteuil de cuir vert.

— J'aimerais bien le savoir, dit le colonel. Les constructeurs américains n'attendront pas beaucoup plus longtemps pour conclure l'affaire. Ils comptent sur une réponse de vous, Votre Grâce. S'ils n'en reçoivent pas, ils accepteront l'offre des Français — et garniront les poches déjà bien gonflées du Hollandais avec encore plus d'argent.

— Si on les achetait nous-mêmes ? suggéra Cord. Séparément, aucun de nous ne pourrait faire un investissement pareil, mais si nous pouvions réunir un groupe d'investisseurs, nous parviendrions peut-être à rassembler l'argent nécessaire.

— Malheureusement, le meilleur usage de ces navires est militaire, dit Ethan. Ils ne transportent pas assez de cargaison pour être rentables commercialement.

— Les acheter nous-mêmes ne paraît pas vraiment faisable, accorda Rafe, mais peut-être pouvons-nous faire attendre les Américains un peu plus longtemps, le temps de convaincre notre gouvernement de l'importance de ces bateaux.

— Il nous les faut, dit Ethan, si ce n'est pour une autre raison que d'empêcher les Français de les acquérir.

Le colonel sirota son cognac.

— Il faudra deux mois pour qu'un message atteigne Baltimore, dit-il. Laissons danser la carotte sous leur nez.

Suggérez une somme plus élevée et dites-leur que nous nous efforçons de réunir les fonds.

— Comme vous le dites, cela pourrait nous obtenir un peu plus de temps, agréa Cord.

— Hier, j'ai parlé avec Max Bradley, poursuivit Pendleton. D'après lui, le Hollandais a dû embarquer peu après vous, Rafael. Schrader a été vu récemment en France, sans doute pour conclure la transaction.

Rafe quitta son fauteuil.

— Je vais écrire une lettre à Phineas Brand ce soir.

Cord et le colonel se levèrent aussi et Ethan s'éloigna de la cheminée pour les rejoindre.

— Le Compagnie de Navigation Belford a un bateau qui part pour l'Amérique cette semaine, indiqua-t-il. Je demanderai au capitaine de porter votre message à Baltimore et de le remettre personnellement à Phineas Brand.

Pour la première fois, Pendleton sourit.

— Très bien. De fait, s'il y a une chose que j'ai apprise, c'est qu'une bataille n'est jamais terminée jusqu'à ce qu'elle soit bel et bien terminée.

— Hourra ! lança Cord.

Ils levèrent tous leur verre et burent.

— Voici Rafael.

Le regard de la duchesse douairière se porta vers l'entrée de la salle de bal, et Dani regarda dans cette direction. Rafe ne s'était absenté que quelques minutes, mais en le voyant approcher, elle se sentit soulagée qu'il soit revenu.

— Désolé, dit-il. J'espère que ma présence ne vous a pas manqué.

Mais il *avait* manqué à Dani de le voir au bord de la piste de danse, l'observant d'un air si protecteur, et cela l'effraya de penser combien elle pourrait aisément retomber sous son charme.

— Des affaires ? demanda-t-elle d'un ton aimable.

— Des affaires du roi.

Il étudia son visage.

— Vous supportez bien la tempête ?

— Mieux que je ne l'aurais cru.

— Elle a été magnifique, confirma la douairière. Un vrai petit soldat. Et en vous voyant ensemble… un si beau couple… je pense que d'ici demain les colporteurs de ragots seront convaincus qu'il s'agit d'un mariage d'amour.

Un mariage d'amour. Cela l'aurait été, autrefois, pensa amèrement Dani.

— Et ils vont crucifier Oliver Randall pour la douleur qu'il vous a causée à tous les deux, ajouta sa belle-mère.

L'estomac de Dani se contracta. La seule mention de ce nom ravivait un flot de souvenirs douloureux qu'elle avait essayé d'oublier pendant des années.

— Quoi qu'ils disent à propos d'Oliver, ce ne sera rien moins que ce qu'il mérite, déclara Rafe.

— Cet homme aurait dû être écartelé, dit la duchesse qui ne mâchait jamais ses mots.

Elle décocha un sourire à Dani, puis son regard se porta sur l'homme blond qui venait vers eux d'un pas légèrement vacillant, la boisson qu'il tenait à la main passant par-dessus le bord de son verre.

Le sourire de la douairière s'effaça.

— Ne regardez pas, mais votre cousin Arthur arrive.

— Je suis surpris que vous l'ayez invité, dit Rafe.

— Je ne l'ai pas invité.

— Je ne crois pas vous avoir entendu parler d'un cousin nommé Arthur, remarqua Dani.

Un muscle se contracta dans la mâchoire de Rafe.

— C'est Arthur Bartholomew. Et je parle de lui aussi peu que possible.

Sa mère afficha un sourire artificiel et se tourna vers l'homme qui les rejoignait.

— Eh bien, Artie, quelle surprise !

— J'en suis sûr.

Arthur avait peut-être quelques années de moins que Rafe et était très beau, avec la fossette des Sheffield au menton et les yeux bleus de la famille, même si avec son teint clair et ses cheveux blonds ils paraissaient moins remarquables que ceux de Rafe.

Il s'inclina assez mollement devant la duchesse, renversant d'autres gouttes de son champagne, et Dani s'avisa qu'il n'était pas seulement un peu éméché, mais complètement ivre.

— Bonsoir, Artie, dit Rafe, et elle nota l'inflexion sèche de sa voix.

— Ah, Rafael… de retour de ton voyage aux sauvages colonies américaines. Et cette ravissante personne doit être ta jeune épouse.

Il s'inclina très bas sur la main de Dani et elle retint son souffle, craignant qu'il ne tombe à plat ventre. Mais Arthur semblait habitué à son précaire état d'ébriété et se redressa tant bien que mal.

— C'est un plaisir de vous rencontrer, duchesse.

— Pour moi aussi, monsieur Bartholomew.

— Je vous en prie… Vous devez m'appeler Artie. Nous sommes parents, maintenant.

Il maintenait son sourire en place, mais il y avait dans ses yeux une insolence qui déplaisait à Dani. Ses prunelles bleu pâle la reluquèrent comme si elle était un morceau de viande à l'étal et un coin de sa bouche se releva.

— Un beau choix, cousin, dit-il à Rafe. Une solide paire

de hanches assez larges pour porter des enfants, et certainement assez plaisantes à regarder pour garder un homme intéressé bien après la conception. Bien joué, vieux.

La grande main de Rafe empoigna le devant de la redingote d'Arthur, le soulevant de terre.

— Tu n'étais pas invité, Arthur. Par ta vulgarité, tu en as démontré la raison. Maintenant, sors — avant que je ne te jette personnellement dehors.

Il lâcha son cousin si brusquement que ce dernier chancela et faillit tomber. Puis il fit signe à un valet posté près de la porte, et celui-ci vint les rejoindre.

— Veuillez raccompagner M. Bartholomew à la porte, Cooney.

— Certainement, Votre Grâce.

Le valet était grand et robuste, et il jeta à Arthur un regard qui indiquait ce qui se passerait s'il ne quittait pas la salle de bal.

Arthur arrangea sa redingote et lissa ses cheveux blonds en arrière.

— Bonne soirée à tous.

Se détournant, il se dirigea en vacillant vers la porte, le valet derrière lui. Ils disparurent dans le couloir, et la tension de la mâchoire de Rafe se dissipa lentement.

— Je vous fais mes excuses pour mon cousin. Il peut être un véritable embarras quand il est ivre — ce qu'il est la plupart du temps.

La douairière soupira et secoua la tête.

— Je ne peux souffrir cet homme. Non seulement c'est un ivrogne, mais en deux ans il a dépensé tout son héritage. Il joue à l'excès, et dilapide même la généreuse allocation mensuelle qu'il reçoit. Même la faible possibilité que ce sot puisse devenir le prochain duc de Sheffield est plus que je ne puis supporter.

Dani battit des cils et regarda sa belle-mère.

— Vous ne dites pas qu'Arthur Bartholomew est un héritier au titre des Sheffield ?

La duchesse soupira de nouveau.

— Je suis extrêmement peinée de dire que c'est le cas. Jusqu'à ce que Rafael ait un fils pour continuer la lignée, notre fortune n'est pas en sûreté.

La poitrine de Dani se contracta. Elle fut soudain prise d'un vertige. Son visage, elle le savait, avait dû devenir d'un blanc de craie.

Elle entendit la voix de Rafe à son oreille :

— Vous n'avez pas à paraître si inquiète. Je me rends compte que j'ai négligé mes devoirs récemment, mais vous pouvez être certaine que cela va changer. J'ai l'intention de vous garder bien contentée, madame, et en retour il est fort probable que vous me donnerez une maisonnée de filles et de garçons.

Dani ne put réussir à parler. Pour la première fois, elle mesura la gravité de ce qu'elle avait fait. Tant que Rafe serait marié à elle, il n'aurait pas d'héritier légitime. Si un accident lui arrivait, s'il tombait brusquement malade et mourait, Arthur Bartholomew — Dieu l'empêche — hériterait du duché.

— Allez-vous bien, ma douce ? Vous êtes affreusement pâle.

— Je vais bien.

Elle s'efforça de sourire.

— La soirée a été longue. Je crois que je commence à me fatiguer.

— Moi aussi, dit Rafe, même s'il ne paraissait pas du tout fatigué. Mère, je crains que vous n'ayez à nous excuser. Danielle ne se sent pas bien.

La douairière jeta un coup d'œil acéré à Dani.

— Oui, c'est ce que je vois.

Elle sourit à son fils.

— Vous devez mettre votre femme au lit sur-le-champ.

« Et bien sûr, vous devez la rejoindre », furent les mots qu'elle ne prononça pas.

— Venez, ma douce.

Rafe posa une main sur sa taille.

— Bonne nuit, Votre Grâce, dit Dani à sa belle-mère tandis qu'ils s'éloignaient.

Mais lorsqu'ils arrivèrent à sa chambre, Rafe ne la rejoignit pas, et se contenta de sonner Caro pour l'aider à se dévêtir avant de se retirer dans sa propre chambre.

Le lendemain matin, Rafe reçut un billet de Jonas McPhee. Le détective confirmait son retour à Londres et demandait à voir le duc à Sheffield House dès ce soir.

Déclinant le dîner avec Dani, et inquiet des nouvelles que Jonas pourrait lui apporter, Rafe travaillait à la bibliothèque quand le majordome annonça l'arrivée du limier de Bow Street.

— Faites-le entrer, ordonna Rafe, et quelques minutes plus tard McPhee pénétra dans la pièce, robuste, les cheveux s'éclaircissant, une de ses mains noueuses enfoncée dans la poche de son manteau de drap usé.

— Je suis désolé de n'avoir pu venir plus tôt, Votre Grâce. Le temps s'est gâté et ces maudites routes boueuses étaient presque impossibles à traverser.

— Votre billet disait que vous avez trouvé l'homme qui a volé le collier de ma femme.

Jonas parut soigneusement choisir ses mots.

— J'ai trouvé l'homme que vous cherchiez. Apparemment,

il a mis le collier en gage pour obtenir un prêt, afin de payer sa traversée. Il vivait dans un petit cottage qui appartient à un certain Stephen Lawrence. Comme vous le souhaitiez, les autorités ont été averties et il a été arrêté. M. Lawrence n'était pas présent à ce moment-là.

— Comment se nomme-t-il ?

— Il dit s'appeler Robert McCabe, mais je ne suis pas sûr du tout que ce soit sa véritable identité.

— Où est-il maintenant ?

— Il est transporté par chariot à la prison de Newgate. J'imagine qu'il arrivera dans la journée de demain.

— Comment l'avez-vous trouvé ?

— De fait, cela n'a pas été aussi difficile que je l'imaginais. Il s'avère que ce McCabe est un très bel homme. C'est un homme éduqué, le genre qui charme les dames. L'épouse d'un boutiquier s'en souvenait très bien. Il lui avait demandé la direction d'Evesham. Je me suis rendu dans ce village et, une fois là, une fille de taverne s'est rappelé l'avoir vu. Elle a dit qu'elle pensait qu'il habitait à proximité. J'ai commencé à m'informer, et je l'ai trouvé au cottage.

— Je vois.

Le visage du détective trahissait sa nervosité. Rafe appuya ses doigts les uns contre les autres en s'adossant à son profond fauteuil de cuir, derrière son bureau.

— Vous avez toujours été diplomate, Jonas. Qu'y a-t-il que vous souhaiteriez ne pas avoir à me dire ?

Jonas passa la main sur sa calvitie et soupira.

— McCabe n'a jamais nié être l'homme qui a apporté le collier au prêteur sur gages de Liverpool. Mais il a nié avec véhémence être un voleur. Il a déclaré qu'il n'avait pas vendu le collier directement, parce qu'il espérait le récupérer. D'après lui, le collier était un présent, qu'il comptait rendre un jour à son propriétaire légitime.

— Les détails, Jonas.

— McCabe a déclaré que la duchesse de Sheffield lui avait donné le collier afin qu'il ait l'argent pour rentrer en Angleterre.

Un long silence s'ensuivit.

L'estomac de Rafe était noué.

— Je présume que vous croyez à son histoire.

— Je crains que oui. Je pourrais me tromper, bien sûr, mais…

— Vos instincts n'ont jamais failli, Jonas. J'imagine qu'ils ne failliront pas cette fois non plus.

Rafe se leva de son fauteuil, luttant pour contrôler la jalousie qui bouillait en lui, la fureur qui grandissait à chaque respiration qu'il prenait.

— Je vais agir d'après les informations que vous m'avez données. Comme toujours, merci pour votre travail efficace.

Jonas se leva à son tour.

— Vous avez l'intention de parler à McCabe ?

— Dès qu'il arrivera en prison.

Rafe ne dit pas qu'entretemps, il comptait parler longuement avec sa femme.

— Bonne nuit, Votre Grâce.

— Bonne nuit, Jonas.

Le détective passa la porte et disparut dans le couloir, et Rafe revint en arrière pour se servir un verre. Le cognac lui brûla la gorge, mais ne fit rien pour calmer la fureur qui le consumait. Il finit son verre, s'en servit un autre et prit une bonne gorgée.

Durant tout ce temps, son esprit ne cessait de retourner au fait que sa femme avait donné son cadeau de noces à un autre homme — un bel homme séduisant et éduqué qui plaisait beaucoup aux dames.

Certes, ainsi que McPhee l'avait dit, cela pouvait ne pas être vrai. L'homme avait pu simplement inventer cette histoire pour tenter de sauver sa peau. Et quoi qu'il se soit passé, il n'avait pas séduit Danielle. Elle était vierge quand il l'avait faite sienne sur le bateau.

Il songea à la façon dont il l'avait accusée injustement par le passé, combien il avait eu tort et ce que cela leur avait coûté à tous les deux. C'était une erreur qu'il refusait de commettre de nouveau.

Et cependant, dès le début, il avait senti que Danielle lui mentait à propos du collier.

Il termina son cognac d'un trait, posa le verre sur la table et alla au coffre-fort encastré dans le mur de la bibliothèque. Plongeant la main à l'intérieur, il en retira le sachet de satin rouge et referma la lourde porte en fer.

Il mit le sachet dans sa poche et sortit à grands pas de son cabinet de travail.

21

— J'aimerais savoir que faire, Caro. Je me dis qu'il vaut mieux qu'il reste distant, que c'est plus sûr pour moi, mais Rafael est mon mari et une part de moi souhaite que cela puisse être différent, que nous puissions au moins être amis.

Caro lui jeta un coup d'œil, et Dani rougit sur le pouf devant la coiffeuse. Rafe et elle n'étaient peut-être pas amis, mais ils étaient des amants passionnés. Du moins l'avaient-ils été un moment.

— Le duc n'est plus lui-même depuis bien avant le bal, dit Caro en passant une brosse dans ses cheveux. Peut-être que si vous pouviez découvrir ce qui ne va pas, les choses s'arrangeraient entre vous.

Vêtue pour se coucher d'une chemise de nuit de coton blanc, ses boucles pas encore nattées pour la nuit, Dani ouvrit la bouche pour répondre, mais un coup sec frappé à la porte l'interrompit dans sa conversation avec son amie.

— J'y vais, dit Caro en supposant que c'était une des soubrettes.

Mais avant qu'elle n'atteigne la porte, celle-ci s'ouvrit brusquement et Rafael entra dans la pièce.

Ses yeux étaient d'un bleu étincelant et sa mâchoire avait la dureté de l'acier.

— Si vous voulez bien nous excuser, miss Loon.

Le cœur de Dani s'emballa.

Caro lui jeta un regard inquiet et se rua presque vers la porte.

— Bonne nuit, Votre Grâce.

Elle referma fermement derrière elle.

Le regard de Rafe parcourut Dani avec une expression brûlante et intense. Un muscle tressauta dans sa joue.

— Vous êtes habillée pour la nuit…, dit-il comme si cela n'arrivait pas chaque soir.

— Eh bien, oui, je… je ne m'attendais pas à ce que vous me rejoigniez. Je… je veux dire, vous n'êtes pas venu depuis un certain temps, et je pensais que…

Elle balbutiait, elle le savait, mais elle ne semblait pouvoir s'arrêter.

— Oui… ?

La colère subsistait dans ses yeux, mais à présent elle y voyait quelque chose d'autre, la chaleur du désir qui semblait toujours brûler entre eux.

— Eh bien, comme je le disais, cela fait un certain temps.

— Trop longtemps.

Il vint vers elle, la fit lever du pouf et la prit dans ses bras.

Sa bouche s'écrasa sur la sienne et pendant un instant elle fut trop stupéfaite pour réagir. Elle savait qu'il était en colère, qu'il n'était pas venu dans sa chambre pour lui faire l'amour. Mais maintenant, tandis qu'il l'embrassait, il était clair que ses intentions avaient changé. Sa longue silhouette se pressait contre elle et elle pouvait sentir son érection rigide. Il avait un léger goût de cognac et de la virilité qui le caractérisait. Lorsqu'il approfondit son baiser, que sa langue se glissa dans sa bouche, le feu entre eux s'attisa et la raison de sa venue ne compta plus.

Dani noua les bras autour de son cou et lui rendit son baiser, glissa sa langue sur la sienne et l'entendit grogner. Ses grandes mains trouvèrent ses seins, les moulant sous la douce étoffe de coton, en caressant les pointes qui se dressèrent en boutons serrés. Inconsciemment, elle s'arqua vers lui, pressant la rondeur de sa poitrine dans ses mains, frottant ses tétons raidis contre ses paumes tel un chat quêtant une caresse.

— Vous aimez cela.

Un petit miaulement lui échappa et une onde de chaleur la parcourut.

— Je me souviens de la première fois où je vous ai touchée ainsi, dit-il, dans la pommeraie. Si je ferme les yeux, je peux encore sentir la façon dont vous trembliez, comme maintenant.

Rafe l'embrassa de nouveau et un besoin à vif inonda Dani. Elle sentit ses mains glisser sur ses fesses, la saisir et la presser contre la bosse dure de ses culottes. Il était violemment excité, comme elle. Quoi qu'il advienne, elle voulait ceci, elle le voulait, lui.

Les mains posées sur ses hanches, il la tourna face au miroir. En les voyant tous les deux ensemble, en sachant qu'ils allaient bientôt être unis, Dani sentit ses reins se crisper de désir.

Il tendit une main vers elle, défit le ruban à l'encolure de sa chemise et la fit glisser sur ses épaules. Il la tira sur ses hanches et elle tomba à ses pieds.

— Posez les mains à plat sur le pouf, commanda-t-il, ses doigts encerclant ses poignets, la poussant en avant.

Dans le miroir, il se tenait derrière elle, grand et sombre, les yeux si bleus, et elle trouva qu'il y avait quelque chose d'incroyablement érotique à être complètement nue alors qu'il restait tout habillé.

— Je ne vous ai jamais prise de cette façon, dit-il, mais j'en avais envie.

Son regard soutint le sien dans la glace, la captiva tandis qu'il caressait ses fesses.

— Ecartez vos jambes pour moi.

Le corps de Dani palpita et se crispa. L'expression de ses yeux lui promettait du plaisir et elle se fiait à lui pour lui en donner. Toutefois, la ligne dure de sa mâchoire trahissait la colère qui couvait sous son calme de surface.

— Je ne pense pas…

— Faites-le.

Son cœur s'accéléra devant son ton d'autorité, si grave et si masculin. De la chaleur s'amassa entre ses jambes et le désir lui brûla le sang. Elle fit ce qu'il demandait, sentit ses mains se promener sur ses fesses, se glisser entre ses cuisses pour la caresser.

Elle sentit son ventre fondre de plaisir, un plaisir qui inonda ses membres, et ses reins la lancèrent. Lorsqu'elle sentit son sexe dur chercher à entrer, lorsqu'il s'introduisit profondément en elle, elle arqua le dos et ses yeux se rivèrent sur les siens dans le miroir.

Rafe lui empoigna les hanches, la tint en place pour recevoir ses puissants assauts, la possédant brutalement, l'assaillant encore et encore. Le besoin de Dani s'accrut et son corps se resserra autour de lui. Elle ferma les yeux quand l'extase l'ébranla, mais Rafe ne s'arrêta pas. Il continua jusqu'à ce qu'elle atteigne encore le comble de la volupté, puis il se laissa aller, prenant son propre contentement en laissant échapper un grognement sourd.

Ils redescendirent ensemble des sommets du plaisir, Rafe

se tenant toujours derrière elle. Elle le sentit se retirer et, dans le miroir, il reprit son expression rigide.

Il attrapa son peignoir bleu sur la banquette au pied du lit et le lui tendit, puis il reboutonna ses culottes et arrangea ses habits. Dani enfila le vêtement et noua fermement la ceinture.

Rafe regarda vers la fenêtre.

— Je n'avais pas l'intention que cela se produise.

Son expression trahissait ses regrets. Il avait perdu le contrôle de lui-même. Il détestait que cela arrive, mais Dani ne regrettait rien. Elle détestait son si précieux contrôle.

— Si ce n'était pas pour faire l'amour, pourquoi êtes-vous venu ?

Glissant la main dans la poche de sa redingote bourgogne, il en tira un sachet de satin rouge.

— Je crois que ceci vous appartient.

Dani reconnut la bourse. Juste ciel, les perles ! Elle se mit à trembler, ouvrit les lèvres pour parler, mais sa bouche était si sèche qu'elle put à peine former les mots.

— Le collier.

— Vous paraissez surprise de le voir.

Il sortit le rang de perles du sachet et le laissa pendre de ses longs doigts hâlés.

— B… bien sûr, que je suis surprise.

— Parce qu'il a été volé ?

— Eh bien, oui…

— Il s'agit peut-être d'autre chose. Peut-être que ce collier n'a pas été volé du tout et que vous êtes surprise parce que l'homme à qui vous l'avez donné a dû rentrer en Angleterre et n'a pas encore pris contact avec vous.

Le cerveau de Dani refusait de fonctionner. Que disait-il ? Au nom du ciel, de quoi parlait-il ?

— Je… j'ignore ce que vous voulez dire.

— Alors, il vous *a* contactée.

— Non !

Il parlait de Robert. Grands dieux, il avait découvert d'une manière quelconque son rôle dans l'évasion de Robert et en avait tiré de folles conclusions qui n'étaient absolument pas vraies. Le pouls de Dani s'accéléra encore.

— Je… je peux seulement imaginer ce que vous devez penser, mais les choses ne sont pas ce qu'elles semblent être.

— Vraiment ?

— J'admets que j'ai donné le collier à Robert, mais seulement parce qu'il n'avait personne d'autre pour l'aider.

— Robert ? C'est ainsi que vous l'appelez ? Vous et lui devez être très familiers, apparemment.

— Non ! Oh, mon Dieu…

Elle se détourna de son attitude rigide, luttant contre les larmes, cherchant désespérément que dire.

— Depuis… depuis combien de temps le savez-vous ?

— Cord m'a apporté le collier il y a plusieurs semaines.

Il le glissa dans le sachet, qu'il posa sur la coiffeuse.

— Votre ami *Robert* a emprunté de l'argent en le remettant à un prêteur sur gages de Liverpool. Ce dernier a pensé qu'il pouvait intéresser Cord, qui collectionne les antiquités.

Dani secoua la tête.

— Vous vous comportiez si étrangement… Je savais que quelque chose n'allait pas, mais…

Il abattit son poing sur la coiffeuse.

— Par tous les diables, que se passe-t-il entre vous et cet homme, Robert McCabe ?

— Rien du tout ! Robert est… Il est l'ami de Caro, pas

le mien. Elle est désespérément amoureuse de lui. Il avait des ennuis et il lui fallait de l'argent d'urgence. Caro n'en avait pas et nous allions repartir pour l'Angleterre. Je… je n'ai pas pu trouver d'autre moyen de l'aider, alors je lui ai donné le collier.

Pendant quelques secondes, Rafe la fixa. Il serra les mâchoires, essayant de contenir sa colère.

— Si vous aviez besoin d'aide, pourquoi n'êtes-vous pas venue me trouver ?

— Je le voulais. Mais nous n'étions mariés que depuis quelques heures. J'avais peur de ce que vous diriez, de ce qui pourrait arriver à Robert.

Elle leva les yeux vers lui, frappée par une terrible pensée.

— Que lui avez-vous fait ?

La bouche de Rafe s'incurva à peine.

— Votre ami McCabe est en route pour la prison de Newgate.

La nouvelle causa un tel choc à Dani que ses genoux flanchèrent.

— Mon Dieu…

Rafe tendit la main pour la soutenir.

— Sapristi !

Il la fit asseoir sur une chaise, alla vers le pichet en porcelaine et lui versa un verre d'eau, puis revint et le lui mit dans la main. Elle but docilement une gorgée, puis reposa le verre sur la table d'une main tremblante.

— Je… je me rends compte que vous n'avez aucune raison de me croire, mais je dis la vérité.

— Comme vous auriez dû le faire avant, dit-il simplement.

Elle battit des cils.

— Vous… vous me croyez ?

— Je fais de mon mieux. Maintenant, commencez par le début. J'attends la vérité, cette fois, rien moins, et je vous prie de ne rien oublier.

Le cœur de Dani se serra. Rafael l'écoutait. Elle avait été si sûre qu'il ne le ferait pas. Elle prit une inspiration pour se calmer et pria de trouver les mots qu'il fallait.

— Tout a commencé à Philadelphie.

Effrayée pour Robert et inquiète pour Caro, elle dit à Rafe comment son amie lui avait présenté Robert chez sa tante. Elle décrivit le genre d'homme que Caro pensait qu'il était, comment elle était parvenue à la même conclusion et comment Caro était tombée amoureuse de lui.

— McCabe est-il son vrai nom ?

Elle hésita un instant de trop.

— Bon sang, Dani, quand allez-vous comprendre que je suis votre ami, pas votre ennemi ?

Elle inspira.

— Je suis désolée. Son nom est McKay, pas McCabe. Mais si les autorités découvrent la véritable identité de Robert, on le pendra. Le perdre briserait le cœur de Caro.

— Pour l'amour du ciel, qu'a-t-il fait ?

— C'est le nœud de l'affaire. Il est accusé de meurtre, mais il est innocent. Comme je sais ce que c'est que d'être accusé d'un crime que l'on n'a pas commis, il fallait simplement que je l'aide.

Rafe la considéra un long moment. Puis il la stupéfia en l'attirant à lui et en la prenant dans ses bras.

— Vous n'êtes pas commode à manier, duchesse.

La gorge de Dani se serra. Blottie contre lui, elle éprouva un mélange d'inquiétude et de soulagement.

— Je parlerai à votre ami Robert. Je ferai ce que je pourrai pour l'aider.

Le nœud dans sa gorge devint douloureux.

— Merci.

— En retour, je veux votre promesse qu'à compter de ce jour vous ne me mentirez plus jamais.

Elle hocha la tête. Elle n'avait pas voulu lui mentir, pour commencer. Et maintenant, chaque jour elle lui faisait un peu plus confiance.

— Dites-le. Je veux votre parole.

— Je le promets.

Mais avec ce serment, des larmes lui brûlèrent les yeux. En taisant la vérité sur son sombre secret, elle lui mentait de nouveau. S'il découvrait un jour comment elle l'avait dupé — grands dieux, elle ne savait pas si elle pourrait le supporter.

Rafe longea les couloirs humides et moisis de la prison de Newgate. De l'eau gouttait des planches du plafond, et de la mousse verte couvrait les froids murs de pierre. L'odeur de corps pas lavés et de déjections humaines emplissait ses narines, et un prisonnier gémit pitoyablement quelque part au fond du long boyau mal éclairé.

— Par ici, Votre Grâce.

Un gros geôlier qui sentait mauvais le conduisit à une cellule à l'arrière de la prison. L'homme introduisit une clé en fer dans la serrure. Le mécanisme rouillé grinça, puis la lourde porte de bois pivota et le gardien s'écarta pour que Rafe puisse entrer.

— Appelez-moi quand vous serez prêt à partir.

— Merci.

Il espérait que cela ne durerait pas longtemps.

Les pas du gardien s'éloignèrent dans le couloir, et Rafe tourna son attention sur l'homme assis par terre sur de la paille humide, le dos appuyé au mur. A la faible lueur de la lanterne hors de la cellule, il ne put dire exactement à quoi il ressemblait, mais sa redingote et sa chemise étaient déchirées et couvertes de saleté et de sang séché.

— Qui êtes-vous ? demanda le prisonnier en se redressant légèrement, mais sans se lever.

— Sheffield. Je crois que vous connaissez ce nom.

L'homme essaya de se lever, alors, mais Rafe posa une main sur son épaule, le pressant de ne pas bouger.

— Doucement. Vous ne paraissez pas très bien. Etes-vous gravement blessé ?

— Ces scélérats m'ont battu jusqu'au sang.

— Le gardien a dit que vous avez résisté quand on vous a arrêté.

McKay ne répondit pas.

— J'ai parlé de vous avec ma femme. La duchesse dit que vous n'êtes pas un voleur. Elle dit qu'elle vous a donné le collier.

Rafe vit la surprise du prisonnier à la légère crispation de ses épaules.

— Vous semblez surpris.

— Je n'étais pas sûr de ce que la dame dirait.

— Eh bien, malheureusement pour vous, ce n'est pas ce qu'elle a dit le jour où nous avons embarqué.

— J'espère que vous comprenez qu'elle essayait juste de m'aider. Votre épouse est une femme incroyable.

— En effet. Qu'en est-il de Caroline Loon ?

McKay laissa retomber sa tête contre le mur.

— Je ne l'ai pas mentionnée parce que je ne voulais pas qu'elle ait des ennuis.

S'approchant de Robert, Rafe s'accroupit près de lui dans la paille sale. Il était assez près pour voir son œil tuméfié et les meurtrissures de son visage.

— Dites-moi le reste. Parlez-moi du meurtre dont

vous êtes accusé et pourquoi je devrais croire, comme ma femme et votre amie miss Loon, que vous êtes innocent de ce crime.

McKay n'hésita qu'un instant, puis se mit tranquillement à raconter son histoire. Une demi-heure avait passé quand Rafe appela le gardien pour qu'il ouvre la cellule.

— Reposez-vous, McKay. Je vais organiser votre libération aussi rapidement que je le pourrai. Nous avons besoin d'être discrets. Jusqu'ici, personne ne sait qui vous êtes vraiment et il faut qu'il en reste ainsi. Cela peut prendre quelques jours. Je laisserai un peu d'argent aux geôliers si vous avez besoin de quelque chose et j'enverrai une voiture vous chercher.

— Merci, Votre Grâce.

— Je me fie à votre parole, Robert, comme elles l'ont fait. Je pars du principe que vous dites la vérité. Si c'est le cas, je ferai tout ce qui est en mon pouvoir pour vous aider. Sinon, vous finirez probablement au bout d'une corde.

Réprimant un sifflement de douleur, McKay se mit péniblement sur ses pieds, puis s'appuya au mur pour se soutenir.

— Chaque mot que j'ai dit est vrai.

Rafe ne dit rien.

— Je vous suis redevable, Votre Grâce. Je n'oublierai jamais ce que votre dame et vous avez fait pour moi.

— Etant donné que je suis l'homme qui a ordonné votre arrestation, avec pour résultat la rossée que vous avez reçue, vous pourriez avoir envie de rectifier cela.

A la faible lumière, Rafe pensa voir l'ombre d'un sourire.

— A bientôt, Robert.

— Je ne vous décevrai pas, Votre Grâce.

Rafe quitta la prison en essayant de décider s'ils avaient

tous été dupés ou si l'homme disait la vérité. Si c'était le cas, Robert McKay était le vrai comte de Leighton.

Toutefois, le prouver était une affaire bien différente. Et Rafe ne pouvait s'empêcher de se demander une chose : si l'homme, par quelque miracle du destin, devenait réellement un puissant comte, un membre de haut rang de l'aristocratie, qu'adviendrait-il de Caroline Loon ?

22

Dani était assise à la coiffeuse de sa chambre, tandis que Caro trônait sur la banquette en velours mordoré au pied du lit à baldaquin. Depuis une demi-heure, elles parlaient de Robert McKay.

— Mais le duc est certain que Robert sera bientôt libéré de prison ? demanda Caro, pour la énième fois.

— Il pensait que cela pourrait prendre un jour ou deux, mais oui, Rafael a promis que ce serait fait. Il ne voulait pas insister trop lourdement de crainte que cela n'alerte quelqu'un des autorités.

— Mais vous avez dit que Robert est blessé. Si c'est le cas, il a besoin d'être soigné, et il faut que ses blessures soient pansées.

Dani se redressa sur le pouf, où elle avait pris place pendant que Caro mettait la dernière touche à sa coiffure, relevant ses boucles rousses sur le sommet de sa tête. Ce soir-là, Rafe et elle allaient voir un opéra-comique dans Drury Lane, le quartier des théâtres, *Virginia*. Ensuite, ils s'arrêteraient à la soirée donnée en l'honneur de l'anniversaire du maire. Sa vie d'épouse du duc avait finalement commencé et elle était déterminée à remplir ses devoirs.

— Ecoutez-moi, Caro. Je sais que vous êtes inquiète, mais nous devons procéder avec prudence. Rafe dit que les blessures de Robert ne mettent pas sa vie en péril, et il sortira très bientôt de prison.

Mais Robert avait aussi raconté une histoire insensée, disant qu'il était le vrai comte de Leighton, la seule partie du récit de Rafe que Dani n'avait pas rapportée à son amie. Elle avait laissé cette information à Robert, n'étant pas sûre, si cela s'avérait exact, de la façon dont cela affecterait sa relation avec Caro.

Pour l'instant, le plus grand problème de Robert était de prouver son innocence. Jusque-là, il demeurerait en grand danger.

Bien sûr, elle ne le dit pas non plus à Caro.

Un coup familier résonna à la porte et, reconnaissant la manière de frapper de Rafael, Dani vérifia vivement son apparence dans le miroir.

— Oh, mon Dieu, j'ai oublié les perles !

Pivotant, elle se hâta vers la commode, sortit le sachet de satin rouge de son coffret à bijoux et versa le collier dans sa main.

Elle se tourna vers son amie qui s'empressait d'aller ouvrir.

— Vous ne devez pas vous inquiéter, très chère. Dans deux ou trois jours, vous reverrez votre Robert.

Caro hocha la tête et Dani aperçut des larmes qui brillaient dans ses yeux.

— Le duc et vous avez été si aimables pour nous deux.

— Balivernes ! lança une voix grave depuis le seuil. Vous êtes une amie que nous chérissons, Caro. Les gens aident leurs amis.

Rafe entra dans la pièce et Dani alla l'embrasser sur la joue, voyant en lui, comme souvent maintenant, des traces de l'ancien Rafael, qui était toujours si attentionné avec les autres. Caro s'éclipsa silencieusement de la chambre et Dani tendit le collier à son mari.

— Voudriez-vous m'aider à mettre ceci ?

Il sourit en prenant les perles, pour les placer autour de son cou et fermer le fermoir en diamants. Il recula afin de juger de l'effet.

— Les perles sont splendides et vous aussi.

Dani sourit.

— Merci.

— Je ne vous ai jamais raconté leur histoire. Voudriez-vous l'entendre ?

— Oh, oui.

Elle sentait le poids réconfortant des perles, la façon dont elles semblaient aller si parfaitement à son cou, comme lorsqu'elle les avait portées des semaines auparavant.

— J'adorerais connaître la légende.

— Je vous préviens, ce n'est pas pour les âmes sensibles.

Elle haussa un sourcil.

— Maintenant, vous avez piqué ma curiosité.

Rafe tendit la main et toucha brièvement le collier.

— Comme je vous l'ai dit, ce collier a été fabriqué à l'époque médiévale, sur la commande du puissant seigneur de Fallon. Le comte a choisi lui-même chaque perle et chaque diamant. C'était son cadeau de noces pour sa promise, dame Ariana de Merrick. Elle portait le collier, le jour de son mariage, en attendant son futur époux à Castle Merrick. D'après l'histoire, c'était un mariage d'amour qui n'avait pas son égal en ce temps-là. Hélas, sur la route du château, le comte et ses hommes ont été attaqués par des brigands et ont tous été tués.

— Oh, mon Dieu.

— Quand dame Ariana a appris la nouvelle, elle en

a été si désespérée qu'elle est montée sur les remparts du château et s'est jetée dans le vide, portant toujours le collier. Il fut découvert plus tard qu'elle attendait l'enfant du seigneur de Fallon.

Une boule se forma dans la gorge de Dani. Elle toucha les perles, qui semblèrent se réchauffer sous ses doigts. Le bijou était appelé le Collier de la Mariée, et maintenant elle comprenait pourquoi.

Elle songea à la jeune mère qui avait perdu son grand amour et l'enfant qu'elle lui aurait donné. Elle essaya de ne pas penser à l'enfant que Rafe et elle n'auraient jamais, mais cela pesait sur son cœur.

Elle ne se rendit pas compte qu'elle pleurait avant que Rafe ne tende la main pour essuyer une larme sur sa joue.

— Si j'avais su qu'elle vous bouleverserait, je ne vous aurais jamais raconté cette histoire.

Dani tenta de sourire.

— C'est juste tellement triste.

— C'est arrivé il y a longtemps, ma douce.

Elle passa les doigts sur le collier, sentant les perles lisses, la forme de chaque diamant parfaitement taillé.

— Je savais qu'il avait quelque chose de spécial, mais…

Elle leva les yeux vers Rafe.

— Je ne laisserai rien d'autre lui arriver. Je le garderai en sûreté, pour elle.

Il courba la tête et effleura sa bouche d'un baiser.

— Je sais que vous le ferez.

Dani prit une grande inspiration et tourna les yeux vers la porte.

— Je suppose que nous devrions y aller.

Mais elle n'avait pas vraiment envie de partir. Bien qu'elle fût l'épouse de Rafael, il y avait ceux qui ne croyaient toujours pas en son innocence, ceux qui pensaient que d'une manière quelconque elle l'avait dupé pour l'épouser.

Il lui prit la main.

— Nous ne voulons pas faire attendre Cord et les autres.

— Non, bien sûr que non.

Mais alors qu'elle quittait la chambre au bras de Rafe, elle ne pouvait cesser de penser aux perles et à la tragique histoire d'Ariana et de son aimé, et de l'enfant qui était mort avec eux. Elle la hanta longtemps dans la soirée.

Une pluie battante cinglait les fenêtres à meneaux du manoir de Leighton Hall, construit en pierre jaune des Cotswolds. Les champs vallonnés du domaine, qui couvraient deux mille hectares, devenaient boueux, et un vent violent hurlait par-dessus les murets de pierre.

Dans son cabinet de travail lambrissé, Clifford Nash, cinquième comte de Leighton, se prélassait dans un coûteux fauteuil en cuir devant la cheminée. C'était un homme de quarante-deux ans, aux cheveux bruns et aux yeux marron foncé. Il s'était toujours trouvé beau, même si les années l'avaient un peu empâté.

Et maintenant qu'il était riche comme Crésus, il pouvait avoir tout ce qu'il voulait.

Assis face à lui, son intendant Burton Webster se pencha en avant.

— Alors, que pensez-vous que nous devrions faire ?

Web était arrivé une demi-heure plus tôt, sans être annoncé, manifestement soucieux.

Clifford fit tourner son cognac dans son verre.

— Comment pouvez-vous être sûr que l'homme est McKay ?

— Je vous dis que c'est lui. Il était à Evesham avec son cousin, Stephen Lawrence. Vous vous en souvenez sûrement. Lawrence est l'individu qui s'est mis à fouiner pour avoir des informations un an environ après la mort de l'ancien comte. Il était déterminé à prouver que McKay était innocent du crime.

— Oui, oui, je m'en souviens. Il n'a rien trouvé, je me le rappelle aussi. Et comme cela remonte à plus d'un an, je pensais que nous n'entendrions plus parler de lui.

Ils buvaient le meilleur cognac de Clifford et fumaient des cigares coûteux, mais Webster était trop nerveux pour les apprécier. C'était de l'argent gaspillé.

— Je ne suis pas sûr de ce qui est arrivé à Lawrence, poursuivit-il. Tout ce que je sais, c'est que la femme, Molly Jameson, m'a envoyé un billet pour dire que McKay était rentré en Angleterre. Apparemment, elle avait reçu un message de lui. Il voulait lui parler du rendez-vous qu'ils auraient dû avoir cette nuit-là à l'auberge.

— L'a-t-elle vu ?

— Non. Il n'est pas venu. Mais elle croit que McKay a quitté le pays après le meurtre, comme nous le pensions. Elle dit qu'il est de retour en Angleterre, et qu'il irait probablement à Evesham. C'est elle qui a mentionné son cousin, Stephen Lawrence.

— Alors, allez à Evesham et occupez-vous de McKay.

Web soupira. C'était un homme grand, robuste et musclé, avec de gros doigts et un nez qui avait été cassé plus d'une fois. Il était au service de Nash depuis cinq ans. Il était complètement loyal, et durant cette période il était devenu quasiment indispensable à Clifford.

— Je crains que ce ne soit le hic. J'y suis allé. McKay n'y est plus.

— Avez-vous parlé au cousin ?

— Lawrence est parti aussi. D'après les voisins, sa mère est tombée malade et il s'est rendu dans le Nord pour la soigner.

Clifford tira sur son cigare et relâcha la fumée, se donnant le temps de réfléchir.

— Commencez par Lawrence. Trouvez où il est allé, rejoignez-le, faites-lui dire la vérité sur McKay et découvrez où il se trouve maintenant.

— Si je le retrouve, que devrai-je faire ?

— Au début, le fait qu'il soit pendu pour le meurtre de Leighton aurait réglé les choses, mais maintenant je ne veux pas que l'affaire soit remuée inutilement. Faites-le simplement disparaître.

— En le tuant ?

Webster était précieux de maintes façons, mais parfois il énervait fortement Clifford.

— Oui, tuez-le ou, si vous préférez, faites-le tuer comme vous l'avez fait la dernière fois. Je veux juste me débarrasser de lui pour de bon.

— Bien, milord.

Au moins, le sot s'était rappelé d'utiliser son titre, bien que cela lui ait pris plus longtemps que cela ne l'aurait dû pour s'y habituer. Clifford se leva et Web l'imita.

— Tenez-moi informé de vos progrès.

— Oui, milord.

L'intendant quitta la pièce et Clifford se rassit pour savourer le reste de son cigare. Il n'était pas vraiment inquiet. McKay était un homme recherché. Si Webster ne parvenait pas à le supprimer, il ferait simplement intervenir les autorités. Ce serait plus ennuyeux, mais le résultat serait le même.

D'une manière ou de l'autre, Robert McKay était un homme mort.

Dès que la représentation à l'opéra-comique se termina, Dani et Rafe partirent pour la soirée d'anniversaire du maire. Grace et Ethan faisaient le trajet avec eux dans l'impressionnant carrosse noir du duc, tiré par quatre chevaux, avec la belle couronne ducale peinte à l'or fin sur les portières.

Cord et Victoria suivaient dans l'élégant coupé noir du comte, emmené par une paire de fougueux chevaux bais.

La soirée avait déjà commencé depuis un bon moment lorsque les trois couples arrivèrent. Elle avait lieu dans le véritable palais du duc de Tarrington, que Cord et Victoria semblaient particulièrement apprécier.

— C'est un bel endroit que le duc a là, dit Cord d'un ton traînant, en jetant un regard carrément lascif à sa femme. Il me rappelle de très bons souvenirs.

Victoria rougit et son mari sourit.

— Plus tard peut-être, lui murmura-t-il à l'oreille, nous pourrions revisiter ce temps-là.

La rougeur de Tory s'accrut, mais elle ne put retenir un grand sourire.

— Je crois que je peux vous prendre au mot, milord.

Cord rit, une lueur coquine dans ses singuliers yeux mordorés.

— Je crains de deviner de quoi il s'agit, chuchota Rafe à Dani. Dieu sait qu'en ce qui concerne sa femme, cet homme est insatiable.

Dani sourit.

— Et vous, Votre Grâce ?

Il la regarda et ses yeux prirent ce bleu brûlant qui indiquait le tour de ses pensées.

— Touché, dit-il. Même si j'espère que j'aurai assez de volonté pour attendre que nous soyons chez nous.

Dani songea à cette maîtrise de fer qu'il prisait tant et qu'elle détestait tellement, et se promit que très prochainement, elle prendrait cela comme un défi.

Pas ce soir-là, cependant. Elle venait juste de faire son entrée dans le monde comme duchesse de Sheffield et refusait de faire quoi que ce soit qui pourrait provoquer les moindres ragots. A la place, elle laissa Rafael la guider parmi les invités, les saluant poliment les uns après les autres, le marquis de ceci et le comte de cela, la baronne Je-ne-sais-quoi. Il y avait plusieurs sirs Quelque-chose et leurs épouses, et assez de vicomtes et de vicomtesses pour qu'elle s'y perde.

La musique flottait vers eux. On dansait dans un des grands salons et Rafe la conduisit dans cette direction. L'orchestre jouait une danse campagnarde et Rafe la fit danser, puis, la danse finie, la raccompagna au bord de la piste.

— Je suppose que je devrais vous laisser danser avec certains de ces hommes, marmonna-t-il.

— Si vous ne le faites pas, on pensera que vous êtes jaloux. Vous ne le voudriez sûrement pas.

— Je *suis* jaloux. Mais j'ai appris ma leçon, dans ce domaine.

Il parcourut du regard la salle encombrée, la foule des gens vêtus de soie et de satin, et Dani surprit son froncement de sourcils.

— Qu'y a-t-il ?

— Carlton Baker est ici.

Son estomac se serra au souvenir de leur déplaisante rencontre sur le bateau.

— Baker ? Je pensais qu'il serait retourné à Philadelphie, à cette heure.

Mais l'Américain marchait vers eux, grand et séduisant, ses cheveux sombres, légèrement argentés aux tempes, coupés court et coiffés en avant à la Brutus.

— Eh bien, duc, nous nous retrouvons.

Baker souriait, mais il n'y avait pas la moindre trace de chaleur dans ses yeux.

— Je pensais bien que nous finirions par nous rencontrer.

— Oui, et c'est bien dommage.

La bouche de Baker se crispa.

— Juste pour que vous le sachiez… je n'ai pas oublié la rossée que vous m'avez donnée injustement, et je n'ai pas l'intention de le faire.

— J'avais toutes les raisons de vous corriger, et vous le savez. En outre, si vous ennuyez de nouveau ma femme, vous constaterez que la raclée que je vous ai donnée sur le bateau était un jeu d'enfant.

Le corps de l'Américain devint rigide.

— Vous osez me menacer ?

Rafe haussa les épaules.

— Ce n'est qu'un avertissement.

— Eh bien, j'en ai un pour vous. La roue tourne, duc. Vous avez eu votre tour. Tôt ou tard, j'aurai le mien.

Tandis que Baker s'éloignait, Rafe serra inconsciemment les poings.

— Vous l'avez ridiculisé, c'est tout, dit Dani. Il essaie de sauver sa fierté blessée.

La tension de Rafe parut diminuer.

— Vous avez raison. L'homme est un sot, mais il n'est pas complètement fou.

— Ce qui signifie ?

— Ce qui signifie que si Baker fait un écart, je reprendrai volontiers là où j'en étais ce soir-là, et je pense qu'il le sait.

Dani n'en dit pas plus. Rafe était protecteur envers elle comme aucun homme ne l'avait jamais été. Si Carlton Baker ne faisait que la regarder de manière incorrecte... Elle frémit, songeant à ce qui était arrivé à Oliver Randall, et espéra que Carlton Baker rentrerait bientôt en Amérique.

La soirée se poursuivit. Les trois couples entrèrent dans la salle de jeu et Cord s'assit à une table recouverte de feutre vert pour s'essayer au whist. Rafe et Ethan se joignirent à la partie et les femmes en profitèrent pour se rendre dans le salon privé des dames.

Elles retournaient rejoindre les hommes, quand une voix de femme résonna derrière elles.

— Eh bien, si ce n'est pas la petite belette qui a entortillé le duc dans le mariage !

Un frisson glacé passa sur l'échine de Dani. Se tournant, elle se retrouva face à une femme qu'elle n'avait pas vue depuis des années, mais qu'elle n'avait certainement pas oubliée : la marquise de Caverly, mère d'Oliver Randall. A travers le bourdonnement de ses oreilles, elle entendit la voix de Grace s'élever à côté d'elle.

— Eh bien, si ce n'est pas la mère de ce porc pourri et bon à rien dont les abominables manigances ont failli détruire deux vies innocentes !

Dani inspira vivement.

— Grace !

— Quoi, c'est vrai, intervint Victoria, en tournant à son tour sa colère contre lady Caverly. La jalousie de votre fils l'a conduit à la fin qu'il a eue. Il n'a personne à blâmer sinon lui-même, et vous non plus.

Dani resta figée sur place, pouvant à peine croire ce que

ses amies avaient fait. Néanmoins, leur courage força le sien. Levant la tête, elle parla directement à la marquise.

— Je suis désolée de ce que votre famille a subi, lady Caverly, mais c'était le fait d'Oliver, pas le mien.

— Comment osez-vous ? Après les mensonges que vous avez racontés, vous n'êtes pas assez bonne pour prononcer le nom de mon fils !

— J'ai dit la vérité. Peut-être qu'un jour, votre fils aura le courage de faire de même.

— C'est votre faute. Oliver n'aurait jamais…

— Il suffit, Margaret.

Le marquis de Caverly vint se placer près de sa femme.

— Il existe de meilleures façons de traiter les choses qu'une altercation publique devant la moitié de la haute société.

Grand, les cheveux d'un gris de fer, le marquis avait une arrogance qui indiquait clairement sa position de membre éminent de l'aristocratie.

— Venez, ma chère. Je crois qu'il est temps que nous rentrions.

Dani ne dit rien de plus, et le marquis entraîna son épouse dans le couloir. Dani se mit à marcher, espérant que ses genoux flageolants continueraient à la porter.

Victoria prit les devants et dit quelque chose à Rafe qui venait vers elles.

— Victoria m'a dit ce qui s'est passé.

Il prit la main de Dani, le visage soucieux.

— Je suis désolé, ma douce. J'ignorais qu'ils seraient ici. Je pensais qu'ils étaient encore à la campagne.

— Je les aurais rencontrés tôt ou tard. Peut-être vaut-il mieux que cela soit arrivé maintenant.

— Etes-vous sûre d'aller bien ?

— Oui.

Et en pensant à Grace et Victoria, qui s'étaient portées à sa défense comme de vraies tigresses, Dani constata qu'elle se sentait effectivement bien.

— Je pense qu'il est temps que nous nous en allions, dit Rafe, mais elle secoua la tête.

— Nous avons essuyé le pire de la tempête. Je refuse de courir m'abriter maintenant.

Elle jeta un coup d'œil aux tables de jeu.

— Quelqu'un veut-il jouer aux cartes ?

Rafe sourit et elle vit la fierté dans ses yeux.

— C'est une excellente idée… *Votre Grâce.*

Il y avait quelque chose dans la façon dont il prononça ces mots qui réchauffa Dani de l'intérieur.

Posant la main sur la manche de sa redingote, elle le laissa la conduire aux tables tendues de feutre vert.

23

Deux jours passèrent. Robert McKay fut libéré de prison et, ainsi que Rafe l'avait promis, une voiture l'attendit devant Newgate pour le conduire à Sheffield House.

Robert ne se montra pas.

Quand le cocher alla voir ce qui se passait, il découvrit que McKay avait quitté la prison plus d'une heure auparavant. Il était parti sans laisser de traces. Ne sachant pas très bien que faire, le cocher, un homme corpulent appelé Mullens, ramena la voiture à Sheffield House.

— Je suis désolé, Votre Grâce, dit-il au duc. Le bonhomme ne s'est pas montré. Pourtant, ils l'ont relâché. J'ai vérifié auprès des geôliers.

— Merci, Mullens.

Dominant une bouffée de colère, Rafe se tourna vers les deux femmes qui attendaient anxieusement derrière lui dans le vestibule.

— Vous avez entendu ce que le cocher a dit. McKay a quitté la prison, mais il n'est pas venu ici comme c'était prévu. Je n'ai pas besoin d'en dire plus.

Caro se mit à pleurer, pivota et monta l'escalier en courant.

Dani resta où elle était.

— Je ne puis croire que Robert nous a menti à tous — y compris à vous.

— Soit l'homme est le meilleur comédien de Londres, soit il y a autre chose. Je pense que nous devrions attendre un peu plus avant de tirer des conclusions.

— Oui… bien sûr, vous avez raison.

Mais Rafe pouvait voir que Dani était bouleversée. En cet instant, s'il avait su où trouver Robert McKay, il l'aurait empoigné par les revers de sa redingote déchirée et lui aurait donné une rossée bien pire que celle qu'il avait reçue en prison.

A la place, il leva les yeux vers le haut de l'escalier et vit Caro qui s'enfuyait dans le couloir.

— Vous devriez peut-être lui parler.

Danielle suivit son regard et soupira.

— Si seulement je savais que lui dire.

— Dites-lui que j'ai l'intention d'attendre un jour de plus, pour laisser à McKay une dernière chance de faire ses preuves avant que je prévienne les autorités.

— Je vais le lui dire.

Relevant l'ourlet de sa jupe, Dani gravit les marches.

Rafe la regarda disparaître au premier étage et songea à la douleur qu'il avait vue dans les yeux de Caro quand McKay n'était pas arrivé comme elle l'espérait.

Mais après tout, l'homme n'avait jamais vraiment accepté cet arrangement, il avait seulement affirmé haut et fort son innocence dans le meurtre du comte.

Se rappelant sa conversation avec McKay et combien celui-ci s'était montré convaincant, Rafe ne fut que légèrement surpris quand une heure plus tard le valet Cooney se présenta à la porte de son cabinet de travail avec deux messages, l'un adressé au duc de Sheffield et l'autre à miss Caroline Loon.

— Merci, Cooney, dit-il en prenant les lettres des doigts du valet. Avez-vous vu l'homme qui a apporté ces billets ?

— Oui, monsieur. Il est venu à la porte de derrière. Un beau garçon, sauf qu'il avait un œil enflé et le visage noir et bleu.

— Des cheveux bruns, des yeux bruns ?

— Oui, monsieur.

Rafe brisa le cachet de cire et parcourut le message.

Votre Grâce,

Je ne pouvais permettre que vous, votre épouse ou miss Loon vous impliquiez davantage dans mes problèmes. Je vous prie de croire que je vous ai dit la vérité et que je suis déterminé à prouver mon innocence. Je vous remercie pour l'argent que vous m'avez laissé à la prison. J'espère qu'en temps voulu je pourrai vous rendre votre amabilité et votre générosité.

Votre serviteur,

Robert McKay.

Après avoir lu la note une deuxième fois, et pour des raisons qu'il ne s'expliquait pas, Rafe eut la conviction comme auparavant que McKay disait la vérité. Toutefois, il était tout aussi probable que l'homme soit un complet escroc.

Avec un soupir, il posa le message à côté de celui adressé à Caroline Loon.

— Demandez à miss Loon et à la duchesse de descendre me rejoindre ici, Cooney, s'il vous plaît.

— Oui, Votre Grâce.

Les deux femmes apparurent quelques minutes plus tard, et il vit des traces de larmes sur les joues de Caro.

— Qu'est-il arrivé ? demanda-t-elle, incapable de garder sa réserve habituelle. Avez-vous eu des nouvelles de Robert ?

— Oui, en effet. Votre ami nous a envoyé un billet à tous les deux.

Il tendit sa lettre à Caro, puis tendit celle qu'il avait reçue à Dani.

Caro ferma brièvement les yeux quand elle eut fini de lire, et pressa farouchement la feuille sur sa poitrine.

— Il ne s'est pas enfui. Il essaie de prouver son innocence.

— Je mesure que ce billet vous est adressé, mais j'aimerais le lire, si cela ne vous fait rien.

Avec un peu de réticence, Caro lui remit la lettre, les joues rougissantes.

Ma très chère Caro,

Il ne s'est pas passé un jour depuis notre séparation où mon esprit n'a pas été empli de pensées de vous. Je prie que vous ayez pensé à moi, aussi. Néanmoins, je n'ose pas aller vous voir, comme je brûle de le faire, avant que cette affaire ne soit réglée. Je dois prouver mon innocence. Pour le faire, j'ai des questions à poser, des réponses à trouver. Jusqu'à ce que tout ceci soit terminé, je porterai dans mon cœur le souvenir de votre magnifique sourire.

Fidèlement vôtre,

Robert.

* * *

Rafe finit de lire le message et le rendit à Caro, en essayant d'ignorer ses yeux humides.

— Je vais envoyer un billet à Jonas McPhee, dit-il. Si quelqu'un peut découvrir la vérité sur le meurtre, c'est lui.

Caro s'avança et lui prit la main.

— Merci beaucoup, Votre Grâce. Je n'oublierai jamais ce que vous avez fait.

— Je dois vous avertir, jeune fille. Si McPhee découvre que votre ami est coupable de meurtre, je n'aurai d'autre choix que de prévenir les autorités.

— Je sais.

— Il est innocent, Caro, affirma fermement Dani. Il n'aurait pas envoyé ces billets s'il était coupable. Il se serait simplement enfui.

Mais, bien sûr, Robert avait pu faire cela pour gagner du temps, et ils le savaient tous.

— Y a-t-il autre chose, Votre Grâce ? demanda Caro.

— De fait, oui. Je pense depuis quelque temps déjà que vous vous êtes cachée trop longtemps. Vous êtes une jeune femme bien élevée qui a connu des moments difficiles, mais vous êtes aussi l'amie de Danielle, et par votre loyauté envers elle vous êtes devenue la mienne, aussi. Il y a quantité d'événements mondains dont vous pourriez profiter et à mon avis il est grand temps que vous le fassiez.

Les yeux de Caro s'arrondirent. Dani adressa à Rafe un sourire si éclatant que quelque chose se contracta dans sa poitrine.

— Elle aurait besoin d'une garde-robe neuve, dit-elle.

— Pas de problème.

Un coin de la bouche de Rafe se releva.

— J'imagine que vous êtes toutes les deux à la hauteur de la tâche.

Caro resta figée, trop stupéfaite pour parler. Puis elle secoua la tête.

— Je suis désolée, Votre Grâce. Je sais que vous n'avez que les meilleures intentions, mais je ne peux accepter votre offre généreuse. J'ai toujours payé ce qu'il me faut. C'est une promesse que j'ai faite à ma mère avant sa mort, et il doit en rester ainsi. Si vous ne pouvez m'accepter comme je suis, je devrai quitter votre maison.

Le visage de Dani se défit.

— Rafael n'avait pas l'intention de vous insulter, très chère. Ainsi qu'il l'a dit, vous êtes notre amie.

Caro parvint à sourire.

— Je suis heureuse comme je suis. Mais je veux que vous sachiez que je chéris plus que tout l'amitié que vous m'avez donnée tous les deux.

Rafe jeta un coup d'œil à Dani. Il était clair que Caro ne changerait pas d'avis. Une demande en mariage de Robert McKay modifierait la situation, évidemment, mais pour l'instant il n'avait pas dévoilé ses intentions. Pour le bien de Caro, Rafe espérait qu'elles étaient honorables. Néanmoins, s'il était vraiment comte et Caro une simple femme de chambre…

— L'offre reste valable, dit-il. Si vous changez d'avis…

— Je ne le ferai pas.

Rafe hocha la tête. Il ne pouvait s'empêcher d'admirer la jeune femme. Il pensa que n'importe quel homme aurait de la chance d'avoir Caroline Loon pour épouse.

Même un comte.

Toutefois, il restait tout à fait possible que McKay ne soit rien de plus que le meurtrier qu'on l'accusait d'être.

Le temps le dirait.

Le temps et Jonas McPhee.

La période de Noël se termina. La mère de Rafe quitta ses appartements et partit pour la campagne ; elle passerait les prochaines semaines à Sheffield Hall, le domaine familial dans le Buckinghamshire. Dani et son mari sortirent très souvent dans le monde qui, petit à petit, avait commencé à accueillir la jeune duchesse en son estimée compagnie.

Les jours défilaient, mais ils n'eurent pas de nouvelles de Robert McKay. Dani savait que le détective, Jonas McPhee, se donnait du mal pour découvrir la vérité sur le meurtre, mais que jusqu'ici il avait trouvé peu de choses utiles.

Les gens qui connaissaient McKay l'aimaient bien. Avant le meurtre, il avait été avoué dans la ville de Guilford, et un membre respecté de la communauté. Les gens étaient réticents à livrer des informations qui pourraient lui causer du tort.

On était le 9 janvier. Le temps avait été abominable, froid et venté avec du verglas qui refusait de fondre avant midi. Mais la veille le soleil avait brillé et réchauffé l'air, et l'humeur de Dani s'était beaucoup améliorée.

Sa tante et elle décidèrent de faire une visite à l'orphelinat, ce qu'elles faisaient aussi souvent qu'elles le pouvaient, pour apporter aux enfants des jouets ou des friandises. Dani était particulièrement impatiente de voir Maida Ann et Terry, qui étaient devenus ses favoris. Sa dernière visite remontait à trop longtemps, avant la période des fêtes.

Quand sa voiture personnelle, plus petite que le carrosse ducal mais portant les armoiries des Sheffield, s'arrêta devant le bâtiment en brique rouge de l'orphelinat, Dani aperçut deux têtes familières en avant des autres enfants

— la petite Maida Ann, blonde et souriant jusqu'aux oreilles, et Terry avec ses cheveux roux en désordre. Ils se précipitaient vers elle.

Son cœur se serra à leur vue. Mettant un genou en terre dans l'allée, elle les reçut dans ses bras.

— Je suis si heureuse de vous voir !

Maida Ann lui étreignit le cou.

— J'espérais tellement que vous viendriez. J'ai dit une prière chaque jour et maintenant vous êtes là.

Dani l'enlaça de nouveau.

— Je promets que je ne resterai pas si longtemps sans venir la prochaine fois.

On tira sur sa jupe et elle baissa les yeux sur le petit Terrance qui la regardait de ses grands yeux bruns pleins d'espoir.

— Vous nous avez apporté une friandise ? demanda-t-il.

Dani rit.

— Bien sûr !

Elle lui tendit plusieurs morceaux de sucre candi, puis en donna autant à Maida Ann.

— Il y en a assez pour tout le monde, déclara Flora derrière eux.

Elle confia un petit sac en toile à Terry.

— Distribue ces bonbons à tous les autres enfants.

— Merci, milady, merci beaucoup !

Il sourit largement et Dani vit qu'il lui manquait une dent. Tenant ses propres friandises comme si elles étaient en or, il partit en courant pour répartir le précieux cadeau entre ses amis.

Maida Ann s'accrocha à la main de Dani.

— Vous êtes si jolie.

— Toi aussi, mon cœur, répondit Dani en le pensant.

La petite fille, dans sa robe de grossier drap brun, rougit et sourit timidement.

Dani l'étreignit une dernière fois et se releva, la tenant par la main. Dieu du ciel, comme elle souhaitait pouvoir emmener ces enfants chez elle ! Son cœur se serra à la pensée de l'enfant qu'elle n'aurait jamais, mais il était trop tôt pour parler d'adoption. Rafe pourrait avoir des soupçons et si c'était le cas, s'il découvrait d'une manière quelconque qu'elle était stérile et le savait avant leur mariage…

Elle déglutit, incapable d'achever sa pensée.

Les deux femmes restèrent un moment avec les enfants, Dani promettant à Mme Gibbons, la directrice, de parler au duc de l'argent nécessaire pour acheter des vêtements de printemps, puis elles quittèrent l'orphelinat.

La voiture roula dans les rues encombrées. La petite silhouette corpulente de Flora était perchée sur la banquette face à sa nièce, et elle se plaignait, ce qu'elle faisait rarement.

— Grâce au ciel, le soleil brille enfin !

Elle arrangea la lourde couverture en fourrure sur ses genoux.

— Je pensais ne jamais le revoir.

— Oui, il est surprenant de voir comment une belle journée améliore l'humeur, observa Dani.

— Je crains que cela ne me fasse aspirer à rentrer chez moi, ma chérie.

Le regard que Dani posait sur sa tante s'acéra.

— Vous ne songez pas à partir ?

— Si, et bientôt. Londres est sinistre à cette époque de l'année. Je ne peux tenir une semaine de plus.

— Etes-vous sûre que les routes sont assez sèches pour voyager ?

— Suffisamment pour me conduire jusque là-bas. Le

duc et vous semblez assez bien vous entendre. Ma présence n'est plus nécessaire et, de toute façon, il est grand temps que je rentre.

Dani étudia le visage affable de sa tante. Elle songea à Rafael, au fait qu'ils étaient maintenant mari et femme, comme sa tante avait cru qu'ils devaient l'être. Elle ne put s'empêcher de se demander quelle part de ce qui s'était passé avait été manigancée par la comtesse.

Flora soupira.

— Ce sera si bon d'être à la maison.

Quelle que soit la vérité, Dani détestait la voir partir, mais les grands espaces et l'air propre de la campagne manquaient à sa tante, et elle ne pouvait lui en vouloir de souhaiter échapper au ciel sombre, au brouillard chargé de suie et aux rues sales de Londres en hiver.

Durant le dîner, elle informa Rafe de la décision de Flora, et il la surprit en suggérant qu'ils accompagnent la comtesse.

— Ce n'est pas si loin et quelque temps loin de la ville ne nous ferait pas de mal non plus. McPhee est parti dans le Nord voir le cousin de Robert, Stephen Lawrence. Pendant que nous attendons des nouvelles, peut-être qu'un petit séjour à la campagne détournera l'esprit de Caro de Robert McKay.

C'était une idée si magnifique que Dani ne put réprimer un sourire plein de chaleur. Rafe se montrait si attentionné. Cela arrivait souvent ces temps-ci, ce qui lui rendait de plus en plus difficile de garder ses distances, de s'en tenir à sa résolution de ne plus placer sa confiance en lui comme auparavant.

De plus en plus difficile de ne pas l'aimer.

Cette notion l'inquiétait beaucoup. Que se passerait-il lorsqu'il s'aviserait qu'elle ne pourrait lui donner d'enfant ?

Quand il découvrirait qu'il n'aurait jamais de fils, du moins avec elle ?

Elle ne pouvait s'empêcher de penser à Arthur Bartholomew, le cousin ivrogne et dépensier de Rafe, et au fait que sa famille avait désespérément besoin d'un héritier.

Le divorce était rare, il n'arrivait pratiquement jamais, mais de temps en temps malgré tout. Le scandale qui s'ensuivait durait des années. Néanmoins, Rafe avait besoin d'un fils pour perpétuer le nom et ce serait sa seule solution. Dani frémit à l'idée d'affronter de nouveau les terribles ragots, l'ostracisme qu'elle avait déjà subi.

Et perdre Rafael une deuxième fois… Elle ne pensait pas qu'elle pourrait y survivre.

Une flèche de douleur lui transperça le cœur à la pensée de Rafe partageant sa vie avec une autre femme, et à ce moment-là elle comprit l'affreuse vérité.

« Je suis amoureuse de lui ! »

Il était trop tard pour se sauver, trop tard pour protéger son cœur. Elle s'était éprise de lui — comme par le passé.

La peur l'ébranla. La route qui s'étendait devant elle était parsemée de dangers, un paysage de douleur qui pourrait la détruire.

Dieu du ciel, comment avait-elle pu laisser cela arriver ?

Les préparatifs pour le voyage commencèrent. Caro aida Dani à empaqueter ses affaires pour le séjour d'une semaine mais, au lieu de se sentir excitée, la jeune duchesse ne faisait que s'inquiéter davantage.

Elle aimait Rafael — elle le savait, maintenant, savait aussi que plus elle passerait de temps avec lui, plus cet amour grandirait. Et la terrible vérité était qu'elle avait toutes les chances de le perdre.

Au moment du mariage, elle ne l'avait pas pris en compte. Sa tante avait pensé que Rafe lui devait de l'épouser, mais ni Flora ni elle n'avaient su à quel point sa famille avait besoin d'un héritier. Ni l'une ni l'autre n'avaient imaginé que Rafe pourrait envisager le divorce.

Elle songeait à cette sinistre possibilité quand Rafael la fit appeler dans son cabinet de travail la veille de leur départ.

Bien qu'il lui sourît en se levant de son bureau, le cœur de Dani était plein d'incertitude.

— Vous vouliez me voir ?

— Je suis navré, ma douce, quelque chose est intervenu et il semble que je doive modifier mes plans.

— Que s'est-il passé ?

— Je viens de recevoir un billet du colonel Pendleton. Il sollicite une entrevue et, comme il s'agit d'une affaire importante, je suis obligé d'y assister.

Rafe ne viendrait pas avec elles ! Dani éprouva une bouffée de soulagement qui lui donna le tournis. Elle pourrait se rendre à la campagne avec Caro et sa tante, échapper à la puissante présence de son mari au moins durant les prochains jours, assez longtemps pour remettre de l'ordre dans ses pensées.

— Je comprends tout à fait. Vous devez rester, bien sûr.

— A moins qu'il faille que je fasse autre chose, je pourrai partir le lendemain de l'entretien et vous rejoindre.

C'était une journée de voyage, pas plus. Si Rafael partait le matin, il serait à Wycombe Park avant la nuit.

Dani se mordit la lèvre. Elle avait besoin de ce laps de temps loin de lui, quelque bref qu'il soit.

— Nous projetions de partir une semaine seulement. Si vous vous en souvenez, vous avez aussi rendez-vous avec votre avoué vendredi prochain. Cela semble un bien grand dérangement, alors que vous pourrez rester si peu de temps.

Rafael fronça les sourcils.

— En êtes-vous certaine ? J'étais assez impatient de sortir de ce maudit brouillard.

Dani détourna les yeux. Sa poitrine se contracta. Il lui manquait déjà et elle n'était pas encore partie. Vu son avenir incertain, c'était terrifiant.

— De fait, j'apprécierais de passer quelque temps seule avec ma tante… Je veux dire, maintenant que l'occasion s'en présente.

Rafe n'en parut pas heureux, et elle sentit son cœur se serrer. Il l'avait aimée, autrefois. Peut-être, comme elle, commençait-il à l'aimer de nouveau.

Mais même si un miracle se produisait et que ses sentiments pour elle reviennent, il y avait la question d'un enfant et des devoirs de Rafe vis-à-vis de sa famille.

La culpabilité la rongeait. Grands dieux, qu'avait-elle fait ?

Elle lui décocha un sourire un peu trop éclatant.

— Je ne resterai que jusqu'à la fin de la semaine. Je serai de retour jeudi, comme nous l'avions prévu.

Il fit un bref signe de tête.

— Si c'est ce que vous souhaitez. Vous pouvez partir avec votre tante et j'enverrai ma voiture vous chercher.

Dani opina. Battant des cils pour chasser la brûlure soudaine des larmes, elle contourna le bureau et l'embrassa sur la joue.

— Merci.

Elle pivota et marcha vers la porte sans se retourner.

En montant à sa chambre, elle pensa à Rafe et aux jours qu'elle passerait sans lui. Le temps qu'elle ouvre la porte de sa suite, elle commençait déjà à regretter sa décision.

Sa femme était partie. L'après-midi était tranquille et Rafe se retrouva en train d'errer sans but dans la maison. Fut un temps où il se sentait tout à fait bien dans les grandes pièces vides et les longs couloirs de marbre. A présent, le rire féminin de Dani lui manquait, il lui manquait de partager son dîner avec elle et de discuter des événements de la journée, de passer ses nuits dans son lit, et le plaisir qu'il tirait de son corps lui manquait aussi.

La rapidité avec laquelle il s'était habitué à être marié était stupéfiante.

Pour remplir ses journées, il se tenait occupé, vérifiant les comptes du domaine, écoutant les rapports des intendants, enquêtant sur de nouveaux investissements. Tandis que le temps passait, il se mit à attendre avec impatience son entrevue avec Howard Pendleton, une rupture bienvenue dans la terne routine d'attendre le retour de sa femme.

C'était ridicule, se dit-il. Il se comportait comme un jeune blanc-bec juste sorti de l'école, devenant aussi épris de Danielle qu'il l'avait été autrefois.

Cette notion le dégrisa.

Il était attaché à elle, oui. Il appréciait sa compagnie, son intelligence, peut-être autant que la passion qu'ils partageaient. Mais il n'était pas amoureux d'elle. Il ne se permettrait pas de l'aimer de nouveau.

Ce soir-là, il se rendit à son club comme il le faisait chaque soir. Danielle avait une place dans sa vie, certes, mais il n'allait pas la laisser entrer dans son cœur.

Au contraire, il s'endurcit contre les émotions qu'elle

suscitait en lui et se plongea encore plus profondément dans sa réserve légendaire.

Quand le jour de l'entretien arriva, il monta dans sa voiture avec une seule pensée à l'esprit : le colonel avait-il réussi à convaincre le Premier ministre et le cabinet de l'importance d'acquérir les « clippers de Baltimore » ?

Il y réfléchissait en montant les marches de Whitehall pour se rendre au ministère de la Guerre et aperçut Cord et Ethan qui se dirigeaient vers lui.

— Je pensais bien vous voir ici, tous les deux, dit-il.

— Vous avez une idée de ce qui se passe avec l'achat de la flotte ? s'enquit Ethan.

Rafe secoua la tête.

Cord ouvrit la lourde porte d'entrée.

— J'imagine que nous allons le savoir.

Trois paires de bottes résonnèrent dans le couloir qui menait au bureau du colonel. Ils pénétrèrent dans la pièce spartiate et Howard Pendleton se leva. Comme toujours, son uniforme écarlate était impeccable, ses cheveux argentés coupés très court et bien coiffés.

— Asseyez-vous, messieurs.

Les trois amis prirent place sur les chaises à dossier droit disposées face à son bureau.

— Autant en venir au but. Je vous ai convoqués pour vous dire que Bartel Schrader, l'homme que l'on surnomme le Hollandais, a été repéré ici, à Londres. Je ne suis pas certain de ses desseins, mais il est en ville.

— Intéressant, dit Rafe, se rappelant l'homme aux cheveux cendrés qu'il avait brièvement rencontré à Philadelphie.

— Comme Schrader a le sentiment que vous, Votre Grâce, êtes son principal concurrent dans l'achat des « clippers de Baltimore », j'ai jugé important que vous le sachiez.

— Oui, acquiesça Cord, et il est probable qu'il pense

qu'Ethan est également impliqué, étant donné que vous êtes amis et qu'Ethan a des intérêts capitaux dans le commerce maritime.

— C'est exactement ce que je pense, dit le colonel. Et cela s'applique aussi à vous, lord Brant, puisque vous avez fait tous les trois des investissements communs dans un certain nombre d'affaires.

— Je suppose que cela se tient, agréa Cord.

— L'homme a une réputation dangereuse, poursuivit Pendleton, et il y a beaucoup d'argent en jeu. Il se peut que vous croisiez son chemin. Si cela arrive, je dois le savoir. Et jusqu'à ce que nous découvrions ce qu'il prépare, je vous engage à vous montrer prudents.

Rafe hocha la tête.

— Nous vous préviendrons si nous n'entendons que murmurer son nom, dit Cord.

— Je vais répandre l'information parmi quelques-uns de mes amis dans la navigation, proposa Ethan, et voir ce qu'ils peuvent apprendre.

L'entrevue prit fin et les trois amis sortirent ensemble du bureau du colonel, leurs pensées s'écartant de l'affaire dont ils venaient de discuter et prenant une autre direction.

— Votre femme est toujours absente ? demanda Ethan d'un ton détaché.

— Hélas, répondit sombrement Rafe.

Cord eut un grand sourire.

— Je suis heureux de dire que la mienne est à la maison, attendant mon retour, et que cela m'enchante. J'ai des plans pour elle, cet après-midi, des plans qui devraient nous divertir tous les deux.

L'éclat de ses yeux dorés indiqua clairement ce qu'il entendait par là, et Ethan rit.

— Maintenant que vous le suggérez, ce n'est pas une mauvaise idée.

Rafe jura à mi-voix.

— Je pense que vous avez tous les deux perdu l'esprit.

— L'amour vous fera la même chose, mon ami, dit Ethan en souriant.

— C'est exactement pourquoi je refuse de tomber dans cet état.

Cord et Ethan échangèrent un coup d'œil.

— Je ne suis pas certain que nous ayons eu notre mot à dire dans l'affaire, déclara Cord.

Rafe ignora sa remarque. Il était décidé à ce que cela ne lui arrive pas. Plus jamais.

Néanmoins, il serait diablement heureux quand Danielle reviendrait.

Sa bouche s'incurva légèrement. Ses deux amis n'étaient peut-être pas si loin de la vérité. Il avait des plans pour sa femme, aussi. Jeudi, lorsqu'elle reviendrait, il avait l'intention de lui faire l'amour dans les grandes largeurs. Ensuite, aurait-elle la surprise de découvrir, elle ne dormirait plus dans son propre lit, mais passerait les nuits dans le sien.

Son sexe se durcit à cette pensée. Sapristi, il serait content qu'elle revienne.

24

Le grand coche noir de Rafe, tiré par quatre chevaux gris, roulait lourdement sur la route de Londres. Le cocher Mullens tenait les rênes avec adresse et sur l'insistance de Rafe, deux valets se trouvaient à l'arrière du véhicule pour protéger Dani si des ennuis survenaient en route.

Le temps était redevenu froid, mais comme il n'avait pas plu, les routes étaient sèches, bien qu'elles fussent pleines d'ornières. A l'intérieur du coche, Dani et Caro étaient assises l'une en face de l'autre, chacune réchauffée par une couverture de fourrure.

— J'ai apprécié ce séjour à la campagne, dit Dani en soupirant, mais je serai contente d'être à la maison.

— Moi aussi.

Caro remit une boucle blonde dans son chignon bas, les yeux fixés sur la fenêtre.

— Peut-être y aura-t-il des nouvelles de Robert.

— Oui, peut-être.

Dani l'espérait, bien qu'elle fût inquiète. McKay n'avait pas donné signe de vie à part les billets qu'ils avaient reçus le jour de sa sortie de prison. Jonas McPhee était parti chercher des renseignements quelque part, mais ses résultats, pour l'instant, étaient maigres.

— Ou peut-être que M. McPhee aura découvert quelque chose, reprit Caro.

— Rafael dit qu'il est très efficace.

— J'en suis certaine. J'ai grand espoir qu'il découvrira la preuve dont Robert a besoin.

Elles ne dirent pas grand-chose de plus tandis que le coche continuait bruyamment sa route vers Londres, le trajet plein de secousses les fatiguant, et leur esprit tourné vers les hommes qu'elles avaient laissés derrière elles. Rafael avait manqué à Dani bien plus qu'elle ne l'aurait aimé, et elle savait que Caro se morfondait pour Robert.

Le pénible voyage et le froid les épuisèrent, et elles dormirent un moment. Le claquement des sabots sur un pont de bois, alors qu'ils atteignaient les abords de Londres, éveilla Dani et elle regarda par la fenêtre le paysage dépouillé de l'hiver. Le mois de janvier était froid, le sol gelé, les branches des arbres étaient nues. Tandis que les roues du coche grondaient sur les planches, elle vit l'eau écumante de la rivière qui bouillonnait sur les rochers au-dessous d'eux.

Ils étaient au milieu du pont, le cocher incitant l'attelage à aller plus vite alors qu'ils approchaient de la fin du voyage, quand Dani entendit un bruit sec qui résonna comme un coup de tonnerre, et du bois qui craquait.

Caro hurla quand l'essieu avant craqua fortement, gémit et se brisa en deux.

— Accrochez-vous ! cria Dani en cherchant frénétiquement quelque chose à quoi s'agripper, pendant que la voiture se balançait violemment, penchait sur le côté et se retournait complètement.

Durant un instant, elle parut suspendue dans les airs, se détachant brutalement des chevaux et tombant du pont.

Il y eut une forte secousse et d'autres craquements, et

le cœur de Dani tambourina dans sa poitrine. Elle vit le plancher de l'habitacle au-dessus de sa tête, le plafond sous ses pieds, puis la voiture se redressa.

Quelque chose se détacha dans le coche, la frappa rudement au ventre et la douleur la traversa. Puis un morceau de bois la heurta avec force sur le côté de la tête et elle ressentit une autre vive douleur. La dernière chose dont elle se souvint fut le froid de l'eau glacée qui envahissait la voiture accidentée, trempant ses jupes et la tirant vers le bas, puis ses yeux se fermèrent et elle sombra dans l'inconscience.

Vers 6 heures du soir, Rafe se mit à arpenter son cabinet de travail. Le coche aurait dû être rentré, maintenant. Néanmoins, ils avaient pu partir avec du retard ou une roue avait pu se briser. Ils seraient sûrement bientôt de retour.

A 8 heures, il était plus qu'inquiet. Peut-être que des bandits de grand chemin avaient attaqué la voiture. Peut-être qu'ils avaient eu un accident. Il songea à faire seller son cheval et à partir vers la route qu'il était certain qu'ils avaient empruntée, mais il craignit qu'ils ne soient déjà entrés en ville, et de les manquer dans le labyrinthe des rues.

A 10 heures, il était fou d'angoisse. Il avait envoyé deux valets à cheval à la recherche du coche, mais ils n'étaient pas revenus. S'ils n'étaient pas à la maison d'ici une demi-heure, il partirait lui-même à leur recherche.

A 10 heures et quart, du remue-ménage dans le vestibule le fit sortir en courant de la bibliothèque. Il reconnut le cocher, Mullens, qui parlait rapidement au majordome et se tordait les mains. Son manteau était déchiré et couvert de boue, son visage meurtri et ensanglanté, et l'estomac de Rafe se contracta violemment.

— Qu'y a-t-il, Mullens ? Qu'est-il arrivé ?

Le cocher le regarda, les yeux enflés et injectés de sang.

— Il y a eu un accident, Votre Grâce. L'essieu avant s'est rompu alors que nous traversions un pont.

— Où est la duchesse ?

— Sa femme de chambre et elle ont été blessées, milord, ainsi qu'un des valets. Le coche s'est retourné et est tombé dans la rivière. Nous les avons sorties de l'eau. Des gens sont arrivés et nous ont aidés à les transporter dans une auberge appelée Le Coude de la Rivière, et l'aubergiste a envoyé chercher un docteur. Je les ai laissées là et je suis venu vous prévenir.

Rafe essaya de dominer sa peur.

— Sont-elles blessées gravement ?

— La soubrette a été surtout égratignée. La duchesse… c'est difficile à dire. Elle était encore inconsciente quand je suis parti.

Le nœud qui serrait l'estomac de Rafe augmenta. Dani était blessée. Il ne savait pas à quel point. Il fallait qu'il la rejoigne le plus vite possible.

— Allons-y, ordonna-t-il en se mettant en route.

Son cheval était déjà sellé, un grand étalon noir appelé Thor. Il l'avait fait préparer une demi-heure auparavant. Par la seule force de sa volonté, il n'avait pas encore quitté la maison. Maintenant, il était heureux d'avoir gardé ses sens et de s'être obligé à attendre des nouvelles.

— L'auberge se trouve loin ? demanda-t-il tandis qu'il sortait pour rejoindre les écuries derrière la maison, Michael Mullens se hâtant derrière lui.

Le cocher paraissait harassé. Rafe ne s'en soucia pas. S'il découvrait qu'il était responsable de l'accident, il aurait l'air bien pire.

— Non, Votre Grâce. Nous avions presque atteint les abords de Londres.

Ignorant la peur qui lui rongeait les entrailles, Rafe ordonna à un valet d'écurie de seller un deuxième cheval, et dès que ce fut fait, ils se mirent en selle.

Rafe se tourna vers le palefrenier.

— Il y a une auberge appelée Le Coude de la Rivière sur la route de Wycombe. Nous aurons besoin d'une voiture pour ramener les femmes à la maison. Et demandez à Wooster de prévenir Neil McCauley. Faites-lui dire de nous retrouver à l'auberge.

McCauley, autrefois chirurgien dans la Marine, était l'un des meilleurs amis de Rafe. Il avait quitté le service, mais exerçait toujours la médecine. S'il n'était plus chirurgien, il comptait maintenant parmi les docteurs les plus respectés de Londres. C'était lui qui avait mis au monde les bébés de Grace et de Victoria, et Rafe lui faisait entièrement confiance.

Le palefrenier hocha vivement la tête.

— Je vais m'en occuper moi-même, Votre Grâce.

Il pivota et se mit à crier des ordres aux valets d'écurie.

Quelques minutes plus tard, Rafe et Mullens chevauchaient sur les pavés à toute allure, se dirigeant vers l'auberge, Rafe faisant de son mieux pour ne pas se laisser submerger par l'inquiétude.

« Elle ira bien, se disait-il. Il le faut. »

Et il pria en silence que ce soit vrai.

Dani s'éveilla dans un brouillard de souffrance. Il y avait dans la chambre, debout près de son lit, un homme qu'elle ne connaissait pas.

— Doucement, madame la duchesse, vous avez été assez grièvement blessée. Mon nom est Neil McCauley. Je suis médecin et un ami de votre mari.

Dani humecta ses lèvres sèches.

— Rafael… est-il ici ?

Rafe s'avança alors, et elle comprit qu'il se tenait dans l'ombre. Ses cheveux bruns étaient décoiffés, des cernes soulignaient ses yeux bleus et une barbe naissante assombrissait sa mâchoire.

— Je suis là, ma douce.

Il lui prit la main, se pencha et posa un baiser sur son front.

— Le duc est venu dès qu'il a été prévenu, déclara le docteur. Il arpente la chambre depuis une demi-heure, malade d'inquiétude pour vous.

— Que… que s'est-il passé ?

Rafe lui pressa la main.

— Le coche a eu un accident. Un essieu s'est brisé et il est tombé dans la rivière.

Dani essaya de se rappeler les événements, mais son cerveau refusait de fonctionner.

— Et… et Caro ? Et les autres ?

— Votre femme de chambre est joliment meurtrie, répondit le médecin, mais elle n'est pas gravement blessée. Un des valets a un bras cassé. L'os a été remis en place et il guérira.

Grâce au ciel, aucun d'eux n'était sérieusement blessé. Dani regarda Rafe et vit le souci dans ses yeux. Pendant la semaine où elle avait été absente, il lui avait tellement manqué, et, grands dieux, elle l'aimait.

Elle ferma les yeux. Elle était si fatiguée.

— Je vous ai donné du laudanum pour vous aider à vous

reposer, indiqua le docteur. Demain matin, vous vous sentirez mieux. Votre mari pourra vous ramener chez vous.

Dani força ses paupières à se rouvrir et regarda les deux hommes debout près du lit, Rafe grand et beau même dans ses vêtements froissés et maculés de boue, le médecin aux cheveux châtains un peu plus petit et séduisant à sa façon. Elle sentit la chaleur rassurante de la main de Rafe autour de la sienne.

— Tout va aller bien, dit-il gentiment.

Elle essaya de sourire, mais ses paupières retombèrent. Tout son corps était endolori, et elle avait mal de la tête aux pieds. Par-dessus tout cela, il y avait cette douleur lancinante dans son ventre. Le laudanum aidait, mais il lui donnait insupportablement sommeil.

— Reposez-vous, ma douce.

Rafe l'embrassa légèrement sur les lèvres.

Il lâcha sa main et se tourna pour partir, le bruit de ses pas étouffé par le tapis. Dani s'efforça de rester éveillée un peu plus longtemps, mais son corps refusa de coopérer et elle sombra dans un lourd sommeil.

Elle rêva de Rafe et de la maison, bien qu'elle ne s'en souvînt pas plus tard.

Dès que la porte fut refermée, Rafe se tourna vers McCauley.

— Va-t-elle aller bien ? Je veux la vérité, Neil.

Ils se tenaient dans le couloir, à l'étage de l'auberge. Neil ne voulait pas déplacer Danielle jusqu'à ce qu'elle recouvre un peu ses forces.

Le médecin posa sa sacoche sur la chaise près de la porte.

— Comme je l'ai dit, elle a subi de sévères contusions

quand le coche est tombé du pont, mais rien ne semble cassé.

— Vous dites donc qu'elle va bien.

— En grande partie, oui.

Rafe se raidit.

— Qu'est-ce que cela signifie ?

— Je veux dire qu'il y a quelques complications.

Le pouls de Rafe s'emballa.

— Quel genre de complications ?

McCauley avait l'air sombre.

— Quand je l'ai vue la première fois, elle saignait du ventre. Je l'ai examinée et j'ai constaté qu'elle avait rouvert une ancienne blessure.

Rafe fronça les sourcils.

— Quelle sorte de blessure ?

— Je ne saurais dire exactement ce qui l'a produite. Une chute, je suppose. Quoi qu'il se soit passé, ses organes féminins ont souffert. L'accident a causé une nouvelle déchirure.

Rafe combattit une vague de nausée.

— Dites-moi qu'elle ira bien.

— Les chances sont bonnes qu'elle guérisse sans problème, comme la première fois. Mais je dois vous dire quelque chose, Rafael.

Rafe dévisagea le médecin, vit la pitié dans ses yeux et s'arma contre ce qu'il allait lui annoncer, quoi que ce fût.

— Allez-y.

— Je crains que votre femme n'ait jamais d'enfant. Son abdomen a été sévèrement endommagé la première fois. Ceci n'a fait qu'aggraver les choses.

Rafe détourna les yeux, essayant de comprendre les paroles de Neil. Pas d'enfants, quand ils avaient projeté un jour d'en avoir une demi-douzaine ? Danielle serait ravagée.

— Je ne sais pas que dire, comment je vais le lui annoncer, murmura-t-il, abattu.

— Je suis sûr qu'elle le sait déjà. La blessure initiale remonte à plusieurs années. Il a dû y avoir des changements dans son cycle menstruel. Le médecin qui l'a soignée a dû lui expliquer sa situation, à l'époque.

Rafe secoua la tête.

— Ce n'est pas possible. Elle aurait dit quelque chose. Elle ne devait pas le savoir.

McCauley regarda ailleurs.

— Peut-être pas.

Mais il était évident qu'il ne le croyait pas.

L'esprit de Rafe fut pris de tournis. Danielle n'avait pas pu savoir qu'elle était stérile. Si elle l'avait su, elle le lui aurait dit avant le mariage. Elle savait qu'il lui fallait un héritier, savait combien il était crucial qu'elle lui donne un fils.

Ses pensées se tournèrent vers le voyage qu'elle avait fait en Amérique. Elle avait projeté d'épouser un veuf, qui avait déjà deux enfants à lui.

« J'aurais eu une famille », avait-elle dit une fois.

Bonté divine, elle avait su dès le début qu'elle ne pouvait enfanter !

L'estomac de Rafe se crispa en un nœud douloureux. Il regarda Neil McCauley.

— Vous êtes sûr qu'elle ira bien ?

— Aussi sûr que je puisse l'être dans ces circonstances. C'est une jeune femme en bonne santé. Elle a surtout besoin de se reposer et de reprendre des forces.

Rafe hocha la tête. Il avait dans la gorge une boule qui lui rendait difficile de parler.

— Merci d'être venu, Neil.
Le médecin le prit par l'épaule.
— Je suis navré, Rafael.
Rafe ne répondit pas. Mais au lieu de retourner dans la chambre de Dani comme il en avait eu l'intention, il pivota et s'éloigna dans le couloir.

25

Dani se remettait rapidement. L'accident remontait à huit jours et elle était chez elle, avait quitté son lit et retrouvait sa robuste constitution. Le matin, bien que le temps de janvier demeurât froid, elle se promenait avec Caro dans le jardin.

— Je suis déterminée à me remettre d'aplomb dès que possible, dit-elle à son amie. Une semaine au lit est bien suffisante.

— Vous avez besoin de repos, argumenta Caro. Le Dr McCauley l'a dit.

— Il a dit aussi qu'un peu d'exercice me ferait du bien.

Et elle se sentait effectivement mieux après une bonne marche. Son corps guérissait bien. C'était son cœur qui avait des tourments.

Depuis le jour où ils s'étaient mariés, chaque fois qu'un problème se posait, Rafael devenait distant et réservé. Depuis l'accident, il s'était de nouveau retiré en lui-même, s'abritant encore plus derrière son irritante réserve qu'auparavant.

Dani brûlait d'envie de lui parler, d'essayer de découvrir ce qui n'allait pas. Mais chaque fois qu'elle en rassemblait le courage, elle pensait à ce qu'il pourrait dire et sa résolution fondait. A la place, elle restait murée en elle-même comme lui, laissant son corps se réparer tandis que son cœur souffrait de plus en plus.

Au moins, Caro était remise, même si en vérité son humeur n'était pas plus joyeuse que celle de Dani. Le jour, la mince jeune femme blonde errait nerveusement dans la maison, l'esprit occupé par la pensée de Robert McKay. La nuit, Dani l'entendait se déplacer dans la chambre voisine, incapable de dormir, même très tard.

Pour l'heure, Caro était en bas dans le Salon Wedgwood, travaillant à sa broderie et avançant peu, Dani le soupçonnait. Elle s'inquiétait pour son amie. Elle souhaitait que Robert McKay donne de ses nouvelles.

Assise dans l'un des petits salons à l'arrière de la maison, essayant de se concentrer vainement sur sa broderie, Caro leva les yeux quand le majordome, Wooster, apparut sur le seuil.

— Je suis navré de vous déranger, miss, mais Sa Grâce souhaite vous voir dans la bibliothèque.

Le cœur de Caro s'emballa. Peut-être, enfin, Robert était-il venu !

— Merci, monsieur Wooster. J'y vais tout de suite.

Ses genoux tremblaient quand elle posa son ouvrage et se leva vivement du canapé. Prenant une inspiration pour se calmer, elle se raffermit, lissa le devant de sa robe de drap bleu clair et se dirigea vers la porte, suivant le domestique hors du salon.

Ses mains tremblaient tandis qu'elle attendait que Wooster tourne le bouton de porte en argent et s'écarte afin qu'elle puisse entrer dans la pièce. Mais quand elle scruta la bibliothèque du regard, à la place de Robert, elle vit le détective de Bow Street, Jonas McPhee, debout devant le bureau de bois de rose du duc.

— Entrez, ma chère, dit Rafe. Je crois que vous m'avez entendu parler de M. McPhee.

— Eh bien, oui… Bonjour, monsieur McPhee.

— C'est un plaisir de vous rencontrer, miss Loon.

Le limier était petit et robuste, avec de petites lunettes et des cheveux qui s'éclaircissaient, mais quelque chose dans l'épaisseur de ses épaules et dans les rides de son visage indiquait qu'il était un homme qui savait se défendre.

Le duc fit signe à Caro de s'asseoir à côté du détective et elle prit place au bord du fauteuil de cuir vert foncé, si nerveuse qu'elle devait se concentrer pour respirer.

— Je vous ai fait venir parce que M. McPhee a apporté des nouvelles de Robert McKay, et j'ai pensé que vous voudriez les entendre.

— Oh, oui. Merci, Votre Grâce.

— Jonas, si vous répétiez à miss Loon ce que vous venez de me dire ?

McPhee hocha sa tête chauve et se tourna légèrement vers elle.

— Pour commencer, miss Loon, beaucoup de ce que votre ami a dit a été vérifié comme étant vrai.

Le corps de Caro devint si faible qu'elle craignit de glisser du fauteuil.

— Allez-vous bien, Caro ? s'enquit le duc d'un air soucieux.

— Oui.

Elle se raffermit, reposant les mains sur ses genoux.

— Veuillez continuer, monsieur McPhee.

— Je me suis rendu récemment dans le Nord, dans un petit village près d'York, où j'ai parlé à un certain Stephen Lawrence, le cousin de M. McKay. Bien qu'il ait fallu un peu de persuasion, quand il a découvert que je travaillais pour le compte de M. McKay, il s'est montré extrêmement utile. Sa mère est la tante maternelle de Robert. Apparemment, elle était présente quand Nigel Truman, le fils aîné du comte de Leighton, a épousé la mère de Robert à l'église Ste Margaret.

Caro fronça les sourcils.

— Je crains de ne pas comprendre.

Assis à son bureau, le duc se pencha vers eux.

— Bien que vous connaissiez pas mal de l'histoire de Robert, Caro, il y a des détails que vous ignorez. Voyez-vous, le cousin de Robert a découvert qu'il était le fils légitime de Truman, ce qui fait de lui l'héritier du comté de Leighton. Apparemment, c'est la raison pour laquelle on a cherché à le rendre suspect du meurtre. Avec le comte mort et Robert pendu pour le crime, Clifford Nash, un cousin éloigné de Leighton, était en ligne directe pour hériter du titre et des terres.

L'esprit de Caro tournoya.

— Dites-vous… dites-vous que c'est cet homme, Clifford Nash, qui a tué le comte ?

— Lui ou quelqu'un qu'il a payé pour cela, répondit le détective. Nous ne savons pas encore comment Nash a découvert l'existence de Robert. Stephen Lawrence pense que le défunt comte a pu lui en parler lui-même.

— Une malheureuse décision, à ce qu'il semble, observa Rafe.

Jonas soupira.

— De toute façon, le problème est de trouver la preuve.

— Mais si vous êtes certain que Robert est… est le comte légitime — Caro s'arrêta un instant, pas tout à fait capable d'assimiler cette notion —, vous avez trouvé le mobile du meurtre.

— C'est exact, mais comme je le disais, il reste à le prouver.

— Comment allez-vous vous y prendre ?

— Vous devrez me laisser en décider, j'en ai peur.

Caro regarda McPhee, puis le duc.

— Savez-vous où est Robert maintenant ?

Rafe secoua la tête.

— Pas pour l'instant, mais M. McPhee est certain de le retrouver en temps voulu.

— Je vois.

— Y a-t-il autre chose que vous souhaitez savoir, Caro ? demanda aimablement le duc.

Même si elle avait d'autres questions, son cerveau était devenu vide.

— Pas pour le moment.

— Alors, vous pouvez nous laisser.

Elle se leva en vacillant de son fauteuil et se dirigea vers la porte de la bibliothèque. Son esprit était en ébullition, son cœur lui faisait mal. Tout ce qu'elle pouvait penser était que Robert était comte et qu'elle n'était qu'une femme de chambre.

Pourquoi la vie était-elle aussi injuste ?

Avant d'avoir le temps d'atteindre la solitude de sa chambre, Caro se mit à pleurer.

Les derniers jours de janvier approchaient. Dani et Caro étaient assises dans le Salon Wedgwood, Caro essayant de nouveau de broder tandis que Dani écoutait la pluie contre la fenêtre et parcourait un recueil de poèmes d'Elizabeth Bentley.

Jetant un coup d'œil au fauteuil proche du canapé, elle vit la main fine de son amie posée sur son ouvrage tandis qu'elle contemplait fixement le feu. Depuis que Caro avait appris la vérité sur la naissance de Robert, elle était pratiquement inconsolable.

Ses yeux bleus croisèrent ceux de Dani.

— Même si l'innocence de Robert peut être prouvée, tout est fini entre nous.

Elle enfonça son aiguille un peu trop fort dans le tissu tendu sur son cercle à broder.

— Je ne suis que la fille d'un pasteur, une roturière, alors que lui… il est le fils d'un comte.

— Peut-être cela n'importera-t-il pas, dit Dani, priant que ce soit vrai.

Mais Robert n'avait jamais parlé de mariage et tandis que les jours passaient sans nouvelles de lui, il semblait que ce ne fût pas son intention.

— Je voudrais être restée en Amérique. Je voudrais qu'il y soit resté aussi. J'aurais attendu qu'il termine son contrat. Je l'aurais attendu éternellement, s'il me l'avait demandé.

— Rien n'a été réglé. Nous ne savons même pas où est Robert. Peut-être qu'avec le temps tout s'arrangera.

Mais Caro ne le croyait pas et Dani non plus. Elle ne dit rien, se contenta de poser son livre et de quitter le salon, d'humeur sombre elle aussi.

Elle était guérie, à présent, se sentait de nouveau complètement elle-même, et cependant Rafael n'était pas venu la retrouver dans son lit.

Au dîner il l'observait entre ses paupières mi-closes, ne faisant que de maigres tentatives de conversation. Dani avait envie de crier, d'exiger qu'il parle et lui dise ce qui n'allait pas. Elle ne pouvait s'empêcher de penser au soir où elle avait revêtu l'indécente robe de satin émeraude et envisageait de fait de la remettre.

A la place, après une autre morne soirée où Rafe quitta la salle à manger dès la fin du repas pour aller s'enfermer dans son cabinet de travail, elle se retira dans sa chambre contiguë à la sienne et se mit à arpenter le parquet, plus furieuse de minute en minute.

Mais avec la colère vint l'incertitude.

Juste ciel, même son désir pour elle avait diminué. Depuis l'accident, elle ne voyait plus la convoitise brûlante qui avait toujours brillé dans ses yeux quand il la regardait, ni la passion à peine contenue qui couvait toujours entre eux.

Il ne voulait plus d'elle. Ce constat était dévastateur.

Il passait de plus en plus les soirées à son club, ne revenant qu'aux premières heures du matin. Dani pensait qu'à moins qu'elle ne transperce la barrière qu'il avait érigée entre eux, ce n'était qu'une question de temps avant qu'il ne cherche la compagnie d'autres femmes.

Elle était encore complètement éveillée lorsqu'elle l'entendit entrer dans sa chambre. Elle l'entendit encore aller et venir et l'imagina ôtant ses vêtements, vit dans son esprit sa grande silhouette mince, les muscles durs de son torse. Un petit frisson de désir la traversa.

Sapristi, il était son mari. Il était temps qu'il s'en souvienne.

Sa décision prise, elle se hâta d'aller à sa commode et en tira une chemise de nuit en satin blanc. Elle lui fit l'impression de vif-argent quand elle l'enfila et la laissa glisser sur ses hanches. Elle avait une taille haute, la poitrine n'étant couverte que de dentelle blanche. Quand elle se regarda dans le miroir, elle put voir ses aréoles, des cercles rose foncé qui lui rappelèrent le contact des mains de Rafe dessus, la façon dont il faisait se dresser la pointe de ses seins.

Elle se toucha à cet endroit, sentit le besoin brûler en elle et mesura combien elle avait envie qu'il lui fasse l'amour. Il lui semblait qu'elle n'avait pas couché avec lui depuis une éternité, pas depuis qu'elle était partie avec sa tante pour la campagne.

Elle passa la brosse dans ses boucles rousses, les arrangea sur ses épaules, puis elle inspira et se dirigea vers la porte de communication.

Il était tard, minuit passé. Décidant de ne pas appeler son valet, Rafe dénoua sa large écharpe blanche et fit glisser le pan d'étoffe le long de son cou. Il disposa sa redingote et son gilet sur une chaise et retira sa fine chemine en linon en la faisant passer par-dessus sa tête, se retrouvant torse nu.

Il allait ôter ses chaussures quand il entendit frapper légèrement à la porte qui donnait dans la suite de la duchesse. Surpris, il marcha dans cette direction, mais avant qu'il n'arrive le bouton en argent tourna et Danielle pénétra dans la chambre.

— Bonsoir, Votre Grâce.

Elle prononça ces mots doucement, d'une voix un peu altérée, et le pouls de Rafe bondit.

Elle était vêtue d'une chemise de nuit en satin blanc moulante qui révélait chacune de ses courbes voluptueuses, et ses reins se contractèrent. Son regard enregistra la dentelle transparente qui cachait à peine les cercles roses couronnant ses seins et, tandis qu'il la contemplait, les pointes se raidirent en petits boutons érotiques. Son sexe s'allongea et enfla, commença à devenir lourd.

— Vous voulez quelque chose ? se força-t-il à demander.

Elle plongea ses yeux verts dans les siens.

— Oui… et je pense que vous savez ce que c'est.

Le corps de Rafe se crispa et son érection se renforça. Elle était plus belle qu'il l'avait jamais vue, grande, avec un port de reine, incroyablement féminine, et il ne l'avait pas possédée depuis bien avant l'accident.

Cette pensée le frappa rudement, lui rappelant sa traîtrise et renouvelant sa résolution de se tenir éloigné d'elle. Elle lui avait menti, l'avait trahi d'une façon encore plus sordide que celle dont il l'avait accusée à tort autrefois. Il s'était promis de se soulager avec une autre femme, se disant qu'il n'importait plus qu'il lui soit fidèle, puisque aucun enfant ne naîtrait de leur union.

Mais chaque nuit quand il était couché, c'était pour Danielle qu'il brûlait, c'était Danielle qu'il convoitait.

Et maintenant elle était là, debout dans sa chambre, à quelques pas de lui. A la lumière vacillante de la lampe, il pouvait voir la douceur nacrée de sa peau, la couleur flamboyante de ses longs cheveux roux. Il pouvait sentir son parfum doux et léger qui lui rappelait des fleurs de pommier.

Ses reins se contractèrent davantage, toutefois il ne bougea pas.

— Vous avez été malade, dit-il platement, même s'il pouvait à peine se forcer à prononcer les mots. Vous devriez vous reposer et refaire vos forces.

— Je ne suis plus malade, Rafael… sauf de désir pour vous.

Il prit une inspiration sifflante, fit inconsciemment un pas vers elle, puis s'obligea à s'arrêter et à rester où il était. Il serra les mâchoires.

— Peut-être un autre soir.

Elle se mit à marcher vers lui, ses mouvements si gracieux

que la chemise de nuit flottait autour sa mince silhouette comme si elle était vêtue de nuages.

Elle s'arrêta juste devant lui, posa une main sur son torse nu et il sentit la brûlure de ses doigts fins, la chaleur de son souffle sur sa peau.

— Cela fait déjà bien trop longtemps.

Elle coula les doigts dans sa toison brune, les fit descendre jusqu'à sa taille, puis sur la lourde bosse pressée contre le devant de ses culottes.

Le cœur de Rafe se mit à tambouriner. Son érection se tendait vers sa main.

— Vous me désirez, dit-elle avec ce qui ressemblait à du soulagement, en le pressant légèrement à travers l'étoffe.

Il contracta les mâchoires pour résister au flot de désir brûlant qui le parcourait, mais quand elle leva les yeux vers lui, quand elle humecta ses lèvres pleines, rouges comme des rubis, son contrôle soigneux s'étira à sa limite et craqua violemment.

Avec un grondement sourd, il tendit la main vers elle, passa un bras autour de sa taille et la serra fortement contre lui, écrasant sauvagement sa bouche de la sienne. Il l'embrassa profondément, plongeant sa langue entre ses lèvres, prenant ce qu'elle offrait, incapable de résister un instant de plus. Dani glissa les bras autour de son cou et lui rendit son baiser, ses lèvres s'amollissant sous les siennes, ses seins se pressant contre son torse nu et le faisant grogner.

Il approfondit encore le baiser, inhalant l'odeur familière de Dani, goûtant cette féminité suave qui n'appartenait qu'à elle, la désirant douloureusement. Elle s'accrocha à lui, l'embrassant en retour, se servant de toutes les ruses érotiques qu'il lui avait apprises, rendant son sexe péniblement dur.

Il tendit la main pour saisir un sein, essaya de faire glisser les brides de sa chemise sur ses épaules, mais elle s'écarta.

— Pas encore. D'abord, je veux vous aider à vous dévêtir.

Il l'observa, fasciné, tandis qu'elle s'agenouillait devant lui pour lui ôter ses chaussures et ses bas, puis commença à déboutonner le devant de ses culottes. Chaque frôlement de ses doigts le mettait au supplice, l'emplissait d'une concupiscence qui le poussait à la soulever, à lui arracher sa chemise, à écarter ses longues jambes galbées et à s'enfouir en elle.

Pourtant, il ne le fit pas. A la place, il la laissa mener la danse, refusant de la bousculer, absorbant chaque toucher comme si son corps mourait de soif et qu'elle était les premières gouttes de pluie.

Même quand elle l'eut dévêtu, le laissant nu, il ne bougea pas, resta debout devant elle, s'emplissant de sa présence, une de ses mains caressant ses cheveux soyeux.

— Vous m'avez manqué, dit-il doucement, cette admission lui étant arrachée contre sa volonté.

Elle leva les yeux vers lui et il se dit que l'éclat de ses yeux ne pouvait pas être dû à des larmes.

Elle pressa sa bouche sur son torse, au-dessus de son cœur, puis s'agenouilla de nouveau devant lui. Levant la main, elle se saisit de son sexe et le prit dans sa bouche.

Un instant, Rafe resta figé, certain qu'il devait rêver, mais priant de ne pas s'éveiller tandis que Danielle l'embrassait et le caressait, se servait de ses lèvres et de sa langue pour lui donner le genre de plaisir qu'une épouse ne donnait pas à son mari.

Mais elle n'était pas une épouse ordinaire, il l'avait su dès le début. Quand il ne put plus supporter le plaisir, quand cette délicieuse torture commença à le submerger, il empoigna ses lourds cheveux roux et la remit sur ses pieds.

Il prit son menton dans ses doigts et leva sa bouche vers la sienne, sentant le goût de sa propre essence, inspirant son souffle dans ses poumons.

Ses yeux trouvèrent les siens quand il la souleva dans ses bras pour la porter sur son grand lit à baldaquin, la déposant sur les draps immaculés et tirant la chemise de satin par-dessus sa tête, la dénudant à son regard affamé. Elle attendit qu'il la rejoigne sur le matelas de plumes et il s'allongea à son côté. Elle élargit les yeux quand il la souleva et l'installa sur lui.

Son corps était mince et souple. Ses cheveux se déployaient autour de ses épaules, effleuraient la pointe de ses seins. Quand elle se pencha en avant, leur lourde masse glissa comme de la soie sur le torse nu de Rafe et bougea tel un feu satiné sur sa peau.

— Vous êtes si belle…, murmura-t-il. Comparable à aucune autre femme.

Elle lui toucha la joue, puis se pencha encore et il prit le doux globe d'un sein dans sa bouche. Il la suça tandis que sa main trouvait l'endroit secret de sa féminité. Elle était chaude et moite, prête pour lui, et il la pénétra lentement, emplissant ce corps superbe qui s'adaptait si parfaitement au sien.

Il se dit que c'était seulement qu'il était un homme, qu'elle était une femme et qu'il n'avait pas fait l'amour depuis trop longtemps.

Mais il savait que c'était un mensonge, et tandis qu'il la conduisait au comble de la volupté et s'abandonnait à son tour en elle, son cœur criait contre un autre mensonge, encore plus douloureux.

Un mensonge que Danielle avait dit sans prononcer un seul mot.

26

Dani s'éveilla dans le grand lit de son mari. Elle se sentait plaisamment meurtrie et complètement repue. La nuit dernière, ils avaient fait l'amour de la manière la plus magnifique qui soit.

Un sourire rêveur se peignit sur son visage tandis qu'elle se remémorait le plaisir qu'ils avaient partagé, l'union de leurs corps qui avait eu lieu plus d'une fois. Puis elle jeta un coup d'œil à la place vide où Rafe aurait dû être allongé et son sourire s'évanouit.

Il était parti comme s'il n'avait jamais été là, comme s'ils ne s'étaient pas aimés. Elle se laissa retomber sur l'oreiller de plumes, soudain fatiguée de nouveau.

Ce fut près d'une heure plus tard qu'elle s'extirpa de sous les couvertures pour retourner dans sa suite. Allant au cordon d'appel, elle sonna pour un bain, espérant qu'il dissiperait son humeur maussade. Le temps qu'elle ait fini, Caro était arrivée pour l'aider à s'habiller pour la journée et la coiffer.

Pendant un moment, elle erra dans les pièces vides de la maison, se demandant où son époux avait pu aller, aspirant à le voir. En fin de matinée, elle se promena avec Caro dans les allées de gravier du jardin d'hiver, beau mais austère avec son bestiaire de topiaires et les premières pousses vertes des bulbes printaniers les plus précoces.

Tard dans l'après-midi, elle commença à s'inquiéter. Etait-il courroucé de sa conduite audacieuse de la nuit dernière ? Il avait paru si satisfait sur le moment, mais peut-être qu'à la réflexion il avait trouvé ses actes trop hardis. Elle n'avait pas projeté que les choses se passent ainsi ; seulement Rafe était si incroyablement beau, si complètement viril, et elle l'avait tellement désiré. Maintenant, elle s'inquiétait d'avoir pu lui déplaire.

Dani soupira. Il était difficile de savoir où on en était avec un homme comme Rafe, qui gardait tant de choses pour lui.

Elle pensait à lui en retournant dans sa suite, se demandant s'ils referaient l'amour ce soir ou s'il se retirerait de nouveau dans sa coquille, lorsqu'elle reçut un billet de lui requérant qu'elle le rejoigne pour dîner dans la Salle à manger d'Etat.

La main de Dani trembla quand elle replia le billet et le posa sur sa coiffeuse. L'occasion paraissait bien trop formelle pour annoncer autre chose que des mauvaises nouvelles. Elle arpenta sa chambre, attendant nerveusement que les heures passent, puis s'asseyant en silence jusqu'à ce que Caro arrive pour l'aider à se changer et à se recoiffer.

— Eh bien, nous ferions bien de commencer, dit son amie en prenant la situation en charge et en s'affairant dans la chambre à son habitude. Qu'aimeriez-vous porter ? Et ne vous avisez pas de me dire « du noir », même si je peux voir à vos épaules affaissées que vous êtes d'humeur sombre.

Dani sentit poindre un sourire.

— D'accord, pas de noir.

Elle soupira. Elle avait montré le billet à Caro lorsqu'elle l'avait reçu.

— Je ne puis imaginer ce qu'il veut. Il s'est montré si étrange dernièrement. Je suis si inquiète.

— Peut-être vous inquiétez-vous pour rien. Peut-être a-t-il de bonnes nouvelles à vous annoncer.

Le visage de Dani s'éclaira.

— Vous le pensez ?

— C'est possible, non ?

— Je suppose.

Mais il était parti ce matin-là sans un mot et était resté absent toute la journée. Dominant une nouvelle bouffée de crainte, Dani rejoignit Caro devant l'armoire ivoire et dorée et ouvrit les portes, ramenant son attention sur la tâche à accomplir.

— C'est une occasion formelle, alors choisissons une toilette formelle.

Passant en revue différentes robes, une de soie bourgogne, une en velours vert foncé, une crème avec de la dentelle, elle se décida pour une élégante robe de lourde soie améthyste, dont le corselet était brodé de fils d'or.

— Ceci devrait convenir.

— Cette toilette est ravissante. Le duc ne pourra pas détacher les yeux de vous.

Caro étala la robe sur le lit et Dani s'assit sur le pouf devant sa coiffeuse. Tandis qu'elle s'agitait nerveusement, Caro entreprit de la coiffer, brossant ses cheveux et les relevant, puis entremêlant des rubans dorés dans les boucles. Quand ce fut fini, Dani enfila de douces pantoufles dorées.

— Une dernière chose.

Caro alla au secrétaire et sortit le sachet de satin rouge du coffret à bijoux sculpté de Dani. Elle revint, drapa le Collier de la Mariée autour de son cou et ferma le fermoir.

— Il est magnifique, dit-elle. Parfait avec la robe.

Dani leva la main et toucha le rang de perles, ses doigts effleurant les diamants étincelants.

— J'ignore pourquoi, mais je me sens toujours mieux quand je le porte.

Caro recula pour inspecter son travail, inclinant la tête d'un côté et de l'autre afin d'examiner chaque angle.

— Vous semblez prête à affronter le dragon dans son antre.

Dani soupira en se levant.

— Je suppose que c'est le cas.

Mais elle tremblait intérieurement. Il était clair que Rafael avait quelque chose d'important à dire, et d'après la façon dont il s'était conduit dernièrement, elle ne pensait pas que ce soit bon.

« Si seulement le jour arrivait où nous n'aurons plus de secrets l'un pour l'autre », pensa-t-elle. Où elle serait capable de le regarder sans culpabilité, sans aucune crainte.

Ce ne serait pas ce soir, elle en était certaine.

— Souhaitez-moi bonne chance, dit-elle.

Relevant l'ourlet de sa robe, elle traversa le tapis pour gagner la porte, haussant inconsciemment le menton lorsqu'elle sortit dans le couloir.

Lorsqu'elle atteignit le haut de l'escalier de marbre, elle s'arrêta pour regarder en bas. Dans sa redingote bleu marine et ses culottes gris foncé, son écharpe blanche parfaitement nouée, Rafael était si beau que son cœur se contracta.

La tête haute, elle descendit les marches une par une, sentant son regard sur elle à chaque pas. Ses yeux paraissaient encore plus bleus que d'habitude, ou peut-être était-ce simplement sa sombre expression qui leur donnait cette nuance.

Quelle qu'en soit la raison, elle se surprit à l'étudier entre ses cils quand il la conduisit dans la Salle à manger d'Etat et l'installa près de lui en haut de la table.

— J'ai demandé à la cuisinière de préparer un dîner spécial en l'honneur de l'occasion, annonça-t-il.

Dani haussa un sourcil.

— Et de quelle occasion s'agit-il ?

— Un remerciement pour le plaisir que vous m'avez donné la nuit dernière.

Elle lui jeta un coup d'œil. Elle n'était pas sûre d'aimer l'idée qu'il la paye pour lui avoir fait l'amour, même de cette façon anodine. Cela lui donnait l'impression d'être une courtisane.

Rafe, de son côté, ne semblait pas concerné. Il devisa avec aisance durant tout le repas, ses yeux se posant souvent sur ses seins mis en valeur par la robe améthyste, et elle vit dans son regard la chaleur intense qui y avait manqué trop longtemps.

La nuit dernière n'avait peut-être pas été une sottise, finalement. Elle l'avait peut-être touché d'une certaine manière, ainsi qu'elle avait souhaité si ardemment le faire.

Le dîner comportait une demi-douzaine de plats : des huîtres à la sauce aux anchois, du consommé de tortue, du saumon fumé, du cochon de lait rôti, un entremets et un dessert. Dani était si nerveuse qu'elle ne mangea presque rien et elle remarqua que Rafe mangeait moins que d'habitude, également. Quand ils eurent terminé leur dessert, un flan recouvert d'amandes émincées, un des valets leur servit un dernier verre de vin et Rafe renvoya les domestiques de la salle à manger.

Dès que la porte se referma sur eux, il leva son verre en cristal en un toast.

— A l'avenir, dit-il, les yeux rivés sur son visage.

— A l'avenir, répéta Dani d'une voix creuse, une nouvelle bouffée d'inquiétude la parcourant.

Il but une gorgée de vin et Dani l'imita, buvant peut-être un peu plus qu'elle ne l'aurait dû.

Rafe reposa son verre sur la table, son regard intense ne la quittant pas, ses longs doigts sur le pied du verre tandis qu'il faisait tourner l'alcool couleur de rubis dans le ballon ciselé.

— Vous souvenez-vous de la promesse que vous m'avez faite il n'y a pas si longtemps ?

Elle déglutit.

— La promesse ?

— Le soir où je vous ai interrogée au sujet du collier, et où vous m'avez avoué que vous l'aviez donné à Robert McKay.

Elle humecta ses lèvres, soudain desséchées.

— Je… je m'en souviens.

— Vous m'avez promis ce soir-là que vous ne me mentiriez plus jamais.

— Oui…

— Mais vous avez menti, n'est-ce pas, Dani ?

Elle trembla, souhaitant avoir bu plus de vin.

— Que… que voulez-vous dire ?

— Quand pensiez-vous me dire que vous ne pouviez me donner d'enfant ?

Le cœur de Dani s'arrêta tout simplement de battre. Il gisait dans sa poitrine, aussi douloureux que si elle agonisait, comme si aucun sang ne coulait plus dans ses veines.

— Quand, Danielle ?

Elle voulut prendre son verre de vin, mais il saisit sa main.

— Quand alliez-vous me le dire, Danielle !

Elle le regarda et des larmes emplirent ses yeux.

— Jamais…, murmura-t-elle, et elle se mit à pleurer.

Sa poitrine se contracta sous le flot de ses larmes brûlantes, et ce n'était pas les pleurs silencieux d'une femme qui avait été surprise à mentir, mais les sanglots profonds d'une épouse stérile qui pleurait sur l'enfant qu'elle ne pourrait jamais donner à l'homme qu'elle aimait. Elle pleura comme si son cœur se brisait, pleura encore et encore sans pouvoir s'arrêter, et elle ne remarqua même pas que Rafe la tirait de sa chaise et la prenait dans ses bras.

— C'est bon… Tout ira bien.

— Cela n'ira jamais bien, rétorqua-t-elle en s'appuyant contre lui. Jamais.

Elle pleura sur son épaule, sentit ses lèvres effleurer ses cheveux.

— Calmez-vous.

— J'aurais… j'aurais dû vous le dire avant que nous nous mariions. Seigneur Dieu, je sais que j'aurais dû le faire, mais je…

— Vous quoi ? demanda-t-il doucement.

Elle prit une inspiration hachée.

— Au début, je voulais vous punir pour me forcer à vous épouser. Je pensais que vous aviez ce que vous méritiez.

— Et ensuite ?

— Quand… quand nous sommes revenus à Londres, votre mère a expliqué combien il était urgent que vous ayez un héritier pour continuer la lignée des Sheffield. Puis j'ai rencontré Arthur Bartholomew et j'ai vu combien c'était important.

Elle leva les yeux vers lui, des larmes roulant sur ses joues.

— Je suis tellement désolée, Rafael. Si insupportablement désolée.

Elle se remit à pleurer et il resserra son emprise.

— Ne pleurez pas, ma douce.

Mais elle semblait incapable de s'arrêter.

— Comment… comment l'avez-vous découvert ?

— C'est Neil McCauley qui me l'a dit. Il a déclaré que vous aviez été blessée auparavant. Que vous est-il arrivé ?

Elle inspira difficilement, essaya de déglutir malgré sa gorge nouée.

— Je… montais à cheval à Wycombe Park. Quand vous avez… mis fin à nos fiançailles et que j'ai quitté Londres, je me suis mise à monter très souvent. Cela me procurait le réconfort et la détente que je ne pouvais trouver nulle part ailleurs.

— Continuez.

— Il avait plu dans la nuit et les champs… les champs étaient trempés et boueux. Tante Flora a essayé de me convaincre de ne pas sortir. Elle pensait que c'était trop dangereux. Ma jument — elle s'appelait Fleur de Pommier — a glissé alors que nous approchions d'un muret en pierre et je suis passée par-dessus sa tête. J'ai dû tomber sur quelque chose ou… je ne sais pas, mais cela s'est mal passé. Quand je ne suis pas rentrée à la maison et que Fleur est retournée en boitant à l'écurie, ma tante a envoyé les palefreniers à ma recherche.

Elle se força à le regarder.

— Cela m'a pris du temps, mais je me suis finalement remise. Hélas, le médecin a dit que je ne pourrais jamais avoir d'enfant.

Elle essuya ses larmes sur ses joues. Son cœur était douloureusement serré.

— Si je vous l'avais dit, vous ne m'auriez jamais épousée. Vous auriez pu épouser une femme capable de vous donner un fils.

Rafe lui prit doucement le menton, la forçant à le regarder dans les yeux.

— Ecoutez-moi, Dani. J'ai eu beaucoup de temps pour réfléchir à tout cela, et j'ai compris quelque chose. Je me suis rendu compte que cela n'avait pas d'importance. Vous êtes ma femme, comme vous auriez dû l'être il y a cinq ans. En vérité, si je vous avais crue comme j'aurais dû le faire, vous auriez vécu avec moi, et non chez votre tante. Vous n'auriez pas monté ce jour-là et vous n'auriez pas été blessée. Finalement, c'est ma faute et non la vôtre.

Dani contempla son visage bien-aimé. Elle avait du mal à parler, avec la boule qui lui serrait la gorge.

— Rafael…

Sa bouche trembla sous la sienne quand il courba sa tête brune et l'embrassa. « Je vous aime, eut-elle envie de dire. Je vous aime tant. »

Mais elle resta silencieuse. Elle ignorait quels sentiments il lui portait, et n'était toujours pas certaine de l'avenir.

— Pourrez-vous jamais me pardonner ? demanda-t-elle.

— Nous devons nous pardonner l'un à l'autre.

Il effleura sa bouche d'un baiser.

— Plus de secrets, ajouta-t-il.

— Non. Je le jure sur ma vie.

Il l'embrassa si tendrement qu'elle pensa qu'elle allait se remettre à pleurer.

— Une chose encore.

L'inquiétude s'immisça en elle.

— Oui ?

— A partir de cette nuit, vous dormirez dans mon lit, pas dans le vôtre.

La gorge de Dani se noua. Elle parvint à hocher la tête mais, dans sa poitrine, son cœur chantait.

*
* *

Caro se tenait près de la porte du cabinet de travail du duc. Elle passait devant la porte ouverte de la bibliothèque, quand elle avait entendu un bruit de voix et aperçu le cocher, Michael Mullens, debout devant le grand bureau de bois de rose du duc, son chapeau à la main.

Elle n'avait pas eu l'intention d'écouter la conversation, mais elle s'était rendu compte alors que Mullens parlait de l'accident et qu'il paraissait anormalement agité.

— Je vous le dis, milord, ce n'était pas du tout un accident.

Caro s'aplatit contre le mur à côté de la porte et tendit l'oreille pour entendre ce qu'il disait.

— Alors que je travaillais sur l'essieu, j'ai remarqué que l'endroit où le bois s'était cassé avait un drôle d'air. Je l'ai examiné de plus près et j'ai vu que le bois avait été presque scié en deux.

Rafe se leva de son fauteuil.

— Que dites-vous ? Me dites-vous que quelqu'un voulait que le coche se renverse ?

— Pire que ça, milord. Ils avaient l'intention que ça arrive à l'endroit précis où c'est arrivé. Quand j'ai examiné les pièces de l'essieu, j'ai trouvé quelque chose enfoncé dans le bois.

Caro jeta un coup d'œil dans la pièce, le temps de voir le cocher mettre la main dans la poche de sa grossière veste brune, en tirer quelque chose et le tendre au duc.

— Quelqu'un devait nous attendre près du pont ce jour-là, milord. Juste avant l'accident, j'ai entendu un bruit qui a résonné comme un coup de feu, mais il ne m'était jamais venu à l'idée, avant de trouver cette balle en plomb, que quelqu'un avait pu nous tirer dessus.

Caro ignora un frisson tandis que le duc examinait la balle.

— Ils ont visé l'essieu. Il a suffi d'un peu plus de pression juste au bon endroit pour qu'il se brise.

— Oui, milord, c'est comme ça que je le vois.

Rafe referma la main sur le projectile.

— Si vous n'y voyez pas d'inconvénient, monsieur Mullens, je vais garder ceci. Et merci d'être venu me donner ces renseignements.

Le cocher s'inclina et prit congé. Avant qu'il atteigne la porte, Caro releva l'ourlet de sa jupe et partit en courant dans le couloir. Il fallait qu'elle trouve Danielle.

Doux Jésus — on avait essayé de les tuer !

— Je ne sais pas que dire.

Dani arpentait le Salon Wedgwood, qui était plus petit que les autres, donnait sur le jardin et était devenu son favori.

— Pourquoi quiconque voudrait notre mort ?

Mais une idée sordide ne cessait de lui tourner dans la tête. Afin d'hériter du duché de Sheffield, les règles de primogéniture exigeaient un fils né dans les liens du mariage, un enfant légitime du sang de Rafe. Pour que cela advienne, la seule option de Rafe serait de divorcer.

A moins, bien sûr, qu'elle meure et qu'il soit libre de se remarier.

Elle regarda Caro et vit que son amie devinait ses pensées.

— Non, n'y songez même pas, dit fermement la jeune femme. Je ne crois pas qu'il ferait une chose pareille — pas un instant. Le duc est amoureux de vous. Vous ne le voyez peut-être pas, mais moi je le vois. Il vous aime et ne vous ferait jamais de mal.

Dani n'avait aucune idée des sentiments que Rafe lui portait, mais même si Caro avait raison et qu'il se remette à l'aimer, parfois, aimer quelqu'un n'était pas suffisant. Rafe avait un devoir envers sa famille, un devoir qu'il ne pouvait pas remplir tant qu'elle était sa femme.

— Nous devons considérer toute possibilité, déclara-t-elle, quelque douloureuse qu'elle puisse être.

— Mais le duc n'a appris qu'après l'accident que vous ne pouviez lui donner d'enfant.

— Peut-être… et peut-être pas. Il y a d'autres personnes qui le savent… le docteur qui m'a soignée après ma chute, les domestiques de ma tante. Peut-être l'a-t-il découvert avant que Neil McCauley ne le lui dise.

— Je ne le crois pas.

— Je n'en ai pas envie non plus, mais quelle que soit la vérité, nous devons découvrir qui est responsable — et pourquoi.

— Là, je suis d'accord avec vous.

Dani tournoya au son de la voix de Rafe qui venait de la porte. Il pénétra dans la pièce intime, qui parut soudain plus petite.

— Je vous cherchais toutes les deux.

Son regard passa de l'une à l'autre.

— Apparemment, vous avez entendu dire ce qui est arrivé au coche.

Le visage mince de Caro s'empourpra.

— Je n'avais pas l'intention d'épier, Votre Grâce, mais je passais dans le couloir et je vous ai entendu parler de l'accident, alors…

— C'est bon. Dans ce cas, je suis content que vous soyez au courant. Comme Jonas McPhee est actuellement occupé à enquêter sur le meurtre du comte de Leighton, j'ai engagé un de ses associés, Samuel Yarmouth, pour se pencher sur l'accident.

Dani hocha simplement la tête.

— Qu'y a-t-il ? lui demanda Rafe. Je commence à reconnaître cette expression sur votre visage.

— Il n'y a rien, Votre Grâce, s'empressa de répondre Caro à sa place. Elle est juste bouleversée de savoir que quelqu'un a peut-être essayé de la tuer.

— Eh bien, c'est de cela que je voulais vous parler. Il faut que nous discutions des ennemis que vous pouvez avoir, l'une ou l'autre.

Dani releva la tête devant sa façon abrupte de dire les choses.

— Des ennemis ? Je ne puis imaginer qui pourrait me vouloir du mal. Je ne puis penser à personne.

Les yeux de Rafe la transpercèrent.

— Personne sauf moi. C'est ce que vous pensez.

— Non, je… Non, bien sûr que non.

Mais sa rougeur trahit ses pensées.

— Je suppose que clamer mon innocence ne servira à rien, mais j'aimerais faire remarquer que, un, je ne connaissais pas votre condition au moment de l'accident et, deux, que j'étais censé être avec vous dans le coche. J'ai changé mes plans de manière inattendue et la veille seulement du jour où nous devions partir. Si le scélérat n'était pas au courant de ces circonstances, il a pu agir exactement comme il le prévoyait — en me visant avec vous.

Cette notion avait ses mérites. Et la pensée que Rafe aurait pu lui vouloir du mal était si répugnante que Dani se raccrocha à cette idée comme une femme en train de se noyer aurait attrapé une corde.

— Oui, je présume que c'est vrai.

— Et si c'était moi qui étais visé et non vous, il y a un certain nombre de possibilités concernant les gens qui pourraient souhaiter ma mort.

Le regard de Dani, fixé sur son visage, s'acéra.

— Vous songez à Oliver Randall.

— Oui. Randall ne marchera plus et c'est moi qui en suis la cause. En matière d'ennemis, je mettrais lord Oliver en tête de ma liste.

Dani se rassit dans son fauteuil.

— Après ce qui s'est passé, je ne suis pas certaine qu'Oliver aurait eu le courage de s'en prendre à vous.

— Peut-être. Néanmoins, cela vaut la peine de le considérer.

Rafe alla à la fenêtre et contempla le jardin, les mains nouées dans le dos.

— Il y a aussi Carlton Baker. L'Américain m'a menacé.

— M. Baker n'irait sûrement pas jusqu'au meurtre.

— Quand la fierté d'un homme a été blessée, il est difficile de savoir jusqu'où il peut aller.

Il se tourna pour lui faire face.

— Et, bien sûr, il y a mon cousin, Arthur Bartholomew. Il est endetté jusqu'aux oreilles et a désespérément besoin d'argent. Devenir le prochain duc de Sheffield vaudrait peut-être bien la peine de commettre un meurtre.

Dani n'y avait pas pensé. C'était une menace qui perdurerait tant que Rafe n'aurait pas de fils. Elle frémit intérieurement.

— A part ces trois-là, il y a une autre possibilité, un homme nommé Bartel Schrader que j'ai rencontré en Amérique. On le surnomme le Hollandais.

— Pourquoi voudrait-il vous tuer ?

— Schrader est impliqué dans une affaire de navigation

qui aiderait grandement les Français, et j'ai fait tout ce qui était en mon pouvoir pour saboter ses efforts.

— C'est ce dont vous discutiez avec le colonel Pendleton ?

Rafe hocha la tête.

— Le Hollandais pense que je suis son concurrent principal dans l'achat d'une flotte de navires très particuliers. Avec moi hors du tableau, il y a une chance qu'il finalise la vente et gagne énormément d'argent.

— Je vois.

Dani se mordit la lèvre, commençant à s'inquiéter des relations de Rafe avec le gouvernement, si cela signifiait travailler à quelque chose qui pourrait le faire tuer.

— Pensez-vous que ce M. Yarmouth sera capable de découvrir le responsable de l'accident ?

— Cela reste à voir. Entre-temps, nous devons tous rester vigilants. J'ai l'intention de parler aux domestiques et de faire appel à eux pour surveiller ce qui se passe, même si, en vérité, un ou plusieurs d'entre eux peuvent être de mèche avec l'homme ou les hommes qui ont commis l'attentat.

— Sûrement pas. La plupart travaillent pour votre famille depuis des années.

— C'est exact, mais on ne peut écarter cette possibilité.

A cet instant précis, le majordome se présenta à la porte.

— Je suis navré de vous déranger, Votre Grâce, mais lord Brant et lord Belford sont ici.

Rafe hocha la tête.

— Bien. Faites-les entrer.

Il ramena son attention sur Danielle.

— J'ai demandé à nos amis de venir. Ce sont tous deux

des hommes puissants qui sortent souvent dans le monde. J'espère qu'ils pourront découvrir quelque chose d'utile.

Caro se leva de sa chaise.

— Je vais vous laisser.

— Restez, dit le duc. Vous étiez dans cette voiture avec ma femme. La question vous concerne aussi.

Caro ne fit qu'un léger signe de tête et reprit son siège, mais Dani put voir qu'elle était satisfaite d'être incluse dans l'entretien.

Wooster revint quelques minutes plus tard, introduisant le comte de Brant et le marquis de Belford dans la pièce.

— Nous sommes venus aussi vite que nous l'avons pu, dit Cord.

— Votre message disait que c'était important, ajouta Ethan.

— En effet, acquiesça Rafe.

Et durant la demi-heure qui suivit, il informa ses amis de la découverte faite par le cocher.

— Ainsi, ce n'était donc pas un accident, conclut Ethan d'un air sombre.

— Hélas, non.

— Nous allons nous mettre à fouiner, voir ce que nous pouvons trouver, déclara Cord. Avec votre permission, j'aimerais mettre Victoria au courant. Elle possède une capacité étonnante pour s'adjoindre l'aide des domestiques. Ils semblent disposer d'un système de communication souterrain qui peut être extrêmement utile.

— J'aimerais en parler à Grace, aussi, dit Ethan. Elle voudra prêter son assistance.

— Je pensais vous laisser juges d'impliquer ou non les dames, car une tentative de meurtre est une affaire plutôt déplaisante. Mais nous pouvons certainement recourir à toute l'aide possible.

— Autre chose que nous devrions savoir ? demanda Ethan.

Dani songea à Rafe et à sa mère, qui bénéficieraient aussi de sa mort, mais elle ne fit aucun commentaire. Même s'il était étrangement adéquat que Rafe se soit trouvé en sécurité à Londres quand l'accident s'était produit, dans son cœur elle ne croyait pas que son mari ait voulu attenter à sa vie. Et même si la duchesse douairière serait plus que bouleversée d'apprendre qu'elle ne pouvait pas donner d'héritier à Rafe, elle pria que sa belle-mère ne soit pas du genre à commettre un meurtre.

Les hommes quittèrent la maison, et dans le silence qui suivit Rafe se tourna vers Dani.

— J'ai un certain nombre de choses à faire à propos de cette affaire. Je préférerais que Caro et vous restiez à la maison les prochains jours, jusqu'à ce que nous soyons fixés.

Bien que Dani détestât l'idée d'être prisonnière de sa propre maison, elle ne discuta pas. Dehors, le temps était froid et pluvieux. Peut-être que rester en sécurité à l'intérieur était effectivement le plus sage.

— Comme vous voudrez — pour l'instant, dit-elle, ce qui lui valut un regard dur de son mari.

— Ecoutez-moi bien, Danielle. Je ne vous laisserai pas risquer votre vie. Vous ferez exactement ce que je vous demande.

— Et qu'en est-il de vous ? Si vous avez raison et que vous soyez la cible, vous êtes celui qui devrait rester à la maison.

Un coin de la bouche de Rafe se releva.

— Je suis content que vous vous sentiez concernée, mais vous pouvez être assurée que j'ai l'intention de me montrer extrêmement prudent.

Il quitta le salon et, le suivant, Caro remonta à l'étage quelques minutes plus tard. Le jardin faisait sûrement partie de la maison, se dit Dani, qui se sentait nerveuse et avait besoin de prendre l'air. Toutefois, elle devait rester prudente.

Une tentative d'assassinat lui suffisait amplement.

27

Une nuit noire enveloppait la ville. Seul un fin croissant de lune brillait au-dessus de la grande maison de pierre du duc dans Hanover Square. En haut, dans sa chambre, Caro contemplait le plafond au-dessus de son lit, étudiant les moulures blanches sculptées, comptant les feuilles de chêne en plâtre, essayant en vain de s'endormir.

Il s'était passé tant de choses durant les mois qui avaient suivi leur départ de Wycombe Park et leur retour à Londres.

Tant de choses avaient changé.

Elles étaient allées en Amérique et en étaient revenues. Danielle était mariée et elle était maintenant la femme de chambre d'une duchesse.

Robert McKay avait fait irruption dans sa vie.

Elle l'avait rencontré et était tombée amoureuse.

Les yeux de Caro s'emplirent de larmes qu'elle chassa vivement d'un battement de cils. Elle avait assez pleuré pour Robert McKay.

Bien que l'on ait trouvé la preuve que Robert avait dit la vérité et était innocent du meurtre, il n'avait rien exprimé de ses sentiments pour elle, et n'était pas venu la voir une seule fois depuis qu'elle était rentrée en Angleterre.

La raison en était claire : il était comte et elle était

femme de chambre. Bien sûr, qu'il ne viendrait pas. Même s'il avait jadis éprouvé quelque chose pour elle, cela avait dû changer quand il avait appris qu'il était membre de l'aristocratie.

Robert était perdu pour elle, maintenant, et le mieux qu'elle puisse faire était d'accepter ce fait et de se satisfaire de l'existence simple et sans attachement qu'elle avait menée avant de le rencontrer.

Mais alors même qu'elle pensait cela, le cœur de Caro se serra. Juste ciel, si elle avait su combien il était douloureux d'aimer, elle ne serait jamais allée à l'écurie avec Robert ce premier soir. Elle ne l'aurait jamais embrassé et ne lui aurait jamais permis de l'embrasser.

Elle réprima un sanglot, déterminée à placer toute pensée de Robert McKay derrière elle. Mais elle ne put toujours pas dormir. A la place, elle écouta le murmure du vent dans les branches de l'arbre devant sa fenêtre, un lointain claquement de sabots dans la rue pavée et le bruit de roues tandis qu'une voiture longeait le pâté de maisons.

Alors que les heures passaient lentement, Caro somnola de temps à autre, puis s'éveilla de nouveau. De légers coups frappés à la vitre attirèrent son attention, un bruit étrangement rythmé qui se fit plus insistant et la fit sortir du lit, puis traverser le tapis, pieds nus, pour aller regarder dans l'obscurité.

Elle étouffa un cri à la vue d'un homme perché sur la petite balustrade en fer forgé devant sa chambre. L'homme se pencha plus près, frappa de nouveau et son cœur bondit dans sa poitrine.

Robert !

Ses mains tremblaient tandis qu'elle soulevait le loquet et ouvrait les battants de la fenêtre. Silencieusement,

Robert escalada le rebord, sauta sur le tapis et referma la fenêtre contre le froid. Il se tourna vers Caro et se tint là, à la regarder fixement, et elle songea qu'elle devait paraître affreuse.

Doux Jésus, elle n'avait même pas natté ses cheveux ! Elle les avait laissés boucler dans son dos et maintenant leur masse d'un blond pâle était emmêlée sur sa tête. Elle ne portait qu'une chemise de nuit de coton blanc, ses pieds nus dépassant de l'ourlet, et avec le froid la pointe de ses seins se dressait honteusement contre l'étoffe.

Elle rougit.

— Je… je ne suis pas habillée, dit-elle d'une voix embarrassée. Je sais que je dois paraître affreuse. Je…

Ce qu'elle aurait pu ajouter s'évanouit sous l'assaut de la bouche de Robert qui s'écrasait sur la sienne. Il l'embrassa comme il ne l'avait jamais fait auparavant, avec une passion brûlante qui lui dit tout ce qu'elle avait envie d'entendre et même davantage.

— Je suis désolé, dit-il en s'écartant. Je n'avais pas l'intention… J'espère que je ne vous ai pas effrayée.

— Vous ne m'avez pas effrayée.

Caro toucha ses lèvres tremblantes, si bien embrassées.

— Je suis si heureuse de vous voir, Robert.

— Il fallait que je vienne.

Il leva la main pour lui toucher la joue.

— Je ne pouvais rester un moment de plus loin de vous.

— Robert…

Elle se glissa de nouveau dans ses bras et connut une joie plus vive que ce qu'elle avait jamais connu.

— Vous m'avez tellement manqué.

Elle sentit ses doigts se couler dans ses cheveux, prendre

doucement l'arrière de sa tête dans sa main tandis qu'il se penchait sur elle pour l'embrasser encore. Quand il fut satisfait, il recula pour la contempler, debout dans les faibles rayons de lune qui filtraient par la fenêtre.

— J'avais oublié combien vous êtes belle.

Une nouvelle rougeur gagna les joues de Caro.

— Je ne suis pas belle du tout.

— Si. Vous êtes comme une fleur printanière, vos traits si délicats, votre peau si claire. Vos cheveux ont la couleur de l'or pâle et sont aussi fins que de l'argent filé. Vous ne le voyez peut-être pas, mais moi si.

Personne n'avait jamais parlé à Caro de cette façon et en elle-même elle tremblait d'amour pour lui.

— Robert…

Elle se laissa aller contre lui.

— Tant de choses sont arrivées.

Il secoua la tête et poussa un soupir frustré.

— Tant de choses, et cependant pas assez. Je suis toujours recherché.

Un comte recherché, pensa-t-elle sans le dire. Elle refusait de prononcer les mots qui pourraient mettre fin à ce moment entre eux. Cette nuit-là était à elle, à elle seule, et elle chérirait chaque seconde passée avec lui.

— Dites-moi ce qui vous est arrivé, demanda-t-elle, et je vous dirai ce que j'ai vécu de mon côté.

— Ce qui m'est arrivé ? J'ai traversé la moitié de l'Angleterre et n'ai pas encore trouvé ce que je cherche. Mais je vous relaterai ce que j'ai découvert.

Pendant la demi-heure suivante, ils parlèrent de tout ce qui s'était passé, avec la même aisance qu'ils avaient partagée dès qu'ils s'étaient rencontrés. Caro lui parla du duc et de son enquêteur, McPhee, et lui expliqua comment le détective avait vérifié la véracité de ses déclarations.

— Il cherche maintenant la preuve de votre innocence, déclara-t-elle. Le duc pense qu'il la trouvera.

Robert détourna les yeux.

— Je l'espérais aussi. J'ai parlé à la femme que j'étais censé rencontrer cette nuit-là à l'auberge, mais elle n'a pas pu m'aider. Elle a pleuré et m'a dit qu'un homme l'avait payée pour m'envoyer un billet me donnant rendez-vous au Sanglier et la Poule, mais qu'elle n'avait aucune idée de ce qui devait se passer une fois que j'y serais. Elle a déclaré qu'elle n'avait jamais vu l'homme qui l'a payée, bien que je ne sois pas complètement sûr de la croire.

Ils parlèrent un moment encore. Quand tout fut dit au sujet du meurtre, Robert l'embrassa de nouveau.

— Je suis venu parce que je voulais vous voir, dit-il, pas pour vous charger de mes ennuis.

— Vos ennuis sont devenus les miens, Robert. Vous le savez sûrement, maintenant.

Caro attira sa bouche sur la sienne pour un autre long baiser. Au début, il le lui rendit, sa langue cherchant la sienne, mais alors que leur passion s'embrasait et que leur souffle se faisait court, il s'écarta.

— Il est temps que je m'en aille. Je vous désire fortement, mon amour, et je ne suis pas sûr de pouvoir garder longtemps mon contrôle.

Le cœur de Caro s'emballa. Il la convoitait ! Cela semblait presque un rêve qu'il soit là à côté d'elle, la regardant avec du désir dans ses chauds yeux bruns. Et tandis qu'elle pensait aux obstacles qui les séparaient et aux années solitaires qu'elle aurait à affronter sans lui, elle comprit qu'elle le désirait aussi.

— Ne partez pas, Robert.

Elle lui toucha la joue.

— Restez avec moi cette nuit.

Il la parcourut du regard et elle vit la chaleur intense qui brûlait dans ses yeux.

— Vous êtes une jeune fille, Caro. Je ne voudrais pas prendre votre innocence. Pas dans cette situation.

— Cela n'a pas d'importance. Je veux que ce soit vous, Robert. Vous qui fassiez de moi une femme. Dites que vous allez rester.

Il commença à secouer la tête, mais elle se pencha vers lui et l'embrassa. Puis elle prit sa main et la posa sur sa poitrine, sentant la chaleur de ses doigts sur la rondeur d'un sein.

— Dites que vous restez, insista-t-elle.

— Nous ne savons pas ce que l'avenir nous réserve. Il se peut que je sois pendu, mon amour. S'il y a un enfant ?

Elle le regarda, le cœur dans les yeux.

— Ce serait le plus grand cadeau que vous pourriez me donner, Robert.

Il émit un son sourd et la prit dans ses bras.

— Vous ne ressemblez à aucune autre femme.

Il l'embrassa doucement, puis avec plus de fougue, l'embrassa jusqu'à ce qu'aucun d'eux deux ne puisse penser rationnellement.

Elle ne s'avisa pas qu'il lui avait ôté sa chemise de nuit avant de sentir la fraîcheur de l'air sur sa peau tandis qu'il la soulevait dans ses bras et la portait sur le lit. Il la rejoignit, nu, son corps fort et magnifiquement musclé dans les rayons de lune qui traversaient la chambre.

— Je sais que ce n'est pas bien, mais je n'ai aucune volonté en ce qui vous concerne, pas quand la vue de votre joli corps m'embrase le sang.

— Nous allons prendre cette nuit pour nous, dit Caro, et quoi qu'il advienne nous ne le regretterons jamais.

— Vous me le promettez ?

— Je vous le jure.

— Alors je vais vous aimer cette nuit et pour toujours, Caroline Loon.

Et lorsqu'il l'embrassa, lorsqu'il toucha son corps avec une telle tendresse, Caro le crut presque.

Clifford Nash, comte de Leighton, s'adossa à son profond fauteuil de cuir devant la cheminée de son cabinet de travail à Leighton Hall. Dehors, un froid vent de février balayait la campagne. Sapristi, il serait heureux que le printemps arrive.

Un coup léger fut frappé à la porte et il fit entrer Burton Webster. Il était aussi grand et costaud que d'habitude avec son faux air de brute épaisse, qui cachait mal son intelligence.

— Alors, c'est fait ? McKay est-il mort, et en suis-je débarrassé pour de bon ?

Webster secoua sa tête hirsute.

— Pas encore, mais ça ne devrait pas tarder. J'ai fini par le retrouver, bien que ça m'ait pris plus de temps que ça n'aurait dû.

— Où est-il ?

— A Londres. Peut-être le dernier endroit où j'aurais pensé le trouver.

— Que fait-il à Londres ?

— Je n'en suis pas sûr mais, d'après mes sources, il loge dans une mansarde au-dessus d'une taverne de l'East End appelée la Colombe. J'ai parlé à Sweeney…

— Sweeney ?

— Albert Sweeney, l'homme que j'avais engagé précédemment. Il est déjà parti pour Londres. Il a été bien payé pour s'occuper de McKay. Je crois que vous n'entendrez plus parler de lui.

— Bien. Il est grand temps que cette affaire soit réglée une fois pour toutes.

Webster se leva de sa chaise.

— Autre chose, milord ?

— Assurez-vous juste que ce soit fait, cette fois.

— Ça le sera. Je pars pour Londres moi-même. Quand je serai sûr que le problème a été traité de façon satisfaisante, je vous en informerai.

Comme Clifford approuvait d'un signe de tête, Webster se tourna et sortit de la pièce. Ce serait bientôt terminé.

Ainsi que Nash l'avait dit, il était grand temps.

Caro frappa timidement à la porte de la bibliothèque du duc. Elle lui avait adressé un billet demandant une entrevue et, quelques minutes plus tard, il l'avait fait appeler.

Rafe lui dit d'entrer et elle poussa la porte, espérant qu'il ne pourrait entendre tambouriner son cœur.

— Vous vouliez me voir ?

— Oui, Votre Grâce. J'ai des nouvelles de Robert McKay.

Il posa la feuille qu'il lisait sur son bureau.

— Asseyez-vous, Caro. Quoi que vous ayez à dire, vous n'avez pas à avoir peur de le dire.

Elle prit place dans un fauteuil face à lui et leva les yeux pour le voir contourner le bureau et venir à elle. Il s'assit dans le fauteuil en cuir proche du sien.

— Maintenant, dites-moi quelles nouvelles vous avez de lui.

Caro joua avec un pli de sa jupe, prenant soin d'écarter son esprit de l'intimité qu'elle avait partagée avec Robert.

— La nuit dernière, Robert est venu me voir.

Rafe fronça ses sourcils sombres.

— Il est venu ici, à la maison ?

— Oui, Votre Grâce. Il a grimpé à l'arbre devant ma chambre et je l'ai fait entrer par la fenêtre.

Les sourcils de Rafe se contractèrent encore plus.

— Comment savait-il quelle chambre était la vôtre ?

— Je l'ignore, mais Robert est très intelligent.

— J'en suis sûr.

— Je lui ai parlé de l'homme que vous avez engagé, M. McPhee, et dit que vous pensiez que ce détective fera la preuve de son innocence, mais Robert ne croit pas que cela arrivera. Il dit qu'il a exploré toutes les voies possibles et n'a rien trouvé. Il est très découragé.

— Où est-il, maintenant ?

Caro détourna les yeux.

— Il m'a demandé de ne pas le dire.

— Mais vous l'aimez et vous voulez l'aider, alors vous allez me dire exactement où le trouver.

Elle battit des cils et le regarda.

— Je vous en prie, ne me le demandez pas.

— Je ne suis pas l'ennemi de Robert ni le vôtre, Caro. Dites-le-moi afin que je puisse lui fournir l'aide dont il a grand besoin.

Elle avait promis à Robert de se taire, mais elle savait qu'à moins que le duc ne trouve un moyen de prouver son innocence, il serait finalement pendu.

— Il loge dans une chambre au-dessus de l'auberge de la Colombe, dans East End.

— Merci, Caro. Je ne trahirai pas votre confiance, ni celle de Robert.

— Je sais, Votre Grâce.

— A-t-il découvert quelque chose de nouveau, quelque chose qui puisse l'aider ?

— Il a mentionné une femme nommée Molly Jameson. Il était censé la retrouver à l'auberge la nuit du meurtre. Il est allé la voir. Elle lui a dit que quelqu'un l'avait payée pour le faire se rendre à l'auberge, mais qu'elle ne savait pas qui c'était. Robert n'est pas sûr de la croire.

Caro relata le reste de ce que Robert avait dit, espérant que cela puisse être utile.

— Merci de vous être confiée à moi, dit Rafe.

Il lui prit la main et la pressa d'un geste rassurant.

— Il est évident que Robert tient beaucoup à vous. Quoi qu'il advienne, vous devez toujours vous en souvenir.

Elle savait ce qu'il essayait de dire, savait qu'un comte n'épousait pas une femme de chambre, même s'il l'aimait. Elle hocha la tête. Rafe se leva, mettant fin à l'entretien, et elle quitta la pièce. Elle pria qu'il trouve un moyen d'aider Robert avant qu'il ne soit trop tard.

Dani se blottit contre Rafael dans son grand lit à baldaquin. La chambre qui avait appartenu à six générations de ducs de Sheffield était masculine, peut-être un peu trop sombre, avec de lourds meubles ornés et des rideaux de velours bleu. Des draperies assorties étaient accrochées au dais sculpté, protégeant le lit de la froideur de l'hiver.

C'était une pièce d'homme et Rafael en avait fait la sienne, raison pour laquelle elle plaisait tant à Danielle. Ses bottes étaient posées près de l'armoire contre le mur, et plusieurs flacons de ses eaux de Cologne favorites décoraient la table de toilette près de son peigne en argent. Comme il aimait lire, une demi-douzaine de livres s'empilaient sur la table de nuit de son côté du lit.

Danielle aimait qu'il la veuille près de lui dans le grand lit, qu'il l'attire à lui au milieu de la nuit et de nouveau le matin avant qu'ils se lèvent.

Leur désir l'un pour l'autre ne semblait jamais diminuer, et cependant des ombres planaient entre eux. Quelqu'un avait essayé de la tuer. Ou peut-être Rafael était-il la cible, comme il semblait le penser, et Caro et elle n'étaient-elles que des victimes accidentelles de la tentative de crime.

Tandis qu'elle était allongée à côté de Rafael endormi, les questions tourbillonnaient dans sa tête, mais elle n'y trouvait pas de réponse. Elle serait heureuse quand Jonas McPhee reviendrait à Londres. Rafael avait une grande confiance en lui et elle pensait qu'ils auraient certainement besoin de son aide.

Alors que les minutes passaient et que le corps de Rafe la réchauffait, elle finit par s'endormir, mais ce fut un sommeil troublé et agité. Quand une odeur étrange lui monta aux narines et commença à pénétrer lentement sa conscience, puis que ses yeux se mirent à la brûler, elle se réveilla en sursaut.

Un instant, elle pensa qu'elle rêvait encore, que la lumière vacillante qui courait à la lisière du tapis, les flammes orangées et jaunes qui léchaient les rideaux, n'étaient pas vraiment réelles.

Puis elle prit une grande inspiration, se mit à tousser et se redressa dans le lit.

— Réveillez-vous, Rafael, la chambre est en feu !

Elle le secoua frénétiquement par l'épaule.

— Rafe, réveillez-vous ! Il faut que nous sortions d'ici !

Il remua mollement et elle mesura combien il était profondément endormi. Si ce n'avait été sa propre agitation, ils auraient probablement été asphyxiés par la fumée et ne se seraient jamais plus réveillés.

— Qu'y a-t-il ? demanda-t-il enfin.

Il jeta un coup d'œil autour de la chambre.

— Bonté divine !

Tout à fait réveillé, à présent, il bondit hors du lit, lança à Dani son peignoir matelassé et enfila sa robe de chambre bourgogne.

— Nous devons sortir maintenant !

La prenant par la main, il passa devant elle pour gagner la porte. La moitié du tapis était en feu et les murs s'embrasaient. S'attendant à voir la maison tout entière en proie aux flammes, Dani fut stupéfaite quand Rafe ouvrit brusquement la porte et qu'elle constata que le feu ne faisait rage que dans leur chambre.

— Au feu ! cria Rafe dans le couloir. Il y a un incendie dans la maison !

Les portes du deuxième étage s'ouvrirent en coup de vent et des domestiques se mirent à courir partout, criant et hurlant des ordres, dévalant l'escalier jusqu'au premier. A deux portes de la suite du duc, à côté de la chambre de Dani, Caro sortit en courant, vêtue de sa robe de chambre et de ses pantoufles. Des mèches s'étaient échappées de sa natte et bouclaient autour de son visage, et ses yeux bleus étaient ronds comme des soucoupes.

— Qu'y a-t-il ?

Elle jeta un coup d'œil au-delà d'eux par la porte ouverte, vit les flammes rouges et orangées avant que Rafe ne referme violemment le battant.

— Oh, mon Dieu !

— Eloignons-nous ! commanda Rafe en poussant les deux femmes vers l'escalier.

Il leur fit descendre les marches en toute hâte et les fit sortir dans le jardin par les portes-fenêtres.

— Vous serez en sécurité, ici. Ne bougez pas avant que ce soit fini.

— Attendez ! cria Dani derrière lui, mais il retournait déjà en courant vers la maison, lançant des ordres aux valets pour qu'ils fassent une chaîne avec des seaux, avant de disparaître par les portes-fenêtres.

— Il faut que nous aidions ! dit Dani, la peur rendant sa voix plus aiguë.

— Je peux porter un seau aussi bien que n'importe qui, déclara Caro, et toutes deux se mirent à courir.

Des seaux de bois étaient remplis à la fontaine et passés de main en main le long d'une file de domestiques qui disparaissait dans la maison. De l'endroit où elle se tenait dans le jardin, aidant à passer les lourds seaux à ses voisins, Dani pouvait voir les étages supérieurs de la maison et les flammes qui sortaient par les fenêtres de la suite de maître.

Elle retint un cri quand plusieurs des vitres explosèrent sous l'effet de la chaleur. Un instant plus tard, elle reconnut la haute silhouette de Rafe dans la pièce, aspergeant la chambre d'eau à côté du valet Cooney et du cocher Mullens, et ils avaient l'air de faire du bon travail.

Elle avait mal au dos et son peignoir trempé collait à son corps nu quand Rafe ressortit dans le jardin. Il était couvert de suie, avait le visage noirci, les cheveux en bataille, et plusieurs mèches sombres pendaient sur son front.

— C'est fini, dit-il au groupe qui s'activait à la fontaine. Nous avons réussi à circonscrire le feu avant qu'il ne s'étende au reste de la maison. Merci à tous pour votre aide.

Dani s'affaissa de soulagement.

— Le ciel soit loué !

Le regard bleu de Rafe se riva sur son peignoir trempé.

— Je pensais vous avoir dit de rester à l'écart, en sécurité.

— Je n'étais pas en danger ici. Je ne suis pas une invalide, *Votre Grâce,* et j'étais en droit d'aider à sauver ma propre maison.

Quelque chose passa sur ses traits et son regard dur s'adoucit.

— Je vous fais mes excuses. Ainsi que vous le dites, vous aviez tous les droits d'aider à sauver votre toit.

L'espace d'un instant, leurs regards se croisèrent et se soutinrent. Malgré la suie et la fumée qui maculaient son visage, Dani pensa que le duc de Sheffield était le plus bel homme d'Angleterre.

Elle détourna les yeux, embarrassée par ses pensées.

— Que s'est-il passé ? Avez-vous pu voir comment le feu a pris ?

La mâchoire de Rafe se contracta, ce qui accentua la fossette de son menton.

— Il y avait de l'huile de lampe répandue sur le tapis. On en avait aussi versé sur les rideaux.

Les yeux de Dani s'élargirent.

— Quelqu'un a mis le feu à dessein ?

— Je suis navré de dire que oui.

— Oh, mon Dieu !

Caro fit un drôle de bruit.

— Il essaie de vous tuer tous les deux !

— Venez, entrons, dit Rafe. Il n'est pas utile d'affoler les domestiques.

Mais le personnel était déjà dans tous ses états et les

entrailles de Dani étaient nouées. Par deux fois, on avait tenté de la tuer.

Elle jeta une œillade à son mari. Ce soir, Rafe avait frôlé la mort d'encore plus près qu'elle.

Au moins, une chose était claire et son cœur se gonfla de soulagement : quelle que soit la personne qui avait essayé de la tuer, elle était maintenant certaine que ce n'était pas son mari.

28

Rafe escorta les deux femmes à l'intérieur. Sa chambre étant détruite, les tapis du couloir mouillés et boueux et l'odeur de la fumée planant dans l'air, on ne pourrait pas dormir dans l'aile Ouest de la demeure. Il avait ordonné de la fermer et demandé aux soubrettes de préparer les chambres communicantes de l'aile Est pour Danielle et lui, ainsi qu'une chambre pour Caro.

Finalement, la maison redevint silencieuse quand tout le monde retourna se coucher. Il était tard, quelques heures avant l'aube. Rafe était allongé près de Dani, repassant sans cesse dans son esprit la liste des gens qui pouvaient vouloir sa mort. Ou qui, comme Caro l'avait dit, voulaient peut-être leur mort à tous les deux.

— Comment pensez-vous que l'homme qui a mis le feu s'est introduit dans la maison ?

Dani se tourna sur le côté pour le regarder.

— Je croyais que vous dormiez.

— Je savais que vous ne dormiez pas. Je ne pense pas que nous retrouvions le sommeil cette nuit.

— Non, je suppose que non.

— Alors, comment pensez-vous qu'il est entré ?

— Je n'en suis pas sûr. Peut-être est-il passé par une

fenêtre, comme Robert la nuit où il est venu voir Caro. Plus probablement, quelqu'un l'a fait entrer.

— C'est ce que je pensais. Il y a quelques semaines, la gouvernante a engagé une nouvelle soubrette. De fait, plusieurs servantes ont été récemment ajoutées au personnel. C'est peut-être l'une d'entre elles.

— Pourquoi ne parlez-vous pas à Mme Whitley, pour voir ce qu'elle peut vous dire d'elles ?

— C'est une très bonne idée.

— D'ici là, il reste plusieurs heures avant l'aube et nous aurions besoin tous les deux de dormir. Je pense que je connais un moyen de faire venir le sommeil.

Il se pencha sur sa femme et l'embrassa. Elle avait les lèvres les plus délicieuses, les plus douces, et il adorait la manière dont elles semblaient se fondre dans les siennes. Dani lui rendit son baiser et son corps se durcit.

En quelques minutes, il fut en elle, tous deux se mouvant en un rythme parfait. Ils parvinrent ensemble à l'extase, un orgasme puissant qui crispa tous les muscles du corps de Rafe.

Il retomba sur le douillet matelas de plumes, repu et satisfait, et prit Danielle contre lui. Il écouta sa respiration qui devenait plus profonde tandis qu'elle sombrait dans un sommeil harassé.

Il aurait voulu pouvoir se reposer aussi, mais il avait beau être épuisé, il était trop inquiet pour dormir.

Dani se leva de bonne heure le lendemain matin. Ses muscles étaient courbatus d'avoir soulevé les seaux pesants la nuit précédente, et avec tout le remue-ménage elle n'avait pris que quelques heures de sommeil avant d'affronter la journée à venir.

Elle s'habilla seule, espérant donner quelques heures de repos supplémentaires à Caro, attacha ses cheveux sur les côtés avec des peignes en écaille et se dirigea vers le couloir. De l'agitation dans l'entrée attira son attention.

Au bas de l'escalier, elle aperçut la duchesse douairière, grande, ses cheveux noirs striés d'argent, et encore très séduisante. Elle parlait d'une voix forte à son fils.

— Comment avez-vous pu ne pas me prévenir ? Votre épouse a presque été tuée dans un accident de coche et vous ne songez pas à me le dire ?

— Je ne voulais pas vous inquiéter.

— Et je ne dois pas m'inquiéter non plus quand j'arrive chez vous et découvre que quelqu'un a mis le feu à votre chambre ?

Rafe fronça les sourcils.

— Comment le savez-vous ?

— Pour commencer, la maison sent horriblement la fumée, et même sans cela, peu de choses se passent dans cette demeure sans que j'en sois informée. Où est Danielle ?

— Je suis là, Votre Grâce.

La douairière se tourna et l'inspecta de ses yeux bleus acérés.

— Comment vous sentez-vous ? Et ne me dites pas que vous allez bien. J'imagine que vous ne vous êtes guère reposée cette nuit. Au lieu d'être debout à parler, vous devriez être au lit et dormir comme vous en avez manifestement besoin.

Dani n'aurait su dire si sa belle-mère se souciait de sa santé ou s'inquiétait juste que le manque de repos puisse affecter sa capacité à procréer un héritier.

— Je promets de faire une sieste cet après-midi. A part avoir un peu sommeil, je me sens réellement bien.

La douairière reporta son attention sur Rafe.

— Et vous ! Vous devriez engager des hommes pour vous protéger, votre femme et vous. Quelqu'un essaie d'attenter à votre vie et vous n'avez pris aucune disposition.

— De fait, si, Mère. J'ai engagé un certain Samuel Yarmouth pour enquêter sur l'affaire. Aujourd'hui, je lui demanderai d'engager des hommes qu'il juge dignes de confiance pour surveiller les abords de la maison. Ils resteront en faction vingt-quatre heures sur vingt-quatre. Voilà. Vous sentez-vous mieux, à présent ?

La duchesse souffla.

— C'est probablement votre bon à rien de cousin, Artie Bartholomew. C'est certainement celui qui a le plus à gagner à votre trépas.

Rafe fronça les sourcils. Il jeta un coup d'œil dans le vestibule pour voir qui pourrait écouter leur conversation.

— Je ne pense pas que nous devrions étaler notre linge sale dans l'entrée, Mère. Si nous allions dans le salon, où nous serons plus tranquilles ?

La douairière haussa le menton et les précéda dans le salon le plus proche, puis attendit que son fils ferme les portes coulissantes. Il alla s'assoir près d'elle sur le canapé de brocart tandis que Dani prenait un fauteuil.

— Quoi que vous ayez d'autre à dire, Mère, c'est le moment de le dire. Lorsque nous aurons fini, je dois voir Yarmouth et mettre les plans de sécurité en œuvre, et Danielle doit interroger la gouvernante, Mme Whitley, au sujet des servantes recrutées dernièrement.

— Vraiment ? fit la duchesse.

Elle jeta une œillade à Dani, puis regarda de nouveau son fils.

— Peut-être pouvez-vous partir tout de suite. Danielle

et moi pouvons discuter de l'affaire en détails et bavarder un peu.

Rafe hocha la tête.

— D'accord. Je vous laisse papoter. Je reviendrai dès que je le pourrai.

— Soyez prudent, Rafael, dit Dani, et elle reçut un tendre sourire pour son inquiétude.

— Vous aussi.

Il s'en alla et Dani resta seule avec sa belle-mère. Elle connaissait exactement le sujet dont la maîtresse femme voulait parler et l'appréhension l'envahit.

Elle n'était toujours pas enceinte, et ne le serait jamais.

Elle afficha un sourire de façade et se tourna vers la douairière qui, si elle découvrait la vérité, figurerait certainement parmi ceux qui voulaient sa mort.

C'était le milieu de la nuit. Rafe dormait d'un sommeil agité quand les coups fermes frappés à la porte — ceux du majordome, il les reconnut — le réveillèrent. Inquiet de ce qui avait pu arriver, il repoussa les couvertures, attrapa sa robe de chambre et alla vivement à la porte.

— Qu'y a-t-il, Wooster ?

— Je suis désolé de vous déranger, Votre Grâce, mais M. McPhee est en bas. Il est en compagnie de deux hommes, dont un ne paraît guère recommandable. M. McPhee dit qu'il est urgent qu'il vous parle.

Dani, qui s'était levée, rejoignit son mari.

— Qu'y a-t-il, Rafael ?

— Jonas est ici. Je pense qu'il a pu découvrir quelque chose d'important.

Il se hâta d'enfiler ses culottes et une chemise propre.

— Restez ici. Je serai de retour dans une minute.

Il laissa sa femme sur le seuil de la chambre, mais avant qu'il ait atteint la bibliothèque, il l'aperçut qui descendait rapidement l'escalier. Marmonnant un juron et sachant qu'il aurait dû deviner qu'elle ne lui obéirait pas, il attendit qu'elle le rejoigne.

— Ne dites rien, Rafael. Ceci me concerne autant que vous.

Il domina son irritation, car c'était probablement la vérité.

— Très bien.

Lui prenant le bras, il la conduisit le long du couloir. Elle portait une simple jupe gris tourterelle et un corsage de coton blanc. Son épaisse natte rousse se balançait dans son dos à chaque pas et il aperçut ses pieds nus sous l'ourlet de sa jupe. Il sourit presque en la voyant l'air si jeune, si semblable à la jeune fille aux cheveux flamboyants dont il était tombé amoureux si longtemps auparavant.

Sa poitrine se contracta. Il l'avait aimée autrefois. Il serait fou de risquer de nouveau son cœur.

Ils entrèrent ensemble dans le cabinet de travail et il trouva McPhee qui dominait un homme aux mains liées dans le dos. L'homme qui se tenait debout près d'eux n'était autre que Robert McKay.

— Bonsoir, Votre Grâce, madame la duchesse, dit Jonas. Je suis navré de vous déranger, mais c'est une affaire qui ne peut attendre.

— J'apprécie que vous soyez venu.

— Bonsoir, Robert, dit Dani.

— C'est un plaisir comme toujours, madame la duchesse. Et il semblerait que je sois de nouveau en dette envers vous et votre mari.

Rafe le fixa.

— De quelle manière ?

Robert jeta un coup d'œil au détective.

— Si votre ami n'était pas arrivé à temps, il y aurait toutes les chances que je sois maintenant un homme mort.

Robert expliqua comment Jonas McPhee était venu le trouver dans sa mansarde de l'East End et avait décidé de le surveiller.

— Ce qui a été heureux pour M. McKay, ajouta Jonas.

Il désigna d'un signe de tête l'homme aux mains liées.

— Cet homme se nomme Albert Sweeney. Quand je l'ai entendu questionner l'aubergiste sur McKay, puis le payer pour savoir quelle chambre occupait notre ami, je l'ai suivi. Il a crocheté la serrure et est entré dans la mansarde, et quand je l'ai suivi à l'intérieur, il était évident que son intention était le meurtre.

— Et ce n'était pas la première fois, précisa Robert.

— Exact, confirma le détective. Une fois que l'homme a été appréhendé, McKay et moi avons eu une petite conversation avec lui.

Le genre de conversation qu'ils avaient menée était clair. L'un des yeux de Sweeney était presque fermé, sa lèvre éclatée saignait et ses habits étaient éclaboussés de sang.

— Quelle sorte d'information avez-vous découverte ? demanda Rafe.

— Albert Sweeney a été payé pour tuer le comte de Leighton, répondit simplement Jonas.

Les yeux de Dani s'élargirent.

— Il l'a reconnu ? Il a admis le meurtre ?

— Il a fallu un peu de persuasion, continua le détective, et la promesse que le duc de Sheffield intercéderait en sa faveur s'il nous aidait à mettre la main sur l'homme qui l'a engagé.

Rafe approuva d'un signe de tête.

— Qui était-ce ?

— Un individu du nom de Burton Webster. J'espère prouver que Webster travaille pour Clifford Nash.

Rafe put sentir l'excitation de Dani quand ses doigts se resserrèrent sur son bras.

— Ce sont de splendides nouvelles.

Sweeney jura et McPhee le plaqua contre le mur.

— Tenez votre langue. Vous êtes en présence d'une dame.

— Je vais parler à Webster, déclara Robert. Peut-être coopérera-t-il s'il pense que cela rendrait les choses plus faciles pour lui avec les autorités.

— Laissez-moi m'en occuper, dit McPhee. Webster est l'homme qui a engagé Sweeney pour vous tuer. Ce qui signifie que Nash doit savoir que vous êtes en Angleterre. Tant que vous serez en vie, vous serez une menace pour lui et votre vie sera en danger.

— Jonas a raison, acquiesça Rafe. Vous devez le laisser faire.

Il se tourna vers l'enquêteur.

— Dois-je faire quelque chose pour vous ?

— Pas pour le moment.

— Tenez-moi au courant si je peux vous aider.

— Merci, Votre Grâce. Si c'est tout, je vais prendre congé. Il faut que je remette notre ami ici présent aux autorités.

Jonas quitta la maison, emmenant son prisonnier, et Rafe porta son attention sur Robert McKay.

— Vous pouvez rester ici, Robert, jusqu'à ce que cette affaire soit complètement réglée.

Robert eut l'air incertain.

— Cela pourrait prendre un moment. Même si Sweeney avoue, il se peut qu'on ne le croie pas. Mon nom ne sera pas totalement blanchi avant que Webster et Nash ne soient traînés en justice.

— Vous avez probablement raison. Néanmoins, vous êtes bien plus près de gagner votre liberté qu'auparavant, et vous êtes le bienvenu ici.

Robert hocha la tête avec solennité.

— Entendu, alors. Je vous dois tant, à tous les deux. Je ne pourrai jamais vous le rendre.

— Vous ne nous devez rien, mais il y a une question dont je voudrais vous parler.

Robert releva vivement la tête.

— Vous voulez dire Caroline Loon.

— En effet. Il semblerait que miss Loon nourrisse certains sentiments pour vous. Ceux que vous lui portez ne sont pas clairs.

— Je l'aime, dit simplement Robert.

— Tout cela est très bien, mais si vous gagnez votre liberté, vous hériterez aussi d'un comté. Miss Loon n'est qu'une femme de chambre.

— Je ne me soucierais pas qu'elle ramone des cheminées. Je l'aime. Je veux l'épouser.

Rafe pouvait presque sentir battre le cœur de Dani. Elle s'avança et prit la main de Robert.

— Je ne me suis pas trompée sur vous, Robert McKay. J'ai su quand je vous ai vus tous les deux ensemble que vous voyiez en Caro la même beauté que moi.

— Elle est la meilleure chose qui me soit jamais arrivée.

Dani sourit et lâcha sa main, paraissant plus heureuse que Rafe l'avait jamais vue.

Robert jeta un coup d'œil à la porte.

— Je sais que c'est le milieu de la nuit, mais si je pouvais…

A ce moment-là, le bouton tourna et la porte s'ouvrit en coup de vent.

— Robert !

— Dieu nous garde des femmes qui écoutent aux portes, grommela Rafe, mais il ne put s'empêcher de sourire quand Robert s'avança à grandes enjambées vers la jolie blonde qu'il aimait et la prit dans ses bras.

Pendant plusieurs secondes, il ne fit que la tenir contre lui. Rafe fit signe à Dani qu'ils devraient partir discrètement, mais avant qu'ils n'atteignent la porte, Robert mit un genou en terre devant Caro.

— Je sais que ce n'est ni l'endroit ni le moment qui conviennent, mais peu m'importe. Je vous aime désespérément, Caroline Loon. Voulez-vous m'épouser ?

Les yeux bleus de Caro s'arrondirent sous le choc.

— Que dites-vous là ? Vous ne pouvez pas m'épouser. Vous êtes comte !

— Je suis peut-être comte, mais je reste un homme et je vous aime. Dites oui, Caro. Faites-moi l'honneur de devenir ma femme.

Caro tourna de grands yeux incertains vers Dani.

— Je ne peux pas l'épouser. Ce ne serait pas correct, n'est-ce pas ?

Dani sourit largement.

— Ce ne serait pas correct de le laisser avec le cœur brisé. Et je pense que vous feriez une merveilleuse comtesse. Pensez donc, vous savez déjà exactement quelles toilettes porter.

Caro rit à travers les larmes qui ruisselaient sur ses

joues et se retourna vers l'homme toujours agenouillé devant elle.

— Je vous aime aussi, Robert McKay, et si c'est vraiment ce que vous souhaitez, je serai honorée de vous épouser.

Robert poussa un cri de joie, se releva et la prit dans ses bras.

Rafe guida Dani hors de la bibliothèque et feignit de ne pas remarquer qu'elle pleurait aussi.

— Je suis si heureuse pour eux, dit-elle.

— Ce n'est pas encore terminé, vous savez. Il reste encore des obstacles à vaincre et il y a le risque que quelque chose puisse encore aller de travers.

— Je sais. Je prie seulement que tout aille bien. Caro mérite d'être heureuse et elle le sera avec Robert.

Tandis qu'ils montaient l'escalier vers leur chambre, une étrange idée lui vint à l'esprit.

— Vous savez, pendant une brève période, Robert a possédé le collier. Je le lui ai donné moi-même, vous vous souvenez ?

Rafe gloussa.

— Vous ne croyez pas qu'ils sont ensemble grâce au collier ?

— Eh bien, je pense que le cœur de Robert est très pur, pas vous ?

— Oui, ma douce, je le pense. Et je suis heureux pour eux.

Mais Rafe ne croyait pas aux légendes, aux enchantements ou aux pouvoirs étranges et inexplicables. S'il y croyait, il ne serait pas inquiet au sujet de l'homme qui essayait de les tuer.

Il n'aurait pas peur pour Dani, et ne redouterait pas que le scélérat puisse parvenir à ses fins.

29

Il était presque l'heure du dîner, le lendemain soir, quand Dani se mit à la recherche de son mari. Elle regarda dans les salons du rez-de-chaussée, vérifia dans la bibliothèque, mais Rafe n'était nulle part.

— Bonsoir, Wooster, dit-elle au majordome aux cheveux blancs. Savez-vous où je pourrais trouver le duc ?

— Certainement, Votre Grâce. Il est en haut et se prépare à sortir pour la soirée.

Cela surprit Dani. Rafe n'avait pas mentionné qu'il devait sortir, et sottement elle avait imaginé qu'il resterait à la maison tant que sa vie serait menacée. Elle aurait dû savoir qu'il ne serait jamais aussi raisonnable.

— Merci, Wooster.

Relevant l'ourlet de sa robe, elle monta l'escalier et se hâta dans le couloir de l'aile Est, vers les chambres qu'ils occupaient en attendant que leurs suites de l'aile Ouest soient remises en état.

Elle ne prit pas la peine de frapper, ouvrit simplement la porte et entra. Rafe, qui nouait son écharpe blanche, s'arrêta.

— Bonsoir, ma douce.

Dani ignora la petite volute de chaleur provoquée par ce mot tendre et s'efforça de ne pas remarquer combien il était beau dans sa tenue de soirée. Il n'avait pas encore enfilé sa jaquette. Sa chemise blanche était tendue sur de larges et solides épaules, et ses culottes étaient si ajustées qu'elle pouvait voir les contours de sa virilité.

Un délicieux petit frisson la traversa. Elle se rappela fermement pourquoi elle était venue.

— Que faites-vous, Rafael ? Vous n'avez jamais dit que vous deviez sortir ce soir.

Il se remit à nouer son écharpe. Il faisait rarement appel à son valet, et moins encore depuis qu'ils s'étaient installés dans l'aile Est de la maison.

— Il y a une soirée chez le comte de Louden. D'après les rumeurs, Bartel Schrader y sera. Si c'est le cas, je veux lui parler.

Le Hollandais, le courtier international qui pourrait bénéficier de la mort de Rafael ! Un frisson glacé parcourut l'échine de Dani.

— Si vous y allez, je viens avec vous.

Rafe cessa de s'occuper de son écharpe.

— Pas ce soir. Vous resterez à la maison, en sécurité.

Dani s'avança et se mit à arranger la longue bande d'étoffe blanche.

— Etes-vous certain que je serai plus en sécurité seule ici que si je suis avec vous ?

Rafe fronça ses sourcils sombres.

— Vous ne serez guère seule. La maison est pleine de domestiques et il y a une demi-douzaine de gardes à l'extérieur.

— Il y avait des valets à l'arrière du coche, aussi, si vous vous en souvenez. Pour ne rien dire de la possibilité qu'un des domestiques soit impliqué.

De fait, il existait une bonne chance que ce soit le cas, même si elle avait interrogé la gouvernante au sujet des nouvelles soubrettes, avait parlé elle-même aux jeunes femmes et était convaincue qu'elles n'avaient rien à voir avec l'incendie criminel.

Le froncement de sourcils de Rafe s'accentua. Il reprit la charge de son écharpe et mit le nœud parfaitement en place.

— Vous regimbez tout simplement à l'idée de rester à la maison.

Dani lui décocha un sourire suave.

— Ainsi, vous êtes certain que je serai plus en sécurité ici.

Rafe lui lança un regard qui aurait fait se recroqueviller un homme ordinaire. Il marmonna un juron.

— Vous êtes une petite manipulatrice. Allez vous habiller. Et ne vous avisez pas de quitter mon côté de toute la soirée.

Dani réprima un sourire de triomphe.

— Bien sûr que non, chéri.

Se hâtant de s'éloigner avant qu'il ne change d'avis, elle se faufila par la porte de communication et se dirigea vers le cordon d'appel. Elle ne l'avait pas encore atteint quand Caro pénétra vivement dans la chambre.

Dani haussa un sourcil cuivré.

— Comment se fait-il que vous sembliez toujours savoir quand j'ai besoin de vous avant même que j'en sois certaine ?

Caro rit.

— En vérité, je vous ai vue chercher le duc. J'ai entendu Wooster vous dire que votre mari sortait pour la soirée, et je savais que vous voudriez aller avec lui.

Dani se rendit à l'armoire afin de chercher que mettre.

— J'engagerai une nouvelle femme de chambre dès

que j'en trouverai une. Vous allez être comtesse. Il est très inconvenant que vous me serviez.

— Nous sommes amies et il me plaît de vous aider.

Les lèvres de Caro s'incurvèrent en un sourire rêveur.

— Je ne peux toujours pas le croire. Robert m'aime. Il est comte, et malgré tout il veut m'épouser.

— Il a de la chance de vous avoir et il le sait.

Caro regarda Dani.

— J'ai peur pour lui. Jusqu'à ce que tout soit réglé, il pourrait encore être arrêté.

— Robert se sert du nom McCabe. Il n'y a aucune raison que quelqu'un l'associe à un meurtre qui a eu lieu il y a trois ans.

— J'espère que vous avez raison.

Caro se mit à fouiller dans l'armoire, inspectant une robe après l'autre. Elle sortit une robe de soie rose soulignée de bandes de velours noir.

— Que dites-vous de celle-ci ? Ou peut-être que la vert forêt, avec la jupe de dessus en dentelle dorée, conviendrait mieux.

Dani lui prit la robe rose.

— Ceci ira très bien.

Elle attendit pendant que Caro déboutonnait sa robe de jour, se hâta de se débarrasser du vêtement et enfila la toilette de soirée par-dessus sa tête.

Caro mit la robe en place et la boutonna.

— Robert est impatient de se marier.

Elle regarda Dani et ses joues rosirent légèrement.

— Il dit qu'il ne peut supporter de vivre sous le même toit que moi et de ne pas pouvoir partager mon lit.

Dani eut un grand sourire.

— Il vous aime.

Caro soupira.

— Maintenant qu'il semble sur le point de blanchir son nom, il est déterminé à jouer les gentlemen. Il dit que tant que nous ne serons pas mari et femme, il ne fera rien qui puisse ternir ma réputation.

— Je pense que vous devriez en être flattée.

— Je suppose, mais je…

Caro s'interrompit et détourna les yeux.

— Quoi, très chère ?

— Je veux qu'il me fasse l'amour, Dani. Comme la nuit où il est venu dans ma chambre.

Dani domina sa surprise. Après tout, Caro était amoureuse. Quand elle-même était tombée amoureuse de Rafe la première fois, elle lui aurait volontiers donné son innocence.

Elle prit la main pâle de son amie.

— Le désir est naturel quand on aime quelqu'un.

Devenant pensive, elle pinça les lèvres.

— Je suppose que c'est la raison pour laquelle Rafael était si déterminé à connaître les intentions de Robert. Je pense qu'il avait dû deviner.

Caro rougit fortement.

— Sûrement pas.

Dani sourit.

— Cela n'importe guère, à présent. Bientôt, vous serez mariés et vous pourrez faire l'amour aussi souvent que vous le souhaiterez.

Les joues de Caro s'empourprèrent encore plus, mais elle n'ajouta rien et Dani non plus. Elles se disaient pratiquement tout. Si Dani n'avait pas été aussi obsédée par ses propres problèmes, peut-être aurait-elle deviné la profondeur de la relation entre Caro et Robert.

Tandis qu'elle finissait de s'habiller et sortait rejoindre son mari, elle ne put s'empêcher d'éprouver une bouffée d'envie. Robert aimait Caro. Elle, elle n'avait aucune idée de ce que Rafe éprouvait pour elle.

Son cœur se serra un peu quand elle se dirigea vers l'escalier et le vit qui l'attendait au bas des marches. Elle essaya de déchiffrer son expression mais, comme toujours, il était soigneusement impassible. Il la conduisit jusqu'à la voiture et l'installa à l'intérieur, puis s'assit en face d'elle.

Dani ne dit rien tandis que le carrosse roulait sur les pavés en direction de la soirée du comte.

Il était plus de 10 heures quand Rafe et Danielle arrivèrent devant le manoir en brique de deux étages sis Cavendish Street. Les fenêtres de la demeure du comte de Louden étaient brillamment éclairées. Ils descendirent le marchepied en fer du nouveau carrosse que Rafe avait acheté. Des valets armés se tenaient à l'arrière et le cocher, Michael Mullens, était lui aussi muni d'un pistolet.

Même si personne ne savait que Rafe avait l'intention de sortir ce soir-là, il ne voulait prendre aucun risque.

Gardant l'œil aux aguets, il escorta Dani le long de l'allée et des marches du large perron. Deux valets en livrée étaient postés de chaque côté de la porte d'entrée et les introduisirent poliment à l'intérieur.

La soirée battait déjà son plein. Se frayant un passage parmi la foule d'invités qui se pressait dans le vestibule, Rafe conduisit sa femme dans un salon, s'arrêtant seulement pour prendre une flûte de champagne sur un plateau en argent, ainsi qu'un verre de cognac pour lui.

Il inspecta l'assemblée, vérifiant une menace possible, mais ne vit rien de particulier.

— Regardez !

Dani indiqua un beau couple qui se tenait sur la droite.

— Cord et Victoria sont là.

— En effet.

Rafe la guida dans cette direction, heureux de voir un ami, puis aperçut Ethan et Grace un peu plus loin.

— Et voici deux autres visages familiers.

Cord le vit marcher vers eux et lui jeta un regard de reproche.

— Je pensais que vous deviez rester chez vous.

— Je ne peux guère découvrir qui en veut à ma vie en restant enfermé chez moi.

— Et Danielle ? demanda Ethan. Vous devriez tous les deux rester en sécurité.

Dani sourit.

— Je vous sais gré de votre sollicitude, milord, mais vous conviendrez sûrement que je suis plus en sûreté avec Rafael que toute seule à la maison.

— Naturellement, approuva Grace avant que son mari ne puisse répondre. Avec Rafe pour la protéger, Danielle ne risque rien.

Cord leva les yeux au ciel.

— Nous allions juste chercher quelque chose à manger. Si vous vous joigniez à nous ?

Rafe acquiesça, décidant de se servir de ce prétexte pour inspecter les convives. Ils se frayèrent un chemin parmi la foule bien habillée, jusqu'à une longue galerie où un buffet était servi. Une coupe à punch en cristal voisinait avec plusieurs plateaux en argent regorgeant d'un assortiment de mets : du gibier rôti, une pièce de bœuf, du saumon macéré, des fromages variés, des pains tout frais et un assortiment de fruits et de douceurs.

La file d'attente était longue et Rafe s'y tint avec ses amis, bien qu'il n'ait pas l'intention de rester assez longtemps pour savourer le repas.

— Alors, pourquoi cette soirée en particulier ? demanda Cord, parcourant du regard la galerie et le salon au-delà.

Le regard de Rafe suivit le sien.

— J'ai entendu dire que le Hollandais serait ici ce soir.

— Schrader ?

Il hocha la tête.

— S'il est ici, je veux lui parler.

Quelques minutes plus tard seulement, Rafe aperçut le courtier, des cheveux cendrés, la fin de la trentaine, en train de converser avec le comte lui-même. Schrader se mouvait dans les classes supérieures de la société avec l'aisance d'un aristocrate et Rafe se demanda si sa famille appartenait à la noblesse hollandaise.

— Voulez-vous vous occuper un moment de Danielle ? demanda-t-il à Cord et Ethan.

Les deux hommes hochèrent la tête.

— Ne la perdez pas de vue.

— Mais je ne suis sûrement pas en danger ici…, commença Dani.

— Nous ne la quitterons pas des yeux, promit Cord.

Ethan et lui se rapprochèrent un peu des femmes, formant un bouclier autour de Dani.

Rafe se dirigea à grands pas vers le Hollandais, l'interceptant alors qu'il terminait sa conversation et marchait vers la porte.

— Veuillez m'excuser, monsieur Schrader, dit-il. Vous ne vous en souvenez peut-être pas, mais nous nous sommes rencontrés à Philadelphie. Mon nom est Rafael Saunders. J'aimerais vous dire un mot, si cela ne vous ennuie pas.

Schrader était mince et athlétique, ses yeux d'un étonnant bleu-gris et très pénétrants.

— Votre Grâce.

Il inclina légèrement la tête.

— C'est un plaisir de vous revoir.

— Vraiment ? releva Rafe.

Le Hollandais sourit.

— Ah, oui, j'ai entendu parler de vos ennuis.

— Vous m'en direz tant.

Rafe indiqua la porte d'un signe du menton, pressant l'homme de le suivre hors du salon, dans le couloir où ils pourraient s'entretenir en privé.

Ils s'arrêtèrent sous une paire d'appliques dorées et Schrader le regarda avec méfiance.

— Vous ne pensez sûrement pas que parce que nous sommes concurrents, je voudrais vous tuer ?

Rafe n'était qu'à peine surpris que le Hollandais soit au courant des tentatives d'assassinat contre lui. Après tout, il travaillait dans un domaine qui exigeait de se tenir informé.

— C'est possible. Vous croyez peut-être que mon trépas vous libérerait la voie pour conclure le marché auquel vous travaillez depuis si longtemps.

— Peut-être. Mais même si j'étais débarrassé de vous, il y aurait toujours la chance que vos deux amis poursuivent votre projet d'acquisition.

— Vous me stupéfiez, Schrader. Vous semblez en connaître davantage sur mes affaires que moi-même.

Le Hollandais haussa les épaules.

— C'est mon métier.

— Puisque vous êtes en Angleterre, il semblerait que vous n'ayez pas encore conclu la vente de la flotte aux Français.

— Je crains de ne pas avoir la liberté de discuter des affaires de mes clients.

Rafe pensa à Dani et à l'accident du coche, à l'incendie et au fait qu'ils auraient pu mourir tous les deux.

— Je me moque de vos clients, Schrader, mais qu'une chose soit bien claire : me tuer ne réglera pas vos problèmes, et si quelque chose arrivait à ma femme et que je découvrais que vous en êtes responsable, il n'y aurait pas un endroit sur Terre où vous seriez en sécurité.

Schrader se contenta de rire.

— Je suis un homme d'affaires, rien de plus. Cherchez votre criminel ailleurs, mon ami.

Rafe étudia l'homme un moment encore, puis tourna les talons et s'éloigna. Bartel Schrader était intelligent et très astucieux. Il n'était pas plus sûr de sa culpabilité ou de son innocence qu'un moment plus tôt.

Souhaitant que l'entretien ait été plus explicite, il retourna dans le salon en quête de sa femme et de ses amis et les aperçut dans un coin.

Anthony Cushing, vicomte Kemble, les avait rejoints. C'était un débauché de grand renom, beau et riche, et il regardait Dani avec des yeux brûlants. Elle rit à une de ses remarques et une vague d'irritation envahit Rafe.

Il marcha vers le groupe qui protégeait sa femme, passa un bras de propriétaire autour de sa taille et fixa les yeux sur le vicomte.

— Content de vous voir, Kemble.

— Moi aussi, Votre Grâce.

L'homme brun sourit — d'un air carnassier, pensa Rafe.

— Je viens d'avoir le plaisir de rencontrer votre ravissante épouse. J'ai découvert qu'elle est tout à fait charmante.

— En effet, dit Rafe, les dents serrées.

Le vicomte se tourna vers les autres, son regard se posant de nouveau sur Danielle.

— Si vous voulez bien m'excuser, je dois m'en aller. Cela a été un plaisir, madame la duchesse.

Il s'inclina profondément sur la main de Dani, et la mâchoire de Rafe se durcit.

— Passez une bonne soirée.

Rafe ne dit pas un mot. Ainsi, il était jaloux. C'était naturel, se dit-il, quand un homme avait une épouse aussi belle que Danielle. Cela n'avait rien à voir avec la profondeur de ses sentiments pour elle.

— Eh bien ? demanda Cord d'un ton traînant, en ramenant les pensées de Rafe sur la conversation qu'il venait d'avoir.

— Schrader nie toute implication dans les incidents. Mon instinct me pousse à le croire, mais il n'y a aucun moyen d'en être sûr.

Rafe aperçut une dernière fois le courtier qui traversait le vestibule pour gagner la porte d'entrée.

— Nous garderons les yeux et les oreilles ouverts en ce qui le concerne, promit Cord.

— Ce qui me rappelle…, intervint Ethan. Je projetais d'aller vous voir demain matin. Carlton Baker s'est embarqué pour New York. Son nom figurait sur la liste de passagers du *Mariner*.

— Vous avez suivi sa piste ?

Ethan haussa les épaules.

— Je suis dans la navigation. Ce n'a pas été très difficile.

— Quand est-il parti ?

— Le *Mariner* a mis les voiles hier matin. S'il est l'homme que vous cherchez, il n'est plus une menace.

— Vous avez probablement raison. Baker est le genre

d'homme qui n'apprécierait ma mort que s'il y veillait personnellement.

Rafe sourit.

— Merci.

Cord le prit par l'épaule.

— Nous sommes tous en alerte pour avoir des informations. Si nous découvrons quelque chose qui pourrait vous être utile, nous vous tiendrons au courant.

Rafe hocha la tête. Il avait deux des meilleurs amis qu'un homme pouvait avoir. Néanmoins, même avec leur aide, il n'était pas beaucoup plus près de trouver qui voulait les tuer qu'auparavant.

Il resserra son emprise sur la taille de Dani.

— Il est temps de partir, ma douce... avant que votre admirateur ne revienne et que je doive le provoquer en duel.

Elle arrondit ses grands yeux verts et il sourit.

— Je plaisante, mon cœur, même si je ne cracherais pas sur quelques rounds avec ce vaurien la prochaine fois que nous boxerons ensemble au club.

Dani se contenta de sourire. Elle avait été silencieuse toute la soirée, distraite comme il ne l'avait jamais vue. Elle était inquiète, il en était sûr, et il ne l'en blâmait pas.

Il la garda tout près de lui en la raccompagnant au carrosse. En quelques minutes, ils furent en route pour la maison.

Plusieurs lampes supplémentaires avaient été allumées, leur lumière jaune brillant aux fenêtres de la demeure ducale lorsqu'ils arrivèrent dans Hanover Square.

Les sens de Rafe étaient en alerte quand il aida Danielle à descendre de voiture et l'escorta jusqu'à la porte d'entrée.

Les gardes étaient à leur poste en divers endroits autour de la maison, et il se détendit un peu en les voyant. Toutefois, quelque chose se passait, et à cette heure tardive, cela valait la peine d'être prudent.

Wooster ouvrit la porte et Rafe fit entrer sa femme dans le vestibule surmonté du dôme de verre.

— Je mesure qu'il est tard, dit le majordome, mais vous avez des visiteurs, Votre Grâce. M. McPhee est ici. Je lui ai dit que vous étiez sorti pour la soirée et que j'ignorais à quelle heure vous rentreriez, mais il a déclaré qu'il souhaitait attendre. Je l'ai introduit dans la bibliothèque. M. McCabe et miss Loon s'y trouvent aussi.

— Merci, Wooster.

— Mon Dieu, j'espère que rien de mauvais n'est arrivé, dit Dani.

Elle précéda vivement Rafe dans le couloir puis il lui ouvrit la porte, la laissant entrer dans la pièce.

Près de la cheminée, Robert, Caro et Jonas McPhee se levèrent de leurs fauteuils quand ils apparurent.

Le détective parla le premier.

— Bonnes nouvelles, Votre Grâce. Je crois que la question du meurtre du comte de Leighton est sur le point d'être réglée.

— Bonnes nouvelles, en effet.

— Oui, et lorsque ce sera fait, nous pourrons nous occuper de Clifford Nash et le titre et la fortune des Leighton pourront être rendus à leur héritier légitime.

Robert sourit si largement qu'il eut l'air d'un jeune garçon. Debout près de lui, presque aussi grande que lui, Caro rayonnait.

— Je suppose que vous avez parlé à Burton Webster, dit Rafe à Jonas, en guidant Dani vers le canapé.

Il s'assit à côté d'elle et les autres reprirent leur siège.

— Cela n'a pas été aussi difficile que nous l'imaginions. Apparemment, Webster craignait que le plan de Nash ne se termine très mal, et il avait pris de sages précautions pour se protéger.

— Alors, vous avez réussi à le persuader de témoigner contre son employeur, dit Dani.

Jonas haussa ses fortes épaules.

— Il a fallu un peu de persuasion, mais visiblement Clifford Nash prend Webster de haut depuis qu'il est devenu comte, et notre homme en est très mécontent.

— Ainsi, Sweeney disait la vérité, déclara Rafe. Webster est bien l'homme qui l'a payé pour tuer le comte, mais il agissait sur les instructions de Nash.

— C'est exact. Pour le prouver, Webster a gardé tous les billets que Nash lui a adressés, y compris plusieurs lettres détaillant les mouvements du comte. A ce qu'il semble, Nash payait quelqu'un dans l'entourage de Leighton pour le tenir informé. C'est ainsi qu'il savait que le comte s'arrêterait au Sanglier et la Poule ce soir-là, et qu'il a pu faire commettre le meurtre.

— Webster est prêt à témoigner en échange de mesures d'indulgence, ajouta Robert, en décochant un doux sourire à Caro. J'espère que son témoignage, combiné aux billets écrits de la main de Nash et aux aveux de Sweeney, suffira à prouver mon innocence.

— Je pense que cela ne fait aucun doute, dit Rafe.

— Et l'enregistrement du mariage figurant dans les registres de l'église Ste Margaret attestera des prétentions légitimes de M. McKay au titre, précisa McPhee.

Rafe s'adossa au canapé.

— Eh bien, Robert, il semble que vous soyez bientôt un homme libre.

Robert pressa la main de Caro.

— Ce qui signifie que je serai bientôt aussi un homme marié.

Caro rougit.

— Félicitations, dit Rafe.

— Nous sommes si heureux pour vous deux.

Des larmes brillaient dans les yeux de Dani.

— Je vais transmettre les détails à mon associé, M. Yarmouth, indiqua le détective, afin de pouvoir concentrer mon attention sur votre sécurité, Votre Grâce. Et bien sûr, sur celle de la duchesse.

Rafe se contenta de hocher la tête, mais il était diablement content que McPhee reprenne les rênes.

— Peut-être pourrons-nous discuter de l'enquête en détails demain matin.

— C'est exactement ce que je pensais, approuva Jonas. Je viendrai vous voir.

Le détective quitta la pièce, suivi de Caro et Robert qui n'avaient d'yeux que l'un pour l'autre.

Rafe ignora une bouffée d'envie. Autrefois, Dani et lui s'étaient aimés aussi ouvertement et librement que Robert et Caro. Maintenant, tous deux gardaient leurs émotions, redoutant la souffrance qu'ils pourraient éprouver s'ils osaient se laisser aller à aimer de nouveau.

Dernièrement, le duc avait commencé à se demander si vivre de cette façon était réellement ce qu'il voulait.

Il secoua la tête. Pour l'instant, son principal souci était de trouver l'homme qui essayait de les tuer. Ce n'était pas le moment de penser à tomber amoureux.

30

Dani errait dans sa chambre, voisine de celle qu'elle partageait avec Rafe. Il était tôt, mais le soleil était levé et il semblait que la froide journée de février serait au moins un peu plus douce. Elle alla à la fenêtre. A travers les vitres ondulées, elle vit un nid vide perché dans un arbre dénudé devant la maison. Juste ciel, comme elle était impatiente que le printemps arrive.

Elle se tourna en entendant frapper doucement à la porte et un instant après, Caro pénétra dans la chambre.

— Vous êtes déjà levée et habillée.

— J'ai parlé à une des soubrettes. Je lui ai demandé d'être ma femme de chambre en attendant que nous trouvions une remplaçante définitive.

Mais jusqu'ici, d'après les critères de Caro, aucune candidate convenable n'avait été trouvée.

Caro soupira.

— Je ne cesse d'essayer de m'imaginer en comtesse, mais ce n'est pas facile. Bien que je souhaite tellement faire plaisir à Robert, j'ai peur de le décevoir.

— Ne soyez pas sotte. Vous ne le décevrez pas. Vous avez reçu une bonne éducation. Vous avez été ma femme de chambre pendant cinq ans. Vous savez beaucoup de choses sur le fait d'être une dame.

Caro se détourna d'elle.

— Je prie que vous ayez raison.

— En outre, vous l'aimez et il vous aime. C'est tout ce qui compte.

C'était la *seule* chose qui comptait, Dani le savait à présent. Elle aimait Rafael du plus profond de son âme. Le plus grand désir de son cœur était qu'il l'aime aussi.

Caro alla rejoindre Dani à la fenêtre. Pour la première fois, celle-ci remarqua son air soucieux.

— Qu'y a-t-il, très chère ? Qu'est-ce qui ne va pas ?

— Je dois vous dire quelque chose... quelque chose que Robert m'a dit hier soir. J'y ai réfléchi tout le matin et je crois que vous devriez le savoir. Cela concerne l'Américain, Richard Clemens.

— Robert vous a parlé de Richard ?

Caro poussa un soupir navré.

— D'après Robert, Richard a une terrible réputation, il est considéré comme un redoutable débauché. Robert m'a dit que tout le monde savait qu'il entretenait une maîtresse, et même plus d'une. Apparemment, Richard a confié à Edmund Steigler, le maître de Robert, que même après son mariage il comptait poursuivre sa liaison avec Madeleine Harris, la femme qu'il a installée à la campagne, près de sa manufacture d'Easton. Robert les a entendus en parler.

Dani pâlit.

— Richard avait l'intention d'être infidèle même après notre mariage ?

— C'est ce que pense Robert. Il pense aussi que le duc a découvert ses intentions et que c'est la raison pour laquelle il vous a obligée à l'épouser.

Dani regarda fixement par la fenêtre, l'esprit en ébullition.

— Rafael a dit un jour qu'il ne croyait pas que je serais heureuse avec Richard.

— Il vous connaissait, Dani. Il savait que vous ne pourriez jamais être heureuse avec un mari infidèle.

Pendant un moment, Dani ne put parler. Rafe l'avait épousée pour lui éviter une vie de souffrance avec Richard. Il avait fait de son mieux pour la protéger. Une vague d'émotion douloureuse la traversa. Du jour où Rafe avait reparu dans sa vie, il n'avait montré que de la sollicitude pour elle. En retour, elle avait détruit sa chance d'avoir un enfant à lui.

Il n'y aurait pas d'héritier, et si quelque chose arrivait à Rafael, sa famille serait à la merci d'Artie Bartholomew — et ce serait entièrement sa faute.

— Merci de me l'avoir dit, déclara-t-elle doucement.

— Je sais que vous aimez le duc. Vous ne me l'avez pas dit, mais cela se voit dans vos yeux chaque fois que vous le regardez. Je pensais que vous voudriez le savoir.

Dani hocha la tête. Sa gorge était nouée, son cœur se contractait dans sa poitrine. Caro aimait Robert. Elle ne ferait jamais rien pour le blesser. Elle-même aimait Rafe, plus que ce qu'elle aurait pu imaginer, mais en le laissant sans enfant, elle lui faisait beaucoup de mal.

Caro quitta silencieusement la chambre, refermant doucement la porte derrière elle, et Dani continua à regarder par la fenêtre. En ce moment même, il y avait de fortes chances que son cousin, Arthur Bartholomew, complote de le tuer pour s'approprier la fortune des Sheffield. Sa famille était en danger et elle en était responsable.

Des larmes brouillèrent sa vision. Elle aimait Rafael, en vérité n'avait jamais cessé de l'aimer, même pendant les années où ils avaient été séparés. Après leur mariage, elle avait tenté de se convaincre que sa stérilité n'importait pas. Sa tante le croyait.

Même Rafe l'avait dit.

Mais au fond de son cœur, Dani ne pouvait s'en persuader. Elle avait l'impression d'être une demi-femme, une demi-épouse. Elle avait épousé Rafe sous de faux prétextes. Si elle lui avait dit la vérité dès le début, il ne l'aurait jamais épousée.

Elle prit une inspiration tremblante. Son cœur battait sourdement dans sa poitrine. Elle s'était menti assez longtemps. Aussi douloureux que ce soit, quel que soit le prix qu'elle aurait à payer, elle savait ce qu'elle avait à faire.

Dani s'était retirée en haut pour la nuit, mais Rafe n'était pas prêt à la rejoindre. A la place, comme il le faisait dernièrement, il longea le couloir et se rendit dans son cabinet de travail. Du feu était allumé, un à chaque bout de la vaste pièce haute de deux étages, et la réchauffait contre les frimas de février.

D'un air absent, il se dirigea vers la cheminée de marbre, l'esprit tourné vers l'accident du coche, l'incendie de sa chambre et l'homme qui pouvait en être responsable. Alors qu'il passait près d'un fauteuil en cuir à haut dossier, il aperçut la vague silhouette d'un homme et ses muscles se tendirent.

Puis il reconnut la haute silhouette sombre de son ami, le diplomate Max Bradley.

— Bon sang, mon vieux, vous avez toujours le chic pour vous introduire en douce chez quelqu'un.

Rafe se laissa choir avec lassitude dans le fauteuil faisant face à celui de Max.

— Il y a des gardes tout autour de la maison. Comment diable êtes-vous entré ici ?

Max haussa les épaules.

— Une des portes-fenêtres n'était pas fermée à clé. Pas une bonne idée, vu que quelqu'un veut votre mort.

Rafe ne fut pas surpris que l'agent secret soit au courant. Peu de choses échappait à Bradley.

Il soupira.

— Je voudrais bien savoir qui c'est.

— Je peux vous dire qui cela n'est pas.

Rafe se pencha en avant.

— Qui ?

— Bartel Schrader.

— Il est à Londres. Je lui ai parlé hier soir. Comment pouvez-vous être sûr que ce n'est pas lui ?

— Parce que les Français ont décidé de ne pas acheter les « clippers de Baltimore ». C'est arrivé voilà deux semaines — bien avant l'incendie de votre chambre. Nous venons de le découvrir. Schrader est en Angleterre pour une tout autre affaire, et il prévoit de partir à la fin de la semaine.

Rafe se passa une main dans les cheveux.

— Sapristi.

— Au moins, votre liste est plus courte d'un nom.

— Deux. Carlton Baker est reparti pour Philadelphie, même si, pour être honnête, je n'ai jamais vraiment pensé qu'il était impliqué. Ce qui signifie, hélas, que les deux principaux suspects demeurent.

— Artie Bartholomew et Oliver Randall.

— Exactement. Jonas McPhee s'occupe de Randall pendant que son associé, M. Yarmouth, surveille mon cher cousin Artie.

— Je demanderai des informations. Si j'apprends quelque chose, je vous le ferai savoir.

— Je l’apprécierais.

Max se leva de son fauteuil.

— Tenez l’œil ouvert, mon ami.

Rafe se leva aussi.

— Je vais vous raccompagner. Inutile qu’un de mes propres hommes vous tire dessus.

Max se contenta de sourire. Il y avait de fortes chances que les gardes ne le voient pas. Néanmoins, Rafe le reconduisit à la porte d’entrée et l’ouvrit, établissant clairement pour les membres de la surveillance qu’il était une connaissance. Bradley se coula silencieusement dans l’obscurité et disparut.

Avec un soupir, Rafe referma la porte et gravit l’escalier vers sa chambre, bien qu’il doutât de pouvoir dormir. Mais avec Danielle près de lui, il se reposerait, et tant que tout ceci ne serait pas fini et qu’il ne pourrait être certain de sa sécurité, cela devrait suffire.

L’obscurité enveloppait la maison. Prétextant une migraine, Dani s’était retirée dans la chambre qu’elle partageait avec Rafe. Elle avait besoin de temps pour elle, de temps pour s’accommoder de la décision qu’elle avait prise.

Elle savait que c’était la bonne, savait que sa conscience ne lui permettrait jamais d’entraver l’avenir de Rafael. Il lui fallait des enfants, une épouse qui pourrait lui en donner.

Pendant des semaines, elle avait été certaine que lorsqu’il apprendrait qu’elle ne pouvait pas être mère, il divorcerait d’elle. A la place, il avait pris la responsabilité de l’accident sur lui et déclaré que sa stérilité n’avait pas d’importance.

Ce n’était pas vrai et ils le savaient tous les deux.

Après avoir écouté Caro, toutes les incertitudes qu’elle

avait enfouies en elle avaient resurgi. Elle avait su la vérité depuis le début, su que tôt ou tard elle devrait renoncer à lui.

La porte s'ouvrit et Rafe entra sans bruit dans la chambre. Dani entendit le bruit étouffé de ses pas tandis qu'il se déplaçait dans la pièce, se préparant à se coucher. Même dans cette aile de la maison, elle dormait près de lui, et elle savourait cette intimité. Il dormait nu et elle avait appris à faire de même, la chaleur de leurs corps suffisant à leur tenir chaud pendant la nuit.

Toute la journée, elle avait pensé à lui, pensé à la conversation qu'elle avait eue avec Caro et à la façon dont Rafael s'était efforcé de la protéger. Il s'était montré si déterminé à la rendre heureuse et il y était parvenu — plus qu'elle n'aurait pu le rêver.

Tandis qu'elle observait ses mouvements discrets, son cœur se gonfla d'amour pour lui. Il pensait qu'elle dormait, mais à la place elle le regardait se dévêtir avec une grâce décontractée qui manquait à la plupart des hommes. Il ôta son écharpe, sa redingote et son gilet, puis tira sa chemise par-dessus sa tête et se retrouva torse nu. Il n'était que muscles lisses et peau mate et satinée, les tendons de ses côtes se contractant tandis qu'il se courbait pour quitter ses chaussures et ses bas.

Il enleva ensuite ses culottes et son caleçon, dénudant son large dos et ses fesses musclées, et Dani songea combien elle aimait à le toucher, à sentir ses muscles frémir sous ses mains. Nu, il traversa le tapis pour gagner l'autre côté du lit, un homme viril dont l'anatomie masculine était impressionnante même lorsqu'il n'était pas excité.

Dani l'observa et son cœur se contracta fortement dans sa poitrine. Elle avait pris sa décision. Elle allait partir.

Elle allait le rendre libre, redressant les choses comme elle aurait dû le faire depuis longtemps.

Elle sentit le matelas s'enfoncer sous son poids à côté d'elle et elle souffrit de penser que ce serait leur dernière nuit ensemble. Il avait dû sentir qu'elle était éveillée, car il s'approcha et la prit dans ses bras.

— Vous avez du mal à vous endormir ?

— Je vous attendais.

Il se pencha sur elle et l'embrassa doucement.

— J'en suis heureux.

Elle passa les bras autour de son cou et éprouva une bouffée d'amour pour lui. Elle le désirait, ce soir-là plus que jamais. Elle voulait cette dernière nuit avec lui, avait besoin de ces dernières heures, de ces ultimes et précieux souvenirs pour se donner le courage de partir.

Elle domina la tristesse qui l'envahissait et se concentra sur l'amour qu'il lui faisait, déterminée à profiter pleinement de ces moments de séparation. Rafe l'embrassa de nouveau, un baiser profond et pénétrant qui emplit ses sens et changea son ventre en beurre fondu. Elle s'arqua vers lui, pressant ses seins contre son torse, sentant sa toison bouclée effleurer sa peau.

Il courba la tête sur un sein et un sanglot de plaisir se coinça dans sa gorge. Un autre sanglot suivit, celui-ci un cri de désespoir, mais elle ne pouvait pas le lui laisser savoir. Chaque fois qu'il la touchait, chaque fois que leurs corps s'unissaient, elle l'aimait davantage, et parce qu'elle l'aimait tant, elle voulait qu'il ait la vie qu'il méritait.

Elle voulait qu'il puisse protéger sa famille, qu'il remplisse ses devoirs envers elle, des devoirs qui signifiaient tellement pour lui.

Il n'existait qu'une manière de l'obtenir et elle avait l'intention que ce soit fait le lendemain. Ils n'avaient plus que cette seule nuit, ce dernier bref moment ensemble. Il faudrait que cela lui dure toute une vie.

Se soulevant pour lui permettre de mieux s'introduire en elle, elle ressentit une profonde saccade au creux du ventre lorsqu'il prit la rondeur d'un sein dans sa bouche. Puis il écarta ses jambes de son genou et s'allongea sur elle, l'embrassant tout le temps, la possédant avec sa langue tandis qu'il se coulait en elle.

« Rafael, mon très cher amour… », lui cria-t-elle en silence. Mais elle ne prononça pas les mots et ne le ferait jamais. Elle prendrait cette nuit de plaisir, s'unirait à lui cette dernière fois. Demain, elle s'en irait.

Elle noua les bras autour de son cou et s'accrocha à lui tandis qu'il s'enfonçait en elle. Elle calqua son rythme sur le sien, s'arquant vers lui pour recevoir ses assauts, le visage enfoui dans son cou pendant qu'ils montaient vers la volupté suprême. A chaque élan, le plaisir l'emplissait ainsi qu'une triste et douce aspiration à ce qui ne pourrait jamais être.

Elle ferma les yeux contre la douleur déchirante qui l'envahissait chaque fois que leurs corps se portaient l'un vers l'autre et se concentra à la place sur la passion et l'amour incroyable qu'elle éprouvait pour lui.

Ils atteignirent l'assouvissement complet ensemble, les muscles de Rafe se contractant tandis qu'il répandait sa semence en elle. Mais il n'y aurait pas d'enfant, pas cette nuit, pas pour eux, jamais.

Dani réprima un cri d'un tel désespoir que ses yeux s'emplirent de larmes. Elle détourna son visage afin que Rafe ne les voie pas.

— Dormez bien, ma douce.

Il posa un baiser sur son front, puis il s'allongea et sa tête s'enfonça dans son oreiller.

Mais Dani ne dormirait pas. Ni ce soir, ni la plupart des nuits vides qui l'attendaient. Les larmes passèrent sous ses cils tandis qu'elle était allongée dans l'obscurité, écoutant la respiration profonde de Rafe, enregistrant ce son dans sa mémoire pour les années solitaires à venir.

C'était le milieu de l'après-midi. Rafe n'avait pas vu Danielle depuis qu'il l'avait laissée ce matin dans son lit. La nuit dernière, elle avait très peu dormi et il était inquiet à son sujet.

Plus encore depuis qu'il avait reçu son billet lui demandant de la retrouver à 3 heures dans le Salon chinois.

Avec ses colonnes de marbre noir et doré, ses meubles laqués de noir et ses tissus de brocart mordoré, la pièce était surtout utilisée pour recevoir des invités lors d'occasions spéciales, un décor très formel qui lui faisait se demander pourquoi sa femme l'avait convoqué en cet endroit.

Il entra, le billet à la main, et fut surpris de trouver sa mère assise sur un des canapés dans une robe de soie bleu foncé, ses cheveux striés de gris parfaitement coiffés, la mine aussi perplexe que lui.

— J'ai reçu un billet de Danielle, expliqua-t-elle en levant une feuille pliée qui ressemblait beaucoup à celle qu'il avait reçue. Elle demandait si je voudrais la rejoindre ici à 3 heures.

— J'ai reçu le même message.

— Avez-vous une idée de la raison pour laquelle elle nous a convoqués ici ?

— Pas la moindre.

Et, étrangement, Rafe commençait à se sentir mal à l'aise.

— Je devrais peut-être sonner pour le thé, suggéra sa

mère en jetant un coup d'œil vers la porte ouverte, tandis qu'il s'asseyait dans un fauteuil face à elle.

Mais à cet instant précis Wooster apparut, annonçant l'arrivée de la duchesse, et Rafael se mit debout.

— Je suis désolée d'interrompre votre journée, dit Danielle en entrant d'un pas vif dans la pièce. J'espère que je ne vous ai pas causé de désagrément.

— Pas du tout, répondit Rafe.

Derrière eux, le majordome s'affaira à fermer les hautes portes coulissantes, assurant leur intimité, et Rafe mit ce moment à profit pour étudier les traits tirés de sa femme. Elle était pâle et de légers cernes soulignaient ses yeux, ce qui augmentait son inquiétude.

— Aimeriez-vous que je demande du thé ? s'enquit la douairière, mais Dani secoua la tête.

— Ceci ne prendra pas longtemps. J'ai quelque chose d'important à dire et je voulais que vous soyez présents tous les deux.

Rafe jeta un coup d'œil à sa mère. Elle commençait à paraître aussi inquiète que lui.

— Nous écoutons, dit-il, et il se rassit.

Le regard de Dani alla à sa belle-mère, puis revint à son mari.

— J'ai demandé à votre mère d'être là parce que je pensais que si je ne réussissais pas à vous faire comprendre, elle serait peut-être capable de vous convaincre.

Quelque chose remua en Rafe, quelque chose qui criait un avertissement. Son cœur s'accéléra et se mit à battre sourdement dans sa poitrine.

Danielle fixa son attention sur sa mère.

— Il y a quelque chose que vous devez savoir, Votre Grâce, quelque chose que je n'ai pas dit à Rafael avant qu'il ne soit trop tard.

Alors, brusquement, il comprit.

— Non, dit-il en bondissant sur ses pieds. Non !

Dani l'ignora.

— J'ai eu un accident au cours des années où j'étais séparée de Rafael. Un accident de cheval. J'ai été blessée. Mes entrailles ont été endommagées de telle sorte que je ne pourrai jamais avoir d'enfant. Je suis stérile, Votre Grâce.

— Arrêtez !

Le cœur de Rafe tambourinait, à présent, menaçant de sortir de sa cage thoracique. Il marcha jusqu'à sa femme, la prit par les épaules.

— Ceci est notre affaire. La nôtre, et celle de personne d'autre !

Elle ne le regarda pas et se remit simplement à parler. Il la sentait trembler sous ses mains.

— J'ai profité de Rafael, Votre Grâce. J'aurais dû lui dire la vérité, mais je ne l'ai pas fait. Sur le moment, je suppose que je ne pensais pas clairement, et je... je ne me rendais pas compte à quel point votre famille avait besoin d'un héritier.

Rafe la secoua. Il ne pouvait la laisser continuer, la laisser s'humilier de cette façon.

— Je vous interdis de poursuivre, Danielle. Vous êtes ma femme. Ma mère n'a pas sa place dans cette discussion.

Elle se tourna vers lui et il aperçut des larmes dans ses yeux. Il pouvait voir combien ceci lui coûtait, voir la souffrance dans son regard, et il éprouva une bouffée d'émotion si à vif, si puissante que pendant un moment il ne put parler.

— Elle a le droit de connaître la vérité, dit doucement Dani. Le droit de savoir que tant que je serai mariée à vous, son avenir sera en péril.

Elle refit face à la duchesse douairière.

— Il y a une seule façon de régler le problème. Rafael doit épouser une femme capable de lui donner un enfant. Pour ce faire, il doit divorcer de moi.

La terreur s'empara de Rafe comme un poing lui serrant le cœur. Cela accrut encore sa colère.

— C'est insensé ! Il n'y aura pas de divorce dans cette famille ! Nous sommes mariés. Aux yeux de la loi et devant Dieu Tout-puissant. Cela *ne changera pas*.

Les larmes de Dani roulèrent sur ses joues.

— Vous devez le faire, Rafael. Vous avez un devoir…

— Non ! Mon premier devoir est envers vous, Danielle. Envers vous et personne d'autre.

Il la prit dans ses bras et elle trembla encore plus fort.

— Je vous ai perdue une fois, dit-il contre ses cheveux. Je ne vous perdrai pas de nouveau.

Son sanglot silencieux le transperça jusqu'à la moelle. Sa poitrine était contractée, son cœur lui faisait mal. Elle s'écarta et se tourna vers Miriam. La douairière restait assise, plus pâle que Rafe ne l'avait jamais vue, et ses yeux bleus s'emplirent lentement de larmes.

— Faites-le comprendre…, plaida Dani. Faites-lui voir qu'il n'y a pas d'autre solution.

Sa belle-mère ne dit rien, resta juste assise à la fixer comme si elle était une créature qu'elle n'avait jamais vue.

Rafe reprit Dani par les épaules.

— Ma mère n'a pas son mot à dire là-dedans. Je suis votre époux et je ne divorcerai pas de vous — ni maintenant, ni jamais !

Elle le regarda. Elle battit des cils et ses larmes roulèrent sur ses joues.

— Alors, c'est moi qui divorcerai de vous, Rafael.

Se libérant brusquement de son emprise, elle partit en courant, sortant de la pièce et s'engouffrant dans le couloir.

— Danielle !

Rafe s'élança derrière elle.

— Rafael !

Le ton sec de sa mère le fit s'arrêter. Il se tourna vers elle.

— Ne gaspillez pas votre souffle, Mère. Rien de ce qui est arrivé n'est la faute de Danielle — c'est la mienne.

— Mais…

— Je suis navré que les choses n'aient pas tourné comme vous le projetiez. Mais je l'aime et je ne la laisserai pas partir.

Les mots jaillirent d'un puits au fond de lui et il sut au moment où il les prononça qu'ils étaient vrais. Il avait essayé de ne pas aimer Danielle, avait fait tout ce qui était en son pouvoir pour contrôler ses émotions en ce qui la concernait, mais au cours des mois derniers elle en était venue à tout signifier pour lui.

Tout.

Il pivota et repartit vers la porte, sortit à grandes enjambées dans le couloir, puis se dirigea vers l'escalier pour monter dans les chambres qu'ils partageaient au premier étage.

Wooster l'arrêta juste comme il commençait à monter.

— Mme la duchesse n'est pas en haut, Votre Grâce.

— Où est-elle ?

— Je crains qu'elle n'ait quitté la maison.

— Quoi ?

— Avant de se rendre dans le salon, elle a demandé que sa voiture soit amenée. Lorsqu'elle en est sortie, elle a pris sa cape et a franchi la porte d'entrée en coup de vent. Je ne l'ai pas revue depuis, milord.

Rafe eut le plus grand mal à ne pas empoigner le vieil homme par le devant de sa chemise et à ne pas le secouer pour avoir laissé partir Danielle. Il y avait un meurtrier qui rôdait dans les parages. La vie de sa femme pouvait être en danger.

Mais ce n'était pas la faute du majordome, c'était la sienne.

S'il lui avait dit qu'il l'aimait, établi clairement qu'elle était ce qu'il y avait de plus important dans sa vie, dans son univers, elle aurait compris que lui donner un enfant n'importait plus. Tout ce qui comptait pour lui, c'était elle.

La voiture était hors de vue lorsqu'il arriva à la porte. Rafe pivota et courut vers les écuries. Il la retrouverait, la ramènerait à la maison, lui dirait ce qu'il éprouvait. Il priait seulement que ce ne soit pas trop tard.

Il était presque à la porte de derrière quand Robert McKay et Caroline Loon le rattrapèrent.

— Que diable se passe-t-il ? demanda Robert.

— Où est Danielle ? s'enquit Caro. L'un des valets a dit qu'elle était partie avec sa voiture et qu'elle pleurait. Pourquoi pleurait-elle, Votre Grâce ?

La poitrine de Rafe se contracta.

— Il y a eu un malentendu. Il faut que je la retrouve, que je lui fasse comprendre.

Il regarda McKay.

— Il y a un tueur qui rôde par ici. Elle peut être en grand danger.

— Je vais avec vous.

Robert lui mit une main sur l'épaule.

— Venez, allons-y !

Ils se précipitèrent vers les écuries, Caro sur les talons,

et ordonnèrent que leurs chevaux soient sellés le plus vite possible.

Pendant que deux valets d'écurie resserraient les harnais, Rafe s'adressa à Caro.

— Avez-vous une idée de l'endroit où Danielle a pu aller ?

— Le seul endroit auquel je peux penser est Wycombe Park. Elle s'est toujours sentie en sécurité là-bas, et lady Wycombe s'y trouve. Mais elle s'est comportée étrangement ces derniers jours, et je ne suis pas certaine de ce qu'elle peut faire.

— Nous allons partir pour Wycombe, dit Rafe, nous arrêter en route et demander si quelqu'un a vu la voiture de la duchesse de Sheffield. Elle porte mes armoiries. Si elle s'est rendue à Wycombe, quelqu'un aura vu la voiture.

Les deux hommes sautèrent en selle, Rafe sur Thor, son grand étalon noir, et Robert sur un beau hongre gris. Les deux bêtes trépignaient, pressées de partir.

Caro saisit la jambe de Robert.

— Soyez prudent.

Elle regarda Rafe.

— Tous les deux.

Robert se pencha et l'embrassa rapidement.

— Parlez aux domestiques. Voyez si vous pouvez découvrir où la duchesse a pu se rendre.

Caro hocha la tête, faisant tressauter ses boucles blondes.

— Je découvrirai ce que je pourrai.

Ils talonnèrent leur monture et les chevaux bondirent en avant. En quelques secondes, ils galopèrent sur les pavés, en route vers Wycombe Park.

*
* *

Les heures s'étiraient lentement. Les chevaux se fatiguaient et un froid mordant s'installait. Rafe et Robert s'arrêtèrent dans chaque auberge et chaque relais de poste, parlèrent à une douzaine de voyageurs et à une demi-douzaine de conducteurs de chariots, mais personne n'avait vu la voiture aux armes des Sheffield.

Il faisait sombre lorsqu'ils arrêtèrent leurs montures sur la route creusée d'ornières pour ce qui devait être la quinzième fois.

— Elle ne s'est pas rendue à Wycombe, dit Rafe d'un ton las. Maintenant, nous en sommes sûrs.

— Il faut que nous retournions en ville, déclara Robert. A cette heure, Caro aura découvert les plans de la duchesse.

Ils firent volter leurs chevaux et se courbèrent dans le vent pour repartir. Il gelait, leur redingote ne suffisait pas à les protéger du froid glacial.

Rafe poussa son étalon en avant.

— J'étais si certain qu'elle était allée chez sa tante.

— Peut-être a-t-elle simplement roulé un moment, puis décidé de rentrer chez vous.

Le duc secoua la tête.

— Elle était déterminée à ce que nous divorcions. Elle n'aurait pas pris une décision aussi grave sans y réfléchir longuement. Elle est fermement décidée à y parvenir, et à moins que je ne parvienne à la convaincre du contraire, c'est ce qu'elle va faire.

— Elle vous aime, Rafael. Pourquoi voudrait-elle divorcer ?

Rafe soupira.

— C'est une longue histoire. Qu'il suffise de dire que si j'avais été aussi honnête à propos de mes sentiments que vous l'avez été avec Caro, ceci ne serait probablement pas arrivé.

Robert sourit.

— Alors, il n'y a pas à s'inquiéter. Dès que vous la retrouverez, vous lui direz ce que vous ressentez et tout ira bien.

Rafe pria qu'il ait raison. Mais il était de plus en plus inquiet. Une fois qu'elle avait décidé quelque chose, Danielle pouvait se montrer presque aussi obstinée que lui, et elle était fermement persuadée qu'elle faisait ce qu'il y avait de mieux pour lui.

Juste ciel, quelle pagaille. Il espérait juste qu'où qu'elle soit, Danielle soit en sécurité.

31

La demande de rançon attendait quand Rafe arriva chez lui, harassé, ses habits humides et couverts de boue. Gravement, Wooster lui tendit le billet cacheté à la cire, devinant d'une manière quelconque qu'il s'agissait de mauvaises nouvelles.

Debout près de Robert, Rafe brisa le cachet et parcourut les mots, certain avant même de les lire de ce qu'ils allaient dire.

Nous avons votre femme. Si vous voulez qu'elle reste en vie, vous allez suivre ces instructions. Venez à Green Park à minuit. Prenez le chemin qui monte jusqu'au sommet du tertre. Attendez près du grand sycomore. Venez seul. Ne dites rien à personne ou votre femme mourra.

Green Park. C'était un endroit qu'il connaissait bien — celui où il s'était battu en duel contre Oliver Randall.

— Que dit cette note ? demanda Robert, Caro s'accrochant peureusement à son bras.

— Ils ont enlevé Danielle.

— Qui ?

— Je présume qu'il s'agit d'Oliver Randall. Le billet dit que je dois me rendre à minuit sur la butte de Green Park. C'est là que nous nous sommes battus en duel. Randall a été blessé, très grièvement. Apparemment, il est l'homme que nous cherchions.

Rafe tapota le message.

— McPhee était censé le surveiller pendant que Yarmouth tenait mon cousin à l'œil. Quelque chose a dû se passer de travers.

Robert consulta la grande horloge du vestibule.

— Vous avez moins d'une heure pour vous rendre au parc. Il faut que nous échafaudions un plan.

Robert voulut se diriger vers la bibliothèque, mais Rafe le retint par le bras.

— Il n'y aura pas de plan, parce que vous ne venez pas avec moi. La note dit que je dois m'y rendre seul et c'est ce que j'ai l'intention de faire.

— Ne soyez pas stupide. L'homme a déjà essayé de vous tuer par deux fois et y est presque arrivé. Il y a de fortes chances qu'il ait engagé des sbires pour l'aider, et cette fois, il réussira. Si vous vous rendez seul au parc, vous êtes un homme mort.

— Je n'ai pas le choix. Je ne risquerai pas la vie de Danielle. J'apprécie votre offre, mais je ne peux pas prendre ce risque.

— Bon sang, Rafael…

Rafe cria des ordres à un valet, lui disant de faire amener son phaéton devant la maison — un véhicule avec lequel ils pourraient rentrer quand tout serait terminé, espérait-il.

— Je n'irai pas désarmé, dit-il à Robert. Et je suis un très bon tireur.

Néanmoins, rien n'était garanti. Le duc se tourna vers Caro.

— Si quelque chose se passe mal, Dani aura besoin de vous quand elle rentrera.

— Je serai là.

— Dites-lui que je l'aime, voulez-vous ? Dites-lui que j'aimerais lui avoir dit à quel point. Pouvez-vous faire cela pour moi ?

Les yeux bleus de Caro s'emplirent de larmes.

— Je le ferai.

Il se tourna vers McKay.

— Vous êtes un homme bien, Robert. Si quelque chose m'arrive, je me fie à vous pour veiller sur elles deux.

— Sapristi, laissez-moi aller avec vous. Je resterai hors de vue, dans l'obscurité. Je pourrai vous couvrir et ils ne sauront jamais que je suis là.

Rafe se contenta de s'éloigner. Il alla à la bibliothèque et ouvrit le tiroir du bas de son bureau. Un petit pistolet s'y trouvait. Il le prit, le mit dans la poche de sa redingote et se dirigea vers la porte qui menait aux écuries.

Ce qui lui arriverait n'avait pas d'importance.

D'une manière ou d'une autre, la femme qu'il aimait rentrerait saine et sauve à la maison.

Dani était assise dans la voiture, rigide, près d'un homme barbu qui sentait mauvais et tenait un pistolet dans une main sale et velue. Sa propre voiture avait été abandonnée dans une rue sombre à moins de dix pâtés de maisons de Sheffield House. Le cocher, Michael Mullens, gisait inconscient sur le plancher de l'habitacle, ligoté et bâillonné.

Grands dieux, comme elle avait été sotte de partir ! A ce moment-là, tout ce qu'elle avait pu penser était de quitter la maison — de s'éloigner de Rafael. Elle avait craint que si elle restait, il finisse par la convaincre d'abandonner ses plans, et en le faisant elle l'aurait trahi.

Elle baissa les yeux sur ses mains, attachées sur ses genoux. Elle n'avait pas vraiment cru qu'elle était en danger. C'était Rafe qui avait des ennemis, pas elle. Il ne lui était jamais venu à l'idée que l'homme qui voulait le tuer pourrait l'utiliser comme une arme contre lui.

Elle les avait entendus parler, savait qu'ils lui avaient envoyé un billet demandant une entrevue — ou que quelqu'un l'avait fait. Elle frémit tandis que la voiture cahotait sur la route. Elle l'aimait tant. Elle avait voulu lui donner ce qu'il désirait le plus — un fils pour perpétuer son nom.

A la place, elle l'avait mis dans un terrible danger.

Dieu du ciel, si elle finissait par le faire tuer ?

Elle prit une inspiration tremblante et s'efforça de mettre du calme dans sa voix.

— Où allons-nous ?

Elle regarda par la fenêtre, mais la nuit était trop noire pour reconnaître quoi que ce soit de familier.

— A Green Park, répondit son ravisseur.

Un autre homme était assis en face de lui, deux dents lui manquant sur le devant, un gros nez bulbeux s'étalant sur son visage laid.

— C'est l'endroit de la rencontre ?

— On n'y va pas pour une promenade du dimanche, ma jolie.

Green Park. C'était l'endroit où Rafe s'était battu en duel avec Oliver Randall. Il lui en avait parlé une fois et elle avait vu la cicatrice sur son bras.

Ainsi, Randall était l'homme qui voulait le tuer, comme il l'avait pensé.

Elle promena son regard sur l'habitacle, inspectant les

rideaux de velours rouge sombre, les lanternes en laiton poli près des fenêtres, une voiture bien trop belle pour les individus louches assis sur les banquettes de velours. Elle imagina que le cabriolet devait appartenir à Oliver et se demanda s'il avait l'intention de la tuer avec Rafe.

Elle ne dit plus rien tandis que la paire de chevaux bais tiraient le véhicule dans les rues obscures, mais son esprit bourdonnait de plans, de façons d'aider Rafael. Elle les rejeta l'un après l'autre, décidant qu'elle devrait attendre de voir comment les choses se passeraient. Quoi qu'il advienne, elle ne resterait pas sans rien faire et ne laisserait pas ces hommes tuer son mari.

Elle trouverait un moyen de le sauver, quoi qu'il faille pour cela.

Quelques minutes seulement s'écoulèrent avant que la voiture ne s'arrête et que le cocher ne mette le frein. Il sauta de son perchoir, un homme rougeaud aux cheveux gris clairsemés et à la mâchoire dure.

Dani resserra sa cape autour d'elle lorsqu'il ouvrit la portière, et l'un de ses ravisseurs lui mit le canon de son pistolet dans les côtes.

— Sortez. Et n'allez pas trop vite ou je tirerai sur la détente.

Elle baissa la tête pour passer dans l'ouverture et descendit le marchepied en fer, le barbu juste derrière elle. Il la poussait toujours de son pistolet et elle marcha vers un sentier qui conduisait vers le sommet de la colline, le deuxième homme les suivant. Tout le long du chemin, elle chercha des moyens de s'échapper et de prévenir Rafael. Mais elle ignorait totalement où il était et par où il arriverait dans le parc.

Elle ne doutait pas qu'il viendrait. Rafe était un homme d'honneur et il viendrait défendre sa femme, quoi qu'il se fût passé entre eux. Elle devait attendre qu'il arrive, être prête à l'aider comme elle le pourrait.

— Montez.

Le canon du pistolet s'enfonça dans ses côtes et elle avança vers le sommet de la butte. Un vieux sycomore étendait ses branches au-dessus de l'herbe brune, et un vent glacial soufflait sur le paysage sombre. Au pied de l'arbre, Dani s'arrêta, fouillant l'obscurité du regard en quête de l'homme qu'elle avait jadis pris pour son ami, Oliver Randall.

A la place, un autre homme sortit de l'ombre, une silhouette bien habillée portant un grand manteau et un chapeau haut de forme en castor. Il avait un peu moins de quarante ans, un bel homme qu'elle n'avait jamais vu auparavant. Une deuxième silhouette s'avança et Dani se figea à la vue inattendue d'une femme.

— Eh bien… nous y sommes enfin.

Elle était tout de noir vêtue, avec une voilette noire qui ne couvrait pas totalement son visage. Elle était un peu plus petite que Dani, plus corpulente, et elle arborait un air d'autorité qui aurait convenu à un homme.

Dani reconnut la marquise de Caverly, la mère d'Oliver Randall.

— Ainsi, c'était vous, pas votre fils.

— A cause de votre mari, mon fils n'est plus l'homme qu'il était. Je suis contrainte de faire à sa place ce qu'il est maintenant incapable d'accomplir.

— Vous pensez tuer Rafael ?

Les lèvres de la marquise se plissèrent avec dégoût.

— Avant la fin de la nuit, je vous verrai morts tous les deux.

Un frisson glacé parcourut Dani. La haine de la vieille femme était presque palpable. Il était clair que la marquise ne se calmerait pas tant que l'un d'eux serait en vie.

Elle parcourut le tertre des yeux, cherchant quelque chose qu'elle pourrait utiliser comme une arme, quelque chose qui pourrait les aider, et priant que Rafe ne vienne pas.

Sachant avec certitude qu'il viendrait.

Son cœur se contracta. Elle avait seulement voulu lui épargner la douleur de rester sans enfant, marié à une femme stérile qui ne pouvait lui donner l'héritier dont il avait si désespérément besoin. Au lieu de cela, elle l'avait placé dans le plus grand des périls.

Un bruit de pas résonna sur le sentier, les longues enjambées familières de Rafael.

Le pouls de Dani s'emballa, se mettant à battre méchamment. Elle regarda frénétiquement autour d'elle, mais la butte était aussi stérile qu'elle, et elle ne vit aucun moyen de s'échapper.

— Faites demi-tour, Rafael ! C'est un piège !

Un coup violent la frappa à la joue, l'envoyant rouler contre le tronc de l'arbre.

— Taisez-vous, maudite femme, ou je vous fermerai la bouche moi-même !

Dani resta allongée, tremblante. Puis elle prit une inspiration pour se calmer et se remit en chancelant sur ses pieds. Les pas continuaient, même si elle savait que Rafe avait entendu son avertissement, et un instant plus tard il apparut sur la butte. Pendant quelques secondes, sa haute silhouette se découpa sur un rayon de lune qui filtrait entre les nuages, puis le ciel se recouvrit, et le cœur de Dani trembla d'amour pour lui.

Il ne se tenait pas à plus de cinq pieds d'elle, mais il aurait pu tout aussi bien être à cinq miles. Elle voulait tendre la main et le toucher, sentir les battements de son cœur, sa poitrine se soulever tandis qu'il respirait.

— Je suis venu comme vous l'avez demandé.

Ses yeux se détachèrent de l'homme bien habillé et trouvèrent Dani dans l'obscurité.

— Allez-vous bien, ma douce ?

Ses yeux s'emplirent de larmes.

— Tout est ma faute. Je suis tellement désolée.

— Ce n'est pas votre faute, répondit Rafe d'une voix ferme. Rien de ce qui n'est arrivé n'est votre faute.

Il reporta son attention sur l'inconnu.

— Je ne crois pas que nous nous soyons rencontrés.

— Il se nomme Phillip Goddard.

La voix de la marquise sortit de l'obscurité. Elle contourna le sycomore et Rafe pivota vers elle, surpris.

— Eh bien, lady Caverly… Je dois admettre que votre implication dans cette affaire ne m'était jamais venue à l'idée. La possibilité que votre époux veuille se venger m'avait traversé l'esprit, mais pas vous.

— La façon dont un homme sous-estime souvent une femme est déplorable.

Le regard de Rafe trouva celui de Dani et elle y vit quelque chose qu'elle n'avait jamais vu auparavant. Cela ressemblait tellement à de l'amour qu'elle eut envie de pleurer.

— En effet.

— M. Goddard travaille pour moi. Il est très précieux, comme vous avez pu vous en rendre compte.

Les farouches yeux bleus de Rafe se rivèrent sur Goddard.

— C'est vous qui avez mis le feu chez moi.

— Je l'ai fait mettre.

— Et l'accident du coche ?

Il haussa les épaules.

— Je pensais que c'était très bien préparé. J'ai été surpris que cela ne marche pas comme je l'avais prévu.

— Que va-t-il se passer maintenant ? demanda Rafe.

La silhouette robuste de la marquise s'avança.

— A présent que vous comprenez pourquoi vous êtes là, vous allez mourir. Ensuite, vos corps seront transportés loin d'ici et vous disparaîtrez tout simplement.

— Vous pensez que vous pouvez assassiner le duc et la duchesse de Sheffield et que personne ne saura que vous êtes responsable ?

— Vous ne l'aviez pas deviné. Je suis une vieille femme, guère suspecte. Personne ne devinera.

Et Dani pensa que la marquise avait peut-être raison.

— Finissons-en, dit lady Caverly à Goddard.

Il fit un signe de tête au barbu qui tenait le pistolet et celui-ci pointa son arme sur Rafe. Face à eux, un autre pistolet apparut dans la main de l'homme édenté, qui le dirigea sur Dani, et tout arriva à la fois.

Dani se jeta sur l'homme qui visait Rafe, les faisant tous les deux tomber à terre. Un coup de feu partit, se perdant dans les airs. Au même instant, Rafe tira avec un pistolet qu'il devait avoir dans la poche de sa redingote et l'homme qui se trouvait à sa droite s'affala. L'homme de main tira en tombant sur l'herbe et Dani cria sous la douleur cuisante qui lui déchira le côté.

— Danielle ! cria Rafe.

Des hommes semblèrent surgir de nulle part. Tandis qu'elle se roulait en boule pour atténuer la douleur, elle aperçut la silhouette musclée du comte de Brant qui montait en courant vers eux, suivi du marquis de Belford, Ethan Sharpe. Robert McKay apparut de l'autre côté de la butte, son pistolet pointé sur Phillip Goddard.

Puis Rafe fut là, s'agenouillant près d'elle, lui prenant la main et murmurant son nom.

— Danielle... Mon Dieu, Danielle !

L'odeur âcre de la poudre brûlait les yeux de Dani et la douleur de son côté l'empêchait presque de respirer. Elle avait les paupières lourdes et l'obscurité semblait s'étendre comme une cape autour d'elle. Elle se força à rouvrir les yeux.

— Je suis tellement désolée...

— C'est moi qui suis désolé. Je vous aime, Danielle. Je vous aime tant.

Elle regarda son visage bien-aimé et vit les larmes qui roulaient sur ses joues.

— Je vous aime aussi, Rafael... Je n'ai jamais... vraiment cessé de vous aimer.

Puis ses yeux se fermèrent sous une nouvelle vague de souffrance et l'obscurité l'engloutit.

Sa dernière pensée fut pour Rafael et le fait qu'enfin elle allait lui faire le cadeau de le libérer, de lui donner la chance d'avoir le fils qu'il méritait tant.

32

Neil McCauley se tenait à côté de Rafe dans la chambre de Danielle, à Sheffield House. Sa silhouette inerte était molle et pâle sous les couvertures ; ses cheveux roux étaient déployés sur son oreiller.

Elle ne s'était pas réveillée depuis la nuit de l'échauffourée, et Rafe avait beau prier que son état change, cela ne se produisait pas. Il se remémora cette nuit et sa poitrine se contracta. D'après le récit embrouillé que lui avaient fait ses amis, Cord et Ethan s'étaient arrêtés ce soir-là à la maison, inquiets pour lui et pour Dani, juste quelques minutes après son départ.

Robert était sur le point de partir, déterminé à le suivre à Green Park. Les trois hommes étaient partis ensemble, ce qui s'était avéré une très bonne chose.

Quand les coups de feu avaient cessé et que l'odeur de poudre s'était dissipée, l'un des hommes de main de Phillip Goddard était mort, ainsi que la marquise de Caverly, touchée par une balle égarée durant la mêlée. Personne ne savait de quel pistolet était parti le coup. Cord et Ethan avaient maîtrisé Goddard et Robert s'était occupé de l'autre homme de main.

Avec un peu de persuasion, ils avaient obtenu de savoir

où se trouvait la voiture abandonnée et Mullens avait été libéré.

Oliver Randall et son père, le marquis de Caverly, étaient en deuil. Le marquis lui-même était venu à Sheffield House pour parler à Rafael.

— C'est fini, avait-il promis. La vengeance m'a coûté un fils et une épouse. Oliver a avoué ce qui s'est passé cette nuit-là, il y a plus de cinq ans. Vous n'avez plus rien à craindre de personne dans ma famille.

— Je suis navré pour votre perte, avait dit Rafe.

— Je souhaite un prompt rétablissement à votre femme, avait répondu le marquis.

Mais, jusqu'ici, ce n'était pas arrivé. Danielle était à l'article de la mort et nul ne semblait pouvoir rien y faire.

Rafe regarda la femme qu'il aimait et entendit à peine les paroles du médecin.

— Il faut que je vous parle dehors, dit McCauley.

Rafe hocha sombrement la tête. Ces cinq derniers jours, il était resté au chevet de Danielle, lui tenant la main, lui disant combien il l'aimait, qu'il ne pouvait pas vivre sans elle — les choses qu'il avait eu peur de dire auparavant.

Mais Dani n'avait pas montré de signes d'amélioration, n'avait pas réagi.

Elle était simplement allongée là, mourante, et il avait l'impression qu'on lui arrachait le cœur.

Il suivit Neil dans le couloir et referma doucement la porte derrière lui.

— Je suis désolé, Rafael. J'aimerais pouvoir vous dire que son état s'améliore, mais ce n'est pas le cas.

La poitrine de Rafe se contracta si fort qu'il eut du mal à respirer.

— Vous avez dit qu'elle était jeune et forte, qu'il y avait une très bonne chance qu'elle guérisse. Vous avez réussi à extraire la balle. Vous avez dit qu'avec le temps elle irait mieux.

— Je l'ai dit, oui. J'ai vu guérir des cas bien pires que le sien. Mais là, il manque quelque chose.

— Quoi ? Qu'est-ce qui manque ?

— La volonté de vivre. Petit à petit, votre femme se meurt. Elle semble contente de mourir. C'est très rare chez quelqu'un d'aussi jeune. Je ne comprends vraiment pas.

Ces paroles brûlèrent Rafe comme un fer rouge. Neil ne comprenait peut-être pas, mais lui si. Il se rappela l'après-midi où Danielle l'avait convoqué dans le Salon chinois pour lui dire qu'elle voulait qu'il divorce d'elle. Elle voulait le libérer afin qu'il puisse se remarier, avoir l'héritier qu'il lui fallait.

Il n'y aurait pas de divorce, lui avait-il dit. Maintenant, elle avait choisi la solution de mourir.

Il passa une main tremblante dans ses cheveux, les repoussant en arrière. Il n'avait pas dormi depuis des jours, n'avait pas mangé, avait perdu l'appétit.

— Je ne sais pas comment l'aider, dit-il, abattu. Je lui ai parlé, lui ai dit combien je l'aime, combien j'ai besoin d'elle. Il semble que je ne puisse pas l'atteindre.

Sa voix se brisa.

— Je ne sais pas que faire.

— Peut-être ne pouvez-vous rien faire.

Un bruissement de robe indiqua que la duchesse douairière approchait. Elle paraissait presque aussi épuisée que son fils.

— Je ne pense pas que ce soit vrai, dit-elle. Pas un instant.

Rafe frotta ses yeux fatigués, essuyant une larme.

— Que dites-vous ?

— Vous avez fait de votre mieux, Rafael. Vous avez

fait tout ce que vous pouviez faire. Maintenant, c'est mon tour. Je souhaite parler à Danielle.

Il la regarda d'un air de doute.

— Pourquoi ?

— Parce que je suis une femme et peut-être la seule qui peut l'amener à comprendre. J'ai eu beaucoup de temps pour réfléchir à tout cela et je crois que si quelqu'un peut l'atteindre, c'est moi.

Elle passa devant eux, ouvrit la porte de la chambre et entra.

Rafe l'observa par la porte ouverte tandis qu'elle s'asseyait dans le fauteuil près du lit et prenait la main pâle et molle de Dani. Elle la serra avec précaution entre les siennes.

— Je veux que vous m'écoutiez, Danielle. C'est la mère de Rafe qui vous parle… votre mère aussi, maintenant.

Dani ne bougea pas.

La douairière inspira et relâcha lentement son souffle.

— Je suis venue vous demander une faveur, Danielle, un bienfait pour mon fils et moi. Je suis ici pour vous demander de nous revenir, de rendre nos existences complètes de nouveau.

Rafe déglutit et détourna les yeux.

— Vous savez maintenant que Rafael vous aime, reprit sa mère. Il vous l'a dit un millier de fois depuis que vous gisez là, gravement blessée.

Elle tira un mouchoir de sa poche et s'en tamponna les yeux.

— Mais peut-être ne savez-vous pas que, sans vous, il se meurt comme vous. Peut-être ne comprenez-vous pas que si vous le quittez, il ne s'en remettra jamais. Je sais que c'est vrai, car j'ai vu ce qui lui est arrivé quand il vous a perdue il y a cinq ans. Vous perdre l'a presque détruit. Quand vous êtes revenue à lui, vous l'avez ramené à la vie. Vous l'avez rendu entier, Danielle, comme il ne l'était pas sans vous.

La duchesse renifla et pressa le mouchoir sous son nez.

— Je sais que vous croyez que si vous vous en allez, Rafael se remariera, qu'il pourra avoir le fils dont il a besoin pour perpétuer son nom. Mais je suis ici pour vous dire que ce n'est pas le plus important. Au cours des mois qui se sont écoulés depuis votre mariage, j'ai appris un certain nombre de choses. J'ai appris qu'il y a des choses plus importantes qu'un titre et de l'argent. Des choses comme le bonheur. Comme aimer quelqu'un de tout son cœur et être aimé en retour.

Elle essuya d'autres larmes.

— Nous sommes tous des Sheffield et nous survivons aux épreuves. Nous l'avons toujours fait. Si quelque chose arrive et que le titre passe à Artie, ma sœur et moi, les cousins de Rafael, nous n'aurons peut-être pas tout ce que nous avons maintenant, mais nous ne mourrons pas de faim.

Elle porta la main froide de Danielle à ses lèvres et en baisa le dos.

— Quand vous avez épousé Rafael, vous m'avez rendu mon fils. Vous lui avez fourni la chance d'être l'homme qu'il devait être. Il a besoin de vous, Danielle. Il ne sera pas cet homme sans vous. De grâce, revenez-nous, ma chérie. Il vous aime tellement.

Rafe ignora la boule qui se formait dans sa gorge quand sa mère se leva pour quitter le chevet de Dani. Alors qu'elle passait devant lui, il l'arrêta, se pencha et l'embrassa sur la joue.

— Merci, Mère.

Elle hocha la tête.

— Il m'a fallu un moment pour comprendre les choses, mais tout est très clair, maintenant.

Elle essuya une dernière larme.

— Je prie seulement qu'elle m'ait entendue et qu'elle nous revienne.

Rafe acquiesça. Retournant dans la chambre, il reprit sa place près de Dani et lui prit la main.

— Revenez-moi, mon amour, dit-il doucement. Je ne veux pas vivre sans vous.

Ce fut seulement le jour suivant, alors que Rafe était complètement épuisé et avait perdu espoir, que Dani ouvrit les yeux et le regarda.

— Rafael... ?

— Danielle... Grands dieux, je vous aime tant. Je vous en prie, ne me laissez pas.

— Vous en êtes... sûr ?

— Absolument sûr.

Une légère couleur monta à ses joues pâles.

— Alors, je resterai avec vous... pour toujours.

Et quand elle lui sourit, Rafe la crut et son cœur s'envola.

Épilogue

Six mois plus tard

Dani se tenait à la fenêtre de sa chambre et contemplait le jardin au-dessous d'elle. C'était une chaude journée d'août, et le soleil commençait à décliner à l'horizon. Il y avait des enfants dans le jardin. Dani sourit en regardant les petits Maida Ann et Terry qui jouaient à cache-cache dans les allées de gravier, riant tandis qu'ils couraient parmi les fleurs épanouies et le feuillage abondant. Leur nourrice, Mme Higgins, les surveillait depuis un banc en fer forgé près de la fontaine.

Maida pressait un des chevaux de bois sculpté de Robert contre sa poitrine, un trésor qu'elle chérissait plus que toutes les merveilles qu'elle avait reçues depuis qu'elle était devenue la fille adoptive d'un duc.

Le cœur de Dani se serra pendant qu'elle les suivait des yeux, ces enfants qui avaient fait de sa maison un foyer. Rafael avait amené la petite fille et le petit garçon à son chevet alors qu'elle était en convalescence. Il lui avait dit qu'il se rappelait qu'elle lui avait parlé d'eux et que Caro avait expliqué que son vœu le plus fervent était de les adopter.

— Maida Ann et Terry seront nos premiers enfants,

mais pas les derniers, avait-il ajouté. Nous en aurons autant que vous voulez, mon amour, une pleine maison si tel est votre souhait.

Dani avait pleuré et s'était juré en silence de se remettre encore plus vite.

Elle allait bien, maintenant, était de nouveau sur pieds avec juste une cicatrice au côté pour lui rappeler les sombres journées de cette période. Après tout ce qui s'était passé, elle songeait rarement à l'époque amère qui avait précédé cette nuit à Green Park, une époque où elle avait cru que son mari serait mieux sans elle.

Bien qu'elle ne pût se remémorer vraiment les mots que la mère de Rafe avait prononcés quand elle était inconsciente, d'une manière quelconque ils s'étaient immiscés en elle et l'avaient rappelée dans le monde qu'elle voulait quitter.

Ils avaient besoin d'elle, avait déclaré fermement la duchesse douairière.

Et elle était aimée.

Aussi, ces six derniers mois, elle avait été heureuse, farouchement, follement heureuse, et tout aussi follement amoureuse de son mari, qui semblait tout autant amoureux d'elle.

Ils faisaient de longues promenades ensemble, projetaient des sorties pour le dimanche, avaient emmené les enfants une semaine à Wycombe Park, rendre visite à tante Flora.

Ils passaient souvent du temps avec Caro et Robert, qui avait racheté son contrat à Edmund Steigler et remboursé l'argent que Rafe avait déboursé pour récupérer le collier.

A présent, le comte et la comtesse se trouvaient chez Robert à Leighton Hall, profitant de l'été à la campagne, mais ils reviendraient bientôt en ville.

La vie de Dani était emplie d'une joie sans limites, mais

quand elle sonna sa femme de chambre, une jeune femme nommée Mary Summers qui la servait depuis le mariage de Caro, elle pouvait à peine contenir son excitation.

Quelque chose était arrivé. Quelque chose de merveilleux qu'elle avait découvert ce jour-là seulement, un grand miracle qui était impossible, et pourtant... Pourtant, elle savait tout au fond d'elle, au fond de ses organes féminins, qu'il était vrai.

Elle entendit frapper à la porte et se hâta d'aller ouvrir, même si ce n'était pas le coup timide de Mary Summers. Au lieu de la soubrette, Rafael entra dans la somptueuse suite de la duchesse, complètement rénovée, adjacente à la suite de maître où elle dormait chaque nuit avec lui.

— J'ai rencontré Mary, dit-il. Elle montait vous aider à finir de vous habiller, mais j'ai pensé que je vous aiderais à sa place.

Dani s'empourpra sous la chaleur de ses yeux si bleus qui parcouraient son corps. Elle était vêtue de soie émeraude pour une soirée au théâtre et un souper tardif avec leurs meilleurs amis, Ethan et Grace, Cord et Victoria.

— Je vois que vous avez presque fini, à ma vive déception. J'aurais préféré vous trouver nue, mais peut-être pourrons-nous y remédier plus tard. D'ici là, que puis-je faire pour vous assister ?

Elle rit et lui tourna le dos, songeant que ses plans correspondaient tout à fait aux siens.

— J'ai juste besoin que vous boutonniez ma robe et me mettiez mon collier.

Elle attendit pendant qu'il fermait sa robe, puis fit glisser le rang de perles dans sa paume. Rafe passa l'élégant collier à son cou et enclencha le fermoir. Dans le miroir, les diamants étincelants nichés entre les perles à la rondeur parfaite brillaient de tous leurs feux à la lumière de la lampe. Rafe se pencha et posa un baiser sur sa nuque, puis la tourna face à lui.

Elle avait un sourire si éclatant qu'il haussa les sourcils.

— Vous semblez extrêmement contente de vous. Qu'y a-t-il ?

Dani leva la main et toucha le collier. Elle sentit sa chaleur familière et réconfortante et prit une grande inspiration.

— J'ai des nouvelles, Votre Grâce. Des nouvelles très excitantes.

Elle battit des cils, mais ne put empêcher ses larmes de bonheur de déborder et de rouler sur ses joues.

— Vous pleurez.

Elle hocha la tête.

— Je suis allée voir le Dr McCauley, aujourd'hui.

L'inquiétude crispa les traits de Rafe.

— Vous n'êtes pas malade ? Il n'y a rien…

— Non, rien de tel.

Le sourire de Dani s'élargit encore.

— Un miracle s'est produit, Rafael. J'ignore comment et pourquoi. Je sais que cela paraissait impossible, mais c'est arrivé quand même. Je vais avoir votre enfant, mon amour. Je vais avoir un bébé.

Pendant un long moment, Rafe ne fit que la fixer. Puis il la prit dans ses bras et l'écrasa contre lui.

— Vous en êtes certaine ? Le docteur en est sûr ?

— Absolument sûr. Je suis enceinte de plus de quatre mois. Il dit qu'il ne comprend pas comment cela a pu se produire, mais le fait est là. Et je sais que c'est vrai. Je sens votre enfant qui grandit en moi.

Rafe la tint simplement contre lui et elle sentit trembler son grand corps mince.

— Je n'aurais jamais cru… Ce n'était plus important, mais… Je suis l'homme le plus heureux au monde.

Elle rit à travers ses larmes et s'accrocha à lui, et il n'y avait pas de mots pour décrire la joie qui pétillait en elle. Elle s'écarta un peu, leva la main et toucha les perles sur sa gorge.

— C'est le collier, dit-elle. Je le sais.

Elle pensait qu'il allait se moquer, dire qu'elle était ridicule, qu'il devait y avoir une autre explication.

A la place, il courba la tête et l'embrassa très doucement.

— Peut-être. Je suppose que nous ne le saurons jamais vraiment.

Mais Dani savait. Elle avait reçu le grand bonheur que le collier promettait. Caro et Robert avaient reçu le même présent, comme Cord et Victoria, Grace et Ethan.

Elle songea à dame Ariana de Merrick et au grand amour qu'elle avait partagé avec le seigneur de Fallon.

Même si cela ne pourrait jamais être prouvé et si la plupart des gens ne le croiraient pas, au fond de son cœur, elle savait que la légende du Collier de la Mariée était vraie.

A paraître le 1er janvier

Best-Sellers n°448 • thriller

Mortel Parfum - Lisa Jackson

Quand il ouvre les yeux dans sa chambre d'hôpital à La Nouvelle-Orléans, l'inspecteur Rick Bentz croît reconnaître un parfum familier – celui de Jennifer, sa première épouse. Jennifer qu'il aperçoit ensuite, dans l'embrasure de la porte, d'où elle lui envoie un baiser avant de disparaître. Or tout cela ne peut être réel, il le sait, car Jennifer est morte dans un accident, douze ans auparavant. Pourtant, à peine sorti de l'hôpital, Bentz continue de la voir partout, même si elle s'évanouit dès qu'il essaie de s'approcher d'elle. Est-il en train de devenir fou ? Mais voilà qu'il reçoit bientôt de Los Angeles une photo récente de Jennifer et son certificat de décès barré de rouge. Un envoi qui, pour Bentz, remet tout en question. Car si Jennifer est encore vivante, alors qui était la femme qu'il a identifiée après l'accident ? Saisi d'effroi, Bentz décide de dissiper au plus vite ce terrible doute et se rend en Californie. Mais à peine est-il arrivé qu'une série de meurtres s'enclenche et le suit, tel un sillage mortel. Des meurtres dont chacune des victimes a jadis été une personne proche de Jennifer.

Best-Sellers n°449 • suspense

Le voile de la trahison - Laura Caldwell

En quelques heures à peine, la vie d'Izzy McNeil, une pétulante avocate de Chicago, s'effondre brutalement : non seulement Forester Pickett, un client qu'elle aime comme un père, est mystérieusement assassiné, mais Sam, son fiancé, se volatilise à quelques semaines de leur mariage. Et dire qu'Izzy pensait tout savoir de son futur époux ! Comment a-elle pu être naïve à ce point ? Certes, elle avait des doutes quant au bien-fondé de leur mariage. Mais elle aimait profondément Sam et ne pouvait imaginer pareille trahison. Partagée entre la colère et l'incompréhension, Izzy décide alors de tout entreprendre pour retrouver Sam et démasquer le meurtrier de Forester. Sans savoir que les ennuis ne font que commencer pour elle, et que mensonges et tromperies sèment son chemin de pièges…

Best-Sellers n°450 • suspense

Les nuits du bayou - Stella Cameron

En s'installant dans la jolie petite ville de Toussaint, en Louisiane, où elle vient tenir un restaurant plein de charme, Annie Duhon rêve de couler des jours paisibles et heureux. Mais au cœur de l'été, dans le bayou écrasé de chaleur, ce sont de terribles visions de meurtres qui hantent ses nuits. Désemparée, elle envisage de confier son secret à Max Savage, un chirurgien, lui aussi nouvel arrivant à Toussaint et pour qui elle éprouve une attirance spontanée. Mais de sinistres rumeurs se répandent bientôt sur Max et sur la disparition de plusieurs de ses ex-compagnes. Pis encore : certains éléments de ces rumeurs corroborent les pires visions d'Annie, donnant à ses cauchemars une dimension atrocement réelle …

Best-Sellers n°451 • roman

Sur les rives du bonheur - Sherryl Woods

Lassée de sa carrière de femme d'affaires, Gracie MacDougal quitte Cannes et le monde fastueux qu'elle a toujours connu pour se ressourcer dans une pittoresque bourgade de Virginie. Dès son arrivée, elle tombe sous le charme d'une ancienne demeure victorienne en bordure de fleuve et elle se prend à rêver : et si elle redonnait vie à ces vieilles pierres pour transformer ce lieu en chambres d'hôtes raffinées et chaleureuses ? Mais à peine ses idées prennent-elles forme qu'un obstacle se dresse entre Gracie et son rêve… un obstacle inamovible. Car Kevin Daniels, le neveu de la propriétaire, un séduisant sudiste à l'allure nonchalante, n'a pas du tout l'intention de la laisser acheter cette maison. Qui plus est, il tente effrontément de la séduire, par simple jeu. Résolue à ne pas se laisser impressionner, Gracie décide de réaliser son projet coûte que coûte – et, surtout, de chasser de son esprit cette étrange fascination que Kevin exerce sur elle depuis le premier instant.

Best-Sellers n°452 • paranormal

La vengeance de la nuit - Rachel Vincent

Depuis que son père l'a convaincue de quitter le monde des humains pour rejoindre sa caste de félins et se former au combat, Faythe Sanders n'a pas l'esprit tranquille. Aurait-t-elle commis la pire erreur de sa vie en renonçant à son indépendance et à sa liberté ? Malgré ses doutes, Faythe sait que cette expérience parmi les siens est nécessaire pour comprendre qui elle est vraiment. Et surtout, c'est le seul moyen de venger la mort tragique de son amie d'enfance. Une mort qui l'a ébranlée au plus profond d'elle-même et qui a fait voler en éclat ses convictions les plus intimes – au point de la pousser aujourd'hui à relever les défis les plus audacieux. Dans cette quête, il lui reste aussi à prouver à Marc Ramos, un félin au regard d'émeraude qui la protège depuis toujours, qu'elle est capable de prendre elle-même en main sa destinée.

Best-Sellers n°453 • suspense

Sombre présage - Heather Graham

Voilà deux mois, Genevieve O'Brien a été sauvée de justesse des griffes d'un tueur grâce au détective privé Joe Connolly. Mais à peine est-elle tirée d'affaire qu'elle replonge dans l'angoisse, car tout la porte à croire que sa propre mère, Eileen, est elle aussi en danger. En effet, un meurtrier s'en prend aux membres de l'association des Corbeaux, tous fans du célèbre écrivain Edgar Poe. Une association dont Eileen fait partie, et dont le président vient d'être assassiné par un mystérieux tueur qui a signé son crime de cette note manuscrite : *Meurs, dit le Corbeau*. Un crime dont chacun des membres de l'association pourrait être l'auteur… Alors que la police enquête, Genevieve, elle, décide de faire appel à Joe pour mener avec lui leurs propres investigations. Les indices sont rares, et l'enquête piétine, jusqu'au moment où d'étranges signes leur parviennent : des visions, mais aussi des voix venues d'outre-tombe, qui semblent vouloir les aider. Et les prévenir du terrible danger qui les menace…

Best-Sellers n°454 • historique

La maîtresse de Clarewood - Brenda Joyce

Angleterre, Régence

Après le décès de sa mère, Alexandra Bolton a abandonné sa vie insouciante de jeune fille pour se consacrer entièrement à l'éducation de ses sœurs. Une tâche d'autant plus ardue que son propre père préfère, lui, noyer son chagrin dans l'alcool et dilapider le peu d'argent qui leur reste dans les salles de jeu. Pour Alexandra, bientôt, le seul moyen de sauver les siens de la ruine est d'accepter la demande en mariage d'un vieil aristocrate fortuné. Un sacrifice auquel elle consent sans ciller… jusqu'à sa rencontre avec Stephen Mowbray, le très convoité duc de Clarewood. Dès le premier instant, en effet, celui-ci ne cache pas son désir de faire d'elle sa maîtresse, une parmi tant d'autres. Mais, si Alexandra ne peut nier la passion que le duc éveille en elle, elle refuse toutefois de céder à ses avances car aujourd'hui, l'honneur de sa famille passe avant tout. Hélas, Stephen, habitué à obtenir ce qu'il veut, ne renonce jamais…